イザベルに薔《バ》薇《ラ》を

伊集院静

双葉文庫

目次

イザベルに薔薇《バラ》を

第一章　カマルグの幻馬

すきとおる青い空の上を、二羽の白い鳥が飛んで行く。北へ帰る白鳥の番《つがい》だろうか……。他の鳥たちが飛ぶことができない高度《たかみ》を飛翔する雄《おす》と雌《めす》の姿には気品がある。気《け》高《だか》き旅路だ。

「わしも、いつか、あんなふうに、ええ女児《おなご》を連れて、空高く旅をできる日が来るんじゃろうか」

青川詩人美《あおかわしじみ》は、十八歳の孤独を、湿原の草むらに座らせたまま、天空を駆ける優雅な鳥の姿を見上げていた。春だというのに頬に当たる陽差しは夏のように強かった。なのに先刻から湿原地帯を吹いて流れる風は肌を切るように冷たい。

――この風が、昨夜、叔父さんが話してくれたミストラル、い、い、冬から春にかけてシベリア大陸からヨーロッパ大陸に吹き荒れる季節風なんじゃろう。

詩人美はコートの襟を立てた。

ぐるりと見回せば、三六〇度、周囲にはただ湿原がひろがるだけである。

どうしてこんな場所に、今、自分が独りで居るのか、詩人美には理由がわからなかった。

――たぶん、ここが叔父さんが話してくれたカマルグの湿原に違いないのだろう……。

詩人美の耳の底に、昨夜聞いた叔父の青川無塁《むーる》のしわがれた声がよみがえってきた。

「詩人美君。君、競馬場へ行く目的を、単純に競馬に勝って金を儲けるだけのことと考えてはイケマセン。金を儲けるだけのためなら、他にもっと効率のよいものが世の中にはたくさんあるのです。銭金で動くような人間はイケマセン。人間が卑しくなってしまいます。人間にとって一番大切なのは、ここですよ」

詩人美は爪が真っ黒になった、叔父の汚れた指先を見た。

「わ、わかります。叔父さん」

「さすが、私の甥っ子です。そうです。ここで、人間はハートで生きるんです。ハートにあるもので人間の価値が決まるのです。つまり、人間はこころです。そのこころが卑しいものは何をさせても卑しいのです。一番大切なことは、こころに、気品を持つことです。だから私が君を競馬場に連れて行くのも、人生の勉強なのです。そこで君は見るのです。素晴らしいものを……」

そう言って、叔父はニヤリと笑った。

「す、素晴らしい、な、何を見るのですか?」

「〝カマルグの白い馬〟です」

「カマルグ？　白い馬？」

「そうです。君は知らないのですか？　〝カマルグの白い馬〟を」

「す、すみません。勉強不足で……」

詩人美の言葉に無塁は呆《あき》れたような顔をしたが、すぐに思い直したように言った。

「カマルグは南フランスにある世界で一番美しい湿原野です。そこに世界で一番美しい野生の白馬がいるんです。カウボーイたちは、その白馬を探して湿原を旅してるんです」

「叔父さん、フランスにもカウボーイがおるんですか？」

「詩人美君、君は本当に勉強不足だな。いったい今まで何を学んできたんだね？」

無塁は呆れ顔で吐息をついた。

「す、すみません」

「無論、フランスにもカウボーイはいます。アルルから、マルセイユにむかって行けば、そこにカマルグ湿原はあります。そこで幻の馬を探して旅しているカウボーイたちがいるんです」

「わかりました。そうすると、カウボーイたちは、マルボロを吸って旅してるんですね」

詩人美の言葉に無塁は失望したように両手で顔をおおった。

「馬鹿だね。フランスだからジダンでしょう。そんな常識もわからないんですか。フランスと言えばジダンでしょう」

「それって、ジタンじゃないですか？」

無塁は目を点にして、しばし考え込んで咳払いをした。

「ウオッホン。詩人美君、男がこまかいことにこだわってはイケマセン」

「そ、そうですね」

「ともかく、その幻の馬を見るために、明日、私たちは競馬場へ行くんです。金を儲けようなんて考えてはイケマセンヨ」

「は、はい、わかりました」

叔父は甥の素直な返事に満足したように、何度もうなずいていた……。

先刻から、詩人美はずっと湿原に座っているのだが、カウボーイの姿も、野生の馬の群れもあらわれなかった。

後方から金属音に似た音が聞こえた。音のした上方を仰ぐと、一機のジェット機が北へむかって飛翔しているのが見えた。機体を陽差しにかがやかせ、白い飛行機雲を青空に描いて、ジュラルミンの白鳥が渡って行く。

――ええ感じじゃのう……。中也《ちゅうや》さんなら、この風景をどんな詩にするんじゃろうか？

詩人美はポケットをまさぐって、肌身離さずに持っている中原《なかはら》中也の詩集を出そうとした。

な、ない。どこかに忘れて来たのだろうか。詩人美のバイブルである中也の詩集がない。彼はあわてて草むらを探した。羊歯《しだ》の中に頭を突っ込んで探していると、地面がかすかに揺れるのを感じた。耳の底にかすかに音が聞こえる。

詩人美は顔を上げた。見ると、前方から水煙りを上げて、何かの群れがこちらにむかって近づいて来るのが目に留まった。

地響きがする。

――な、何だ、あれは？

詩人美は目を見開いた。

馬の群れである。それも皆、驚くほどの巨体をした馬たちである。湿原を水と泥を撥《は》ね上げて疾走している。馬体に陽差しが当たり、馬の群れは黄金色にかがやいている。まるで黄金の馬たちが突進しているようだ。真っ直ぐ詩人美の立つ場所にむかってくる。

詩人美は膝がガクガクと震え出した。その震えが、地響きのせいなのか、恐怖のせいなのか、わからない。足がすくんで逃げ出せない。どこが世界一美しい馬だ。これは世界一怖ろしい馬たちじゃないか。馬の群れとの距離が接近して行く。このままでは踏みつぶされてしまう。

詩人美は、思わず先頭を走る馬を見た。馬体も顔も泥で黄金色に染まっているが、よくよく見ると、眉間は真っ白な毛だ。

――あ、あいつが、幻の白い馬に違いない。

「叔父さん、いましたよ。幻の白い馬が……」

詩人美は迫りくる群れの先頭に立つ、馬の瞳を見ながら叫び声を上げた。

「た、助けてくれ」

と叫んで彼は泥の中にもんどり打って倒れた……。

詩人美は叫び声を上げた自分の声で目を覚ました。

目を開くと、視界の中で大勢の人が歩いていた。ほとんどが男たちだが、片手に新聞を持っている。男たちの背後に白い柵があり、そのむこうに緑の芝生がひろがっていた。

「ここはどこなんだ?」

詩人美は目をこすって、周囲を見回した。

馬のいななきが聞こえた。詩人美は思わず飛ぶようにして後ずさった。その手に誰か人の身体が触れた。見ると、一人の男が、夢でも見ているのか、赤い顔をして眠っていた。

見覚えのある顔だ。

昨日、逢ったばかりの叔父の青川無墨である。叔父が胸に抱いているのは、昨夜、コンビニまで詩人美が白い歯を見せて笑った。

──そうか、ここは競馬場だ……。

今朝、二人は早く競馬場に到着したので、詩人美は叔父に連れられて、競馬場前の一杯飲み屋で朝から酒をつき合わされた。下戸な詩人美は、昨夜からの叔父の酒のつき合いに困り果てていたのだった。それにしても叔父は競馬場のスタンドの隅で、よくもこう気持ち良さそうに、眠ることができるものだ。

詩人美は叔父の寝顔を見返した。

どことなく目元が、母の葉麻子《はまこ》に似ている。少年のように無垢《むく》な面立ちだ。

詩人美も一杯だけつき合ったビールのせいで知らぬうちに叔父の隣りで眠っていたらしい。

彼は叔父の顔をしげしげと見つめ、胸元の競馬新聞と握りしめた赤鉛筆に目をやった。

──待てよ。何かを叔父さんから頼まれていたんじゃなかったか？

詩人美は叔父が眠る前に、何か頼みごとをした気がした。

競馬新聞を見た。そこに赤鉛筆で馬名が見えないほど塗りつぶされた箇所がある。レースの番号にも大きくマル印がついている。

第3レース。三歳未勝利……。

「詩人美君、私、ちょっと休むから、第3レースの前に起こして下さいよ。このレースを勝負するために来たんですからね。勝負ですよ。〝カマルグの白い馬〟ですよ。わかりますね。じゃ、おやすみなさい」

その時、ファンファーレが鳴り響いた。

目の前を通り過ぎようとする男に詩人美は訊《き》いた。

「す、すみません。今、何レースですか？」

「3レースだよ。すぐ走るよ」

「あっ、そうですか。叔父さん。叔父さん。無塁叔父さん、起きて下さい。目を覚まして下さい。3レースがはじまりますよ」

詩人美に身体を揺さぶられて、無塁が目を覚ました。

「いや、おはよう。ひさしぶりにイザベルに逢いましたよ。詩人美君、イザベルが、君によろしくと言っていたよ」

「叔父さん。何を訳のわからないことを言ってるんですか。第3レースがはじまりますよ」

「おっ、そうか」

無塁はすくっと起き上がり、競馬新聞を睨《にら》んで、赤鉛筆を舐めた。

「よし、買うぞ。勝負だ」

その時、場内放送のアナウンスが聞こえた。

――～第３レース、発走しました……。

「何？　発走した‼」

無塁が叫び声を上げて走り出した。

「待て、発走を待て、コラッ、やめろと言うとるだろうが」

詩人美は呆然として、競馬場の柵に沿って大声を上げて走り出す叔父の姿を見ていた。

その叔父を追うように、４コーナーを回って来たサラブレッドが駆けて行く。大勢の群衆の中で、叔父一人だけに光が当たっていた。

――す、すごい。無塁叔父さんが馬と一緒に走っている。

先刻、夢の中で見た〝カマルグの馬〟たちと一緒に叔父が疾走しているのでは、と詩人美は錯覚した。

――な、なんて美しい人だ。

競走馬の群れはたちまち叔父を追い越し、ゴールにむかって行った。

詩人美は叔父の名前を叫びながら走り出した。彼は叔父に追い着き、その手を握りしめた。

「叔父さん。やっとわかりました。母さんが、叔父さんに逢いに行くように言っていた訳が……。叔父さんこそ生きる詩人です」

「ね、ね、ねぇ……、詩人美君、い、い、い、今、最初に、一着でゴール板を芦毛《あしげ》の馬が通り過ぎませんでしたか？」

叔父は惚《ほう》けたような顔でつぶやいた。

「えっ、何のことですか？　アシゲの馬ですか？」

「そ、そ、そう。だ、だ、誰かに訊いてみて下さい」

そう言われて、詩人美はかたわらにいた黒革のジャンパーの男に訊いた。

「今、一着で来たのはアシゲの馬ですか？」

するといきなり、黒革の男が手にした新聞を丸めて詩人美の頭に叩きつけた。

「やかましい。なんであんなボロ馬が来よるんじゃ。わしゃ、このレースをわざわざ大阪から買いに来たんやで。なんで十六頭立ての十六番人気の馬が来よんのじゃ。八百長じゃ。アシゲもハナゲもあるかい」

今度は黒革の男が、八百長やで、と大声を上げて走り出した。

「す、すみません。今、一着に来た馬はアシゲの馬でしょうか？」

詩人美は通りすがったサラリーマン風の男にレースの一着馬を訊いた。

「そうだよ。これはえらい大穴馬券になっちまったよ。単勝も万馬券だけど、馬連は10万円の配当じゃ済まないよ」

「どうもありがとうございました」

詩人美は叔父の所に戻って言った。

「叔父さん良かったですね。アシゲの馬が一着だそうです」

詩人美が言っても、無塁はただうなずくだけだった。見ると、叔父の目から大粒の涙があふれ出していた。

――何を、叔父さんはこんなに感激しているのだろう。

無塁が手にした新聞を詩人美に差し出した。新聞が小刻みに震えている。

「な、何ですか？」

揺れる新聞紙の先が場内の着順の掲示板を差していた。

そこに⑯⑮①④⑤と数字が並んでいた。

「あれがどうしたんですか？」

今度は新聞紙の先が場内の大きなターフビジョンの方にむいた。

東京３Ｒ払戻金
単勝 16． ４０５１０

複勝　1.16　1 0 3 5 0
　　　2.15　8 2 4 0
　　　3.1　1 2 5 0
枠連　8－8　2 7 5 9 6 0
馬連　15－16　2 8 0 0 8 0

「綺麗な数字ですね」

「き、き、綺麗？　詩人美は、そう感じるのか？　な、何で起こしてくれんかったんや？　28万円の馬券を取りそこなったやないの。そ、それなのに綺麗と、詩人美は言うてくれるのか。三十五年も競馬やって、やっと取れてた大穴馬券を、君は、綺麗と言うだけか……」

叔父の目から零《こぼ》れる涙は止まらなかった。

「叔父さん、ついに〝カマルグの白い馬〟を見たんですか？」

「そ、それって、何のこっちゃ？」

叔父さんはきっと幻の馬を見たに違いない。

青川詩人美は上京して、はじめてポエムを見たと思った。

無塁はただ泣き続けていた。

涙と、鼻水と、涎《よだれ》が、顔面で合流し、ツララとなって地面に零れ落ちている。

詩人美は、人前で大人の男がこんなに泣けることに感動していた。

――そうだ、これでいいんだ。嬉しい時は嬉しいと胸の内をさらけ出せることが大切なんだ。無塁叔父さんこそが詩人なんだ……。

詩人美は無塁の手を握りしめて言った。

「叔父さん、良かったですね。とうとうカマルグの白い馬を見ることができたんですね」

詩人美が声をかけても、無塁はただ泣き続けている。

叔父の姿を見ているうちに、詩人美も胸の底から熱いものがこみあげてきた。鼻の奥がツンとして涙がじわりとあふれ、頬を伝った。こんな大勢の人の前で泣くのは生まれて初めてだった。

「叔父さん、僕も見ましたよ。幻の白馬を。叔父さんの言うように、あの馬は世界で一番美しい馬です」

「詩人美君、さっきから何を言うとるんだ。悪いが、このまましばらく泣かせて下さい。こ、これを見てちょうだいよ」

無塁が差し出した競馬新聞に赤鉛筆で大きな数字が書き込まれていた。

⑮－⑯　800円
⑯単　200円
競馬を知らない詩人美には、書き込まれた数字の意味はわからない。

「い、いったい、いくらに、な、なるんじゃろうか？　28掛ける八百円が……。ノ、脳ミソが、と、とけはじめとる……」

「2万2400円です」

「ち、ち、違う。た、た、単位が……。私も頭がおかしゅうなって計算できない」

そう言って、無塁はまた泣きくずれた。

詩人美は叔父を抱きかかえ、一緒に声を上げて泣いた。詩人美と同様に小柄でやせっぽちの無塁が、三十歳以上も年下の若者の胸の中で赤ん坊のように泣きじゃくっている。震える無塁のちいさな身体を抱擁しているうちに、詩人美はなんだか哀しくなってきた。

究極の喜びは、究極の哀しみに、その表情が似ている。人生という芝居の喜劇も悲劇も、観客席で見つめる者の表情は同じものに見える。そんなことを言った戯作者がいた。二百万円以上の馬券を取りそこねた叔父と、幻の馬を見ることができた甥は競馬場の中で、人目もはばからず抱き合って泣いている。

その二人を穴場にむかうギャンブラーたちが呆れ顔で見て、通り過ぎて行く。

「なんだ。あれは新手《あらて》のオカマか？」

「ひょっとして、今の大万馬券を的中したんじゃないか？」

「まさか、あの泣き方は違うだろう」

口々に勝手なことを言って通り過ぎるギャンブラーたちの声は、詩人美と無塁には聞こえない。

「イザベル、やっと君に逢いに行けたのに……」

詩人美の耳に無塁のつぶやきが聞こえた。

「えっ、叔父さん、今、何と言ったんですか？　イザベル……」

詩人美が訊《き》いても、無塁はただ首を横に振るばかりだった。

その時、ファンファーレの音が場内に鳴り響いて、４レースの発走を告げた。その音に背中を叩かれたように、無塁が顔を上げた。

「どうしたんですか？　叔父さん」

無塁の涙は渇いていた。

先刻までの、沼の底に沈んで、そこから水面を見上げているような瞳は失せている。

「詩人美君、まだ目はある気がする」

「メですか？」

「そうです。取り逃がした魚のことをいつまでも悔やむのは素人のやることです。28万馬券がなんだって言うんです。まだ別に負けたわけじゃありません。私のポケットには漱石《そうせき》先生の肖像札が、三枚残っているんです。我輩はカラスである、ですぞ」

「何ですか、それ？」

「今泣いたカラスがもうニヤリと笑って、必殺馬券師となったということです」

「よくわかりませんが……」

「いいんです。まあ見てなさい。「いいんです。私たちはまだ無傷なんです。ギャンブラーよ、悔やむな、反省するな、ですよ。私の勘は間違ってはいなかったんです。目はあるんです。さあレースを見ましょう。そうして出目をしっかりと把握しなくてはイケマセン」

「デメですか？」

詩人美が目の玉が飛び出る仕種《しぐさ》をした。無塁がそれを見てニヤリと笑った。

「そう、出る目と書いて、出目です。私の目がドーンとやってくる日かもしれません。いや、きっとそうに違いない」

無塁はそう言って、人の群れを掻き分け、鉄柵の前に出た。詩人美も他の客にどやされながら無塁の隣りに立った。

「叔父さん、草の匂いがしますね。いい匂いですね」

「いいでしょう。これですよ、競馬の魅力は……。サラブレッドたちは仔馬の時代から草の匂いの中を駆けて来たのです。この美しいターフで疾走するために……」

無塁が目を閉じて、鼻を鳴らした。

蹄の音がして、4コーナーをサラブレッドたちが一斉に回ってきた。背後から喚声が湧き上がる。その馬群の中に、一頭の白い馬がいた。

「あっ、カマルグの白い馬だ。叔父さん、カマルグの馬ですよ。僕がさっき夢の中で見た馬です」

詩人美は無塁の二の腕を握りしめて叫んだ。

「痛、痛い。詩人美君、何を興奮してるの？　静かにしないと、実況が聞こえないでしょう」

「叔父さん、あれはカマルグの馬です。僕も叔父さんのように走っていいですか」

「ちょっと静かにしときなさい」

「いいですか？　走って」

「はい。はい、どうぞ」

「そうさせてもらいます」

詩人美はそう言うやいなや、エイッ、と声を上げ、軽々と目の前の柵を飛び越え、あっという前に馬場に躍り出た。

「な、何をするんですか、詩人美君、待ちなさい」

無塁が声を上げた。

詩人美を見つけた馬場内の警備員が目を丸くして、コラッ何をする、と怒鳴り声を上げて摑《つか》まえようとしたが、詩人美の足は驚くほど速く、大声を上げ、馬を追って走り出していた。待て、待たんか。警備員が一斉に詩人美にむかって走って行く。しかし詩人美は素早く彼等をかわして、ゴール板にむかって笑いながら疾走している。観客たちが、詩人美に気付いて声を上げた。警備員たちが懸命に詩人美を追い駆けるが、スピードが違う。春の椿事《ちんじ》にスタンドがどよめいた。

背後から摑まえようとした警備員を詩人美が背負い投げで投げ飛ばした。次にむかって来た警備員の足を払うと、見事に相手がもんどり打って倒れた。場内は大喝采《だいかっさい》である。十数人の警備員にようやく詩人美が取りおさえられた時、スタンドから大きな拍手が起こった。

「叔父さん、本当にすみません。迷惑をかけてしまって……」

「いいから早く人混みの中に入りましょう。まだ連中が見てますから……」

無塁は警備員を振り返りながら、詩人美の手を引いてスタンドの裏手に行った。

「あれっ、ここにもコースがあるんですか?」

詩人美が素頓狂《すっとんきょう》な声を上げた。

「ここはコースじゃありません。パドックと言って、馬の仕上がりを見る所です」

「パドック?」

「いいから、さあよく馬を見て、狙い馬を探すんです」

「叔父さんは馬を見て何かがわかるんですね。スゴイナ」

「黙って見なさい。そうすれば馬が君に何かを語りかけているのかわかるはずです」

詩人美は言われたとおりに目の前を歩くサラブレッドを見つめた。綺麗な瞳をしている。やがてジョッキーが騎乗し、競走馬たちが消えて行った。周囲の男たちが移動して行く。

「ヨオッシ、勝負だ」

無塁が腹に力を込めて言い、詩人美の腕を引っ張った。

「詩人美さん」

「さんなんてやめて下さい」

「じゃ詩人美君、君、少しお金持ってますか？」

「ええ少しなら。母からの仕送りが」

「そう、悪いけどちょっとの間貸してくれないかな。実は君が摑まっている間にオケラになってしまったのです」

「はい。かまいませんが、いくらですか？」

詩人美はズボンのポケットから定期入れを出して、中から折りたたんだ札を出した。

「どうぞ」

「おうっ、福沢《ふくざわ》先生じゃありませんか。ずいぶんとお見限りと思っていたら、そんな狭い所にいらっしゃったのですか。詩人美君、じゃ二千円程お借りしていいかな」

「はい」

無塁は詩人美の明るい声に、黄色の歯を剝《む》き出し、イタチのように素早く穴場へ駆けて行った。そうしてすぐに戻って来ると、八千円を返して言った。

「見てらっしゃい。やりますよ。私の馬見《うまみ》の底力を君にとくとお見せしましょう」

レースがはじまり、無塁はキツネにつままれたような顔で電光掲示板を見ていた。

「どうでしたか？　叔父さん」

「はい。もう二千円。いや今度は間違いないから三千円貸して下さい」

無塁はまた三千円を握りしめてウサギのように穴場へ走り、犬のように舌を出して戻ってきて言った。

「これは決まります。いわゆる鉄板というか、銀行レースってやつです」

「鉄板、銀行ですか？」

次のレースがはじまり、馬たちがゴール板を駆け抜けると、無塁は大声で、ちくしょう、また八百長をやりやがった、ええ加減にせんかい、と怒鳴り、握りしめていた馬券を地面に叩きつけた。どこかで聞いた科白《せりふ》であった。

「詩人美殿」

「詩人美でいいですよ」

「このメインレースが実は本日の狙い目なんです。逃げ一《いち》ってやつです。長距離の逃げ馬ってやつです。あと三千円。いや、キリが悪いから残りの五千円を貸して下さい」

無塁は今度はライオンのように唸り声を上げて穴場へ突進し、イノシシのような荒い鼻息を立てて戻ってきた。

「伊達《だて》に三十五年競馬はやってませんからね。取り込む所はきっちり取り込むのが、青川馬券です」

「青川馬券ですか？」

無塁は本場馬を睨み付けて大きくうなずいた。

詩人美は、先刻からの叔父の顔が変わって行くのを見ていた。走る姿でさえ、イタチーウサギー犬ーライオンーイノシシと変わっている。顔付きもカラスーキツネータヌキ……、今は鬼のような顔になっている。

「面白いな、叔父さんは……」

レースがはじまった。二周近く馬たちは走っている。メインスタンドを通る時、一斉に喚声が上がる。見ると周囲の人たちの顔もすでに人間の顔ではなくなっていた。

最終4コーナーを回り、どよめきの中をサラブレッドが駆け抜けて行く。悲鳴に似た声が聞こえる。無塁も大声で叫んでいる。大喚声と吐息が重なり、レースが終わった。

――どうして皆こんなに興奮できるんだ？

その理由を訊こうと、無塁を振りむくと、そこには池の水面に口を開けた鯉が叔父の首の上に乗っていた。

「叔父さん」

「…………」

無塁は何も返答しない。

「叔父さん、大丈夫ですか？」

口を開けたまま言葉を発しようとしない叔父がぽつりと言った。

「詩人美先生」

「何ですか？」

「あとおいくらお持ちでしょうか？」

「帰りの電車賃しかありません」

「健康のために歩いて帰りませんか」

「はあ？」

無塁がいきなり、その場に土下座した。

「東京でたった一人の親戚の叔父さんの一生の頼みと思って、そのお金を貸して下さい」

「でも新宿までは距離がありませんか」

「国立競技場まで走ったランナーもいます。いや勝てば済むことです」

「僕はかまいませんが……」

「そうだ、君も馬券を買いなさい。元々は君のお金なんだから、何を買います。私は私の誕生日で勝負しますから。君、誕生日は何月何日なの？」

「大晦日《おおみそか》に生まれたらしいんですが、役所の届けは一月一日です」

「じゃ枠連で1－1ですね。いくら持ってるの？　千五百円か。金持ちだね。じゃ私が千円で、君が五百円ということで、失礼」

無墨は詩人美の手から千円札を奪い取ると、ネズミのように走り出した。

詩人美は手に残った五百円玉を握りしめ、穴場にむかった。

「1－1を下さい」

「マークシートに書いて下さい。ねぇ②番の馬が出走取消しで1－1なんてないわよ」

穴場の奥から女性が言った。

「1－1はないの。じゃラッキーセブンで1－7下さい」

「だからマークシートに書かなくちゃ」

「僕、初めて買うもんで……」

「しょうがないわね。何を買うの？　1－7？　いくら？　五百円ね」

五百円玉を出すと、馬券が差し出された。

生まれて初めて見る馬券は美しかった。

――この紙切れに、あんなに大勢の人が興奮するのか？

詩人美は馬券を鼻先に当て、匂いを嗅いだ。

リンゴの皮に似た匂いがした。


「叔父さん、今日は一日、本当にありがとうございました。勉強になりました」

新宿、歌舞伎町《かぶきちょう》の居酒屋の隅のテーブルで、青川詩人美は深々と頭を下げた。

「そうですか。勉強になりましたか。それはよかった……。詩人美君、もう一杯、祝杯といきましょうか」

無塁はとろんとした目で、チューハイのジョッキをかかげた。

「大丈夫ですか。もう十杯目ですよ」

「何を言ってるんですか。この酒はイモからできているんですよ。いわば、私の夕食代わりなんですから……」

「わかりました。すみません。チューハイのお代わりを」

詩人美は店の奥にむかって大声を出した。

「君も飲みなさい」

「僕はお酒を飲むと、すぐに目が回って、倒れてしまいますから……」

「倒れればいいんですよ。そのうち平気になりますから……。でも悪いですね。ご馳走《ちそう》になっちゃって」

「そんなことありません。僕の方こそ、今日はいろんなことを学べましたから」

「詩人美君の、その言い方、イイナー。私は好きだナー。謙虚って言うか、素直って言うか……。人間、素直が一番ですね」

無塁が一人でうなずいていると、チューハイのジョッキを手にした店の女の子がやってきた。

「おじさん、こんなに飲んで大丈夫なの？　今夜は、お金あるんでしょう？」

茶色に染めた長い髪をうしろで束ね、赤いエプロンを掛け、胸のあたりが勢い良くふくらんでいる女の子が、大きな瞳をくるりと動かして言った。

「今夜は大丈夫なの。この詩人美君がいるから。私たち競馬に勝ったんです」

「あら、それは良かったわね。なら安心ね」

「おネエちゃん、この若者は、私の甥っ子で、詩人美君。この春、上京したばかりだ。これからよろしく頼むよ」

「シジミ？　イヤダー、お味噌汁みたい」

女の子が口に手を当てて笑い出した。

「ハッハハ、味噌汁か、そんなこと言われたのは初めてだな」

詩人美が頭を搔くと、女の子があわてて頭を下げた。

「ごめんなさい。そんなつもりじゃ……。私はヒトミ。私も、この春、東京へきたばかりなの」

「そうなんだ。どこから来たの？」

「私は鹿児島。あなたは？」

「僕は山口だ」

「あら、それじゃ、私たちは薩長《さっちょう》連合ってわけね。よろしく」

そう言って、相手が差し出した手を詩人美はしばし見つめ、汚れた手をズボンで拭って握り返した。握り返された手が温《あたた》かかった。ソバカスの多い顔だが、よく見ると、美しい瞳をしている。店の奥から主人の怒鳴り声がして、ヒトミは大声で返事をし、詩人美の耳元でささやいた。

「あなたの叔父さん、この間、飲むだけ飲んでお金が足りなかったから、店のマスターからマークされているから。でもどこか憎めない人だもの……」

「はあ……」

「おや、おネエちゃん、もう私の甥っ子をくどいてるのかい？」

無塁が重そうな瞼《まぶた》を開いて言った。

「何言ってんの。私は、そんな女の子じゃなかよ」

ヒトミは頬をふくらませて店の奥に戻った。

「詩人美君、君、もてるね。へへへへ」

無塁がテーブルの上に涎《よだれ》を垂らしながら笑った。

「そ、そんなんじゃないっすヨ」

詩人美は首を大きく振って、膝の上に置いた手を、そっと握り返した。

上京して初めて、女の子の手を握った。ヒトミの温かな手のぬくもりが、掌の中に残っていた。耳元でささやいた時の熱い吐息がかすかによみがえる……。

無塁はいつの間にか頬杖ついて目を閉じ、舟を漕ぐように眠りはじめている。

「詩人美君」

目をつむったまま無塁が言った。

「はあ、何でしょうか？」

「君さ、今日の最終レース、どうしてあの馬券を買ったの？」

「そ、それは……。何となしに……」

「ふぅ〜ん、何となしにね……。そういうもんですかね。ビギナーズ・ラックって奴なんでしょうね」

無塁は目を閉じたままひとり合点したかのようにうなずいている。

「ビギナーズ・ラックですか？」

詩人美の質問に無墨が片目を開いた。口元がかすかに笑っている。

「そう。ビギナーズ・ラックと言うのは、ギャンブルを初めてやる人のところに、ギャンブルの神さまが幸運を与えてくれることです」

「そんなことってあるんですか？」

「あるの。それも大ありなんだナ。これは間違いないことです。私の経験ではビギナーズ・ラックは五割以上の確率で存在するね。ギャンブルは古くはエジプト文明の中にも存在していたことがわかってるんです。つまり、人間は七千年の間、ずっとギャンブルを手放さずに今日まで来てるんです。ギャンブルが罪悪だと言う人が居ても、ギャンブルで身を持ちくずした人が居ても、ギャンブルはずっと人類と一緒に生きて来てるのには理由があるんです。それはね、ギャンブルが人間に必要なものだからです。祖先がずっと守って来たものは、皆、人間に必要なものなのです」

「それがビギナーズ・ラックとどういう関係があるんですか？」

「うん、いい質問だ。それはね。恋愛と一緒なんです」

「恋愛ですか？」

「そう、恋愛。詩人美君、君は誰かに恋したことはありますか？」

「い、いや、あると言えばありますが……」

詩人美がしどろもどろになっていると、無塁はニヤリと笑って話を続けた。

「恋愛はね、学校の先生が教えてくれたり、教科書にやり方なんか書いてないでしょう。それでもある日、その人を見た途端に、胸の奥の、ここらあたりでパチパチと何か音がするでしょう」

「音ですか？」

「そう、あれはね。胸の中の燃料に火が点《つ》いた音なんですよ」

「燃料？」

「そう、燃料ですよ。エネルギー。生きるための力の源に火が点くんですよ」

「なるほど……」

「先生も教えてくれない。教科書にも書いてなくとも、人間は生まれついて、恋愛をするようにできてるんです。本能ですナー」

「うん、わかります」

詩人美が力強く言った。

「それと同じように、ギャンブルはたとえば丁と半、右と左とか、どちらかを選ぶようになっています。二者択一ではなくて、ジャンケンでもいいんですが。選んだ結果、勝ちと負けがあるわけです。勝ちと負けでは切ないから、○《マル》と×《ペケ》でもいいですが、しかしそれは算数の教科書にあった確率とは違うんです。人間が生きて行けば、何度となく何かを選択しなくてはならないものなんです。生きることは選択のくり返しでもあるんです。つまり選ぶことは人間の本能の中にすでにあるんです。その選択がもしも負けてばかりの方を選んでいたら、人間はとっくに滅亡しています。だから生きることとは一見無関係に見えるギャンブルでさえ、初めての人が、その場で選択しなくてはならなくなれば、ちゃんと〇《マル》を選ぶようになっているんです」

「…………」

詩人美は首をかしげた。

「わかりませんか？　それなら、君が猛獣に追い駆けられて断崖絶壁まで辿り着き、目の前にふたつの橋があったとしましょう。しかしどちらかの橋は途中がこわれていて、真っ逆さまに落ちてしまい死ぬとするでしょう。さあどちらにしようか、と迷うのですが、やはり君はどちらかを選んで渡るわけです。そして君はたぶん大丈夫な橋を選ぶでしょう」

「どうしてですか？」

「人間の本能はそういうふうになってるんです。だから人間は今日まで生き残ってるんです。今日、君の馬券が当たったのも、君の本能がそうさせたんです。そうでないと初めてギャンブルをする人が皆負けてばかりじゃ、ギャンブル場に人が来なくなってしまうでしょう」

そう言って無墨は嬉しそうに笑った。

「そんな深いことがあるんですか？ 僕はただ叔父さんが誕生日でもなんでもいいから、好きな数字で買いなさいと言われたので、葉麻子《はまこ》さんの誕生日で買ったんです」

詩人美がバツが悪そうに言うと、無墨の表情が急に変わった。

「今、何と言いましたか？」

「ですから葉麻子さんの、母さんの誕生日の七月一日で1－7を買ったんです」

「そ、そうでしたね……。葉麻子さんは文月《ふみつき》の一日、七月一日でしたよね。詩人美君、君は偉い！ なんと素晴らしい母と子の愛でしょう。そ、そうか、葉麻子さんの誕生日か……、私たちを助けてくれたのは、葉麻子さんだったのですね……」

突然、無墨の目から大粒の涙があふれ出した。涙は頬をつたってテーブルの上に落ちている。無墨は涙を拭おうともせず、母の名前を呟きながら泣き続けている。

「叔父さん、すみません。僕、何かイケナイことを言いましたか」

詩人美の言葉に無墨はただ首を横に振っている。叔父の涙を見ているうちに、詩人美も母の名前を呟いて泣いてくれている叔父に胸が熱くなって涙が零《こぼ》れ落ちた。

店の客たちが呆然として二人を見ている。

「ちょっとシジミ君、二人とも大丈夫？」

ヒトミが二人のテーブルに来て言った。その時、カウンター席の方から怒鳴り声が聞こえて、何か物がこわれる音がした。女性の悲鳴が続いた。

「これはいったいどういうことなんだよ。スープの中にゴキブリが入ってるじゃないか。この店は客にゴキブリを喰わせんのか?」

男の怒鳴り声がした。


立ち上がってマスターを睨み付けている男は、見るからに、その筋の風体であった。

「おい、どうしてくれるんだよ。俺の口にゴキブリのダシを飲ませてくれた落とし前をよ」

男はマスターに凄《すご》んでから、店の客たちにむかって言った。

「おまえたちも目の前の料理をよく見た方がいいぜ。何が入ってるか、わかったもんじゃねぇぞ。肉だって何の肉だかわからねぇぞ」

「う、うちの店は、そ、そんなもん使っていません」

マスターが言い返した。

「なんだと、じゃ、このゴキブリはどうなんだよ」

男がスープの皿を指さした。

マスターが皿を覗《のぞ》き込んだ。たしかにゴキブリが一匹浮かんでいる。

「ちょっと待って下さい。私がお客さんに、そのスープを持って行った時はゴキブリなんか入ってませんでした」

ヒトミが男の目の前に立ち、大声で言った。

「なにを？　じゃ俺がゴキブリを入れたとでも言うのか」

男がヒトミに鼻面をつけるようにして言った。

「そうでしょう」

「なんだと、この女《あま》、もういっぺん言ってみやがれ、その口を……」

男がヒトミの胸倉に摑みかかった。

その時、男とヒトミの間に潜水艦が浮上して来たように、ちいさな影があらわれた。

「な、な、なんだ、手前《てめえ》……」

「よしなさい。あなた、ヤクザでしょう。ヤクザが素人《しろうと》の前で大声上げて小銭を稼ごうなんてみっともない。ヤクザならヤクザらしくしなさい」

無塁だった。詩人美は、ヒトミが男にむかって行った時、無塁が忍者のように音もなく二人の所に近づき、男がヒトミに摑みかかろうとした瞬間に割って入るのを見ていた。

――ス、スゴイ、叔父さん……。

「俺にタテつこうって言うのか。手前、俺が、どこの誰だか承知でむかってきてるんだろうな」

「知るわけないでしょう」

「なんだと！　手前、なにものだ？」

「私？　そっちこそ、私を知らないのですか？　この私を知らないで、新宿でクダ巻いてるんですか。さてはチンピラだな……」

「な、なにを……」

「私は、青川会の会長だ」

「青川会？　聞いたことがない名前だな」

「いいから、素人さんが怖がってる。表へ出て話をつけましょうか。ヒクッ」

無墨が急にしゃっくりをはじめた。立て続けに二度、三度しゃっくりが出た。その度《たび》に無墨のちいさな身体が痙攣《けいれん》したように跳ね上がった。それを見て相手の男はニヤリと笑った。

「面白《おもしれ》え、じゃ表へ出ようぜ」

男のうしろから無墨がバッタが飛ぶようにして外へ出て行った。詩人美とヒトミもあわてて外へ飛び出した。男は表通りに出ると、無墨にむかってドスのきいた声で言った。

「おまえ、あれだけの大口を叩いて、ただじゃ済まねえぞ」

しゃっくりを上げていた無墨が、一度大きくジャンプして、アチョーと奇声を上げ身体を斜めにして構えた。

――ブ、ブ、ブルース・リー、そっくりだ。

詩人美は無垢だけに歌舞伎町のネオンの灯りが当たっている気がした。

表通りに人だかりができはじめた。

おっ、なんだ、なんの騒ぎだよ？　喧嘩だとよ。そりゃ面白え。で、どんな野郎がやってんだ……。ほろ酔い加減の通行人たちが集まってきた。

集まった人の輪の中に、いったい何の武術の構えかわからないが、大袈裟《おおげさ》に身構えた小柄な青川無垢と、いかにも地回りふうの大柄なチンピラがむき合っていた。

「なんだ、こりゃ。ガキと大人の喧嘩じゃないか。これじゃ一発でカタがついちまうぜ」

アチョー、とまた無垢が奇声を発し、チンピラの周りを間合いを計るように移動して行く。

「おい、掛け声はもういいから。早いとこおっぱじめろや」

「そうだ、そうだ。おい、兄さんもこんな蚊トンボみたいなおっさん相手に何をもたついてんだ。早く片付けちまえ」

チンピラが声のした方を睨みつけた。

「ねぇ、詩人美君、止めてあげなきゃ、叔父さんがどうなるかわからないわよ」

ヒトミが心配そうに言った。

「いや、男の喧嘩は止めに入るもんじゃないんじゃ」

「けどどうやっても無理よ。私が見たってわかるもの」

ヒトミが言った時、アチョー、とひときわ高い声を上げて、無塁が相手に突進して行った。思ったより素早い動きである。無塁の突き出した拳が相手の胸元に届こうかという寸前で、松井秀喜《まついひでき》のホームラン音のような乾いた音が周囲に響いた。

詩人美の目にも、ヒトミの目にも、ヤジ馬たちの視界からも、無塁の姿が失《う》せていた。

「ありゃ、どうなっちまったんだ？」

皆がきょろきょろと周囲を探した。

ドッ、ド、ド、ドォッーと鈍い音がして、左手のバッティングセンターの屋根の上から黒い影がすべり降りてきて、電信柱の脇のゴミ置き場のポリバケツの中に、くずれ落ちた。

ヤジ馬から大きなタメ息がこぼれた。詩人美とヒトミは無塁の所に駆け出した。

「見たか、俺さまの、元フェザー級のパンチの威力を」

チンピラが勝ち誇ったように右手を突き出した。

なんだよ、野郎はボクサーくずれかよ。それじゃ相手にならねぇはずだ。それにしても、あいつはよく飛んで行きやがったな。まるでピンポン球みたいだったな。口ほどにもなかったな……。ヤジ馬がぞろぞろと引き揚げはじめた。

「叔父さん、叔父さん、大丈夫ですか」

ポリバケツの中で白眼を剝いている無塁を詩人美はゆり動かした。

「ちょっと、あんなパンチを受けたのに、あなたの叔父さん、笑ってるわよ」

ヒトミが言うように、無塁は何が気持ちがいいのか口元に笑みを浮かべている。

「頭が変になったんじゃないの？　あのチンピラ、元ボクサーって言ってたもの。きっと脳ミソがぐずぐずになっちゃったのよ。それでなくとも普段からぐじゃぐじゃだったのに……」

ヒトミが泣きそうな顔で言った。

「大丈夫ですか、叔父さん」

「大丈夫だ。そうか、あいつはボクサーだったのか、どうりで上手いことカウンターを打ってきやがった。面白いじゃないか」

無塁は左に曲がった首を、コキンと骨を鳴らして元に戻すと、立ち去ろうとするチンピラにむかって大声で言った。

「おい。待ちなさい。まだ終わってはいないぞ」

無塁の声にチンピラが振りむき、目を剝いた。相手は立ち上がった無塁を足元から見直しニヤリと笑って、うなずいた。

ボクサーのパンチを素人がまともに受けると、ひどいダメージを受け再起不能になると考えるのは間違いである。たしかにカウンターパンチの威力は強烈だが、猛スピードで突進して来た無塁にチンピラが差し出した拳が当たり、勝手に無塁が飛んで行っただけで、気絶したのも一瞬のことでしかない。但《ただ》し、同じボクサーのパンチの中でも、この一撃で相手を完全に倒そうと打ち込んできたものは違う。その種類のパンチを受けたら、無塁は吹っ飛んではいかない。むしろその場にくずれ落ちるようにして倒れてしまう。

「ボクサーなら、ボクサーと最初から言うのが喧嘩の決まりだろう。それなら、この無塁もボクシングで相手をしようじゃありませんか」

無塁が両拳を胸前で揃え、軽くステップしてチンピラにむかって行く。

「ほうっ、まだやるって言うのか。今度はさっきみたいに挨拶がわりのパンチとはいかないぞ」

「街のゴロツキになってしまった君のぶよぶよした肉体で私にパンチが当たるかな?」

「何を生意気を言いやがって」

今度はチンピラが無塁に突進してきた。二人の様子に気付いたヤジ馬が、ぞろぞろと戻ってきた。

「おいおい、なんだよ。あのオッサン、生き返ってやがるぜ」

「おうっ、今度はボクシングで勝負か？」

見ると、チンピラが振り回すパンチを無塁はひょいひょいとかわしている。酔いが醒めたのか、無塁の動きは俊敏だった。

「やるじゃないか、あのオッサン」

「いいぞ。負けんなよ」

ヤジ馬から無塁に声援が飛んだ。

「やるわね。あなたの叔父さん」

ヒトミの言葉にうなずきながら、詩人美は無塁の華麗な動きに見惚《みと》れていた。

——やっぱり叔父さんはスゴイ人だ……。

その時、人の群れを掻き分けるようにして男たちが数人あらわれた。

「兄貴、大丈夫ですか。なんです？　この野郎は？　手前、兄貴にむかって……。ここをどこのシマと思ってやがるんだ」

男たちがたちまち無塁の身体を鷲掴み、羽交《はが》い締《じ》めにした。

その無塁の顔を、兄貴と呼ばれたチンピラが殴りはじめた。

「待て、男と男の喧嘩に加勢して卑怯だぞ」

「そうよ。何やってんの、あんたたち」

詩人美とヒトミが男たちにむかって走り出した。

なんだ、おまえたちは！　こいつらもやっちまえ。加勢に入った男の一人が怒鳴り声を上げた。たちまち詩人美の胸倉を摑み、ポカスカと殴り出した。ちいさな身体の詩人美では、所詮《しょせん》喧嘩慣れしたチンピラの相手ではなかった。それでも詩人美は殴られながらも羽交い締めにされている無塁の所へ突進し、叔父を救おうとする。その詩人美の首根っこを、さっきの大柄のチンピラがおさえ込んで、いいように殴りつける。

「ちょっと、あんたたち何を見てんのよ。素人がヤクザにやられてるのに黙って見過ごす気なの？　いい大人の男が恥ずかしくないの」

ヒトミがヤジ馬に大声を上げた。彼らは皆尻ごみして、あとずさりしている。

「それでも男なの？」

「やかましいんだよ。ネェちゃん」

チンピラの一人がヒトミのうしろ髪を摑んで振り回した。

「助けて、誰か、助けて〜〜。それでも男なの〜〜」

ヒトミの悲鳴にヤジ馬の中にいた数人の若者が顔を見合わせて、

「やめろ。女に何をするんだ！」

とチンピラたちにむかって行った。その動きに合わせるように、見物していたオッサンたちも、

「そうだ。そうだ。ヤクザが何をやってんだ。許さないぞ」

と声を上げて、チンピラに詰め寄りはじめた。

「手前ら、ただじゃ済まねぇぞ。どうなったっていいって言うのか」

チンピラの一人が脅《おど》すように言った。

「どうなったっていいのよ。満月の夜は誰だっておかしくなるのよ」

ヒトミが大声を上げた。

「そうだ、そうだ。やっちまえ」

ヤジ馬の怒声と靴音が響いた。

ヒトミの声に、詩人美は拳の雨を避けながら夜空を見上げた。雨が降っているだけで、どこにも月なぞ出てはいなかった。

群衆心理は恐ろしいものである。通りにはすでに数百人の人間が入り乱れて、騒乱状態になっている。

今誰かが、革命だと叫べば、たちまち暴徒と化して、国会も、銀行も襲われるに違いない。

パトカーのサイレンの音が歌舞伎町の街に鳴り響いた。

そのサイレンの音に、枕元の目覚し時計の音を聞いたかのように、皆が振り上げた手を止めた。そうしてクモの子を散らしたように四方に失せて行った。

詩人美は無塁を背負って、アパートの鉄階段を一歩一歩上がって行った。

背中の無塁の軽さが、詩人美には切なかった。

警官に取調べられた時、無塁はタコ焼きをいくつもくっつけたような顔で、彼等に言った。

「目の前で不正があれば、それを糺《ただ》すのが大人の男の使命でしょう。そうでないと、権力の前に皆沈黙する人間で、この国はあふれてしまいます。私の大切な甥っ子が上京したんです。私は、彼の目の前で、不正に知らん振りをする人間ではいたくないんです。それが大人の男の生き方だと教えたかったんです」

「それで、そんな顔になってちゃ仕方ないんじゃないですかね」

「顔？　傷のひとつふたつがなんですか。昔から傷は男の勲章と言います。それよりも怖いのは、大切な時にこそこそと逃げ出して、こころに取り返しのつかない傷を受けることです。男は顔で生きるもんと違います」

「ところであんた、つい先日、無銭飲食で、ここに連れてこられなかったかね？」

「な、何を言ってるんですか。私が、そんなことをする人間に見えますか。私は男ですよ。不正をするくらいなら飢えて死を選びます」

詩人美は無塁の言葉を思い出しながら、飢えて死を選ぶ叔父の身体の軽さが、自分に人生を教えるためなのだ、と思うと、涙が零《こぼ》れ出した。

「叔父さん、つきましたよ」

詩人美は言って、アパートのドアを開けた。青川詩人美は無墨を背負ったままアパートの部屋に入ると、敷きっ放しの蒲団の上に、疲れ果てた叔父を寝かせた。

詩人美は炊事場へ行き、タオルを水で浸し、無墨の凸凹になった顔を拭ってやった。

時折、痛みが走るのか、無墨は顔を歪《ゆが》め、身体を痙攣《けいれん》させた。

「痛かったですか？　す、すみません」

詩人美が言っても、無墨は目を閉じたままゆっくりと頭を揺らしている。

「僕のために叔父さんをこんな目に遭わせてしまって、ごめんなさい」

詩人美は詫びを言いながら、あふれ出した涙を拭った。

その涙の一粒が無墨の頬に零れ落ちた。

「雨が……」

無墨が、突然声を出した。

「えっ、何ですか？」

「雨が、まだ降っているんですね……」

「いいえ、今、叔父さんの顔の上に落ちたのは、僕の、僕の涙なんです。申し訳ありません。女女《めめ》しくて……」

詩人美が謝ると、無墨はちいさく首を横に振ってから、口元に笑みを浮かべて言った。

「どうして泣くことが女女しいことなんですか。太古、人間は男の方が、女よりも大きな声で泣いたと言います。男が泣くことは当たり前のことなんですよ」

「そうなんですか？　僕は子供の頃から泣き虫で、よく近所の人たちに笑われました」

「笑う人には笑わせておけばいいのです。葉麻子さんは、あなたが泣くことを何か言いましたか？」

無墨は目を閉じたまま詩人美の母親の名前を出して訊いた。

「いいえ、泣くだけ泣きなさい、と言いました」

「そうですか……。泣くだけ泣きなさい、と葉麻子さんはおっしゃいましたか……」

そう言ってから、無墨は急にむせび泣きはじめた。

叔父の泣き顔を見て、詩人美がまた大声を上げて泣きはじめた。

二人が大声を出して泣いていると、左方の壁が激しい音を立てて揺れた。

「ちょっと、こんな夜中に何を泣き声を上げてんのよ。眠れやしないでしょう。ムールちゃん、いい加減にしてよ」

なんだか野太い女の声がした。

「おう、メグちゃん、悪かったのう。ちょっと泣きおさめをしたかったもんでよう」

無墨が目を閉じたまま壁ごしに声を上げげた。

「くだらないこと言ってないで、早く寝てちょうだいよ。私、不眠症なんだから……」

「わかった。わかった」

「す、すみません。僕のことで迷惑ばかりかけてしまって……」

「いいんですよ。ひさしぶりに、いい春の夜でした。雨はもう上がってるようですね」

無墨が嬉しそうに言った。

詩人美はしらじらと明けかけた窓の外を見て言った。

「はい、もう雨はとっくに上がってます」

詩人美の言葉に無墨はうなずき、ウォッホン、と咳払いをひとつして、大声で朗読をはじめた。


雨が、あがつて、風が吹く。

雲が、流れる、月かくす。

みなさん、今夜は、春の宵《よひ》。

なまあつたかい、風が吹く。


詩人美は無墨が朗々と語りはじめた詩の一節を耳にして、目を見張った。それは詩人美の敬愛してやまない中原中也の詩の一節だった。

――やはり、叔父さんだ。中也の詩を諳《そら》んじてるんだ。スゴイや。

詩人美の目からまた涙があふれ出した。

「叔父さん、それは〝春宵感懐〟の一節ですね。僕も大好きな詩です」

詩人美も一緒に大声で語り出した。

なんだか、深い、溜息が、
なんだかはるかな、幻想が、
湧くけど、それは、摑《つか》めない。
誰にも、それは、語れない。

詩人美は、詩の二節を口にして、幻想という言葉に、今日の昼間、競馬場で見た〝カマルグの馬〟のことを思い出した。

たしかにそれは幻想であるのかもしれないが、あの湿地帯の泥を全身に浴びて、黄金色にかがやいていた姿は詩人美の目の中に、今もしっかりと、焼き付いている。

幻想が人の手には摑めないあやういものであったとしても、詩人美の身体の中にしっかりと消えずにあることがすべてのような気がする。

「詩人美君、君も中也が好きですか。さあ一緒に三節目を朗読しましょう」

「は、はい」

誰にも、それは、語れない
ことだけれども、それこそが、
いのちだらうぢやないですか、
けれども、それは、示《あ》かせない……

「叔父さん、やっとわかりました。中也さんが言おうとしたことが。そうなんです。〝カマルグの幻の馬〟は、誰にも示《あ》かすことはできないけど、いのちなんです。今日、僕は、やっとその大切ないのちを競馬場で見たんです」

詩人美が絶叫した。

無墨はやっと片目を開いて、興奮している甥っ子の顔を見返し、

「まあ、それほどのことじゃないんですがね。でも詩人美君が、そう思うなら、いいでしょう」

そう言ってから、詩の四節を朗読しはじめた。

かくて、人間、ひとりびとり、
こころで感じて、顔見合せれば

にっこり笑ふといふほどの
ことして、一生、過ぎるんですねえ

詩人美は無塁のよく響く声を聞きながら、まったく叔父さんの、中也の言うとおりだと思った。

その時、アパートの部屋の戸を蹴り開けて、一人の大きな女が下着姿で飛び込んで来て、

「いい加減にしてって言ってるだろう。ムールちゃん、あたいは今夜、好きな人にふられっちまったんだから、ふて寝をするしかないのよ。それをどうして寝かせてくんないの」

「叔父さん、この人、女ですか、男ですか」

詩人美が目を丸くして言った。

「あらっ、可愛い子ねえ。ちょっと、ムールちゃん、この子誰なの？　あんた、ひょっとして、その趣味があったの」

女というか、大男というか、相手は詩人美を見ると、急に、その場にしゃがみ込んで科《しな》をこしらえて、目をしばたたかせた。

「メグちゃん。この若者は、私の大切な甥っ子です。詩人美君と言います」

「へぇ～、ムールちゃんの甥っ子でシジミなの。ひょっとしてお母さんはハマグリだったりして……」

メグの言葉に無塁と詩人美は顔を見合わせた。

「メグちゃん、君、天才だったりして」

無塁が言った。詩人美も思わずうなずいた。

「あらっ、嫌だ。どうして知ってるの。私、忘れた頃にやって来る天災オカマよ」

と言ってから、何を思い出したか、メグが突然大声で泣き出した。号泣である。大きな身体を打ち震わせて、メグが泣くたびに安普請のアパートが揺れはじめた。

「何があったかは知らんが、メグちゃんも哀しいんですね。〝みなさん、今夜は、春の宵〟ですわ。さあ、ご一緒に」

そう言って無塁は詩の最終節を朗読しはじめた。


雨が、あがつて、風が吹く。

雲が、流れる、月かくす。

みなさん、今夜は、春の宵。

なまあつたかい、風が吹く。

三人が大声で詩を朗読していると、ぞろぞろとアパートの住人が戸口にやって来た。

「おまえさんたち、いったい何をやってんだ。何が、春の宵だ。もうとっくに夜は明けてんだ。こんなこと毎晩やってると、青川さん、アパートを出て行って貰うよ」

白髪の老人が言った。

「そうよ。どうして私たちが青川さんのことでビクビクして暮らさなきゃなんないの。おかげでうちの子なんか、あんたの朗読する詩を寝言で言うようになったじゃないの。〝汚れっちまった悲しみに〟なんて、どうして小学生に言わせるのよ」

髪の毛がバラバラの女が怒鳴り声を上げた。

「これは皆さん、朝っぱらから迷惑をかけてすみません。静かにしますのでかんべんして下さい」

無墨が皆にむかって土下座した。

「いや、皆さん。悪いのは自分なんです。叔父さんじゃないんです。本当に申し訳ありません」

詩人美が床に頭が着くほど頭を下げた。

「この人、誰ですか？」

皆が詩人美を見た。

「私から紹介するわ。ムールちゃんの甥っ子さんでシジミちゃん。今日から私の恋人よ」

メグは言って、詩人美の手を取り、下着の中に入れようとした。

「な、何をするんですか。恐ろしいことをしないで下さい。怒りますよ」

「あらっ、怒った顔がまた可愛い」

メグの目が濡れていた。

「さあ、メグちゃんも、皆さんもお引き取り下さい。私たちも休みますんで……」

「本当だね。今回は甥っ子さんの手前もあるからかんべんしましょう。おい、メグ、おまえさんも部屋に帰りなさい。甥っ子さんが怖がってるじゃないか」

「何言ってるのよ、管理人さん。シジミ君は怖がってるんじゃなくて、洗礼の前の戸惑いを覚えてるだけよ。ねぇ、シジミ君」

メグが髯《ひげ》が伸びはじめた頬をすり寄せて言った。

「いや、本当に怖いんです」

「うん、もう、いじらしくて可愛い」

メグは言って、強引に首に手を回して詩人美の唇に肉厚の唇を重ねた。

詩人美は気を失って、その場に頽《くずお》れた。

「こらこら、メグちゃん、甥っ子はまだ初《うぶ》なんだから。まあ、いいか、寝かさなきゃいけないとこだったから……」

無墨が意識を失っている詩人美を蒲団に寝かせた。

詩人美は、夢の中で、また、あの幻の馬たちを見ていた。一度も訪れたことのない、南フランスの美しい湿原に、馬たちは風に鬣《たてがみ》をなびかせ、気持ち良さそうに草を食《は》んでいる。あの詩人美を蹴散らそうとした荒々しく疾走する姿と違って、馬たちは皆おだやかな表情をしていた。

一頭の白い馬が、詩人美を見た。詩人美が笑いかけると、馬は急に嘶《いなな》いて前足を大きく上げ、こちらにむかって走り出した。詩人美はあわてて逃げ出した。しかしぬかるみに足を取られて、たちまち馬たちに背中を蹴られ、泥の中に倒れ込んだ。

「た、助けてくれ」

声を出した途端に、目が覚めた。跳ね起きると、蒲団の上に座っていた。部屋の中を見回すと、窓際の隅にある小机の前に座った無墨が、机の上にうつ伏せていた。

外はまたいつの間にか、春の雨が降りはじめていた。春雨の冷気が部屋に入り込んでいる。

「叔父さん、そんなところで寝ては風邪を引いてしまいますよ。叔父さん」

詩人美は窓際に歩み寄って、叔父の肩を叩いた。

無墨は眠っていた。手には使い古した万年筆を握っている。

無塁が顔を埋めた脇に一冊のノートがあり、そこには何かが綴《つづ》られていた。
少し右上がりの、美しい文字だった。

四月×日、日曜日。

詩人美君と競馬場へ行く。葉麻子さんのバースデーの七月一日で、詩人美君、最終レースを的中。葉麻子さんの誕生日を忘れるとは、我輩は不埒者になり果てた。３レースを寝坊して買い損ねる。買っていれば２８０万円也。口惜しいが、金のことを口にするのはよそう。人間が卑しくなる。詩人美君は善き若者なり。ともに中也の詩を口ずさめる血脈があったことが嬉しい。

さて、イザベル、君は元気にしているかい。君に我輩の甥っ子の話をいつか聞かせてやりたい。我輩は、今日も平穏無事に一日が過ごせました。君に逢いに行くための船賃が、もう少しで手に入るところだったけど、それは仕方ない。でもイザベル、必ず、君を迎えに行くから、そのまま美しい君でいておいでよ。その日が待ち遠しいね。ではおやすみ。

今夜もまた、イザベル、君に一輪の薔薇を。

無塁の机の上の牛乳瓶に、一輪の薔薇の花が、煙る春の雨にちいさく揺れていた。

——こ、これって、愛じゃないか。
詩人美の目からは、また涙があふれ出した。
——イザベルって誰？

第二章　インディアン・サマー

詩人美《しじみ》は夢の中をさまよっていた……。

見渡す限り、地平線が続く曠野《こうや》を歩き続けていた。空には雲ひとつなく、吸い込まれてしまいそうな青色が、詩人美の彷徨《ほうこう》する大地を覆っていた。

——僕はどこへ行くのだろうか……。

自問をくり返しても、足がどんどんと前に踏み出して行く。

青色の大きな鍋《なべ》の蓋《ふた》の中に閉じ込められてしまった蟻のような気分がしていた。

それでもいつか空と地平の縁《ふち》に辿り着くに違いない。そんな予感がする……。

やがて前方にちいさな山が見えてきた。

——ほら、やっぱりそうだ。あれは世界の端に辿り着くための高台に違いない。

山は少しずつかたちをはっきりとさせてくるが、詩人美はあわてたりはしなかった。

夢の中で、少しでもあせったりすると、たちまち周囲の風景は一変し、得体の知れない世界に引き込まれ、詩人美の身体はこなごなにされてしまうからだ。

——夢には時間というものがないのだ。

詩人美は幼い頃から何度も夢の中で実験をくり返してきたから、夢の世界のあやうさを人一倍知っていた。

たとえばいい例が、生家の納屋の中で昼寝をしていた夏のことだ。

詩人美は五歳か、六歳だったたと思う。いつもベッドに臥せがちの母・葉麻子《はまこ》が、その日の朝、病院からの迎えの車に乗せられ、家を出て行った。

母と二人暮らしの家では、葉麻子が居なくなると、詩人美には話し相手もいなくなり、独りで過ごすしか術《すべ》がなかった。別に母が居る時、いつも話をしているわけではなかったが、目の届く場所に葉麻子が居るだけで、詩人美は母と会話ができた。

庭の池の縁で、あめんぼうが一匹、思案に耽《ふけ》っているのを見つけて、

「葉麻子さん。あめんぼうが何か考えごとをしているよ」

と胸の中で呟けばいいのだ。すると耳の底に聞こえて来るのだ。

「あの水澄《みずすまし》はね、今日一日がとっても蒸し暑そうだから、どこで一日を過ごそうか、と思案しているんじゃないかしら……」

「そうか、それなら、この先の沼の葦の群れの中がいい、と教えてやるよ。もう葦はかなり伸びていて、水面に蔭も作っているし、おまけに風も吹き抜けているんだ」

「そうね。ならそれを教えてあげなさい」

母の声を聞き、詩人美はあめんぼうに告げてやるのだ。

ともかく葉麻子は冷たい目をした病院の男たちに両腕を抱きかかえられるようにして生家を出て行ったのだ。詩人美は話し相手を失い、あめんぼうが葦の群れの中に入り込んだように、納屋で昼寝をはじめたのだ。焼けつくような太陽が傾く夕刻まで、ここで葉麻子と海へ遊びに出かける楽しい夢でも見ようと子供ごころに思った。


詩人美の目の前に山があり、大地と空に、みじかい虹がかかっていた。足元には、ゆれる穀物の実と円形の貝殻。見ると周囲には、よく育った作物があり、なぜかそこだけに雨が降りしきっていた。

詩人美は地面に座っている。空、山、さらにもうひとつの山……。

――この風景はいったい何なんだ？

詩人美は空を見上げた。するとまぶしい太陽が瞳をちかちか刺激した。思わず手をかざし、目を閉じてから、指間からもう一度覗いてみると、何やら影が動いていた。

「起きろ、詩人美君、ア、ワワワワワ」

奇妙な音がする。

「起きるんだ、詩人美君、アワ、ワワワ」

詩人美が目を開いて起き上がると、そこにヘアバンドに羽を差した上半身裸の男が立って踊りを踊っていた。

「だ、誰だ？」

詩人美は叫んで、部屋の隅へ横っ飛びに逃げた。アワ、ワワワワ……。男は開いた口に小刻みに手を当てて、奇妙な声を上げていた。顔には赤色と青色の絵の具が塗り込めてある。

「な、何だ？」

すると男はいきなり、白い歯を見せた。

「私ですよ。詩人美君、無墨《むーる》です。今日は午後からおそろしく天気がよくなりましたから、インディアン・サマーで行こうと思ったんです」

無墨は箒《ほうき》を右手に、斧のつもりか左手に杓子《しゃくし》を持って、胸板には、何のまじないか、亀の絵柄まで描いて、そこに立っていた。

――インディアン・サマー？

詩人美は叔父の姿を見直した。そう言えば、今しがたまで見ていた詩人美の夢も、自分はインディアンであったような気がした。

「インディアンですか？　叔父さん」

「そうです。インディアンですよ。インディアンになった夢を見ました。知っていますか？　詩人美君。私たちのＤＮＡと彼等のＤＮＡが同じだってことを？」

「そうなんですか？」

「そうですとも、大昔に私たちの祖先がベーリング海峡を歩いて、アメリカ大陸へ渡って行ったのですよ。素晴らしい人たちじゃありませんか。アメリカ大陸は元々、彼等の神聖な大地なんです。すぐに戦争をおっぱじめるブッシュなんて奴の土地じゃないんですよ。あんまり天気が良いから、私は朝からインディアンになることにしたんです。インディアン・サマーですよ」

そう言って無塁はまた口に手を当てて、アワ、ワワワワ……と、奇声を上げながら、部屋の中を跳ね回りはじめた。

心底楽しそうに踊る叔父を見ていて、詩人美も、あとについて踊りはじめた。

——朝からいきなり、インディアンか……。叔父さんは変わってるナ。

二人はひとしきり踊りを踊ると、アパートを出て、近所の定食屋に昼飯を食べに出かけた。

商店街の隅にある少し傾いたプレハブ住宅を急ごしらえで食堂にしたような定食屋である。

「ここが私のキッチンです」

無塁が食堂の看板を指さした。看板には子供が落書きしたような文字で〝帆立屋《ほたてや》〟とある。

「帆立屋か、いい名前ですね」

「いいでしょう。さあ帆を立てて、いざ漕ぎ出さん。人生の航路は洋々として、君を待つ、ですな。まずは航海前の腹ごしらえです」

——イイナ、叔父さんは……。

無塁が食堂に入ると、奥の方から大声がした。

「おうっ、ムールさん。今日は遅いね。おや、その顔はサッカーの応援にでも行くのかい？　ところでどうだったい？　昨日の競馬は」

カウンターの奥から丸坊主の男が、フェイス・ペインティングをした無塁の派手《はで》な顔を見て訊いた。

「昨日の競馬ですか……。そんな昔のことはもう忘れてしまいました」

「3レースで28万円の大穴が出たって、朝からもちきりだ。それに……」

無塁は隅のテーブルに座り、ビールを注文した。

「朝からまた飲むんですか？」

「そうです。朝から、いい夜のいい酒のために準備をしなくちゃあ、いけません」

無塁が新聞を取りに行き、戻って来た。

開いた新聞の一面が詩人美の前にある。

〝新宿で謎の騒乱。負傷者に事情聴取も首謀者不明。新しいテロか？〟

その紙面の隅に、白抜きの見出しで、〝中央競馬史上、最高配当。直後、馬場に乱入者〟とある。

――都会は毎日、いろんな事件が起きるんだナ。

と詩人美は思った。

「詩人美君、君はインディアン・サマーをどう思いますか」

「どうって、インディアンが何かあるんですか？」

「ありますとも。彼等はみんな詩人なんです」

「え？」

驚く詩人美に無塁が大きく頷いた。

「インディアンは皆、詩人なんですか？」

詩人美が食堂〝帆立屋〟の隅のテーブルで素頓狂な声を上げた。

「そんなにびっくりするようなことじゃありません。原始、人は皆、詩人だったのですから」

無塁は皿の天豆《そらまめ》を指先で器用につぶし、飛び出てきた豆を口の中に入れている。

「日本人だってそうです。縄文人たちは皆、詩人でした。彼等の一人一人が自分たちの詩を持っていたのです。母が赤児に祖母から教わった詩を語って聞かせ、父が息子に祖父から教わった詩を読んでやったのです。兄は弟に、姉は妹に、それぞれ兄弟姉妹の詩を口ずさんでやったのです」

無塁はまるで古代を生きていたかのように懐かしい表情で言った。

「叔父さん、それは素敵なことですね。日本人は昔、皆、詩人だったのですね。どうして日本人は詩を生活から手放してしまったのですか？」

「うん、いい質問ですね。さすがに私の甥っ子だ。それは人間が古代にはなかった労働なんぞをしはじめて、物を、すべての価値の基準にしてしまったからです。天の恵みすらも自分のものと考えはじめた時から、詩の一篇一篇が空に、大地に帰って行ったのです。情けないことです。〝時間《とき》は金なり〟なんて言ってるようじゃ、詩は生まれません。詩の木も、詩の芽も、詩の石も……、皆、沈黙してしまったのです」

「でも働かなくては食べて行けないじゃありませんか」

「それは違います。人間は朝から晩まで働くために生まれて来たんではないのです。現代社会を見てごらんなさい。ほとんどの人が金のために働いているでしょう。金は単なる通貨なんです。だから人の前を通過するんですよ。なんちゃって……」

「そんなふざけてないで、ちゃんと教えて下さい」

「すみません。しかしこの駄洒落は結構、奥が深くて好きなんですがね。つまり金は人間が作ったものですから、本来、人間社会の中心にあるものではありません。人間の周りを流れて行くだけのものなんです。肝心は、私という、詩人美君という人が、世界の中心に立って、生きるってことなんです。金が価値の基準なんかになるはずがないんです。人間が、ある日、人間の価値までを物の量ではかろうとしはじめたのです。その時、私たちは生活の中に生きていた詩を売り捌《さば》いてしまったんです」

「詩を売ったのですか？」

「そうです。詩を売りはらって、働くことを取ったのです」

「叔父さんは、やっぱり叔父さんはスゴイ。僕もまったく同感です」

詩人美は感激のあまり無塁の手を取って、また涙ぐみはじめた。

「これこれ、詩人美君は少し泣き過ぎです。男がそんな滅多矢鱈《めったやたら》泣くもんじゃありません」

「そんなふうに言われても、僕は詩のことを考えると、身体の芯のようなところが震え出してしまうんです。それに叔父さんだって、昨日、競馬場で大声で泣いていたじゃありませんか」

無塁はビールの酔いが回って来たのか、目をとろんとさせて、どこか遠い所を見ている。

「詩人美君、君、しっかり食べなさい。お〜い入道《にゅうどう》さん。私の甥っ子に何か美味《うま》いもんを食べさせて下さい」

無愛がカウンターの中にいる主人に言った。

「おう、わかったよ。ムールさん、まかしときなって」

野太い声が店中に響いた。

「あのご主人、入道って名前なんですか。顔も身体もいかついですが、名前も怖いですよね」

詩人美は主人をちらりと見た。

「いいえ、あの人の本名は八千草比呂美《やちぐさひろみ》って言うんです。札幌《さっぽろ》からクラシックバレエのプリンシパルになろうと上京したんです。夢が叶わず、今はレストランのシェフです。けど八千草でも、比呂美でも、あの顔には似合わないでしょう」

「あの人がクラシックバレエを？　人は見かけによらないもんですね」

「詩人美君、人間を見かけで判断してはいけません。人の目に見えるものなんて、ほんの一部でしかないんです」

無愛が少し怒ったように言った。

「す、すみません。でも八千草比呂美さんが、どうして入道なんですか」

「ほらっ、顔をご覧なさい」

無愛が詩人美の方に身を乗り出してささやくように言った。

「タコ入道みたいでしょう。でもタコなんて呼んだら殴り飛ばされるし、第一、ツケで飯なんか食べさせてくれません」

「そうですね。でもタコ入道ってバレませんか？」

「入道雲みたいに大きくてまぶしいって言ってありますから」

無塁がウインクした。

「なるほど、さすが叔父さんだ」

二人が主人を見て笑っていると、それに気付いて主人が白い歯を見せた。

「ほらね、いい人なんですよ。おーい、入道さん、もう一杯、よろしく。ここのビールはどうしてこんなに美味いのかね、入道さん」

無塁が空になったジョッキを持ち上げて笑った。

「そうかい。やはり美味いかい。ムールさんにそう言われると照れるね。今、すぐ甥っ子さんに特製の料理を作ってあげるから……」

主人が嬉しそうに言った。

その時、二人のテーブルのそばに風が巻き起こった。テーブルが一瞬、ふわりと浮き上がって天豆を宙に放り出し、音を立てて元に戻った。

「な、何だ？」

無塁が驚いて、ジョッキ片手に椅子の上に跳ね上がった。

見ると、二人の目の前に自転車に乗った若者が出前の岡持を手に立っていた。

「只今、戻りました」

若者が大声で言った。

「き、君、なぜ、こんな店の中まで自転車で入って来るんだ。び、びっくりするじゃないか」

無塁が口の周りについたビールの泡を飛ばしながら言った。

「おーい、フーコー、そこのお客さんの料理が上がったから運んでくれ」

入道の声がした。

「わかりました」

そう言って若者はハンドルのベルをチリン、と鳴らし、ペダルを逆回転させてバックのままカウンターまで素っ飛び、あっという間に山盛のスパゲティーの入った大きな皿を手に戻って来た。

「はい、お待ち」

一瞬の早業に無塁も詩人美も口を開けたまま若者を見ていた。

主人がカウンターから出て来て若者の肩を叩きながら言った。

「こいつフーコーって言って、京都から出て来た自転車野郎だ。なんでもアルバイトして金をためてフランスへ行くつもりらしいんだ。そこでツルだかカメだかに出るんだってよ」

「ツル、カメじゃなくて、入道さん、それはツール・ド・フランスです。ヨーロッパ最大の自転車競技です。ヨーロッパでは自転車選手は英雄なんです」

無塁が言うと、若者は嬉しそうに無塁の手を握った。

「いや感激だな。ツール・ド・フランスのことをよく知ってるお客さんがここに来てるなんて。はじめまして。風神雷太《かざかみらいた》と言います。風の神だから風公《フーコー》と呼ばれてます」

「ほう、それで風公か。いいネーミングだ。風神雷太か……。〝風神雷神〟ってとこだな。いいね、気に入った。私は青川無塁だ。彼は私の甥っ子で青川詩人美君」

「ムールにシジミ、面白いですね」

「そうだろう。それに入道さんが一緒になってスパゲティーと一緒にフライパンに入れたら、海の幸のスパゲティー、なんちゃって」

無塁が笑い出すと主人もなぜか大笑いをしていた。

おーい、フーコー、次の出前が上がったぞ、とキッチンの方から声がした。風公はハーイ、と返答して、風のように自転車をバックさせ、つむじ風を残して店を出て行った。

表で女の悲鳴が聞こえた。客が表の方を覗き込むと、ミニスカートにティーシャツ姿の大柄な女が、胸を撫でおろし入って来た。メグである。

「もう驚いちゃった。轢き殺されるかと思ったわ。メグ、心臓が止まりそう。ほら、さわってみて」

入口に立って帰ろうとしていた客の手を取って、メグは胸をさわらせている。客は気味悪がって、あわてて手を引っ込め、代金を払って外に走り出した。

「何よ、失礼ね。あらっ、やっぱりここにいたわね、シジミちゃん」

メグが詩人美を見つけて駆け出した。メグの迫力ある足音で店全体が揺れている。詩人美は思わず立ち上がって、無塁の背後に回った。

「いや、メグちゃん、さすが元全日本のラガーマンだけに突進して来ると迫力があるね。いいですね。私の甥っ子に恋しました?」

無塁が目を細めて言った。

「もう一目惚れよ。私にもやっと春が来たって感じよ」

「そうかい。でも今日はインディアン・サマーだから、気分はもう秋なんですよ」

「また何を訳の解らないことムールちゃんは言ってるのよ。シジミちゃん、本当にあなたの叔父さんは変な人ね。でも今日からは、私にとっても叔父さんよね」

メグが詩人美に唇を突き出した。

「ちょ、ちょっと待って下さい。落ち着きましょう」

詩人美があわてて言うと、無塁が助け舟を出してくれた。

「メグちゃん、少し髯が伸びてるから、まずは銭湯に行って来た方がいいですよ」

「そうかしら。あらっ、嫌だ。ずいぶんと伸びてるわ。これじゃキスもできやしない。

シジミちゃん、ちょっと待ってて、身体を綺麗にしてすぐに戻ってくるから」

そう言ってメグは足音響かせて外に出て行った。詩人美は大きな吐息をついて席に戻ると、無塁に訊いた。

「叔父さん、僕はあの人に何か怖いことをされるんじゃないでしょうか？」

「何を言ってるんです。怖いことなんかありゃしないですよ。すべての愛は受け入れてこそ、詩人美君、詩はかがやき出すんですすよ」

「こ、この僕が、あの人の愛を受け止めなくてはいけないんですか？」

「それでメグちゃんがしあわせになるんなら、詩人美君、君が耐えなさい。愛は耐えることですよ」

「何か、でも痛そうで怖いんです」

「心配いりません。相手はプロです。痛みはいっときのものです。あとは悦楽の波が押し寄せると言いますから……」

「そ、そんな……」

「別に死んでしまうわけじゃないでしょう。インディアン・サマーに比べたら、たいしたことはありません」

「それって何のことでしょうか？」

「インディアンの男たちは皆戦士なのです。彼等は戦うために生まれてきたのです。そして戦士として死ぬために生きているんです。ある秋の日、それはこの世で空も、大地も一番美しい日。彼等は、その秋の日を〝インディアン・サマー〟と呼んで、空を仰いで言うのです……」

そこまで言って無墨は目を閉じた。

「空が、大地が、この世で一番美しい日に、彼等は何を言うのですか?」

「戦士は、そっと呟きます。『インディアン・サマーか、死ぬにはいい日だ』と……。

ねえ、詩人でしょう」

「そりゃ、スゴイですね。ポエムですね。叔父さんはインディアンとも暮らしたことがあるんですか?」

「うん、そう言われてみると、昔、暮らしていた気がしますね……」

無墨は口をへの字に曲げて頷いた。

「叔父さん、もっと教えて下さい。インディアンのことを」

「そうですか。正確にはインディアンではなく、ネイティブ・アメリカンと彼等を呼ばなくてはいけません。アメリカ大陸は、彼らの聖地なんですから……。私が好きな彼等の詩をひとつ教えましょう。それはさっき話した祖母から母へ、母から赤児へ、と語り継がれてきたいろんな詩の中のひとつで、少年の詩です」

「僕、少年の詩が大好きです」

「私もです。これはトリンギット族という、今のカナダの太平洋岸に住んでいるネイティブ・アメリカンの部族が、ちいさな男の子のための子守唄として語り継いでいる詩です。詩人美君は山に入って鳥を捕ったことはありますか？　川に入って魚を捕ったことはありますか？」

「はい、子供の時に山へも川へも行きました」

「そうですか。その捕った獲物はどうしましたか？」

「母に見せました」

「ほう、葉麻子さんにね。彼女は何と言いましたか？」

「生きているなら鳥も魚も飼ってやりましょう。もし生きていないのなら、二人で食べてあげましょうと」

「さすがだな。葉麻子さんは詩人ですからね」

「それでトリンギット族の、そのちいさな男の子のための子守唄を早く聞かせて下さい」

「はい。では教えましょう。ちいさな男の子のための子守唄。

小鳥を撃《う》って　弟にやろう
小鱒《こます》を突いて　妹にやろう

どうです？　いい詩でしょう」

無墨がウインクして、親指を突き立てた。

——なんて素晴らしい詩なんだ！

トリンギット族の詩を胸の中で反復するうちに、詩人美は、この詩を口ずさみながら、眠りにつき、夢の中に入って行く少年の姿を思い浮かべた。

「きっとこの男の子は素晴らしい戦士になるでしょうね」

「そのとおりです。戦士は己のために何かをするのではないのです。何か、誰かのために生きるんです」

青川詩人美は、叔父の無墨から教わったネイティブ・アメリカン、トリンギット族に伝わる子守唄を、目の前のコップの水に指を突っ込み、濡れた指先でテーブルの上に書いてみた。

小鳥を撃って　弟にやろう
小鱒を突いて　妹にやろう

無墨は、この子守唄の題名を〝ちいさな男の子のための子守唄〟と言っていた。

きっと、この男の子はまだちいさくて、弟も妹もいないに違いない。

インディアンの母親は、男の子が夜の眠りにつく前に、この詩を口ずさんで聞かせ、やがて生まれてくるであろう彼の弟や妹のために、彼が兄として何をすべきかを教えているのだろう。ひょっとして男の子は夢の中でひと足早く弟か妹に逢って、彼等に小鳥や鱒を捕って、分け与えているのかもしれない。夢の中で見る未来がやがて現実になると信じているのだろう、と詩人美は思った。

——未来を彼等は信じているんだ。今が、たしかな未来としっかりと繋《つな》がっていることを……。

詩人美は無塁が言った、日本人も、古代の人たちは皆一人一人が詩人だった、という言葉を思い出し、インディアンたちがずっと生活から詩を手放さないで生きて来たことに感激した。

詩人美が無塁の顔を見ると、無塁は右手を突き上げて、謳《うた》うように言った。

「ネイティブ・アメリカンの戦士こそが、真の勇者です。戦士は己のために何かをするのではなく、誰かのために生きるんです。だから詩人美君も、ここはひとつ我慢して、メグちゃんのために、その無垢な身体を捧げてはどうでしょうか？」

無塁がそう言った途端、食堂〝帆立屋〟の表戸が勢い良く開いて、メグが巨体を揺らして入って来た。

「そ、そんな、叔父さん、僕には、それはできません」

詩人美があわてて首を横に振ると、メグが詩人美の姿を見て嬉しそうに大声を上げた。

「シジミちゃん、おまたせ」

「いや、僕は別に待っていませんから……」

「何を照れてるのよ。自分の気持ちを偽《いつわ》ってはダメよ。本当はメグが早く帰って来てくれないかな……、なんて思いながら首を長くして待っててくれたんでしょう?」

「いや、そんなふうに待ったりは……」

「何を強がり言ってるの。シジミちゃんの、その目、私を見つめる目でわかるわよ。メグ、もうこの道、三十年なのよ。ねぇ、ムールちゃん」

「そうです、そのとおりです。まったくメグちゃんが言うとおりです」

無塁がメグに同調した。

「ちょ、ちょっと待って下さいよ。叔父さんまで、そんなことを言い出さないで下さいよ。僕はまだ男はおろか、女性のことも何ひとつ知らないんですから……」

「えっ、それって、本当なの? メグ、大感激! メグが筆おろしなんて、どうしましょう? 身体が震えちゃうわ……」

メグは言って本当に身震いしはじめた。

「そ、そんな、僕は嫌です。ダメなんすよ。本当にダメなんすよ。叔父さん、助けて下さい」

「そう言わずに詩人美君、いずれ誰かとそうなるんだから、相手はやさしい人を選んだ方がいいですよ。初体験の相手でSEXが歪《ゆが》んでしまう人も大勢いるらしいですからね。メグちゃんは大丈夫、床上手だから……。特に初めての人には親切ですよ」

「どうして、そんなことを叔父さんは知っているんですか？」

「それはシジミちゃん、私とムールちゃんは昔、恋人同士だったからよ。大失恋したメグを慰《なぐさ》めてくれて、それから二人は恋に墜《お》ちたの」

「だったら、叔父さんが相手をして下さいよ」

「ところがいろいろあってね。男と女も恋に墜ちると物事が見えなくなるけど、男と男の場合は、もっと闇が深くてね。メグちゃんと私は闇の中をさまよい続けたのさ……」

無墨が頭を掻きながら言った。

「嘘よ。私たちの別離の原因は、そんなことじゃないの。私たち、最後の部分でお互いを理解できなかったのよ。ムールちゃんのせいじゃないの……」

知らぬ間にメグが大粒の涙を流している。それにつられてか、無墨も泣き出した。

「違うんだ。私がメグの貯金を全部、競輪に使っちまったのがイケナカッタんだ。メグ、本当に済まなかった」

「もうムールちゃん、私たちはもう元に戻れないのよ。だからシジミちゃんがあらわれたのよ。しかもムールちゃんの甥っ子なんて運命を感じるわ。見て、もうこんなに鳥肌立っちゃって」

メグが詩人美の手を取り、鳥肌立った腕を撫でさせた。鳥肌の一粒一粒が異様に大きくて固かった。詩人美は手を引っ込めて、無塁にしがみついた。

「叔父さん、僕、怖いっす」

「怖いのは、最初だけですって……」

「そ、そんな……」

メグは、店の準備がある、と言って先に店を出た。

「今夜、必ずお店に来てよ。約束よ」

メグは詩人美の手を何度も握って言った。

「大丈夫です。この私が首に縄を付けてでも、メグちゃんのところへ連れて行きますから。ひさしぶりに今夜はパァーッと行きましょう」

無塁が両手を上げて、うらめしそうに詩人美の方を振りむくメグを見送った。

「えらいのに惚れられたね。詩人美君。しかし人間、どんな人にでも惚れられるということはいいことです。何事も経験だから、ムールさんの言うとおりにしてみたら……」

入道が笑って言った。

「そんな……、入道さんまで……」

詩人美が不安な顔で入道と無塁を見た。

その時、店の中に作業服に地下足袋を履き、ヘルメットを被った男が一人入って来た。

「よう現場監督、どうしたんだい？　もう仕事がはじまってる時間じゃないの」

入道が男に言った。

「うん、そうなんだが……」

男は店の中の客を見回していた。

無塁がジョッキをかかげると、入道が男とテーブルに近寄って来た。

「ムールさん、ちょっと頼みがあるんだけど……」

「何ですか？　お金ならありませんよ」

「そんなんじゃなくて、実は、この人、店のお得意さんで、工事現場の監督をしている人なんだが、工事で働く人がどうしてもあと二人必要らしいんです。それで人数合わせでいいから、ムールさんに現場へ行って貰いたいんだが、頼まれてはくれないかね？」

「働く？　この私がですか。入道さん、私はもうかれこれ五十年働いてないんですよ。その私に、働けと言うんですか」

無塁が言うと、男が呆れ顔で言った。

「ほら言わないこっちゃない。こんな男に頼む方が無理だ。石ひとつだって持ち上げられやしない」

「失礼な、今、何と言いましたか？」

「だから、おまえさんのような飲んだくれには石ひとつ持てやしない、と言ったんだ。主人《おやじ》、時間の無駄だったよ。他を探すわ」

現場監督がそう言って店を出ようとした。

「待ちなさい。これでも石ひとつ持てないと言うのですか」

無塁がテーブルを持ち上げて言った。

「ほうっ、案外と力があるんだな」

「当たり前です。子供の頃から浜相撲で鍛えた身体です。働くことは主義としてできませんが、ここは入道さんの顔を立てて、私の甥っ子と二人で工事の手伝いをしましょう」

「ムールさん、済まないね」

入道が頭を下げ、現場監督が白い歯を見せた。

「そうかい、それはありがたいや。日当ははずませて貰うからな」

「だから私は金のために汗は流さないと言ってるでしょう。さあ、詩人美君、労働の現場というものを見物に行きましょう」

「は、はい」

詩人美は立ち上がって、現場監督と無塁のあとに続いて店を出た。

現場は〝帆立屋〟から少し離れた大通りに面した場所にあった。すでに工事ははじまっており、周囲に掘削機《くっさくき》の音が響いていた。

「そうだな。取り敢えずあんたたちには交通整理をやって貰おうか。お〜い、作業服とヘルメットを二組持って来い」

若い作業員が二人に作業服とヘルメットを渡した。着てみると、無塁も詩人美も作業服がよく似合った。

「ほうっ、さまになってるな。若い時に結構現場に出てたな」

「だから、労働は生まれてからこの方いっさいしていない、と言ってるでしょう」

「じゃふた手に分かれて、通行人を誘導してやってくれ」

「なんだ、通行人の整理か……。私は車の交通整理がやりたい」

無塁が不満気に言った。

「ダメだ。車の交通整理は経験がいる。あんたにゃ無理だ」

「いや、できる。やりたいからぜひやらしてくれ」

「ダメだ」

その時、二人のそばを黒い影が横切り、つむじ風が起こった。

「叔父さん。通行人の整理は僕が一人でやりますから、叔父さんは休んでおいて下さい」

「面白くないな。一度、道の真ん中で笛を吹いて交通整理をしてみたかったんだが……」

無塁は言って、資材の上に腰を下ろし、道を往来する人を眺めはじめた。

宵の口の新宿・歌舞伎町界隈は仕事帰りのサラリーマンやＯＬ、デートに来た若いカップル、そしてこれから働きに出るホステスさんや若い女の子で賑わっている。

そんな人の波を巧みにかいくぐりながら、出前の自転車や二輪車が通り過ぎて行く。

オオーッ、と人混みの中から何やら驚きの声が上がった。

見ると、一台の自転車がフルスピードで人の群れの中を疾走していた。自転車が通り過ぎる度に、女性の髪をなびかせ、スカートを捲《まく》り上げ、男たちの上着を浮き上がらせる。まるで川の中を、藻を避けながら素早く泳ぐ若鮎のように見える。自転車はすぐに先の路地に消えた。

「まるで曲芸師だな……」

それを見ていた無塁が感心したように呟いた。詩人美も自転車乗りの見事なハンドルさばきに見とれていた。

「詩人美君、見たまえ、さっきの自転車乗りが、今度は車と競走してるぞ」

見ると、先刻の自転車が車をどんどん追い越して疾走している。

「これはスゴイ。よし、決めた。工事は中止だ。詩人美君、あの自転車野郎をとっつかまえよう」

無塁が一目散に駆け出した。

「コラァーッ、待たんか、どこへ行く？」

ヘルメットと作業着を脱ぎ捨てて、自転車野郎にむかって一目散に走り出した青川無塁を見て、現場監督が大声を上げた。

「す、すみません。僕も、これで失礼します」

詩人美も監督にヘルメットと作業着を返して、叔父さん、待って下さい、と声を上げながら走り出した。ど、どこへ行くんだ、おまえたち……、背後で監督の声がする。

「わ、わかりません。叔父さんの行くところへ、僕は行かないと、人生を学べないんです。すみません」

「何？　人生を学ぶ……。ちょっと待て、俺も学ばせてくれ」

現場監督はそう言うと、そばにいた作業員たちに、いいか、俺が居なくともちゃんと工事をやるんだぞ、さもないと全員を掘削機でこなごなにするからな、と睨みつけてから、豆粒みたいになって先の方を走っている無塁と詩人美を追い駆けて行った。

自転車野郎は新宿の街を一気に抜け、神宮の森にいったん入り、国立競技場を一周すると、ぐっと尻を持ち上げ甲州《こうしゅう》街道を真っ直ぐ西にむかって疾走して行った。とにかく速い。もたもたしている自動車などは平気で追い越してしまう。その自転車野郎を見失わないで走っている無塁は驚異的な足をしている。どこにこんな体力が残っていたのか想像を絶する。無塁を追い駆ける詩人美はさすがに若いだけあって、余裕のある表情で走り続けている。その詩人美を追い駆ける現場監督は地下足袋で走っている。こちらは突き出したビア樽のような腹から察するに年齢はもう五十歳は過ぎていように、いっこうにバテる気配はない。むしろ走り続けるうちに、ランナーズ・ハイというか、気持ち良さそうな顔をしはじめている。

先の方で急ブレーキをかける音がした。見ると、ものすごい勢いで自転車野郎が二人の方にむかって引き返して来た。

「あっ、あの人、風神雷太さんだ。雷太さん、僕です。青川詩人美です。僕の叔父さんがあなたとは知らずに追い駆けてるんです。ちょっとでいいから、止まってくれませんか」

「ああ、君か。俺、店に忘れもんをしたんで、すぐ戻って来るから、ここで待っててくれ」

そう言って、雷太はつむじ風のように、今度は新宿にむかって引き返して行った。呆然として立っている二人の前を、すでに完全なランナーモードに入り込んでいる無塁が目にも留まらぬ速さで走り抜けて行く。

「叔父さん、あの人は風神さんですよ。つかまえなくとも引き返して来てくれるそうです」

詩人美の声は猛スピードで通り過ぎる無塁に届かない。それどころか、すでに無塁の姿は、二人の視界の中で豆粒のようにちいさくなっている。

「おい、ありゃ異常な速さだぞ。もたもたしてると、二人を見失っちまうぞ」

現場監督の言葉に詩人美は、ヨオォーシと声を出し、猛烈な勢いで足を回転させはじめた。オゥーッ、そうこなくちゃ、こっちもつき合う甲斐がないってもんだ、現場監督も大声で叫んで、その場に飛び跳ね上がり、走り出した。

「おい、詩人美君って言ったかな。うしろの方がやけに騒がしいな。何かあったか」

「さあどうなんでしょうか。うしろのことなんか考えていてはいけません。過去を振りむいてばかりでは前へ進めませんよ。生きるスピードが鈍ってしまいます。大切なのは目の前にあるものに追い付き、追い越すことです」

うしろではサイレンの音が鳴り響いていた。

詩人美がスピードを上げた。

「ほうっ、言ってくれるな。面白いじゃないか。昨日、今日、出て来た若いのに、天下の大鳥三駄《おおとりさんだー》さまが負けるとでも思ってるのか。走らせりゃ、サンダー、バードだってえの」

そう言って現場監督こと大鳥三駄がスピードを上げた。たちまち三駄は前方を走る無塁に追い付いた。それを見て、無塁がレースカーのギアをトップに入れたようにスピードを上げた。

オゥーッ、やるな、と三駄は嬉しそうな声を出し、無塁を追い駆けた。二人のスピードが異様に上がり、先頭を走る雷太の自転車を追い越してしまった。

ランナーに抜かれたことに気付いた雷太が尻を上げて、二人を追った。

待てえ、ヨォーシ、一気に捲ってやるぞ、三人が並走して、街道を駆けて行く。

「オッサンたちえらく速い足をしてますね」

雷太が自転車の上から無塁と三駄に声をかけた。

「おうっ、自転車野郎は君だったのか。風神君と言ったかな」

「はい、風神雷太、風公です。それにしてもすごい足ですね。昔、ランナーだったんですか？」

「ハッハハハ、ランナーね。人間、生きるってことは、苦しい道程《みちのり》を走り続けるのですから、誰も皆ランナーでしょう。高村光太郎《たかむらこうたろう》も言ってるではありませんか」

僕の前に道はない
僕の後ろに道は出来る
ああ、自然よ
父よ
僕を一人立ちにさせた広大な父よ
僕から目を離さないで守る事をせよ
常に父の気魄を僕に充たせよ
この遠い道程のため
この遠い道程のため

「ああ、あれはランナーのための詩だったのですか」

無墨がこくりと頷いた。

「ほうっ、おまえなかなかいいことを言うじゃないか。人生は誰も皆ランナーか」

三駄が満足そうに無墨を見た。

それでも会話を交わしながらも二人の足はいっこうにスピードが落ちない。

「ところでこちらのランナーの方はどなたでしょうか」

「俺か、俺は大鳥三駄だ。関東の道路はほとんど俺様がこしらえたのよ」

「君は道を作る人ですか。そりゃ素晴らしい仕事です。ローマ帝国に偉人は一人も居ませんが、彼等が残した唯一偉大なものはヨーロッパ中に道を作ったことです。道さえあれば人と人は交流し、新しい芽生えを生み、そこに血の混流がはじまります。あの道がもっと遠くまでひろがっていれば、今頃、世界に白も黄色も黒もないんです。皆混ざり合ってひとつの色になり、戦争もなくなったはずです」

「なるほど、なかなかのことを言うな。ただの飲んだくれと思っていたが、そうでもなさそうだな」

「走るっていいですよね。風を切って、すべての風景が目の横を色彩の余韻だけを残して流れて行くでしょう。これって何よりの快楽じゃないでしょうか」

雷太が恍惚とした顔で言った。

「快楽ですか？　たしかに気持ちはいいが、雷太君、快楽はそんな生やさしいものではありません。快楽は人間が生きる上でなくてはならないものです。千人の人が居れば、千種類の快楽があるのです。快楽の奥に、また快楽が潜んでいるのです」

「おまえ相当できる奴だな」

三駄が感心したように言った。

そこへようやく詩人美が追い付いて来た。

「ところで俺たちはなぜこんなに走ってるんだ？」

三駄が訊いた。

「どうして走ってるのか？　それは生き続けることに意味を求めるようなものです。愚問ですよ。愚問だが、なぜだ？　あっ、そうだ。雷太君、君をつかまえて、私は言いたかったんだ」

「何ですか？」

「君、すぐに競輪選手になりなさい。きっと日本一になりますから」

「ほうっ、競輪か。俺も狂がつく競輪ファンだ」

「競輪ですか？　俺、ちょっとそういうのは……」

「いいから、こっちへ曲がりなさい」

無塁は雷太の自転車のハンドルを取って、すぐ脇の路地へ入った。

「そういうのって、どういうの？」

無塁が怪訝な顔で雷太を見返した。

「だから、競輪ってギャンブルっていうか、一度、見学に行ったんですが、負けて倒れてる選手にむかって怖そうなオッサンたちが、『この野郎、転びやがっていつまで寝てやがんだ。とっとと失せて、どこかで首でも吊って死ね』って怒鳴りつけたんですよ。俺、とてもじゃないが、あんなこと言われてまで選手はやってられませんもん」

「雷太君、その人は選手が可愛いからこそ励ましのつもりで言ったんですよ」

「励ましで『首でも吊って死ね』ですか？」

「そうです。可愛さ余って憎さ百倍って、言うでしょう」

「そうなんですか……。でも俺、ツール・ド・フランスに出場したいんです。ヨーロッパではツール・ド・フランスの勝者は英雄ですからね」

「そうか、君はヒーローになりたいわけだ」

「ええ、ヒーローが一番です」

雷太が胸を張って答えた。

「うん。たしかにヒーローはいいね。それならオリンピックのゴールド・メダリストを目指してはどうだい？」

「ゴールド・メダリストですか。それも悪くありませんね」

雷太の言葉に無聖が大鳥三駄を振りむいてウインクした。

「そうですよ。ゴールド・メダリストになれば日本のヒーローですよ。競輪がオリンピックの種目に入っているのは知ってるでしょう？」

「ええ、知っていますが、そんなに簡単に行くのかな……」

「君なら上手く行きます。いや、君しか競輪界を救える若者はいません」

「それって少しオーバーじゃありませんか」

「いいえ、私にはわかるんです。今夜の君の走りは並の才能ではありません」

「そうかな……。少し軽目に走ってるつもりだったんだけどな」

「あれで軽目ですか。いやおそれ入りましたね。雷太君、君は天才だ」

「いや照れるな」

「取り敢えず、君の競輪に対する悪いイメージを払拭するために競輪場へ行きましょう。そこで今のクリーンな競輪を見れば、君もバンクで走りたくなるはずです」

「でも俺、アルバイトが……」

「大丈夫です。〝帆立屋〟の主人には私から話しておきますから」

「そうですか……、でも」

雷太が心配そうな顔をした。

「他にまだ心配事でもあるんですか？」

その時、路地の奥から声がした。

「おうっ、現場監督にムールさん、そんなところで何をしてるんだ？　あれっ、風公、おまえ帰ったんじゃないのか」

見ると〝帆立屋〟の主人の八千草比呂美が店の暖簾を手に立っていた。

「あっ、いけねぇ、マスター、俺、忘れ物を取りに戻ったんです」

「監督とムールさん、仕事の方はもう終わったのかい？」

「いや、終わっちゃいないが、今夜は少しこのムールさんと話したくなってな。どうだい？　一杯やろうか」

「いいですね。少し走って喉も渇きましたね。詩人美君、一杯やりましょう」

「よし、じゃ今夜は俺のおごりだ」

三駄が言った。

「そりゃ嬉しいね」

「なら俺が何か美味いもんをこしらえよう」

四人は〝帆立屋〟に入った。

「ムール叔父さん、何に乾杯をするんですか？」

詩人美がビールジョッキを手に訊いた。

「そうですね。雷太君のかがやかしい競輪選手の道に乾杯しましょう」

「ほうっ、風公、おまえ、競輪選手になるのか？　そりゃ、面白そうだな」

比呂美の言葉に雷太が顔を曇らせた。

「どうしました？　雷太君、うかぬ顔をして何か心配事があるようですね」

「実は……、俺、メダリストにはなりたいんですが、俺のオヤジがギャンブルが大嫌いでして、競輪選手になりたいなんて言い出したら、勘当されてしまいます」

「ほう、君の父上はギャンブルが大嫌いな人ですか。それは素晴らしい方ですね」

その言葉を聞いて、三駄と比呂美と詩人美が無塁の顔を見返した。

「えっ、それじゃ、ムールさんもギャンブルが嫌いなんですか？」

「そうです。私はギャンブルは嫌いです。この世の中からギャンブルがなくなればいいと思っています」

「そうですか。そんな人が俺に競輪選手になればいいとすすめてくれているのなら、俺のオヤジも納得してくれるかもしれないな。ムールさんはまったくギャンブルをしない人だったんですね。いや、尊敬しちゃうな」

雷太が嬉しそうに言った。

「いいえ、私はギャンブルはします」

無塁が平然として言った。

「えっ？」

雷太が思わず無塁を見返した。

「私はギャンブルはやります。競馬、競輪、競艇、オートレース、花札、サイコロ、ポーカー、ブラックジャック、ルーレット……、ありとあらゆる種類のギャンブルをします」

「なんだ、話が違うじゃありませんか」

「何の話が違うんですか？」

「だってさっき、ムールさんはギャンブルが大嫌いだ。この世の中からギャンブルがなくなってしまえばいい、と言ってたじゃないっすか」

「それも本当の気持ちです。私がギャンブルをするのは、人間がどうしてこんなものに夢中になって、身まで持ち崩してしまうのかをたしかめたいからです」

「それって言い訳じゃないっすか？」

「言い訳じゃありません。私はギャンブルからひとつ学んだことがあります」

「オヤジは、ギャンブルは百害あって一利なし、って言ってますもの」

「けど、その一利があったんです」

「どんなことですか？」

「敗れることです。負けるって言い方でもいいかもしれません」

「敗れる？　負ける？　それが何の得になるんですか？」

「得？　そんなもんはありません。ギャンブルは損得で見るものとは違います」

「でも勝つか負けるかなんでしょう」

「はい。たしかに勝ちと負けに分かれてはいますが、勝ちなんてものは幻と一緒なんです。けど負ける、敗れるは幻ではないんです」

「よくわからないな……」

雷太が小首をかしげている。比呂美も三駄も詩人美も同じだった。

「敗れることを教えてくれることが大切なんです」

「俺は、負けるのは好きじゃないっす。レースで勝つことが一番気持ちいいっすもん」

「そりゃ誰だって敗れるのは好きじゃないでしょう。でも勝ちと負け、勝者と敗者がある限り、人間はずっと勝者であり続けることは不可能なんです。人間は必ず何かに敗北するものなんです。今は雷太君は若いから、私の話を理解しにくいでしょうが、勝つ論理の中にヒューモアは実はないんです。勝ち続ける人が、そこで得るものなぞたいしたものじゃありません。たぶん、雷太君の才能と体力があれば、君は競輪選手になっても勝ち続けるでしょう。でもそれだけのことを得るだけなら競輪選手になっても、たいした選手にはなれないでしょう。勝ち続ける者は敗者にないものをたしかに得ます。そこには勝者だけが知る快楽もあるでしょう。しかし私に言わせると、そんなものは屁《へ》です」

「屁ですか？」

雷太が目を剝いた。

「そうです。屁です。嫌な臭いだけをふり撒いて、その実体は何もありません。けど敗者には、敗れることにはいろんなものがあるんです」

「俺は何もないと思うけどなあ。あるのは悔し涙や歯ぎしりだけじゃないっすか」

「そうそう、悔し涙に歯ぎしりがある」

「そんなのは女女《めめ》しいだけです」

「女女しくちゃ、いけませんか？」

「俺は嫌いっす」

「私はそう思いません。女女しいのもいいじゃありませんか。好きと嫌いだけで人間は生きて行けませんよ。死ぬのが好きな人はいないでしょう。皆長く楽しく生きたいでしょう。けど私たちは必ず死にます。好きと嫌いでは解決できないものが生きる前提にすでにあるんです。敗れることは、悔しかったり、みじめだったり、辛かったり、切なかったり、己の無力さを知ったり、勝った者を羨ましく思ったり、恨んだり……、それはもう私たちの内に隠れていたものがすべて露見するんです。それが肝心なことです。それを味わうことで、人間は初めて、己と他者が同じ存在だということに気付くのです。自分だけが特別だ、と思っていた感情に別れを告げることができるんです」

「なるほど……、ムールさん、おまえさんはなかなかの人物だ。俺は今まで、そんなことを考えてギャンブルをしたことはなかったよ。いや、さすがだ」

三駄が感心したように無塁を見た。

「俺には負け惜しみにしか聞こえないな」

雷太が不満そうに言った。

「それは雷太君が勝つことにこだわっているからです。勝つことに執着するのは悪いことじゃありません。けどさっき言ったように、人間は勝ち続けることはできません。ただ敗れるにしても、そこに品格が必要なんです」

「品格ですか？」

雷太がまた小首をかしげた。

「そうです。品格です。雷太君、君はアメリカのインディアンを知っていますか？」

「アパッチ族とかでしょう。西部劇映画で騎兵隊にやられてしまう」

「そうです。それは映画のことで傲慢なアメリカ人がこしらえたものです。詩人美君にも教えましたが、ネイティブ・アメリカンとも呼びます。そのインディアンの戦士の最後の日というのがあるんです。インディアン・サマーと呼ぶ、秋に空の色が澄み渡り、神が吹き寄せてくれたのではないかと思える心地良い風が流れる日です。その日、インディアンの戦士は空や山や大地の気配を見つめて言うそうです。『死ぬにはいい日だ』とね。そうして身支度をして戦いに出かけるのです。戦士はすでに戦いの結果を知っているのです。敗れて死ぬということをです。それでも彼は、そこへ行くのです。敗れることの中に自分の誇り高き生が存在しているのを、インディアンの戦士は誰かから教わらなくとも知っているのです。なぜならその戦士の兄も、父も、祖父も、何代も前から、そこへ戦いに出かけて行き、戦士として敗れ、死を迎えて来たからです。それが敗れることの品格です」

「うん、俺もなかなか勉強になったな。普段、俺が負けていることに、そんな深い意味があったんだなあ……」

三駄が大きく頷いている。

「でも今の話、やっぱりギャンブルをする言い訳に聞こえるな」

雷太が言った。

「さて少し飲み直しに出かけますか」

無塁が三駄に言った。

「マスター、店が片付いたら、メグちゃんの処に居ますから、乾杯しましょう」

「よし、わかった」

歌舞伎町の路地を歩きながら、三駄が無塁に感心したように言った。

「いや、おまえさんはなかなかの男じゃないか。さっきの自転車野郎に話していたことは勉強になったよ。敗れることを知ってこそ、品格を得るか……」

「それ何の話ですか？」

酒が一口入ると、無塁の頭の回線のどこかが切れるらしい。

「だから自転車野郎を競輪選手に仕立てようとしてた話だよ」

「ああ、あれね、ひさしぶりに競輪を取り込もうと思いましてね。雷太君の自転車の走り方は地脚《じあし》タイプというか、先行選手には持ってこいの脚質と、私は見ました。あの子を競輪学校へ入れて、デビュー戦から旅打ちをして、ひと山当てようと思ったんです」

「えっ？　それじゃさっきの話は方便《ほうべん》かよ」

「何がですか？」

「ギャンブルは敗れてこそ学ぶものがあると言ってたじゃないか」

「サンダーさんと言いましたかね。あなた何を寝言を口にしてるんですか。ギャンブルは負けちゃ何もなんないでしょう。敗れて御託《ごたく》並べるのは一番イケマセン。それはただの負け惜しみです。それにギャンブルやって学ぶことなんか何ひとつありゃしません。そんなこと考えたら尻の毛まで抜かれて、ほっぽり出されますよ。いいですか。ギャンブルを勝ち切るのに、運やツキを言ってるようじゃ、素人です。麻雀だって皆それぞれ工夫していろんなことを仕掛けるでしょう。ましてや公営ギャンブルには胴元がいます。胴元を相手にするには、こちらもそれなりの工夫が必要でしょう」

「ふぅ〜ん、そんなものか……。それであの自転車野郎に何をさせようって言うんだ？」

「何もさせません。ただ懸命に走らせるんです。それでいいんです」

「よくわからんな……」

「サンダーさん、あんたは車券師に逢ったことがありますか？」

「いや、昔、噂じゃ聞いたが、もうとっくに彼等が勝負していた時代は終わったと思ってたよ。まだそんな連中が生きてるのか」

「今の競輪じゃ、車券師は生きて行けません。ただ彼等のやり方は、今でもちゃんと通用しますし、間違っちゃいません」

「それはどういうことだ？」

「じゃ簡単に説明しましょう」

無塁と三駄が路地にしゃがみ込んで話をはじめた。

ぼんやり立っていた詩人美は背後から腕を引かれた。

「兄さん、少し遊んで行きなよ。そりゃびっくりするくらい可愛い子がいるよ」

振りむくと蝶ネクタイをした白髪の男が詩人美ににじり寄っていた。

「俺、そういうのいいですから。これから叔父さんと飲みに行くんです」

白髪の男がしゃがみ込んでいる無塁と三駄を見た。

二人は鼻面を合わせるようにして話していた。だから、そうじゃないんです。競輪ってものは追込み選手で勝負するにはリスクが大き過ぎるんです。落車に巻き込まれたら、それでお仕舞いでしょうが……。けど、俺は追込み選手が好きなんだよ。そんなこと言ってるから負け組に入るんです……。えらく白熱した話になっている。

「おっ、競輪の話か、わしも聞かせて貰おうか」

白髪の男もしゃがみ込んで話に加わった。

詩人美は手持ち無沙汰になって夜空を仰いだ。ビルに囲まれた四角の夜空に春の月がぽっかり浮かんでいた。

――綺麗な月だな……。

詩人美は美しい春の月を見て、思わず中也の詩の一部を口ずさんだ。

「〝ポッカリ月が出ましたら〟……、ええと、次は何だったっけ、〝ポッカリ月が出ましたら〟……」

詩人美が次の言葉が出ずに頭を掻きむしっていると、どこからともなく澄んだ声が聞こえて来た。

「〝舟を浮べて出掛けませう〟」

「そうそう、そうだった。〝舟を浮べて出掛けませう。波はヒタヒタ打つでせう〟……」

そこまで詩人美が言うと、また声がした。

「〝風も少しはあるでせう。沖に出たらば暗いでせう、櫂《かい》から滴垂《したた》る水の音は昵懇《ちか》しいものに聞こえませう〟」

見るとむかいのビルの下で一人の女の子が中也の詩〝湖上〟を笑って口ずさんでいた。

詩人美は目の玉を大きく開いて、相手を見た。

そこに立っている女の子は詩人美が幼い頃から夢の中で何度となく見て来た天使に瓜

ふたつだった。詩人美が夢の中で悪魔や野獣に攻め立てられている時、どこからともなくあらわれて、詩人美を救ってくれる天使だった。よく見ると女の子は白い羽のような衣裳を着ていた。

「き、君は、ま、まさか天使……」

詩人美は震える手で相手を指さした。

相手は詩人美の目を大きな瞳でじっと見つめて詩の続きを言った。

「〝あなたの言葉の杜切《とぎ》れ間を〟……」

「そ、そんな。こんな都会の真ん中に、天使が舞い降りて来るなんて、し、しかも中也さんの詩を口ずさんでくれるなんて……」

しどろもどろになっている詩人美にむかって天使がゆっくり近づいて来た。

「こ、これって、現実なの、夢なの？」

真っ白なミニスカートに、ふわふわした上着に半コート。白いブーツが音を立てて詩人美に近寄って来る。目前に女の子の瞳がひろがった。なんと青い瞳をしているではないか。詩人美は思わず尻をついた。女の子がじっと詩人美を見下ろしている。その肩越しに、春の月が皓々《こうこう》とかがやいている。月明りが彼女の顔を包んで光の輪をこしらえている。光の中に美しい微笑が揺れていた。

「き、君、本当に天使なの？」

彼女は白い手を詩人美に差しのべた。

「叔父さん、無塁叔父さん、天使が、ここに舞い降りて来ています。無塁叔父さん、天使が……」

詩人美がうわずった声で言うと、無塁が面倒臭そうに顔を上げ、甥っ子を見た。

「詩人美君、そんなところに尻をついて何をしてるんですか？　おっ、これはまた可愛子ちゃんですね。こんなべっぴんさんがまだ歌舞伎町にいたんですね。これはまた素敵な衣裳じゃないですか。コスプレってやつですな。一度ぜひ遊びに行きたいもんですね」

無塁は相手の胸元の白い羽飾りにふれていた。

「いや〜ん、オジさん、タッチはナシよ」

女の子は鼻にかかるような声で言って、ミニスカートの裾を少しひるがえし、プリンとした白い下着を突き出した。

——コスプレ？　衣裳？　いや〜ん？　タッチはナシよ？

詩人美は思わず相手を見返した。

「おやっ、どうしたの？　ナギサちゃん」

白髪の男が女の子に声を掛けた。

「なんだ、プーさん、そんなところにいたの。ナギサ、探してたの。先にお弁当を買っておいて貰おうと思って……」

「そうかい。ご苦労さんだね。わかったよ。いつものサンドイッチだね。まかしときな。頑張ってね」

「は～い。ねぇ、プーさん、この人、プーさんのお友達？」

ナギサが座り込んでいる詩人美を指さした。

「まあ一度逢ってるから友達と言えば友達かもしれないけど、どうして？」

「うん、すごく面白そうな人だから」

「ほうっ、ナギサちゃんが興味を持つ人がいるんだね」

「キョウミって何？」

「興味というのはね。相手のことをもっと知りたいという、いわば、相手のこころの扉をノックすることですな」

無塁が言った。

「こころの扉のノック？　オジさんも面白い」

「オジさんも面白いってですか？　う～ん、その興味が私と君の恋のはじまりだったりして」

珍しく無塁が好色な目をしてナギサを見た。

「俺には興味はないかい？」

三駄が顔を突き出した。

「オジさんも大きくて強そうだから素敵！」

「そうかい。君はいい子だね」

「それで君、名前は？」

ナギサが詩人美をじっと見つめて訊いた。

「この若者は私の甥っ子で詩人美君です」

無塁が言うと、ナギサは目をかがやかせて、

「シジミ？　素敵な響きだわ」

と言って、こくりと頷《うなず》いた。

「は、はい。青川詩人美です」

「私、白神《しらがみ》ナギサ。よろしくね」

ナギサが差し出した手を詩人美は握り返した。手を握った瞬間、詩人美の身体に戦慄が走った。ナギサは詩人美にむかって唇をすぼめ、そこにひとさし指を当てて投げキッスをし、じゃあね、と言って、むかいのビルの中に消えた。

「いやナギサちゃんがあんなふうに名前を尋ねたのは初めてだな。君、ラッキーだね」

プーさんが詩人美の肩を叩いた。詩人美は魂が抜けたような顔で突っ立っている。

「プーさんって言ったかな。あの子はおまえさんの店の女の子かい？」

三駄が訊いた。

「はい。店のナンバーワンの子ですよ。店だけじゃないですね。歌舞伎町で一番人気」

「やはりな。俺なんかも立ててくれるものな。ナンバーワンってのもわかるよ。いつも店に出てるのかい？　一度遊んで貰いたいもんだな」

「でもナギサちゃんは三ヶ月先まで予約が入ってるんですよ」

「いや、おまえに頼めばなんとかなるってことだな」

「そ、そりゃ、便宜をはかりますけど」

「おいおい、サンダーさんよ。何を無駄話をしてるんだ。話の続きはメグちゃんの店でしよう。おい、どうしたんだ？　詩人美君。そんなところにぼけっと突っ立って。おい、詩人美君」

無塁が詩人美の肩を叩いた。

詩人美の身体はぐにゃりと曲がって、その場にまたしゃがみ込んだ。

「もうメグ、最高の夜だわ。シジミちゃんがわざわざ来てくれるなんて、どうしましょう。こんなに顔が赤くなってる」

メグが両手を胸の前で合わせて、うっとりとした目で詩人美を見た。

詩人美はこころここにあらずという目をして口を半開きにしている。

「さあ、ムールさん。今夜はどんどん飲んでちょうだい。全部、私のオゴリだから」

メグの言葉に無墨が頭を掻きながら嬉しそうに言った。

「そうかい。それならご馳走になろうかな。何だか馬にニンジンぶら下げてやって来たみたいで、悪いねぇ」

そこに、〝帆立屋〟の主人、八千草比呂美と風神雷太が入って来た。比呂美は、店の中央で抱擁するようにダンスを踊っているメグと青川詩人美を見て、一瞬、ぎくりとした。

メグは詩人美の背中に両手を回し、スローな音楽に合わせてゆっくり身体を動かしているのだが、詩人美の方は顔を斜めにし、目を閉じたまま両手をだらりと下げている。

メグは恍惚の顔をしているが、詩人美の方はむしろ呆《ほう》けた表情に見える。

「シェフ、えらく迫力のあるダンスですね。完璧に二人とも入ってますね」

雷太が感心したように言うと、

「男と女の愛より、男と男の方が無垢だと言うからな。二人が燃えているんじゃなくて、片一方はすでに気を失っとるんと違うか」

と比呂美が言った。

「えっ、まさか」

「まさかが起こるのが恋というものだ。風公、おまえも恋のひとつくらいはしないと、大人にはなれないぞ」

「は、はい」

比呂美が店の一番奥のテーブルで鼻面を突き合わせて話の続きをしている無塁と大鳥三駄を見つけて、近づいて行った。

「おう、二人ともえらく一生懸命話し込んでいますな」

「よう、シェフ、待ってましたよ。自転車野郎も一緒か、さあどんどんやりましょう。サンダーさん、そういうことで、本日の講義はお仕舞いです」

「いや、ムールさん、なかなか勉強になったよ。そんなに競輪を研究しているんなら、さぞかし大勝ちもしたんだろう。どれほどの勝ちっぷりだったか、ひとつふたつ大勝負を聞かせてくれないか」

無塁は三駄の顔をじっと見つめてニヤリと笑って言った。

「大勝負はこれからですよ。ギャンブルにとって過去にどんな勝ち方をしたなんてことはどうでもいいんですよ。肝心なのは、これからやろうとする勝負です。これまでの私の競輪は、やがてやって来る大きな賭けのための投資のようなものです」

「そうか、なるほど、それであの自転車野郎に目をつけたって訳か」

三駄がちらりと雷太を見て、ニンマリとした。

「サンダーさん、ギャンブルを表か裏か、丁か半かの出たとこ勝負で賭けていたら、人は必ず敗れます。それは、時折、どこに賭けても、総勝ちってことがギャンブルにはありますが、それは、その人に、その時ついていた人運です。人運がなくとも、ある場所や方角に腰を下ろした途端、すべて勝ちまくるというのもあります。いわゆる地運ですね。しかし運は、女神の性格と一緒で、気ままですし、さらに言うと、ひどくいじわるをすることがしょっちゅうあります。運だけに頼っていたら賭ける者はいずれつぶれてしまいます。天運というものが平等ではないからです」

「天の運は平等じゃないのか?」

「当たり前です。世の中を見てみればわかるじゃないですか。真面目に働いているのにずっと運が悪くて、不幸な目にばかり遭っている人は何人もいるでしょう。いや、むしろそういう人の方が多いのが世の中です。逆に、性格は良くないわ、自分のことしか考えないわの傲慢な者に、なぜだか好運はいつもめぐって来て、そいつだけがほくそえんでるってことは案外多いんです。ほら〝善い人ほど早く死ぬ〟って言うでしょう。私も、最初、若くして早く死んでしまったので、その人の善いところだけが記憶に残ったり、哀れに思う気持ちが、あの言葉を言わせているのかと思ったのですが、そうじゃないんです。世の中、悪い奴の方が、本当に長生きしているんです」

「そういうもんかね。じゃ俺は長くないな」

「そうかもしれません。だからギャンブルを運に頼ってやっているうちは素人《しろうと》なんです」

「ほうっ、玄人《くろうと》はどうするんだい？」

「工夫をするんです」

「工夫？」

「そうです。麻雀だって、今の全自動卓になる前は、それぞれの雀士が腕を磨いて仕掛けをこしらえ、いろんな手でせめぎ合っていたでしょう」

「それって、〝仕込み〟とか〝積み込み〟とかいう、八百長のことだろう」

「八百長とは違います。八百長というのは、それが発覚した時に、八百長になるんです。仕掛けたものが当人にしかわからない時は八百長じゃないんです。勝負はごく日常として続くんです。昔は、麻雀がそうであったように、すべての勝負事には、人間がやる限り、そこに、ある種の意図や画策が存在するのが当然です」

「それで競輪ならどうするんだい？」

「まず自分たちが賭ける選手のすべてを把握していないとイケマセン」

「どんなふうに把握するんだ？」

「脚力、才能、その時の調子、当人の性格、対戦相手との戦績、誰かと何か特別な因縁はないか。苦手意識、生い立ち、家庭の事情、経済状態……」

「おいおい、生い立ちや、その選手の家庭の事情や経済状態がなぜレースを賭けるのに関係があるんだよ」

「それがあるんです。サンダーさんは各競輪場で年に一度開催される記念競輪というのをやりに行ったことがあるでしょう」

「勿論だとも。記念競輪には全国から一流選手がやって来るし、第一、普段の競輪より活気があって面白いからな」

「そうでしょう。その時、地元の選手の車券は買いますか？」

「そりゃ、買うとも。記念競輪の地元選手は五割増しで買えと言うからな」

「どうして五割増しで買うんですか？」

「それは家族も地元の知り合いも見物に来るし、年に一度の晴れ舞台だから、選手は頑張るし、他所《よそ》の選手も地元選手に花を持たせようと遠慮もあるしな……」

「さすがに三十年競輪をしてるだけのことはありますね。ならサンダーさんも、その記念競輪の時に気付いたと思いますが、地元選手は、こんなに力があったのか、というレースをするでしょう」

「うん、びっくりする時があるな」

「そうなんです。たまたま力を出せたんじゃなくて、元々、その選手に、それだけの潜在能力があったんです。ところが競輪選手の大半は、その能力を引き出せないで走っているんです。競輪を見ていればわかりますが、なぜこんなに体力が恵まれた選手がちいさな選手にころりとやられるんだろう？　とね」

「たしかにそれはあるな」

「それは競輪という競技で能力を出すための鍵が精神力にあるからなんです。たとえばある選手の女房と子供が病気を患って、助けるためにはどうしても入院費が必要だとなると、その選手は勝つんです」

「ふぅ〜ん」

「一流の選手は、そういう事情がなくとも己の能力を引き出す方法を知っているのです。それと人並み外れた闘争心と負けず嫌いの性格が、敗れることを許さないのです」

「そうか、それはわかったが、ムールさんのいう〝仕掛け〟とは何だよ」

「だから、そういう選手をこちらから作り上げるよう仕掛けて行くんです」

「選手を作る？」

三駄が目を丸くした。

「そうです」

「どうやって？」

「才能のある若者を見つけ出して、競輪選手にさせるんです」

「じゃあんたは、あの自転車野郎を操り人形にしようってのか？」

「そうじゃありません。雷太君に競輪の魅力を理解させ、敗れない競輪の精神を当人にこしらえさせるのです」

「そんなことができるのか？」

「できます。いや、させるんですよ。雷太君はいい先行選手になります」

「ほう、先行屋か、俺は追込みタイプが好きなんだ。かつての佐賀の鬼脚、井上茂徳《いのうえしげのり》や、平成の鬼脚、小橋正義《こばしまさよし》のような奴がいい」

「たしかに彼等は魅力的ですが、車券は追込み型で張ってはイケマセン」

「どうして？」

「競輪は落車があります。競艇のように払い戻しはしてくれませんし、今のルールでは相手を転倒させただけで失格になります」

「そうなんだよな。あのルールがいい加減で、各競輪場によって審判の裁定が違うしな」

三駄が口惜しそうに言った。

「その点、先行選手はいったん先頭に出れば、他の自転車とぶつかることも、落車の影響を受けて車体故障することもありません。競馬でも名馬と呼ばれる馬は皆先行できる馬です。第一、落車をすると骨折や怪我をして、必ず身体をおかしくします。それではせっかくの金の卵が台無しです」

「そういうものか……」

「一番は先行選手はレース展開に左右されなくて済みます。敗れても原因がはっきりしますし、調子が落ちた時もすぐにわかります」

「それはわかったが、生い立ちや家庭の事情ってのは何なんだ？」

「元来、人間って生きものは弱くて臆病な動物なんです。競走馬がどうしてあんなに速く走れるかと言うと、それは外敵から身を守るためです。彼等は生存競争に生き残るためにスピードをつけるように進化したんです。ライオンをご覧なさい。象をごらんなさい。彼等は速く走らずとも生き残れる牙や体力差を持っているから、ああなったんです。さて人間が弱いと言いましたが、皆が皆そうじゃないんです。ライオンと素手で戦っていたマサイ族が、少し昔はいたんです。それは彼等の中に闘争本能が、他の民族と違って、人一倍強く、戦うことでしか己を満足できないものが身体に受け継がれているからです。そういう選手を探し出し、その若者も気付いていない能力を開発させるんです」

「ムールさん、あんただいそれたことを考えるんだな」

「私が考えたんじゃありません。ひと昔前には、そうやって競輪と積極的に戦った連中がいたんです。八百長なんかと違うんです。彼等は工夫しようとしたんです。どこの世界に放り投げた下駄が地面に落ちて、表か裏かに命の次に大事な金を賭ける者がいますか。そんなものに賭けるのは、大たわけです」

「そうです。その辺りのガキだって大事な小遣い銭を下駄の表、裏に賭けようとしたら、底に鉛を貼るとか工夫するでしょう」

「大たわけか?」

「あんた怖い子供だったんだね」

「いいえ。私は幼少の時はあまりに可愛過ぎて誘拐されないように親が心配したほどでした。それから神童と呼ばれました」

「昔、神童、今、ただの人ってか」

三駄の言葉に無愚が嬉しそうに笑った。

「雷太君が競輪選手になったら、彼の生活に合わせて、私たちも生きていくんです」

「えっ、俺たちも早朝から街道練習に行くってのか?」

「そこまでしなくともいいんです。旅打ちですよ」

「旅打ちか、いい響きだな……。昔はよく旅打ちをしたもんだ」

三駄が懐かしそうに言った。

〝旅打ち〟とは、ギャンブルをするだけの目的で旅をすることで、上手くギャンブルに嵌《はま》ればずっと旅を続けられるし、男の旅の中でもっとも魅力がある旅だ。

「昔は今と違って、競輪選手のほとんどは汽車で競輪場から競輪場へ移動してましたから、〝旅打ち〟の連中も同じ汽車に乗って日本全国を旅してたのです。夜行列車のデッキで、時折、物思いに耽っている選手の姿を見て、勝負師たちも彼等の胸中を探ったりしたんですよ。競輪の魅力は他のギャンブルと違って、人間が走るものですからね。当然、そこに情愛が出て来るんです。そこを読むんですよ、競輪ってギャンブルは……」

「う〜〜ん、お主、深い」

「それと私の勘ですが、雷太君にはどこか不幸な星というか、闘わざるを得ない運命を背負っている気がするんです」

最後に無塁がそう言った時、〝帆立屋〟の主人と雷太が話し込んでいる二人に近づいてきたのだ。

やがて酔っ払った三駄が、酒を飲むのが二度目だという、雷太にすり寄って訊いた。

「おまえ不幸な身の上だったろう？」

三駄の言葉を聞いた雷太が急に真顔になって、三駄の手を握りしめて言った。

「わかりますか？　よくぞ聞いて下さいました。俺が生まれてすぐに両親は山津波に巻き込まれて死んでしまいました。生き残った俺と姉は路上で物乞いをしながら暮らしました。その物乞いをしてる時、ダンプカーが突然暴走して姉が死んでしまいました。私は仕方なく孤児院に入れられ、その孤児院の院長が悪い男で、私は真冬の夜でも、街にマッチを売りに出されたんです。そこでやさしいオバサンに出逢ったのですが、その人にインディアンの放った矢が当たってしまい……」

雷太の話の途中で、無塁が三馱の手を引っ張ってカウンターに連れて行った。

「どうやら私の見当違いです。あいつは単なる酒乱の若者のようです」

「そうなのか？」

二人が雷太を見ると、気絶した詩人美のそばで雷太のグラスにビールを注ぐメグの手を握りしめていた。

「あなたはなんと美しい。俺、一目惚れだ」

雷太の言葉に、メグの目が光った。

メグを見つめる風神雷太の目の色が異様にかがやいていた。

「今夜は、俺の運命の夜だ。俺、あなたをずっと探していたんだ」

いきなりの告白にメグは戸惑いながら雷太を見ている。

「ど、どうしたの？　いきなり、そう言われても、メグ、困っちゃうし、あなたのこと何も知らないし、名前だって……」

「俺の名前など、あなたの美しさの前では霞んでしまいます。メグさんとおっしゃるんですね。メグさん、メグさん、あなたはなぜメグさんなのですか？」

「あらっ、シェイクスピアね。その科白《せりふ》は、私が言うんじゃなくて。あなた、お名前は？」

「風神雷太です。風の神にカミナリに太いで、風神雷太と言います」

「まあ、風ね。これってもしかして、私がずっと待ち続けていた風なの。雷太さん、雷太、雷太、あなたはなぜ雷太なの？」

そう言って、いきなりメグは雷太の頬を両手ではさむようにして、熱いキスをした。ディープなキスに店の中に異様な電流が走り、音楽は止み、天井の灯りはショートし、テーブルの上に置いたグラスの中のビールもウィスキーも沸騰し、ぐつぐつ音を立てている。二人はキスをしたまま立ち上がり、ゆっくりと踊りはじめた。あとにはまだ気絶したままの青川詩人美が白目を剝《む》いて、ソファーに横になっている。

「やれやれ、私の甥っ子もせっかくの筆おろしのチャンスを逃してしまったか。男と女というものは、いや、男と男の、恋というものは、いつの時代も光の矢のように一瞬にして放たれてしまいますな。まあ、今夜もまたひとつ恋がはじまったということで、めでたし、めでたしですね」

無塁の言葉に大鳥三駄が立ち上がり、詩人美の投げ出した足をぽんと蹴った。

「さあ、詩人美君、そろそろ引き揚げますよ」

すると詩人美がニヤリと笑ったまま、

「君は天使なんですか。ナギサさん、ナギサさん、待って下さい」

と寝言を言った。

「やれやれ、春ですな。どこもかしこも、出逢いの芽が出て、恋の花が咲きはじめますな。詩人美君、詩人美君、目を覚ましなさい。そろそろ引き揚げますよ」

無塁が肩をゆさぶっても詩人美はいっこうに目覚める様子がない。無塁が詩人美の瞼を開いた。瞳が完璧に点となっている。

「こりゃダメだ」

三駄が呆れたように言った。

「しょうがない甥っ子だ。よほど、あのナギサちゃんに惚れてしまったのでしょう」

そう言って無塁は詩人美の耳元で一言ささやいた。

「〝ポッカリ月が出ましたら〟」

その一言で詩人美が背中を弾かれたように立ち上がり、大声で言った。

「〝舟を浮べて出掛けませう。波はヒタヒタ打つでせう、風も少しはあるでせう。沖に出たらば暗いでせう……」

「暗いじゃなくて、もう外は夜が明けはじめています。さあ、帰りましょう」

「あっ、叔父さん、ここはどこですか」

詩人美は店の中を見回し、メグの姿を見つけて、また、その場に倒れようとした。

「こらこら、もうそれは必要ないの。メグちゃんはすでに新しい恋に突入してますから」

無塁の言葉に詩人美はキスをしている二人を見直し、ごくりと生唾を飲み込んだ。

表通りに出ると、夜が明けはじめていた。

新宿の街は春の霞が立ちこめて、人影のない通りは、ミルク色の海の底のようである。

三人は黙って、通りをそぞろ歩いた。

夜の世界が終わり、光が眠っていた諸々の物にゆっくりと当たって、新しい何かがはじまるのだろうか。本当に朝の来ない夜は一度としてなかったのだろうか……。

詩人美は空を見上げ、流れる霧のむこうに、羽をひろげた天使を見つめていた。

「じゃ、俺は、現場に戻るわ。ムールさん、これ、今夜の手間賃だ」

三駄が金を差し出した。

「私は何もしちゃいません。そんなもんを受け取るわけにはいきません」

無塁がうつろな目をして笑った。

「そう言わずに、あって困るもんじゃない。それにたくさんご馳《ち》になったし。俺の気が済まない」

三駄が無理矢理、無塁のポケットに金を押し込んだ。

「サンダーさん、あなたは変な人ですね」

「おまえさんに変な人って言われたんじゃ、俺もお仕舞いだな。けど今夜はいい話を聞かせて貰ったよ。特に、おまえさんが言っていた、敗れることで得ているものがあるって話には少し勇気が湧いたよ」

「そんなことを言いましたかね」

無塁が小首をかしげた。無塁を見て、三駄が笑った。

「あんたを見てると、俺たちにとって一番大事なもんが、金や権力じゃないだろうって、あらためてわかったような気がするよ」

「それは良かったですね」

無塁が嬉しそうに笑った。

「ところでムールさん。今夜、ずっと聞こうと思ってたんだが、その顔の模様はいったい何のまじないだい？」

「これですか。これはインディアンです。私は昨日は一日、インディアンだったんですよ」

三駄が苦笑しながら、立ち去って行った。その三駄の背中に無塁が声をかけた。

「サンダーさん、あなた、とてもいい感じでしたよ。本当に一級品です。本当ですよ。インディアンは嘘つきません」

無塁の声に三駄は振りむきもせずに手を大きく上げた。

「さあ、詩人美君、私たちも夢の続きを見に、塒《ねぐら》に戻りましょう」

詩人美はつま先を立てて、空にむかって両手を羽のようにはばたかせている。

「……そうですか。空を飛びたいのですか。可愛い甥っ子は鳥になりたいのですか」

「いいえ、叔父さん、僕は天使のそばに行きたいだけなんです」

「ほうっ、天使のそばに行きたいのですか。それが叶ったら、とても美しい光景ですが……」

「美しい光景だけど、何ですか？」

「いや、何でもありません」

無墨は、美しい光景だけど、それは限りなく哀しい光景でもあるのです、という言葉を飲み込んだ。

「さて花を一輪買って帰りましょう」

「薔薇の花ですね」

無墨はちいさく頷いて歩き出した。詩人美が叔父を追い駆けて走り出した。

詩人美は喉の渇きを覚えて目覚めた。

起き上がると、部屋の隅で無墨が小机にうつ伏せたまま眠っていた。

「叔父さん、そんなところで寝ていては風邪を引いてしまいますよ」

詩人美が声をかけても、無墨はすでに夢の中に入り込んでいるのか、ぴくりとも動かない。

詩人美は無塁に近寄り、毛布を叔父の両肩にかけてやろうとした。

無塁は寝息を立てている。何か楽しい夢でも見ているのか、口元に笑みが浮かんでいる。こうして見ると、無塁の長い睫毛をした寝顔は少女のようにあいらしい。じっと見つめていると、無塁が叔父ではなく、自分の弟か、妹に思えて来た。すると無塁が教えてくれたネイティブ・アメリカンの詩の一節がよみがえって来た。

小鳥を撃《う》って　弟にやろう
小鱒《こます》を突いて　妹にやろう

目の前の無塁が、兄弟か、兄妹に思える……。

詩人美はそっと無塁の頬にキスをした。すると無塁が白い歯をちらりと覗かせ、

「イザベル……」

と呟いた。

——イザベル？　それは誰のこと……。

詩人美の目に、無塁がうつ伏せている机の上に置いてある手紙の文字が止まった。

親愛なるイザベル

今日も一日、イザベル、君のことを想って、私は過ごしたよ。元気にしているかい？ そちらの気候はどうだい。淋しくはないかい。私のことを忘れたりしていないね。私はずっと君のことを想い続けているよ。待っていておくれ。もうすぐ私は君のもとへ行くからね。今夜も、君に、美しい薔薇を一輪捧げよう。

青川無塁

小机の上のグラスの中に、帰りに買い求めた薔薇の花が一輪、差し込んだ光にかがやいていた。たしか昨日も、無塁は、このイザベルという女性に手紙を書いていた。

——叔父さんがこんなにも深い愛を捧げている女性とは、いったいどんな人なのだろう。叔父さんは毎日、この人のために生きているのだろうか。そうだとしたら、叔父の一日は何と素晴らしい一日だろう。僕も……。

詩人美はそう呟きながら、窓のカーテンを開けた。あふれる光の手が詩人美の身体を鷲摑んだ。詩人美は光の中に、天使たちが笑いながら戯れている姿を見た。

詩人美は天使の中から、昨夜、出逢ったナギサを探そうとしたが、きらきらとかがやくナギサの瞳をした天使は見つからなかった。詩人美は不安になった。その不安が、どこかの木蔭で独り涙を流している、哀しいナギサの姿を思い浮かばせた。

——ナギサさん、何を哀しんでるの？ そんなに泣かないで。僕がすぐに助けに行くから心配しないで。

詩人美はそう言いながら、いつの間にか泣いていた。すると背後で声がした。

「イザベル、イザベル」

見ると、無塁も肩を震わせながら泣いている。夢の中で何か切ないものを見ているに違いない。その泣き声を聞いて、詩人美はまた哀しくなった。

大都会の隅の、オンボロアパートの一室で、二人の純情が泣いていた。

第三章　月に吠える

夏の月が浮かんでいた。

青川詩人美《あおかわしじみ》は歌舞伎町の路地に立ち止まり、皓々《こうこう》とかがやく月を見上げた。

月は何かを言いたげに詩人美を見返しているように思えた。

「お月さん、俺、今夜、男になるっす……」

詩人美は呟《つぶや》くと、月がかすかに揺れた気がした。

「そりゃ、楽しみだね……」

詩人美の耳に月のささやきが届いた。

店の前へ行くと、三ケ月前に逢った白髪の男が立っていた。

「おうっ、お客さん、予約は、今夜だったかね？」

「は、はい。今夜です」

「そうか、そりゃ良かったね。ナギサちゃんも首を長くして待っているはずだよ」

「そうでしょうか？」

「そうだとも、昨晩も、彼女、君の話をしていたもの」

「ほ、本当ですか?」

白髪の男が頷《うなず》くと、詩人美はナギサちゃんの店のあるビルに飛び込んで行った。

エレベーターで三階へ昇り、店の扉を開けると、大声で茶髪の若い店員が迎えてくれた。

「いらっしゃいませ。毎度、お世話になっております。今夜のご指名はございますか?」

「な、な、な、な、な」

詩人美が同じことをくり返していると、

「ナギサちゃんですね。おめでとうございます。それでお客さまのお名前は?」

「あ、あ、あ、あ……」

「青川さまですね。おめでとうございます」

そう言ってから、茶髪の店員は急に甲高い声で叫んだ。

「ナギサさん、ナギサさん、青川さまのご到着で~す」

すると店内に松田聖子《まつだせいこ》の〝渚のバルコニー〟の楽曲が鳴り響いた。

音楽と一緒に、奥から白いミニスカートに白いマント、白い手袋に、白いバトンを手にした、妖精のようなナギサちゃんが笑って飛び出してきた。

「いらっしゃい、詩人美君」

詩人美は三ヶ月振りに逢うナギサちゃんを目にして、頭がクラクラしはじめた。おまけに名前まで覚えてくれている。

「こ、こ、こ、こ、こんばんは」

詩人美がようやく挨拶した。

部屋に入ると、中はクリスタルのロココ調の家具と鏡に囲まれ、中央に揺りカゴのかたちをした白いベッドがあった。壁にはナギサちゃんの水着姿の等身大のポスターが貼ってある。

「やっと逢えたね。詩人美君、ナギサ、今夜をずっと、ずっとこころ待ちにしてた」

「お、お、俺もっす」

「本当に？ ナギサ、大感激」

そう言って、ナギサちゃんは両手をひろげて詩人美に抱きついてきた。

ナギサちゃんは、詩人美の真下に横たわると、そこでマントを脱ぎ、手袋を取り、スカートと上着を脱ぎ捨て、真っ白な下着一枚になって、ソフトボールのようにまんまるのオッパイをつかんで、下半身を少しくねらせた。

「イ、イ、イケません。そ、そんな悩ましい恰好をされると、俺、ば、爆発してしまいま〜す」

「ダメ、ダメ、我慢しなきゃ」

「が、我慢って言われても。俺、実は、今日がはじめてなんです」

「えっ、本当に、ナギサ、感激。詩人美君、もう何も言わないで。ナギサにすべてをまかせて」

「わ、わかりました」

ナギサは器用に下着を脱ぐと、少しずつ腰を動かしはじめた。

「詩人美君、ナギサの身体をやさしく抱いて」

「は、はい」

詩人美はナギサの背中に手を回した。

「ウッフ〜〜ン、気持ちイイ」

「お、俺もっす」

「詩人美君は、これからもっと気持ち良くしてあげるわ」

「お、お願いします」

「さあ、合体しますよ。目を閉じて……」

詩人美は目を閉じた。熱く感じはじめた。熱いことは熱いのだが、それだけではない。何かにやさしく包まれている感触がする。

——こ、これが、あ、あれか、す、すると、な、なにか、あ、あれに、な、なにしてるってか……。

詩人美の思考回路はすでにいたる所で切断されている。

「さあ、詩人美君、波が来るわよ」

——波？　波って？

詩人美が呟いた途端、瞼の奥に水平線が大きく盛り上がってきた。

——た、大変だ。お、大波だ。

「ナ、ナギサちゃん、お、大波が……」

「大波？　そうよ。大波よ。これから二人とも溺《おぼ》れるほど、いい気持ちになるのよ」

「溺れるっていうより、この波は飲み込まれっちまいます。ワァ〜〜、来たぞ」

「来て、来て」

「来た」

「来て」

「ナギサちゃん、来ました」

詩人美が絶叫すると、ナギサちゃんも大声を上げた。

詩人美の身体のどこかが、まるで海底火山の噴火のように大音響を上げ、爆発した。

詩人美は目の前が真っ白になった。その白い闇がやがて青く染まり、青空がひろがったかと思うと、青が藍色に変わり、やがてそこに星がまたたき出すと、水平線のむこうから大きな月が昇って来た。詩人美は月にむかって、歓喜の遠吠えを上げた。

——とうとう俺は男になったぞ。母さん、無塁《むーる》叔父さん、俺、男になったっす。女の人はやっぱり、海だったっす。

「海だ。海だ」

「海じゃなくて、私はナギサよ」

「ありがとう、ナギサさん」

ナギサちゃんの波は、何度も、詩人美の身体に押し寄せて、イルカのように水面高く飛び上がらせたり、クジラのように水底まで潜らせたり、サーファーのように波頭の上を疾走させたり、クラゲのように水の中をただよわせた。逞《たくま》しい娘のように若々しく、激しく詩人美にぶつかってくる時もあれば、聖母のように詩人美を抱擁し、やさしい子守歌をささやく時もあった。

詩人美は快楽の中に浸りながら、水底に横たわり、水面に揺れ動く光の気配を見つめた。

——もう何度、俺、爆発しちまったんだろうか？

詩人美の思考回路は、一度目の爆発ですでにずたずたに切断され、ナギサちゃんのなすがままに海の中をさまよっていた。

詩人美は海の底で眠っていた。

かすかに聞こえる歌声は、龍宮城の宴の声だろうか。それとも自分を抱いてくれているナギサちゃんが口ずさんでいる詩歌だろうか。

その音色は聞いているだけで奇妙な安堵があった。こんなふうに何の不安もなく眠りについていられるのは、詩人美にとって生まれて初めての経験だった。こころが揺らいでいない。ひょっとしてこころさえどこかに置いてきたのかもわからない。

詩人美には生まれてきてからこのかた、いつも言いようのない不安があった。父を早くに亡くしていたものの、母の葉麻子《はまこ》の愛に抱かれて育った。葉麻子は詩人美をいつくしんでくれた。夜の闇が怖くて泣き出した時も、星座の美しさに不安を覚えて震え出した時も、葉麻子は詩人美をやさしくつつんで、大丈夫よ、私がいつもそばにいるから……、と勇気づけてくれた。それでもものごころついた時、詩人美は目に映るすべてのものに奇妙な不安を抱きはじめた。蝶が羽化《うか》して飛び出した瞬間、美しい飛翔を見つめて泣き出してしまう。ひき蛙《がえる》が雨に打たれながら懸命に鳴いている滑稽な姿を見ていると哀しくなった。まぶしい朝陽にも、黄金色の夕焼け空にも、皓々とかがやく満月にも、満天の星々のきらめきにも、奇妙な不安が湧き起こる。そうしてまた、たった一人の家族である葉麻子が、時折、縁側に独り佇《たたず》んでいる時にふと見せる表情や、二人してそぞろ歩く瀬戸内海の岬の突端で沖合いを眺める母の美しい横顔に、詩人美は言いようのない不安を抱いてしまうのだった。

その不安がいったいどこからくるものなのか、詩人美にもわからなかった。ただその不安は、自分の身体の中にたしかに存在していたのを知ったし、故郷を離れる前夜、一晩中独りで海岸を歩き続け、別れを告げた時に、たしかな重みとなって感じた。上京し、大学のキャンパスに行き、同世代の若者たちが大学を社会の通過点としか考えていないのに失望し、期待していた教授がテレビ出演ばかりして授業では欠伸《あくび》をしていたのに憤怒し、出かけたアルバイト先のファスト・フードの店では若者を機械のように扱うマニュアルを説明されて、呆れてしまった。

そんな時に、葉麻子がいつも話していた無塁叔父さんのことを思い出した。

母があれほど熱心に語っていただけあって、無塁は素晴らしい人だった。無塁の一言一言、行動のひとつひとつが、まさに詩だった。今まで逢ったどんな大人の男より、無塁には魅力があった。無塁と一緒にいると不安が失せた。それは初めての体験だった。

――これは無塁叔父さんと俺の中に流れている血のせいかもしれない。叔父さんと俺は同じ血の河を小舟に乗って漕ぎ出しているんじゃないだろうか？

詩人美は勝手に、そんなふうに思っていた。ところが今夜、つい三ヶ月前まで名前すら知らなかったナギサちゃんに初めて抱かれ、歓喜の爆発をくり返し、こうして肌を合わせて横たわっていると、不安はどこかに失せ、安堵だけにつつまれている。

——いったい、このやすらぎは何なんだ？

詩人美は胸の中で呟いた。

「いったい何なんだ？」

思わず声にすると、

「詩人美君、今何か言った？」

とナギサちゃんの声がした。

見るとナギサちゃんは目をこすりながら上半身を起こし、詩人美の顔を正面から見つめていた。切れ長の大きな目とツンとした鼻先、ピンク色の固そうな唇、卵の先のように尖《とが》った顎《あご》……、そこから白い肌が胸元に盛り上がり、見事な半円形の乳房が揺れている。

詩人美は思わず生唾を飲み込んだ。

「詩人美君、今、ナギサのこと呼んでた？」

「どうして？」

「夢の中で、海の底のアコヤ貝の中で眠っていたの。そうしたら詩人美君の呼ぶ声が聞こえたから、ナギサ、目を覚ましたの」

——そうか、ナギサ、ナギサちゃんも海の底で眠っていたのか……。アコヤ貝ってことは、ナギサちゃんは……。

そう呟きながら、詩人美はナギサちゃんの乳首を見つめた。乳首の先がキラリと光った。

——オッ、ピンクパール。やはり、ナギサちゃんは真珠の精なんだ……。

「詩人美君、ナギサ、今夜、とっても感じた。詩人美君はどうだった？」

「お、俺っすか。俺は、もう、わ、訳わかんなくて、頭の中が真っ白になっちゃって、何がどうなったのかわかんないっす。けど、もう、最高っす」

「本当に？」

ナギサちゃんの大きな瞳がくるりと動き、詩人美を覗き込んでいる。その瞳に淡《あわ》い光が映っていた。詩人美は頷きながら、何の光だろうか、と瞳を覗いた。詩人美は背後を振りむいた。部屋の窓に、夏の満月がかかっていた。

「あらっ、満月ね。ロマンチック……」

ナギサちゃんが声を上げて、窓辺に歩み寄った。詩人美も窓辺に行った。

窓を開けると、月光はまとわりつくようにナギサの裸体を浮かび上がらせた。

二人は全裸のままむかい合って、お互いの身体を見つめ合い、微笑した。

ナギサが月にむかってささやいた。

「ポッカリ月が出ましたら、……」

すぐに詩人美が次の詩を口ずさんだ。

「舟を浮べて出掛けませう。……」
　波はヒタヒタ打つでせう、
　風も少しはあるでせう。

　沖に出たらば暗いでせう、
　櫂《かい》から滴垂《したた》る水の音は
　昵懇《ちか》しいものに聞こえませう、
　――あなたの言葉の杜切《とぎ》れ間を。

　そこまで二人は交互に口ずさんで、ナギサちゃんが訊いた。

「私、詩人美君に出逢った日、お月さまに聞いたの。詩人美君に恋していいですかって
……」

「ほ、本当ですか？　そうしたらお月さんは何と言いましたか？」

「そ、それは中也さんの詩にあるでしょう」

「えっ？　そうですか」

　ナギサちゃんは恥ずかしそうに頷いて、次の節をささやきはじめた。

月は聴き耳立てるでせう、
すこしは降りても来るでせう、

そこまで口ずさんでナギサちゃんは目を閉じた。次のセンテンスを詩人美はちゃんと知っていた。

われら接唇《くちづけ》する時に
月は頭上にあるでせう。

詩人美はゆっくりとナギサちゃんに近づき、月光を映した唇に、震える唇を重ねた。

そうして、はっきりした声で言った。

「こ、恋してるのは、俺の方っす。今夜のこと絶対忘れません」

「絶対なんて、この世にはないわ……」

「………」

「ねぇ、詩人美君のことを話して聞かせて。どうして中原中也の詩を覚えてるの?」

詩人美の方こそ、その質問をナギサちゃんにしてみたかった。

詩人美は自分の生まれ育った町のこと、母のこと、今春、大学へ進学し上京し失望したことなどを話し、中也が自分と同じ故郷の出身者で、不安を感じていた少年の時に、彼の詩を読んで感動したことを伝え、最後にナギサちゃんと一緒に居ると、その不安がなくなると言った。

「へぇ〜、そうなの。もし私と居る間だけでも不安がどこかへ行ってくれるなら嬉しい。でも、その不安があるから、詩人美君は生きているのよ」

「どういうこと？」

「ナギサも育った町に、やっぱり詩人がいたのね。その人の書いた本の中に〝詩は神秘でも象徴でも何でも無い。詩はただ病める魂の所有者と孤独者との寂しい慰めである〟とあるわ。いろんな人がいるけど、ナギサはやはり、生きることは病める魂とともに歩いていることだと思うし、孤独なものだと思うから、人には詩が必要なんだと思うわ……」

ナギサの言葉を聞いていて、詩人美は涙があふれ出した。

「朔太郎《さくたろう》ですね。まったくナギサちゃんの言うとおりです」

「詩人美君、朔太郎は好き？」

「はい、大好きです」

「そう、よかった。私、上京して、初めて詩を口ずさむ人に出逢ったの。嬉しかった」

「俺もっす。この満月って偶然ですかね？」

「偶然じゃないよ。偶然って、ナギサはないと思う。別に誰かが書いてる筋書きで、私たちは生きてるわけじゃないんだもの。きっと私と詩人美君の意志が、こうして満月の下に居させるんだと思うわ」

ナギサは月を見上げて言った。


二人が窓辺で月を眺めていると、部屋の隅の電話機が音を立てた。

ナギサちゃんが振りむいて、壁の時計をうらめしそうな目で見た。

「もう時間なの？」

詩人美が訊くと、ナギサちゃんは少し頰をふくらませ、こくりと頷いた。

「俺、金ならあるっす」

「そうじゃないの。延長はもうダメなの。予約のお客さんもずいぶんと待ってるから……」

ナギサちゃんの言葉に詩人美は顔を曇らせた。

ナギサちゃんはベッドからソファーに飛び降り、そこで正座し深々と頭を下げた。

「お客さま、今夜は本当にありがとうございました。またぜひ、よろしくお願いします」

「ナギサちゃん、そんな、礼を言いたいのは、俺の方っすから」

詩人美が言っても、ナギサちゃんは真剣な目をして、詩人美に洋服を着させてくれた。

部屋を出ると、待合室に大きな男が腕を組んだまま怒ったような目をして座っていた。

男は詩人美の姿を見つけると、刺すような視線で睨みつけた。思わず詩人美はごくりと生唾を飲み込んだ。詩人美の背中にまで相手の男の視線がビンビンに伝わってくる。詩人美が足を震わせながら店を出ようとした時、背後で店員の大きな声とナギサちゃんの部屋で聞いた音楽が流れてきた。

「永らくお待たせしました。ロックさん、ナギサちゃんがお待ちかねで〰〰す」

その声に続いて、ナギサちゃんの声がした。

「ロックさん、待たせてごめんなさいね。ナギサ、今夜が待ちどおしかったわ」

と同時に、歌舞伎町全部に響き渡るような雄叫《おたけ》びがした。

「ウオッオ〰〰。ウオッオ〰〰。ナギサちゃん、僕も逢いたかったよ〰〰。キャン、キャン」

叫び声とはがらりと変わって、最後は仔犬のような声を男は出した。

詩人美は店のドアを勢い良く閉めると、階段を一気に駆け降りた。

詩人美は独りで歌舞伎町の路地をぽつぽつと歩いた。

見上げると、夏の満月が皓々とかがやいていた。

月はさっきとどこも変わってはいないのだけど、今の詩人美にはまるで違ったものに見える。ナギサちゃんの肌の色に似た月に、彼女のあいくるしい笑顔が映った。しかしその笑顔はすぐに失せ、先刻、店の待合室でおそろしい形相をして座っていた大男の顔に変わった。その顔が、詩人美にむかっていきなり牙を剝いて、吠えた。

――ウオ〜〜〜ッオ。

詩人美は驚いて、数歩あとずさった。

月の中では、まだあの男が吠え続けている。詩人美は奥歯を嚙みしめると、

――おまえなんかに負けるもんか。

と胸の中で呟いて、月にむかって、ありったけの声を出し、吠え返した。

「ウオ〜〜〜ッオ、ウォォォ〜〜〜ン。来るなら来てみろ、八つ裂きにしてやる。ウオ〜〜〜ッン、ウォォォ〜〜〜ン」

路上で吠え続ける詩人美の肩を叩く人があった。振りむくと、叔父の無塁《むーる》が立っていた。

「いい感じじゃありませんか。さすがは私の甥っ子です。月にむかって吠えるなんて、ポエムですね。朔太郎が嬉しがりますよ」

「無塁叔父さん。実は、あの月に……」

詩人美が、今しがたの店での出来事を説明しようとすると、無塁はただ笑って、持っていたコンビニの袋を地面に置き、その場で足を開いて身構えるようにしたかと思うと、痩《や》せた無塁の身体のどこにこれほどのパワーが隠れていたのかと思えるほどの大声で吠えた。

「ウオ〜ッオ――。ウオ――ッオー」

とてもではないが、人の声には聞こえなかった。狼の声である。

――す、す、凄い。さすがは無塁叔父さんだ……。

詩人美は無塁の隣りに並ぶと、同じように足を開き、牙を剝いて、吠えはじめた。

「ウオ〜ッオ、ウォォォ〜〜ン、ウォォォ〜ン」

詩人美の吠える声には、まだ若さがあったが、無塁の声には貫禄というか、年季が入っている。通りを往く人たちが、二人が空にむかって吠えている姿を見つけ、面白そうに見物をはじめた。

気が付けば吠える人の数は増え続けている。

無塁と詩人美は二人で新宿二丁目方向にむかって歩いていた。

背後から数千人の吠える声が聞こえていた。

「詩人美君、いい声ですね。日本人もたまにあんなふうにして馬鹿騒ぎをしなくちゃいけませんね。昔の日本人はもっと陽気で、お祭り騒ぎが好きな人たちだったんです」

「そうなんですか？」

「はい。日本の各地には、そういう晴れの時間を思い切って祝う風習が残っていたんです。柳《やなぎ》田《だ》國《くに》男《お》先生もそうおっしゃってました。その陽気な性格を無理にどこかへ押し込めたのがいけないんです。山の奥や森蔭、草叢《くさむら》や水底で息を潜めてしまっている八百万の神々を、もう一度目覚めさせなくては……」

無塁はそう言って、道端に祀《まつ》ってあった地蔵さんの前に立ち止まって手を合わせた。

詩人美も無塁と同じように手を合わせた。

「でもひさしぶりに吠えると気持ちがいいもんですね。詩人美君は、田舎でもよく吠えてたの？」

「いいえ、今夜、初めてです」

「そういえば、今夜、詩人美君は童貞を捨てたのですよね」

「は、はい」

詩人美が顔を赤らめると、無塁が満足そうに頷いた。

「どうでしたか？」

「はい。海底火山が爆発して、四千メートルくらい隆起した感じでした」

「そりゃすごい」

「けど、その後で……」

詩人美が浮かぬ顔をすると無墨が訊いた。

「どうしました？」

詩人美はナギサちゃんが次に相手をする客を嬉しそうに男を出迎えていた光景を話した。

「ほうっ、そんなことがありましたか……。なかなかいい夜ですね」

「いい夜なんかじゃありません。俺はナギサちゃんとずっと一緒にいたかったし、それにあんなふうに次の客を相手するナギサちゃんの気持ちがわかりません」

「わかりませんか？　私はナギサちゃんを素敵だと思います。いい人に童貞を捧げましたね」

「どこがいいんですか？」

青川無墨は新宿二丁目の路地で立ち止まると、詩人美にむかってぽつりと言った。

「詩人美君の哀しみに微笑みかけてくれたんでしょう。ナギサちゃんは」

無墨はそう言って、先に路地を歩き出した。

詩人美は無墨の言葉に何と返答していいのかわからず、その場に立ちつくしていた。

——僕の、哀しみに微笑みかけてくれた……。哀しみに微笑んでくれるナギサちゃん……。どういうことなんだろうか？

詩人美は先の方で豆粒のようになっている無塁の名前を呼びながら、駆け出した。

「叔父さん、無塁叔父さん、今、とても大切なことを教えて貰った気がするんですが、僕、よくわからないんです。だって僕はナギサちゃんに一目惚れして、今夜が来るのを待ってたんです。ナギサちゃんも、僕と同じ気持ちだと打ち明けてくれたんです。好きな者同士が一緒に居たいのは当たり前のことでしょう。なのにナギサちゃんが、どうして急に余所余所《よそよそ》しくなった上に、あんな大男を喜んで出迎えたのか……。僕には、何が何だかよくわからないっす……。やっぱりナギサちゃんは仕事と割り切って、僕にやさしくしてくれたんでしょうか？」

「詩人美君はどう思うんだい？」

「どう思うって……」

「だからナギサちゃんを抱っこしていて、いや、抱っこされていた時に、ナギサちゃんが仕事でやってくれてると思ったのかい？」

「いや、そんなことぜんぜん思いませんでした。今も思ってません。僕たちは、ひとつになりたくて、本当に一生懸命だったっす」

「だったら、それが真実でしょう」

「真実？」

「そう。真実は、当人が、それを信じることができるなら、そこに在るものだよ。相手をいったん疑ってしまえば、それは偽りになるし、贋物《にせもの》に見えてくる。真実は、詩人美君、君の、ここにあるものなんだよ」

そう言って無塁は詩人美の胸元を指さした。

「それと、好きな者同士がずっと一緒に居たいのはわかるが、人と人はずっと一緒に居ることなんかできないんだよ。共に死のうなんて、心中をしたって、それがずっとひとつで居られることにはならないんだ。純愛って言うけど、恋愛はどんな人が、どんなかたちで惚れ合っても、いつも純粋なものだよ。けど純粋なことと二人が離れずに居られることとは違っているものだ。詩人美君、人はどこまでいっても一人なんだよ。だから淋しいんだよ。誰かのことを死ぬほど恋しても、相手のすべてを得ることなんかはできないんだ。それがわかっていても、人は原始より、人に恋するから素敵なのと違うのかな……」

「…………」

詩人美は無塁の話のすべてが理解できているわけではなかった。

しかし無塁の言葉の響きの中に、叔父の言う、真実の響きがあるように思えた。

「でも叔父さん、どうしてナギサちゃんは、あんな大男をやさしく迎えられるんでしょうか？　僕、ナギサちゃんが、あんな男に抱かれていると思うと、気が違いそうになるんです」

詩人美は頭を掻きむしった。

「ほうっ、かなり病んでいますな……」

無垦が笑って言った。

「これが恋患《わずら》いという奴なのでしょうか？」

「そうかもしれません。しかし、他の男にナギサちゃんが抱かれるのが嫌なら、君の手で奪い取ることですな……。だが、そうすることをナギサちゃんは果たして喜ぶでしょうか？」

「えっ、それはどういう意味ですか？」

「私はナギサちゃんが哀しむ気がいたします」

「そんな……、ナギサちゃんは僕に逢えたことが運命に思えるって言ってくれてたんですよ」

「人と人が出逢うのは、すべて運命なのと違いますか？　そうじゃないと、一目惚れなんてありませんよ。ナギサちゃんは詩人美君と逢えたことを、きっと運命だと信じているんだと思いますよ。でも、その男の人とナギサちゃんが抱っこをするのは別のことなんでしょう」

「僕には、よくわかりません。何だか頭が混乱しています」

「まあいいでしょう。今、私たちが話してることは、生きるってことの根っ子のようなものかもしれませんから……。あなたは恋患いと言いましたが、人は皆病んでいるものです。朔太郎が言ったように、病んでいる人のために詩は必要なんでしょう？　ともかく今夜は、詩人美君が大人になった、めでたい夜です。祝杯を挙げましょう」

　二人は新宿二丁目の交差点にさしかかった。夏休みのせいか、交差点はパートナーを探して上京して来た若い男たちであふれていた。

「いや、いいですね。恋の花が咲き乱れそうな、この雰囲気……。私は、好きだな。甘い蜜の匂いがしませんか？」

　無塁に言われて、詩人美は鼻先を上げて匂いを嗅《か》いだ。詩人美には何も匂って来ない。

「僕には、その匂いがわかりません」

「そうですか……。まだ修行が足りませんね。男と女の恋愛より、案外と男と男の方が美しかったりするかもしれませんね」

「そうなんでしょうか……」

「ええ、メグちゃんと雷太《らいた》君、あれからとても上手くいってるみたいですよ。雷太君はメグちゃんのために一流の競輪選手になるって頑張ってるそうです。詩人美君も、初手は女性から入らず、男の人からはじめれば良かったのに……」

「そ、そんな……」

　無塁は言って、古い雑居ビルの中に入って行った。

二階に上がると、そこに〝イザベル〟という名前のちいさな看板が見えた。

――イザベル？　どこかで聞いた名前だ……。

詩人美は胸の中で呟きながら、無塁が分厚い木製のドアを押す音を聞いていた。

ボサノバが流れていた。落ち着いた照明に煙草の煙が重なって、店の中の雰囲気が大人の世界のように詩人美には感じられた。

無塁はカウンターの奥に座った。詩人美は無塁の隣りの席に掛けようとして、その場に立ち止まった。どこか近寄りがたいものが感じられた。

競馬場や食堂〝帆立屋〟、居酒屋などで今まで見て来た叔父と、カウンターの隅に腰を下ろし、やや背中を丸めた叔父はあきらかに違って見えた。無塁の身体のまわりをいつも飛び回っている極楽トンボたちの姿が失せて、目の前の叔父には何か別のものが漂っていた……。

――シブイ……。

まるで映画のヒーローのように、孤独感が漂っている。

――美しい……。

詩人美は生まれて初めて、男性を美しいと思った。

「あらっ、ムール、ひさしぶりね。元気でいたの……」

カウンターの中から、これもまたシブイ感じの男が煙草をくゆらせて近づいて来た。

「ああ、何も変わっちゃいない」

「あなたはずっと変わらないのね」

「おまえだって同じだろう」

「そうね。私たちは、あの時から時間が止まったままだものね……」

「たしかにそのとおりだ……」

二人の交わす会話はまるで映画の科白《せりふ》そのままである。

「そろそろ顔を見せる頃だと思ったわ。やはり逢いに来たわね……」

——やはり逢いに来た？　この人は叔父さんの恋人なんだろうか。

カウンターの男は、そう言って、ゆっくりと背後の壁に貼ってある一枚の古いポスターに目をやった。無垢がいとおしそうな目をして、そのポスターを見上げた。

やさしい目だった。

そのポスターには、赤いドレスを着て歌を歌っている金髪の歌姫が描いてあった。その背後に、夜の港に停泊する外国航路の客船とヤシの木とバーがセピア色に淡く揺れていた。そしてノスタルジックな手描き文字でＢＯＮＩＴＯ《ボニート》　ＩＮＶＩＥＲＮＯ《インビエルノ》（美しい冬）とある。スペイン語だろうか。

女は酒場の歌姫のようだ。

「美しい冬だったわね。ボニート・インビエルノ……」

カウンターの男が懐かしそうに言った。

「ああ、美しい二月だった。ボニート・フェブレロ」

無塁が静かに言った。カウンターの男が棚の上から、ちいさな写真立てをひとつ取って、無塁の前に置いた。無塁は頬杖をついて、その写真をじっと見つめていた。

「カボ・サン・ルーカス」

カウンターの男が言うと、無塁が、

「サン・ホセ・デル・カボ」

と答え、そうして二人同時に、

「ロス・カボス、恋のはじまり……」

と声を合わせて言った。

詩人美は二人のやりとりをじっと眺めていた。

――な、なんだ、この雰囲気は……、日本じゃないのか、ここは？

驚いている詩人美に気付いて、カウンターの男が、こちらは？　と無塁に訊いた。

「ああ、そうだった。この子は俺の甥っ子で青川詩人美君だ。今夜、男になった祝いに、ここに連れて来た」

「あっ、そうなの。それはおめでとう。私、ムールの昔からの友だちで、カルロス」

「は、初めまして、青川詩人美です。よろしくお願いします。あの、今、お二人が交わしていらした会話は何なのでしょうか？」

「フッフフ、それは内緒。私とムールの遠い日の思い出よ」

「スペイン語に聞こえましたが？」

「あらっ、若いのによくわかるわね」

「はい。〝ソン・ハローチョ〟の音楽が好きだったものですから」

詩人美が言うと、二人は目を丸くして顔を見合わせた。

「甥っ子さんにイザベルの話をしたの？」

カルロスが無塁に訊いた。

「いや、何も話しちゃいない」

「そう……。ならやはり血の濃さかしら」

「さあ、僕にはわからない」

「シジミ君って言ったわね。今、おいくつかしら？」

「十八歳です」

「十八歳？　それって私たちが出逢った時と同じじゃなくて、ムール」

カルロスが目をかがやかせた。

「そうだったかな。そんな昔のことは忘れてしまった」

この店に来てから無塁は〝二の線〟を決して外そうとしない。

「さあ、乾杯しましょう」

カルロスは無塁と詩人美の前に青く光るショットグラスをみっつ置き、そこに古いボトルから琥珀色の酒を注いだ。そうしてカルロスが言った。

「ブリンデーモス・ポル・イザベル！ サルードゥ！」

詩人美も、乾杯し、二人がするようにグラスの酒を一気に喉元に流し込んだ。

二人が飲み干したグラスの底でカウンターを思い切り叩いた。詩人美も同じようにしたかったが、喉の奥が火が点いたのではと思うほど熱かった。

詩人美が咳込むと、カルロスが笑った。

「テキーラは初めて？」

「は、はい、名前は知ってましたが、こんなに強い酒とは思いませんでした」

「ほら、ライムを嚙んで、塩を舐めると楽になるわ」

カルロスはそう言いながら、空になった無塁のグラスにテキーラを注いでいる。

そのグラスを取って、無塁が目の前の写真に掲げるようにした。

詩人美がちらりと写真を見ると、そこには美しい金髪の女性が写っていた。

――イザベル？

たしかさっき二人はイザベルと言っていた。

——この写真の中の女性が、叔父さんが毎夜、ラブレターを書き続けているイザベルさんなのだろうか？

そのことを無聖に訊きたかったが、叔父の雰囲気はとても詩人美に言葉をはさませるようなものではなかった。カルロスが店の若い店員を呼んで何か一言告げた。店員がすぐにドアを開けて出て行った。それからカルロスは詩人美をじっと見て訊いた。

「男になった感想はいかが？」

「いや、よくわかりません」

「相手はどんな人なの？」

「ナギサちゃんと言って、天使のような女の子です」

「そう、天使に抱いて貰ったってわけね」

その時、先刻の店員が一輪の花を手に戻って来た。

カルロスが店員から、その花を受け取り、無聖が眺めている写真のそばに置いた。

無聖が顔を上げ、かすかに笑った。

その瞳が濡れていた。

詩人美は、こんな孤独に包まれた叔父の姿を見るのは初めてだった。しかも写真の女性を見つめる叔父の瞳が濡れているように映る。哀しみと孤独に包まれているようには映るのだけど、叔父の背中から、哀しみとはまるで逆の至福のきらめきのようなものが伝わって来る。

——哀しくて仕方なく見えるのに、よく見ると喜びが伝わって来る……。これっていったい何なんだろう。

詩人美は無塁を見ていて、背筋がぞくぞくとしてきた。

詩人美は、叔父がどんなに酔っ払ってアパートに戻っても、一輪の薔薇を買い、部屋の片隅の机に座って、日記や手紙を書いている姿を思い出した。

詩人美は叔父に悪いと思いつつ、その日記の一部を見てしまった。

四月×日

さて、イザベル、君は元気にしているかい。君に我輩の甥っ子の話をいつか聞かせてやりたい。我輩は、今日も平穏無事に一日が過ごせました。君に逢いに行くための船賃が、もう少しで手に入るところだったけど、それは仕方ない。でもイザベル、必ず、君を迎えに行くから、そのまま美しい君でいておいでよ。その日が待ち遠しいね。ではおやすみ。

今夜もまた、イザベル、君に一輪の薔薇を。

そして手紙もあった……。

親愛なるイザベル
今日も一日、イザベル、君のことを想って、私は過ごしたよ。元気にしているかい？ そちらの気候はどうだい。淋しくはないかい。私のことを忘れたりしていないね。私はずっと君のことを想い続けているよ。待っていておくれ。もうすぐ私は君のもとへ行くからね。今夜も君に、美しい薔薇を一輪捧げよう。

——そうか……。やはりイザベルはどこかで叔父さんが逢いに来てくれるのを待っているんだ。叔父さんはイザベルのことを一日たりとも忘れずに生きているんだ。なんて素晴らしい恋だ……。あのポスターの歌姫が、写真立ての写真の女性こそがイザベルなんだ。

詩人美は、ポスターのイザベルを見直して、その美しい面立ちとプロポーションが、叔父の恋人にふさわしい女性に思えた。ポスターのイザベルの瞳とかたわらの叔父のうるんだ瞳を見ていて、詩人美は自然と涙があふれてきた。

「どうしたの？ シジミ君。何か切ないことでもあったの？ 今夜は、あなたが天使に抱かれて大人になった、おめでたい夜じゃない」

カウンターの中からカルロスが言った。

「はい。それはわかってるんですが、無塁叔父さんを見てると、何だか切なくなってしまって……」

涙を手で拭う詩人美と、頬を伝う涙を拭おうともせず恋人の写真を眺めている無塁を、カルロスは交互に見て、呆れたような顔で言った。

「あんたたちって、気持ち悪いほどよく似てるわね」

「えっ、何が似てるって？」

無塁がカルロスを見た。カルロスが事情を無塁に話すと、詩人美のやさしい気持ちを知って、無塁は背中を大きく揺らして、

「そうか、私のために詩人美君が泣いてくれているのか……」

とおいおいと泣き出した。

カルロスがうんざりした顔で、目の前のテキーラを飲み干した。

店の客たちは驚いて、無塁と詩人美を見ていた。

店内の灯りが少し明るくなり、音楽がボサノバからロックに変わった。流れているのはクイーンの〝地獄へ道づれ〟である。一九九一年の十一月に亡くなったフレディ・マーキュリーのボーカルが響き渡っている。

見ると先刻までの壁のイザベルのポスターが、〝猿の惑星〟の映画ポスターになっていた。

カルロスの顔の表情も、今しがたまでの愁いをおびたものではなく、目付きもどこか鋭くなっていた。はだけた胸元から、胸毛がのぞいて、音楽に合わせて、腰が小刻みに揺れている。

――この変わりようは何なんだ？

詩人美は店全体を見回した。

さっきまでテーブルの隅で静かに酒を飲んでいた客がカウンターの方に近寄ってきて、お互いの目を見つめつつ、やはり音楽のリズムに身体を合わせて、揺れていた。

「無垦叔父さん。この雰囲気はいったいどういうことなんでしょうか？」

「どういうことって？」

「ですから、店の中のこの変わりようと言いますか、お客さんたちまでが、さっきとは別の人に見えるんですが……」

「そりゃ、そうでしょう。この人たちはさっきとは別の人なんですから……」

「えっ、いつの間にお客さんたちが入れ替わっちゃったんですか？」

「別に客が入れ替わったわけじゃありませんよ。この人たちの中にある別の人間が現われただけです」

無塁の言葉に詩人美は首をかしげた。

「別の人間ですか……」

叔父の言っていることがよくわからなかった。

「だから詩人美君、君の中にだって、君がまだ知らない、別の君が存在してるんですよ」

「別の僕がですか？」

詩人美はますますわからなくなった。

するとカルロスがカウンターから身を乗り出してきて、小声でささやいた。

「そんなに考え込むことじゃないわ。もう一人の自分のことはすぐわかるわ。ほらっ、さっきからシジミ君のことをじっと見ている男の子がドアの所にいるわよ」

見ると入口のドアのそばの壁に背を凭《もた》れかけている若い男の子がいた。黒いレザーのパンツに白いTシャツ、日焼けした顔はどこかテレビに出てくるタレントのように可愛い。

その男の子の視線が詩人美にじっと注がれていた。

「あの子、リトル・デヴィルって呼ばれてるのよ。皆が言い寄っても、自分から気に入らないと決して行動しない子で、この辺りじゃ、ちょっと有名なの……」

カルロスの言葉に無塁が入口の方を振り返った。男の子がちらりと無塁を見た。

「ほうっ、なかなか可愛い子じゃないか。リトル・デヴィルか……。詩人美君、一晩に、エンジェルのナギサちゃんとデヴィルを一緒に経験できるなんて、ドラマチックじゃありませんか。君、しあわせ者ですよ」

無塁の言葉にカルロスが声を上げた。

「あらっ、そうよね。ムール、あなたの甥っ子さんって、ひょっとして、天使と悪魔の間をさまよう、神の子かもしれないわね」

「ちょっと待って下さい。僕はナギサちゃんのことだけで頭が一杯なんです。どうして皆は僕を男の子と仲良くさせたがるんですか？　それって、変、変、へん……」

詩人美が言いかけると、無塁とカルロスがじっと見返した。

「へん、偏頭痛がしてきました、僕……。これって新しい恋の悩みでしょうか？」

「あらっ、お上手ね」

カルロスが笑った。

「詩人美君、君は少し男同士の恋愛について、偏見を持っているようだね。ギリシャの時代には一人前の大人の男は、美しい男の子を日常のごとく愛していたんだよ。ソクラテスしかりプラトンしかりだ。美しい男の子は肉体的に女性と似ているし、それ以上の場合もあるんだ。その上、女性的な精神の特徴である内気な面、控え目なところ、そんな恥じらいは誰かの差し出す手を待っているんだ。人生について教えたり、手助けをしたり、時には哀しみを共有してあげているうちに、たとえ大人と少年の間であれ、愛が芽生えて当然だったのだよ。ほらっ、あのレオナルド・ダ・ヴィンチにもサライという少年の恋人がいたんだ。男と男の愛は否定するようなものじゃないし、それを趣味趣向の問題と考えるのも愚かなことだ。愛はいつだって自由なんだから……」

「あのレオナルド・ダ・ヴィンチもそうなんですか？」

「何を言ってるんですか。私が知ってる限りの立派な男たちの名前を挙げれば、詩人美君は驚いてしまうよ」

「そうよ。シジミ君、少し話してあげましょうか……」

そう言って、カルロスは詩人美の耳元でささやいた。

「まあ、これは極端な話ですが、西洋では旧約聖書の『創世記』の中に、女性は男性を助ける者として神が創造したと書いてあり、哲学者のプラトンも実際の女性にむけて、愛やエロスのことは語っていないのです。もっとも素晴らしい人間の愛は男性同士の愛だ、と堂々と語っているほどです」

「そうなんですか……」

驚嘆する詩人美に、カルロスが、そうなのよ、と相槌を打った。

「あらっ、デヴィル、ひさしぶりね」

カルロスが声を掛けても、その男の子は返事もせず、詩人美の肩にそっと手をかけて言った。

「やあ、今晩は。見かけない顔だけど、この店は初めてかい？」

詩人美は、ごくりと生唾を飲み込んで相手を見た。自分と同じ歳か、若くさえ思えた。

「う、うん。今夜、初めて、叔父さんに連れられて来たんだ。紹介するよ。僕の叔父さんで青川無塁……」

詩人美が言いかけると、相手は言葉を制するように、日に焼けた細いひとさし指を立てて、

「他の人のことはいいんだ。僕が知りたいのは君のことさ」

と静かに言った。それを見て、無塁が感心したようにうなずいた。

「ほう、なかなかの子ですな。悪くはありませんぞ。この展開は……」

「ごめんなさいね。失礼な言い方をして。僕の目には、彼のことしか映っていないものだから……」

男の子が無塁に謝った。

「ぜんぜん、かまいません。どうぞ仲良くなって下さい。命短し、恋せよ、少年ですな」

無塁が笑って言うと、

「どうもありがとう」

と日焼けした顔の中でひときわ目立つ大きな瞳をしばたたかせて、少年は微笑んだ。

「君の名前を教えてくれるかい？」

「ぼ、ぼ、僕は青川詩人美」

「シジミ？　どんな字を書くの」

「詩人に美しいって書くんだ」

「へぇ、それは素敵な名前だね」

「君の名前は？」

詩人美が質問すると、相手は、カウンターの中のカルロスと無塁の顔をちらりと見やり、

「ねぇ、少し二人っきりで話はできるかな？」

と訊いた。

「えっ、どうして、皆と一緒じゃダメなの？」

「そうじゃないけど、僕は君と二人っきりで話がしたいんだ」

「そうなんだ。でも今夜はダメなんだ。今夜は僕のお祝いで叔父さんがここに連れてきてくれているんだから、もしよかったら君も一緒に飲まないか？」

詩人美の言葉に相手は戸惑ったような目をしてから、

「そう、君は僕のことを気に入ってくれてないの？」

と真剣な顔で言った。

「気に入るも気に入らないもないよ。僕等は今知り合ったばかりだし……。君のことは感じがいいって思ってるよ。友だちになれそうだよ。けど今夜は叔父さんとの夜なんだ。それって君《きみ》にもわかるだろう」

「う、うん。じゃ次はいつ逢える？」

「いつだって逢えるよ」

詩人美が言うと、相手は困惑したような表情で、詩人美を見ながら離れて行った。

「シジミ君、君《きみ》って、もしかして恋の天才？」

カルロスが目をかがやかせて言った。

青川詩人美と無塁は、夜が明ける気配に〝イザベル〟を出て、新宿二丁目を歩き出した。

夏の朝には珍しく、街には朝霧が立ちこめていた。

まるで白い海の底を歩いているような気分だった。

「いいですね。私、こういう朝、好きだな……」

無塁が道の中央に立ち止まって、周囲の霧を両手で掻き集めるような仕種《しぐさ》をして、大きく息を吸い込んだ。

無墨は目を閉じて、吸い込んだ霧を味わうように鼻をかすかに左右に振っている。

やがて無墨が大声で歌いはじめた。


昔、私は旅に出ました。

古い鞄ひとつを携《たずさ》えて、ともかく家を飛び出しました。

外に出てみれば、そよそよ風が吹いていました。

その風に背を押され、ともかく歩き出したのです。

やがてなつかしい汐の香《か》がして、私は香りに誘われ、どんどん歩いて行きました。辿り着いたら、そこは波止場でした。

私と同じ恰好の、旅人が何人もおりました。

皆、波止場に鞄を置き、その上に座って、船を待っていました。

水平線に白い船影が見えました。かすかに銅鑼《どら》の音が聞こえ出し、旅人たちは立ち上がり、船にむかって手を振りました。

船は接岸し、白いタラップが伸びてきて、皆、ゆっくりと乗り込みました。

銅鑼の音が響き、船は波止場を離れて行きました。

デッキに出てみると、波止場に一人の少年が立ち、私を見送っておりました。見れば、その少年は、七歳の私でありました。

「おまえも一緒に行かないか？」

私が笑って、そう訊くと、少年も笑って、静かに首を振るだけでした。

「そうか……、もうおまえは、私と旅ができないのか……」

私は涙を流しながら、

「いつまでも元気でいるのだよ」

と大きな声で叫びました。

「旅発ちを泣いてはだめです。笑って出かけて下さい」

少年の声にうなずいて、私は笑い返そうとしましたが、ぎこちなく顔が歪んでいるだけだったでしょう。

昔、私は旅に出ました。

青い波止場から白い船に乗り、たった一人の少年に見送られて、私は旅に出ました。

そこまで歌うと、無墨は静かにうなだれて、じっと足元を眺めていた。

胸のポケットに差した一輪の薔薇の花までがうなだれているように映った。

「無墨叔父さん、今のは誰の詩なのですか？」

詩人美が訊くと、ぽつりと言った。

「誰の詩でもありません。何となく、今、口から零れ出した、私の胸の吐息です」

「叔父さんの、即興詩ですか。素晴らしい詩です。もう一度、聞かせて下さい」

詩人美が興奮して言った。

「もう一度？　そんなもの覚えちゃいません。ただ私に見えるのは、君も知っているでしょう。私たちの故郷にある、あの古い桟橋、あそこから見えた沖合いを行く外国航路の船と、それにむかって手を振っていた少年の私です」

無垢の言葉に、詩人美も故郷の古い桟橋を思い浮かべた。

「はい。僕もしっかりと覚えています。今はもう取りこわされてしまったけど、少年の時に、葉麻子さんに手を引かれて、沖合いを行く外国航路の船をよく見に出かけました」

「そうですか。葉麻子さんが、詩人美君を連れて、あの桟橋に行きましたか……」

「はい。母は船影を見ながら言いました。『あなたもいつかあの船に乗って、どこかに旅へ行く日が来ます。よ〜く見ておきなさい。あの船影は、蹴る白波は、明日のあなたなのですから……』と」

「……そうですか。葉麻子さんは知っていたのですね。旅の時間の中には、過去も、現在も、未来も……、すべての時間があることを……」

「そうなのですか？　旅の時間は、そんなに素敵な時間なのですか？」

詩人美が訊くと、無塁は大きくうなずいて、

「それは旅をしてみればわかります。詩人美君、君もいつか旅発つ日が来るのです。今、こうして居る場所が、街の雑踏が、私と君の波止場なのです」

と静かに言った。

第四章　パンタが街にやってきた

大東京の空に秋雲がひろがり、心地良い風が路地に吹きはじめた。

「いや、よく眠りましたね。なんとさわやかな朝でしょう。さすがに秋ですね」

目覚めた無墨《むーる》が大声で言った。

「無墨叔父さん、朝じゃなくて、もう午後の二時ですよ」

詩人美《しじみ》が読んでいた本を閉じて言った。

「おっ、読書の秋ですか。本は生きる肥《こ》やしですからね。しっかり活字を食べて糞尿《ふんにょう》を出してやるのです。それを大地に撒《ま》き散らかして、新しい芽とするんです」

「無墨叔父さん、読書は肥やしなのですか？」

「そうですとも、読書というもの、いや読書だけじゃありません。世の中で俗に言う、知識というものは、その人一人で得ていても何の役にも立ちません」

「どういうことでしょうか？」

詩人美が小首をかしげた。

「ですから例えば詩人美君、あなたがこよなく愛する詩ひとつを例にとってみても、詩人一人が、自分のこしらえた作品に満足をしているうちは詩ではないのです。その詩を、詩人以外の誰かが口ずさみ、その一節を聞いた誰かがこころをゆさぶられ、何かがはじまって、初めて意味があるのです」

「はあ……」

「よくわかりませんか……。私の友人に、中国のお坊さんがおりました。そのお坊さんは一生かかって、十万冊の本を読破したそうです。十万冊を読み終えた時、お坊さんは、『これで世の中がわかったぞ』と叫んだそうです。そうしたら、そのお坊さんのために、毎日、身の回りの世話をし、せっせと本を借り集めてくれていたおばさんが言ったそうです。『そうですか、やっとおわかりになりましたか。これで私もあなたの世話を一生かかってやった甲斐がありました』と赤い顔をして言って、お坊さんの前で衣服を脱ぎはじめたそうです。するとお坊さんはびっくりして『おまえさんは気でも違ったのか？』と言ったそうです。一大決心をしてお坊さんの前で裸になり、身をまかせようとしたおばさんはお坊さんの言葉を聞いて、部屋にあった一番厚くて重い本でお坊さんの頭を思いっ切り殴り付けて、死なせてしまったそうです」

「えっ、殺しちゃったのですか？」

「はい。おばさんが言うには『一生かかって無駄なことをした男など、生きていても何の役にも立たないだろう……』と」

「でも、そのお坊さんはたくさん本を読んで賢くなったんじゃないのですか？」

「賢い？　たしかに賢くはなったかもしれませんが、ただ賢いだけでしょう」

「賢いだけではいけないのでしょうか？」

「当たり前です。賢いだけでは目障りなだけです」

「そんなもんなんですか？」

詩人美がまた首をかしげた。

「よくわかっていないようですね。さっき読書は肥やしと言ったでしょう。つまり本を読むことは活字を食べることなんです。そこに書かれてあるものを、よく嚙み、味をたしかめ、身体の中に入れて、最後に大便なり小便なりにして外へ出してやるのです。その便や尿には本の栄養分があって、君が読んだものを、そこいらに撒き散らかせば、大地から芽が出て、花が咲き、木はすくすくと伸びて行くのです。君一人が得ただけのうちは、知識だけであって、何の役にも立たないんです。得たものをどう撒き散らかすかが肝心なんです。お坊さんも一生かかって本を読んでも、彼のそばでずっと恋をしていた女性の存在すら気付かなかったわけですから、読んだ本が何の役にも立っていないということなんです」

「ふう〜ん、そういうことですか？」

「そういうことなのです。本人、一人が得ているうちは糞だって尿だって、たいした臭いもしません。人が嗅いでみて、鼻をつまみたくなるものにならなきゃいけません」

「鼻をつまむほど臭くなくちゃいけませんか？」

「そうです。それが個性というものです。詩人美君、その匂いこそが君なんです」

「匂いが僕？」

「はい。これだけ大勢の人が生きていても、どの人の一生も、決して同じではないんです。一千年、いや中国四千年、何億人もの人が生きて来たのに、同じ一生はただのひとつもありません。だから面白いんです。李白《りはく》先生もおっしゃってるじゃありませんか。人生は岐《わか》れ路の連続だ。そしてその路は苦労の連続だ。だから面白いって……」

「苦しいことが面白いんでしょうか？」

「面白いに決まっています。詩人美君、人の一生に同じものがないなんて、嬉しいと思わないんですか。君の一生は君しか味わえないんですよ」

「はい、少しわかりかけてきました」

「いやいや、まだわかってはいません。今日はそれを勉強に行きましょう」

「勉強ですか。よろしくお願いします」

詩人美が嬉しそうな顔で言った。

午後の新宿、歌舞伎町を無墨が黒いチャイナ服を着て歩いていた。

街を往来する人が物珍しそうに無墨を見て通り過ぎる。

詩人美は無墨がどうして急に押入れの奥からチャイナ服を出し、それを着て外へ出かけたのかよくわからなかった。やがて無墨は一軒の古い中華料理店の前で立ち止まり、ちいさくうなずいて中に入って行った。詩人美があとに続いて行くと、無墨はいきなり、

「ニィ、ハオッ、李さんはいらっしゃるかね？」

と若い女店員に訊いた。

「はい。李大人《たいじん》はいますが、どちらさまですか？」

「日本海の龍が来たと伝えて下さい」

「はあ？」

「だから、ジャパニーズ・シー・ドラゴンが勝負に来たと伝えてくれればわかります」

そう言って無墨は身体をくねらせ、伸び上がるようにしてから、ガオーッと吠えた。

その途端、二階からどたどたと足音がして、階段から白いかたまりが転げ落ちてきて、床の上をくるくると回転しながら店の中を駆け回った。

「な、な、何だ？　こりゃ」

詩人美が驚いて壁際にあとずさりをすると、その白いかたまりにむかって、無墨が同じように身をかがめて回転しはじめた。白と黒のかたまりが、まるでじゃれ合う仔犬の

ように右に左に暴れまくっている。すると奥から一人の婆さんが中華鍋と大きな包丁を手にあらわれて、

「こらっ、二人ともいい加減にしなさい。遊ぶんなら上へ行きなさい。さもないと、二人ともぶったぎってスープにするわよ」

と言って、鍋を包丁で勢い良く叩いた。銅鑼《ドラ》の音に似た派手な音色が店中に響くと、ふたつのかたまりは静止し、その場にすくっと立ち上がると、お互いの顔を見つめ合った。無塁の黒いチャイナ服に対して、白いチャイナ服を着て白い髪を伸ばした老人が立っている。

「おうっ、ムール大人、やっと来てくれたか……」

「おうっ、李大人、生きておったか？」

「生きておるに決まっているだろう。おまえとの勝負が決着するまで死んでたまるか」

「嬉しいことを言ってくれるな。いよいよ勝負の秋が来たぞ」

「わしもそろそろだと待っておったわ。この秋こそ、春秋戦国のわしらの戦いにケリをつけようぞ。どちらかがくたばるまで打って打って打ちまくろう」

「おうっ、打って打って打ちまくろう。チー、ポン、カン。リー、ソク、ロン。イー、リャン、サン」

無塁が絶叫しはじめると、白いチャイナ服の老人も拳を天に突き上げて、

「ウー、リュウ、チー、パー、クゥー、ピンフ、サンショク、ドラ、ドラ、大満貫」

と絶叫している。

——何がこんなに楽しいんだろう？

見ているうちに詩人美も楽しくなってきた。

二人の頭を、先刻の婆さんが思いっ切り鍋で叩いて、

「静かにしろ。麻雀するならとっとと三階へ行け」

と怒鳴り声を上げた。

「麻雀？」

詩人美が思わず無塁と老人を見た。

「そうか、この若者が無塁大人の甥っ子であるか……。なかなかの美男子であるな。うん、この眼は将来、世界を皆背負って行く眼をしておるぞ。君、名前は何と言う？」

老人が目を細めて訊いた。

「青川詩人美です。よろしくお願いします」

「シジミか？　タニシの方がいいがな。まあいいか。それでシジミ君も勿論、麻雀は大好きなんじゃろう？」

「えっ、いいえ。俺、麻雀はやったことがありません」

「何？　麻雀をやったことがない。今時、麻雀を知らない若者がおるのか。これは珍珍。なら今日から打てばいい」

「けどルールを知りません」

「ルール？　そんなものは打てばすぐにわかる。ルールはひとつじゃ。麻雀は決して同じ手が来ないってことじゃ」

「えっ？」

「これからわしらが何万回、何億回打っても同じ手が来ることはないと言うことじゃ」

「それって、無塁叔父さんの人生の勉強と同じですね」

詩人美は無塁の顔を見た。無塁はニンマリと笑って、うなずいた。

「おうっ、シジミ君、君はすでに麻雀が何たるかを知っておるのか。無塁大人、あなたの甥っ子は天才じゃ」

李老人が目の玉を剝いて言った。

「わかるかね。わしは天下無《ム》ールイの麻雀打ちと言われたが、シジミはどんな打ち手になるか、楽しみじゃて」

「シジミ君の打ち方か？」

李老人が思案するような顔で詩人美を見つめた。

「無塁さん。言っとくけど、私の亭主はもう残り少ない人生だから、思う存分麻雀を打たせてやって下さい。あなたとの麻雀が終わる時が、この人の人生の終わりだ……」

鍋を手に三階に上がって来ていた婆さんの声に、李老人が恥ずかしそうに笑った。

「ところで李大人、もう一人は誰が打つんじゃ?」

無塁が訊くと、李老人は大きくうなずいて、

「今回は特別の大人《たいじん》を招いておる」

と嬉しそうに言った。

「ほうっ、特別ゲストか?」

「そうよ。あのカーテンのむこうにおる」

李老人はそう言って、おもむろにカーテンを開けた。

するとそこに立派な麻雀台が置かれ、椅子のひとつに大きな樽のような腹を突き出した老人が一人、大鼾《おおいびき》をかいて眠っていた。

「紹介しよう。雲南《うんなん》省の山奥からわざわざ今回の勝負のために来てくれた、パンタ大人じゃ」

「パンダじゃないのか?」

「違う。パンタじゃ。この大人は突然、パンタと眠ってしまうんじゃ」

「パンタ大人、お客人が見えたぞ。そろそろ起きて下され」

李老人が言っても、パンタさんはいっこうに目を覚まそうとしない。それどころか、

夢でも見ているのか、ニヤリと笑い出した。

「不気味な大人じゃのう」

無塁がパンタさんを覗き込んで言った。

「そうじゃ、不気味な麻雀を打つ人じゃ。パンタ大人、パンタ大人、起きて下され。仕方ない。あの手を使うか」

李老人は言って、窓辺に置いてあった大きな花壺から笹をひとつ抜いて、笹の葉をパンタさんの鼻に近づけた。

するとパンタさんは、その笹をいきなり手に取って、むしゃむしゃと食べはじめた。

無塁と詩人美はびっくりして、その様子を眺めていた。

「無塁叔父さん、あの人、本当は人間の恰好をしたパンダなんじゃありませんか?」

詩人美が言うと、無塁はうなずいた。

「私も、そう思う。何しろ中国は広いからな。パンダが人間の恰好をしていても何の不思議もないな」

麻雀卓の脇の椅子で大鼾をかいて眠っている男の樽のような体型は、パンダそっくりである。

ウァーオー——。突然、大声がして、パンタさんが目を開いた。驚いて男を見ると、欠伸《あくび》をしていた。男は長い睫毛《まつげ》をしばたたかせ、ゆっくりと詩人美と無塁を見て、ぽつりと言った。

「パンタ、腹が減った……」

体型に似ず可愛い声だった。

「おう、そうですか。腹が減っていますか。まったくパンタ大人のおっしゃるとおりですな。腹が減っては戦《いくさ》ができませんものな。ではすぐに特別美味しい料理をこしらえさせましょう。ひさしぶりに、この李も腕を振るってみせますぞ」

そう言って李老人は素早く階下に降りて行った。するとパンタ老人はまたうとうととしはじめた。

「寝る子は育つと言うが、この大人はまさにそれだな。詩人美君、この人物こそ、君がめぐり逢うべき人かもしれませんぞ。よ〜く両目を開いて見ておいた方がいいですぞ」

無塁に言われて、詩人美はパンタ老人に近寄り、まじまじと寝顔を見つめた。

今まで見たことのない奇妙奇天烈な顔をしていた。額は荒野のように広く、全体が台地のごとく盛り上がっている。その山のような額を出っ張った頰とえらのような顎《あご》がしっかりと支えている。鼻は横から眺めると鉤《かぎ》形だが、正面から見ると筋が通った美しいかたちをしている。唇は赤々として分厚く、眉は岩場にたっぷり生えた苔のように光っている。総髪から突き出した耳は団扇《うちわ》のように大きかった。そして何よりも印象的なのは、長い睫毛だった。雪が積もりそうなほど一本一本の毛が濃密に生えて反り上がっていた。

——妖精が腰かけて、休めそうだな……。

詩人美が胸の奥で呟いた時、その睫毛がぴくりと動き、パンタ老人が片目を開いた。大きな瞳の奥が、キラリと光った。海の底に棲む深海魚に睨まれている気がした。

「妖精は睫毛にはとまらないね。彼女たちは、もっぱら耳たぶで休憩をするよ。美しい歌を歌ってくれる妖精も居るが、ずっと世間話ばかりを喋りどおしの五月蠅《うるさ》い連中もいる」

そう言って、パンタ老人はまた目を閉じた。パチン、と音がして睫毛が合わさった。

「えっ、どうして僕が胸の中で呟いたことが聞こえたんですか？」

詩人美が目の玉を丸くして驚いていると、

「どうした詩人美君、何をびっくりした顔をしてるんです？」

無塁が訊いた。

詩人美が無塁に事情を話すと、無塁は鼾をかいているパンタ老人を睨んで言った。

「う〜む、やはり手強《てごわ》い相手だな。今日の一戦がますます楽しみになってきたぞ」

豪華な食事が運ばれて来た。何しろ清《しん》朝の宮廷料理人の末裔《まつえい》である李老人のこしらえる料理は半端ではなかった。味も超美味であるが、量も並ではなかった。

それにもましてパンタ老人の食欲は凄まじかった。次から次に目の前に運ばれてくる料理を、何喰わぬ顔でどんどん平らげて行く。たっぷりと料理が盛られた大皿がパンタ老人の前に置かれていると、あっと言う間に空になる。

「こりゃたいしたものです。大食漢と言うよりも化けものですよ。大地を、森を根こそぎ食べたり、海をひと飲みにする妖怪が中国には居ると聞いたことがありますが、この人は、その妖怪以上です。よ〜し、私も負けませんよ」

パンタ老人の隣りに座って、無塁がえらい勢いで食べはじめた。小柄な身体の無塁が口を大きく開け、皿を両手で持って、料理を喉に流し込むように平らげて行く。

パンタ老人は無塁の食べっ振りを見て、ニヤリと笑って、さらに食べるピッチを上げた。

「よーし、僕も負けないぞ」

詩人美もパンタ老人の隣りに座り、料理を食べはじめた。

パンタ老人を挟《はさ》んで、詩人美と無塁が競うように食べている。

「ハッハハハ、これは愉快です。私、こんな素晴らしい食客《しょっかく》を見たのは初めてです。料理人冥利《みょうり》につきます。お〜い、もっと料理を持って来なさい」

たちまちテーブルの上に皿の山ができた。三人の姿は皿の山に隠れて見えないのだが、料理を平らげた皿が空中に放り投げられ、それが器用にてっぺんの皿に重なって行く。

階段を駆け上がって料理を運ぶウェイターの足音が次第にゆっくりになり、やがて銅鑼の音が鳴り響いた。

「おうっ、どうしたのだ？　この銅鑼の音は……」

すると先刻の婆さん、李夫人があらわれ、

「只今、すべての食材がなくなりました。それでもまだお腹が減っているようでしたら、私をスープにいたしますが、いかがでしょうか？」

とすました顔で言い、チャイナ服の裾をたくし上げて、皺《しわ》だらけの足を見せた。

「さすがに料理人の妻じゃ。大人の方々、私の妻のスープはいかがですか？」

李老人の質問にテーブルの上の皿の山が小刻みに揺れた。

クックククク……。

どうやらパンタ老人が笑っているらしい。

「いや、美味礼讃です。今、丁度、腹の虫が、満足、満足と鳴く声がした。これで私、三年は麻雀を打ち続けられます」

パンタの声がした。

「無塁大人と詩人美青年はいかがでしょう？」

「大満足‼」

無塁と詩人美が同時に返事した。

四人が麻雀卓を囲んで、それぞれ席についた。詩人美は三人の大人たちの顔を見た。三人とも目を閉じている。詩人美もあわてて目を閉じた。

「では、そろそろはじめましょうか？」

李老人の声に詩人美が目を開くと、三人の目が、先刻の食事の時と違って異様に光っていた。

「あの……、すみません。僕、麻雀をするの初めてなんです。何ひとつルールを知りません」

詩人美が言うと、三人は声を揃えて、こう言った。

「大丈夫、何も心配いらない」

「は、はあ……。でもどうやればいいのでしょうか？」

「息の吸い方を赤ん坊に教えますか？」

李老人が言った。

「泳げない魚は見たことがない」

無塁がニヤリと笑って言った。

「鳥は自然に飛ぶようになる」

パンタ老人がぽそりと言った。

――で、でも皆さんに迷惑を掛けるんじゃないのかナ……。

詩人美が胸の奥で呟くと、すかさずパンタ老人が続けた。

「迷惑を掛けないで生きている人はいないんだよ。生きてるってことは誰かに迷惑を掛けてることだ。これは遊びです。遊びは迷惑の掛け合いなんです」

「そうそう、迷惑と迷惑のぶつかり合い」

李老人が楽しそうに言った。

「どれだけ迷惑掛けたかが、その人の命の量ですよ。フッフフフ」

無塁が嬉しそうに笑った。

「では、はじめましょう」

李老人が卓の中央に置いたケースから牌を二組取り出し、それを皆に晒した。

「わあ〜、麻雀の牌って綺麗なんですね」

詩人美が牌を見て叫んだ。

「そうです。麻雀牌は世界中のギャンブルの中で一番美しく作られた遊び道具なんです」

無塁が満足そうに言った。

「どうして、こんなに美しいんですか？」

詩人美が牌のひとつをつまんで訊いた。

「それは麻雀が哀しい遊びだからかもしれません」

パンタ老人が言った。

「哀しいんですか?」

「そうです。人のこころを奪うものは皆、哀しみをかかえています。ところで君の名前は何だったかな?」

パンタ老人が詩人美を見た。

「青川詩人美です。詩人に美しい、と書きます。よろしくお願いします」

「どうだい? 牌を摑《つか》んだ感触は?」

「はい、ひんやりとして気持ちがいいです。こうして手にしてると身体の中がぞくぞくする気がします。それに重さも心地良いです」

詩人美の言葉に三人が顔を見合わせてうなずいた。

「その牌の重さが、詩人美君、君の命の重さなんです」

パンタ老人は自分の目の前の牌をひとつ指先でつまみ上げ、弄《もてあそ》ぶように牌を動かして言った。

「これが、今の私の命の重さか。ずいぶんと軽くなったものだ」

「ど〜れ、私のも、うむ、ずいぶんと軽いな。どうりで、この頃は肩も凝らなくなったと思ったよ。うん、これなら飛べるかもしれません」

李老人が掌の中で牌を弾《は》ねさせていた。

「李大人は鳥人になられるのか。私の牌はまだかすかに重みがある」

無塁が牌を握りしめて、自分に言い聞かせるようにうなずいた。

「詩人美君、君の牌をこっちに放って下さい」

李老人に言われて、詩人美は手に握った牌を李老人に放った。

李老人は牌を宙で摑むと、その重さに少し目を丸くして、その牌をパンタ老人に渡した。パンタ老人も目を大きく見開いた。

「うん、この重力なら地球の真ん中にあるマグマまで沈んで行くかもしれん。マグマの中に入っても溶けはしないでしょう」

詩人美には他の牌も皆同じ重さに思えるので、首をかしげた。

一組の牌が自動卓の中央に開いた穴の中に流し込まれた。李老人の指が中央のボタンに触れると蓋《ふた》が閉じ、卓の中でゴロゴロと音がしていた。その音が止まると、また蓋が開けられ、もう一組の牌が流し込まれた。李老人の指先がボタンに触れると、伏せられた牌が綺麗に二段に積まれて、目の前にあらわれた。

ワァーッ。

詩人美が声を上げた。詩人美はすぐに卓の裏側を覗き込んだ。

「これってどうなってるんですか？　ひょっとして、この中って〝おとぎの国〟なんですか？」

詩人美の言葉に、無塁が眉を上下にした。

「詩人美君、〝おとぎの国〟って言ったの？」

「はい」

詩人美が明るく答えると、

「〝白雪姫〟は中に居ないし、〝七人のこびと〟では、これだけの数の牌は捌《さば》き切れないよ」

パンタ老人が笑って言った。

「ほうっ、それはなかなかの洞察力ですな。この中には単純に機械があるのではなく、かなりの数の者が働いておると言うのですか。うん、そうに違いない。私も、この頃、どうも手役に引っかかりがあったのは、それが原因だったのか……。なるほど、この中で麻雀王国の兵士たちが働いているとは気付かなんだ。うん、然《しか》り、然り。ハッハハハ」

李老人が笑うと、パンタ老人も無塁も笑い出した。つられて詩人美も笑った。

「では起家《おや》を決めますかな」

李老人が言った。

――へぇ～、麻雀には親があるのか、ということは子もあるってことか……。

詩人美は胸の中で呟いてから、あわてて口に手を当て、パンタ老人の顔を見た。

パンタ老人はこくりとうなずいて言った。

「親は一人、子は三人だ。四人家族だからね。親がまずはじめに河を渡る。それが昔からの教えだ。モーゼも、最初に海を渡っただろう？」

中央に円形のケースがあり、そこにサイコロがふたつ入っていた。李老人の指が触れるとサイコロが音を立てて回った。

「おっ、ここにも〝おとぎの国〟の連中が居るんだな」

無塁がおどけて言った。サイコロの目は⚀⚅である。

「詩人美君、君の目が出た。そこのボタンに触れたまえ」

李老人の声に詩人美がおそるおそる指先で触れると、サイコロが音を立てて回った。

サイコロの目は⚅⚅で上家《カミチャ》のパンタ老人が起家になった。

「パンタ大人の起家か。少し怖いよ」

李老人が無塁にささやいた。

「ほう、そんなに怖いんですか？」

「でも怖い親はいい親だって言いますよ」

詩人美の言葉に、パンタ老人が相好《そうごう》をくずした。

「では、私のやるように、この四牌の山を、こう取って、目の前に並べなさい」
詩人美はパンタ老人に言われたとおりに牌を目の前に並べた。詩人美は生まれて初めて手で触れた牌の美しさに見惚れていた。

上家のパンタ老人が起家で、詩人美は南の場所でゲームがはじまった。詩人美の目の前には十三枚の牌が並んでいる。

——へぇ〜、いろんな絵柄の牌があるんだ。この鳥の絵柄も綺麗だし。

詩人美がの美しい模様を眺めていると、パンタ老人の声がした。

「おや、ひさしぶりだな」

そう言ってパンタ老人が手元の牌を倒した。

天和《テンホー》である。李老人と無垦が目を剝いて、パンタ老人の牌を見ていた。

——そうか、そういう遊びか……。

詩人美も自分の牌を勢い良く倒した。パンタ老人が白い歯を見せて、詩人美を見ていた。

「何をしとるんだ? 詩人美君」

無垦が牌を倒した詩人美を見て、怪訝《けげん》そうな顔をして言った。

「無塁叔父さん、麻雀はこうやって牌を倒して遊ぶんでしょう？」

「違う、違う、そうじゃないんです。今、パンタ老人が天和《テンホー》という素晴らしい手役の和了《ホーラ》をしたんですよ。そうやって牌を最初から倒すゲームとは違うんです」

「でも詩人美君の手役もなかなかじゃありませんか」

パンタ老人が言うと、李老人が、

「私も感心していたところじゃ」

と二人がうなずき合った。

「えっ、何のことですか？」

無塁が詩人美の倒した牌を見直した。

無塁が、またまた目を剝いた。

「詩人美君、君、テンパってるじゃないですか‼」

無塁が素頓狂な声を上げた。

「テンパってるって何ですか？」

詩人美が無塁に訊いた。

「テンパってるって言うのは、つまり……、その……」

「無塁さん、詩人美君に、そんな説明は必要ないでしょう。この人には持って生まれた星のようなものがありますから……」

　李老人が言った。

「うん、私もそう思う。何やら私の手がかすんでしまったな……」

　パンタ老人が苦笑いをした。無塁は呆れた顔をして、詩人美の手役と、何のことやら訳もわからず、きょとんとしている甥っ子を見ている。

「何やら面白いことが起きそうな日になりそうじゃな。雲層が乱れる気配がするな」

　李老人が言うと、パンタ老人も大きくうなずいて、

「詩人美君には天性、乱の星があるようだな」

とどこか満足そうに言った。

　詩人美は三人の和了する手役を見ながら、少しずつ麻雀をマスターして行った。

「人間に頭がなくてはいけないように、和了のかたちにも頭が必要じゃて。それを雀頭と呼ぶわけじゃ」

　李老人が言った。

「どうして雀頭は二枚なんですか？」

　詩人美が訊いた。

「考えてごらん、人間の頭は口と鼻以外はすべて、ふたつであろう。耳も、目も、眉も、頬も、唇も、中身の脳もふたつある」

「なるほどたしかにそうですね。鼻だって穴はふたつですものね」

詩人美が言うと、三人はこくりとうなずき、そのとおり、と声を揃えて言った。

「どうして刻子《コーツ》も順子《シュンツ》も三枚で一組なんですか？」

詩人美が訊くと、パンタ老人が言った。

「天と、地と、人じゃ。世界のすべてはみっつの組み合わせが基本になっておる」

「ふぅ～ん、それじゃ、組み合わせをよっつこしらえるのはどうしてですか？」

すると李老人が自分の胸元をまず指さし、パンタ老人、詩人美、無塁の順に指をさししめして言った。

「天、地、人は世界を垂直に見ての決まり事じゃ。世界を水平に眺めると、東、西、南、北とよっつに分かれる。それでよっつもまた基本ということじゃ」

「なるほど。それでさっき教わった白發中がみっつで、東西南北がよっつなんですね」

「そのとおり」

どんどんゲームは進んで行く。

窓の外に夕陽の朱色がひろがっていたかと思うと、すでに星がまたたいている。

無塁が言ったように、詩人美はすでに半日が過ぎても、自分の手役に一度として同じものが来ていないことに気付きはじめていた。

――どんな人の一生も決して同じものはない。だから人の一生は素晴らしいんだよ。その人の、詩人美君、君の一生は君のものでしかないってことだよ。

無塁の言葉が耳の奥でよみがえる。

「おっと、四喜和《スーシーホー》じゃ」

李老人が牌を倒すと、

と東西南北の牌が見事に揃っていた。
「おっと、大三元じゃ」
パンタ老人が牌を倒すと、

と三元牌が並んでいた。
「どひょう、字一色《ツーイーソー》です」
無塁が白い歯を見せて牌を倒すと、

と字牌だけで手役が揃っていた。

「ほうっ、お見事なもんじゃ。相変わらずやりますな、無塁さん」

李老人が感心したように無塁の手役を見た。パンタ老人もうなずいている。

詩人美は先刻から気付いていた。三人が嬉しそうに牌を倒し、感心する、どの手役も、共通しているのは、美しいということだった。

詩人美には手役が、どれほどの価値があることかはわからない。それでも三人が互いの手役を見合っては、嬉しそうにうなずく手役は、どれも、美しい、と感じるものだった。

詩人美は人と人が闘うギャンブルは、もっと非情な面があるのでは、と先入観を持っていた。しかし三人のギャンブルには、そういう面が微塵《みじん》も感じられない。ルールの詳しいことは、詩人美には勿論わからない。ただひとつわかることは手役が美しく仕上がることが肝心ではないか、ということである。

人間の一生が同じことは一度もない、と無塁は言った。それが真実としたら、美しいかたちで、ひとつのものを仕上げることが大切なのではないか、と思う。

窓の外から朝の光が少しずつ差してきた。そんなことはおかまいなしに三人は打ち続けている。眠りこけていたパンタ老人のぼんやりした瞳は爛々《らんらん》とかがやき、李老人は青年のように瑞々《みずみず》しい表情に変わっている。詩人美の愛する無塁は少年のように夢中に牌にむき合っている。

――これって、僕が想像していたギャンブルの、金の取り合いとは違う。ひょっとしたら、この三人は麻雀を通して、相手の人生を見ているのかもしれない……。

そうは言っても、詩人美はもう半日、老人たちの麻雀に身を置いて、まだ一度も和了をしていないのだ。そんな詩人美に誰も救いの手を差しのべてはくれない。それでも詩人美は決定的なダンベ（四着）には一度もなっていない。

麻雀というゲームのはじまりを、水の中に四人の打ち手が一斉に入ったことで例える人がいる。誰か一人、その水の中が不得意な者がいて、その相手を三人が浮かび上がれないようにするのが闘いだと言う。さらに、もう一人、水の中に沈ませれば、残る二人はプラスの領域に入る。これが麻雀の勝ち組と、負け組を分ける分水嶺だと言う人もある。

しかし、麻雀というゲームが勝ち負けだけのためにあるのなら、このゲームはとうの昔になくなっていたのではないだろうか……。今の若者がコンピューターゲームで覚える麻雀は確率論でしかないのだろうが、詩人美が麻雀牌を生まれて初めて目にした時に感じた、麻雀牌の美しさの中に、実は麻雀の肝心が隠されているのではないのだろうか……。

一日目の戦いが終わろうとしていた。依然として、詩人美は一度も和了をしていない。それでも詩人美は自分がこのゲームに興味をそそられ、飽くことがないのはなぜだろうか、と思った。

それは三人の打ち手が、真剣に闘牌をしていることが、詩人美にとって感動的であったこともある。しかしそれ以上に、詩人美の手元にやって来る牌の摩訶不思議な不連続性であった。

それが単純に、人間の一生と似ている、とは思わなくなっていた。ギャンブルが、麻雀が、人間の生と似ていると断言することが間違っている気がした。それでも三人の老人が、これほどまでに嬉しがって遊べるゲームが他に存在するのだろうか、と詩人美は思った。

「夜が明けはじめたね……」

李老人がぽつりと言った。

「夜が明けない日は、一度もない」

パンタ老人が険しい目をして言った。

「いや、そうなんじゃが、私はこんなしあわせな朝はない」

李老人が感無量の面持ちで言った。

「何を言っておる。私たちのようなギャンブルだけが生き甲斐の人間に、しあわせなぞあるものか……」

パンタ老人が、さらに険しい表情で言った。詩人美には、二人の老人の会話の意味は理解できなかったが、弱音を吐いた方が切ない思いをするのは察しがついた。

「す、すみません」

詩人美は三人に言った。

「どうしたんだ？」

無塁が心配そうに詩人美を見た。

「あの……。俺の考えは間違ってるのかもしれないんですけど……。半日ずっと遊んで貰っていて、皆さんが喜んでる時の牌は、どれも皆、美しい、と思ったんです。それで……」

詩人美は自信なさげに言った。

「それで、どうしました？」

パンタ老人が詩人美を見た。

「皆さんの手役がいつも美しいので、俺も、それを目指して打ってたんですが、なかなかそんな手役は来なかったんですが……」

「ですが、どうしました？」

「これって少し綺麗なんじゃないか、と思ってるんです……」

「ほうっ、そんな美しい手役がとうとう詩人美君に寄ってきましたか？」

パンタ老人が嬉しそうに言った。

李老人が詩人美の手元を見た。無塁も睨むように詩人美を見ている。

詩人美の手の内は、以下の通りだった。

🀅🀅🀑🀑🀒🀒🀓🀔🀕🀕🀀🀂🀃

「俺、よくわからないんすっけど、いい和了は、美しい、んじゃないか、と思って……」

詩人美が言うと、李老人が言った。

「ほうっ、たった一日で、そんなことがわかりましたか？」

「いや、何もわかってはいないんです」

「それなら続けましょう……」

続いて詩人美のツモ牌は、🀗🀓であった。

🀅🀅🀑🀑🀒🀒🀓🀓🀔🀕🀕🀗🀀

ここまで来れば、詩人美にも🀀が不必要な牌であるのはわかった。

三人はただ沈黙して、打ち続けている。

次に詩人美は🀕をツモってきた。

詩人美は不必要な牌の🀀ではなく、🀔を打ち出した。

その捨て牌を見て、三人が顔を見合わせた。

詩人美は、一牌一牌をツモってくるのが楽しみで仕方なかった。

次のツモ牌は🀗であった。

🀅🀅🀑🀑🀒🀒🀓🀓🀕🀕🀕🀗🀗

——よし、この手役を和了してやる。誰か🀅か🀗を捨ててみろ。

詩人美は胸の中で呟いた。するとパンタ老人が言った。

「詩人美君、他人を頼りじゃ、和了はできませんよ。麻雀はすべて一人で和了しきるのです」

「は、はい」

詩人美は返答して、力を込めて、山から自分の牌をツモリ出したが、そこで指を止めた。

「どうしました？　詩人美君」

李老人が詩人美の顔を見ながら訊いた。

「あっ、そうか……」

詩人美は思わず声を上げかけたが、口を手でおさえた。

——やはり、さっきから俺が胸の中で呟いてることが、すべてパンタさんには聞こえてるんだ。ということは、俺が欲しい牌はパンタ老人に皆バレてしまってるってことじゃないか……。

「すべて読むことはできないよ」

李老人がいきなり言った。

「えっ、李さんにもバレてるの？」

詩人美が素頓狂《すっとんきょう》な声を上げると、無垦が怪訝そうな顔で、詩人美と李老人を交互に見て言った。

「二人して何を訳のわからないことを言ってるの？」

するとパンタ老人が笑って言った。

「李大人に相手の胸の内を読む能力があるのに、今、詩人美君が気付いたんですよ」

「別にわしだけが、そうしとるのではないでしょうに。読みの力は、パンタ大人、あなたの方がわしなんかよりはるかに上じゃないか」

李老人がパンタ老人を睨んで言った。

「何を言うか、李大人のその目が光り出すと、わしなどヘビに睨まれたカエルと同じで、身体が縮み上がってしまう」

パンタ老人が大袈裟に身震いする仕種をした。

「そんな人たちの中に入って、俺は戦っていけるんでしょうか……」

詩人美が当惑した顔で言った。

「戦うも、戦わないも、君はすでに充分戦ってます」

李老人が言うと、パンタ老人が詩人美の手元をじっと見つめ、

「そのとおりじゃ。君はすでに初めての和了牌を手にしておる」

と笑った。パンタ老人の言葉に李老人が大きくうなずいた。

「えっ？　俺が手の中で握りしめてる牌までわかるんですか？」

詩人美は手の中の牌を裏返した。

🀅である。

「ひゃあ～、とうとう和了したぞ。万歳」

詩人美は両手を上げて、三人の顔を見返し、

「これって綺麗ですよね。何という役なんですか？」

「リュウイーソー。緑、一色、と書いて、そう呼ぶんだ」

無塁が説明してくれた。

「緑、一色で、リュウイーソーか……。何だか美しい草原で風に吹かれてる感じですね
……」

「ところで詩人美君、君はどうして一巡前に🀔を捨てたんだい？」

パンタ老人が詩人美の河にある🀔を指さして訊いた。

「🀔を捨てた理由ですか？　ただ何となく捨てたんですが……」

「ほうっ、ただ何となく捨てたのですか……。そりゃ、なかなかだ。あなたの甥っ子さ

ん、タダモノではありませんね」

李老人が無塁を見た。無塁が、嬉しそうに自分の手役を眺めている詩人美をじっと見つめて、ゆっくりと首を横に振った。

「何だか気持ちが晴々とするものですね。麻雀というものは……」

詩人美の言葉に三人がまた顔を見合わせた。無塁は点棒を払いながら、詩人美の指先を見た。点棒をつまみ上げる指の動きがしなやかだった。

「私が親を続けるんですね」

詩人美は言って、サイコロを回し、出た目の数を確認し、最初の四牌をツモって、手元に立てた。昨日の夕暮れはぎこちなかった指の動きが、いつの間にか無駄がない、流れるような動きになっている。

そして理牌《リーパイ》(牌を見易く並べかえること)もせず、第一牌目を切り出して行く。勿論、牌を揃えることなど教えていないから、詩人美は最初から、そういうものだ、と打っている。初めて麻雀を打って、それをやり切れる頭脳がある。

――やはり、そういう頭の構造に、この子はなっているのだろう……。そう言えば春の府中競馬場でも……。

無塁は詩人美の捨てた西を見て考えた。無塁が手の中からを捨てると、

「ロン!」

と声がして、パンタ老人が手牌を倒した。

「ほうっ、三倍満ですな」

李老人がパンタ老人の手役を見て言った。

「飛びました」

無塁が低い声で言った。

李老人が鼻をぴくぴくさせて言った。

「今日の戦いは、このあたりですかな。そろそろ朝粥の美味《うま》そうな匂いがしてきました」

するとパンタ老人のお腹が、キューン、と大きな音を立てた。

「もうやめてしまうのですか？　俺はまだ元気です。皆さんが大丈夫ならもっとやりたいな」

詩人美が笑って三人を見た。

「いや、ここらが第一回戦の仕舞い時でしょう。詩人美君が初めて和了した記念に、朝粥で盃を上げましょう。ねえ、無塁さん」

無塁がうなずいた。

「わかりました」

詩人美が少し口惜しそうに言った。三人が立ち上がり、詩人美も立ち上がった。

階下から美味そうな匂いが届いている。三階の部屋を出る時、詩人美はドアを閉じようとして、もう一度、麻雀の卓を見つめた。

すると階段を最初に降りていたパンタ老人が振りむきもせずに言った。

「牌は逃げ出しはしませんから、安心していいよ」

その言葉に続いて、李老人が同じように振りむきもせずに言った。

「麻雀は立ち上がる〝頃合い〟を覚えるのが肝心です。牌の河でいつまでも泳いでいたら、溺れてしまいます」

「溺れて死んでしまったら、二度と和了することはできないよ、詩人美君」

最後に無塁が静かに言って、階段から消えた。


李夫人の調理した美味そうな粥と、色とりどりの料理がテーブルの上に並んでいた。

「ではまず詩人美君の初めての麻雀に乾杯しましょう」

李老人が皆の盃に老酒《ラオチユウ》を注いだ。

「パンタ大人、何か一言祝いの言葉をいただきたい」

パンタ老人は盃を上げて歌うように言った。

「海底に眠っておった一頭の龍が、昨夕、天上に舞い上がり、私たちの祖先から脈々と連なる〝大人の屋根〟に降りてきた。そうして一滴の水となり、麻雀の河を下りはじめた。せせらぎは岩に打たれ、滝を下って怒濤《どとう》のごとき水音を立て、今、河に流れ込もうとしている。龍のごときうねる河で、詩人美君は、草原を流れる風のように、緑一色を和了された。来福、来福」

「どうもありがとうございます」

四人は乾杯し、料理を食べはじめた。

「これは豆腐ですか？」

詩人美が目の前のやわらかな料理を口にして李夫人に訊いた。

「それは豚の脳味噌です。疲れを取ってくれます」

「えっ、そうなんですか？」

詩人美が目を見開いた。

「〝医食同源〟ですよ。詩人美君。食事をただ腹を満足させるだけのために中国の人たちは摂っていないのです」

無塁が美味そうに豚の脳味噌をすすりながら言った。

「ましてや、私たちはもう老人ですからな……」

李老人が笑った。

「その老人が、今朝は若者のように熱を持った顔で階下に降りてきましたよ」

夫人が李老人とパンタ老人の頬を軽く叩きながら言った。

「ほうっ、やはり二人とも熱が出てるかね？」

李老人がパンタ老人の顔を見て言った。

「うむ、少し熱は出ておったな」

パンタ老人がうなずいた。

「パンタ大人がそう言われるのなら、やはりこの麻雀はひさしぶりの大々局と言うことですね。無垦さん、嬉しいですね」

「そうですね。たしかに私も熱が出ています。初めて麻雀を打つ甥っ子に、かなり驚かされていますが……」

「たしかに、たしかに……」

老人二人がうなずいた。

「ほう、この若い人は初めて麻雀を打ったの？　それは素晴らしいね。あれっ、あなたの顔、昨夕とは違ってるわね」

李夫人が詩人美を見て言った。

「えっ、俺の顔がどこか違ってるんですか？」

李夫人の言葉に皆が詩人美の顔を見直した。

「う〜む、たしかにたしかに……」

皆がまたうなずいた。

「どう変わってるのでしょうか？」

詩人美が李夫人に訊いた。

「そうね。深い海の底まで潜ってきて、何か宝物を拾って上がってきたって感じかな。それでいて、ちっとも濡れてやしない」

李夫人の言葉に、また三人がうなずいた。

「俺、ちょっと興奮してるかもしれません」

詩人美が自分の頬に手を当てていった。

「さっきのお酒のせいかな……」

「いや違いますな。熱ですよ。詩人美君の身体の中に、今までじっと沈んでいた石が熱を持って燃えているんですよ。人間は、その石が熱を持っている限り、死ぬことはないんです。それは逆に言うと、生き続けなければならないとも言えます」

パンタ老人が静かに言った。

「はあ……」

「しかし、その石はずっと燃やしていると、その熱で石が溶けて失くなることもあります。だからこうして冷やしてやるんです」

「そうか、それで麻雀を休んだんですね」

「それもありますが、君が部屋を出る時に振り返った、あの卓の上の牌たちも同じように熱を持っていたんです。牌が熱をどんどん出すと、その熱で、私たちが燃えつきてしまうこともあるんです。だから、あれが丁度〝頃合い〟なんです」

パンタ老人が説明した。

「牌が熱を持つんですか？」

「はい、牌は生きていますから……」

「あの牌たちは生きてるんですか？」

「当たり前です。牌が生きているから、あんなに機智に富んだ手役がやってくるんです。打ち手の意志だけでは限界があります」

「はあ？　よくわかりませんが……」

「それは、第二回戦がはじまればわかります」

「じゃ早くはじめましょう」

「いや、もう少し熱を冷ましてからです」

「何だか待ち遠しいな……」

そう言う詩人美を三人がじっと見ていた。

大人《たいじん》たち三人は食事の後で、それぞれが睡眠を摂って、夕刻からの二回戦に備えた。

詩人美は初めて麻雀を打った興奮で目が冴えてしまい、真昼の新宿の街をぶらついた。

平日の昼間なのに、歌舞伎町界隈は大勢の人がくり出して賑やかだった。自分と同じ歳くらいの若者が、仲間と笑いながら歩いていたり、彼女と仲睦まじそうに話しながらすれ違ったりした。若者に比べると大人の男も女も、どこかせわしなげに通り過ぎて行く。若者の歩き方や表情とは対照的である。

——大人になれば、皆何かに追われるようになってしまうのだろうか……。

詩人美には通り過ぎて行く大人たちの背中が、どこかせつなく映った。

詩人美はまだ何かに自分が追われたり、追い詰められたりした経験がなかった。楽しげに笑い、声を上げてすれ違う若者も、きっと同じように、今、何かを追い求めているはずだ。しかし大半の大人たちが、そんなふうに映るということは、いつか自分も同じ立場になるのだろうか。追い求めていたはずの者が何かに追われるようになるのは、追っていたものを追い越したのではなく、探し求めることをあきらめてしまったからだろうか。

「お兄ちゃん、少し遊んで行かないかね」

突然、声を掛けられて、人の群れから目を離し、相手の顔を見ると、キャバレーの看板を持った日焼けしたオッサンが笑って立っていた。

「この時間は特別料金だし、飛びっ切り可愛い子がいるよ。ちょっとつき合ってよ」

「俺、今、夢中なものがあって、つき合えないんだ」

「ほう、可愛子ちゃんよりも面白いもんがあるのかい？」

「麻雀だよ」

「麻雀か。そりゃ面白いな。兄ちゃんはかなり打てるのかい？」

「昨日、生まれて初めて打ったんだ」

「ほおっ、それでもう夢中なのかい？　そりゃたいした遊び人だ。将来は名うてのギャンブラーにでもなるのかい？」

「それは……。いや、よくわからないけどギャンブラーにはならないと思うよ」

詩人美が当惑したように言うと、オッサンは首をすくめて言った。

「そりゃそうだな。俺も若い頃、ギャンブラーを目指してた時期があったけど、あんな連中の辿り着く場所はどうしようもない所だものな」

「どうしようもない場所ってどんな所なんですか？」

「身寄りも友だちもない淋しい場所ってことだよ」

「そうなんですか？」

「ああ、ギャンブルってもんは、そいつ一人が勝てばいい世界だからな。賭ける金がなくなりゃ平気で女房だって友人だって売っちまうからな」

「どうしてそんなことをしなくちゃいけないの？」

「ギャンブルは勝ち続けることなんかできないからさ」

「負けると家族や友だちを売ってしまうの？」

「ああ、勝った味が忘れられないし、負けた分を取り返そうと、何でもかんでも金に換えるんだ。その上、目の前の勝負が見えなくなるのがギャンブルだ」

「……そうなんだ」

「そうさ。兄ちゃんは昨日は勝ったんだろう。だからまた打ちたいんだろう」

「いや、昨日は一晩かかって一回和了《ホーラ》できただけだよ」

「それじゃ負けたんじゃないか。それなら今がやめ時だ。神様が兄ちゃんにギャンブルなぞやめなさいって言ってくれてるんだよ」

「でも和了した手役が綺麗だったんだ」

「何を和了したんだい？」

「緑一色《リュウイーソー》」

詩人美が笑って言うと、オッサンが目を剝いて訊き返した。

「緑一色をいきなり和了したのか。どこかで麻雀を勉強してたのか」

「いいえ、何も知らないで打ったんだ。でもどんどん牌が来て、自然とそうなったんだ」

「おいおい、俺をからかってんのか？」

「からかってはいないよ。だから麻雀がはじまる夕刻が待ち遠しくて、こうして街を歩

「それじゃ兄ちゃんも休んでなくちゃいけないよ。いや、それより早く新宿の街を出て、家に帰った方が利口だな。悪いことは言わないから、そうしなって……」

「皆、寝ているよ」

「他のメンバーはどうしてるんだ」

いてるんだ」


オッサンが心配そうに言った。

「オジサンは親切だね。ありがとう」

詩人美が丁寧に頭を下げると、オッサンは恥ずかしそうに身体をよじらせた。

「おいおい、そんな礼を言われる覚えはないよ。俺はただ自分が失敗をしたから、兄ちゃんの将来のことを心配して言っただけだ。若いうちは先の方まで道が続いてるって思えるもんだ。そこにむかって走ってるつもりが、いつの間にか道を逸れちまってるのが人生って奴よ。歳を取ってから気付いたって、もう取り返しがつかないんだ」

「それって何かに追われてしまってるってことですか?」

「追われる? 何だ、そりゃ」

詩人美は、先刻、街で見た大人たちから感じたことをオッサンに話した。

「ヘッへへ、そりゃ借金取りに追われてるんじゃないのか?」

オッサンは笑って言ってから、少し真顔になって小声でささやいた。

「ひょっとして、その連中を追いかけているのは、残っている時間って奴かもしれないな……」

「時間って奴ですか？」

「そうだ。あとどんだけ生きられるかを、時間って奴は耳元でささやきやがるんだ」

「本当に？」

「ああ本当さ。俺もいつの頃からか、そいつのささやく声を聞く時があるんだ。はっきりと言ってくれない分だけ不気味でよ」

「不気味？　怖いもんなんですか」

「そりゃ怖いに決まってるだろうよ。俺っていうもんがこの世からなくなっちまうんだからよ。淋しいじゃないか」

「ふう〜〜ん」

詩人美がうなずくと、オッサンが言った。

「兄ちゃんの耳にはまだ聞こえないんだよ。だけどそいつは間違いなく兄ちゃんが生まれて来た時から、兄ちゃんの背中を追い駆けて来てるんだぜ」

オッサンの言葉に詩人美は自分の背中を覗こうとした。

「ハッハハハ、そんなんで見えっこないじゃないか。兄ちゃんは面白いな。名前は何って言うんだい？」

「青川詩人美です」

「シジミか、名前も面白いじゃないか」

「オジサンの名前は？」

「館野勘三郎《たてのかんざぶろう》だ。略してタテカン」

「冗談でしょう」

「冗談に決まってるだろう」

「タテカンさんは時間に追われてるって感じがぜんぜんしませんよ」

「そう思うか。とうとう時間にまで見放されちまったか……」

詩人美はナギサちゃんの店に寄り、自分が今、李老人の中華料理店の上に居ることを伝言に残していった。

夕刻、詩人美が麻雀の席に戻ると、李老人と無塁がお茶を飲んでいた。

「すみません、遅れてしまいましたか？」

詩人美が言うと、李老人は首を横に振った。

「パンタさんはどうしたんですか？」

無塁がカーテンの奥を指さした。カーテンのむこうから大きな鼾が聞こえた。

カーテンを開くと、麻雀卓の椅子にパンタ老人が眠っていた。樽のような腹が鼾に合わせて大きく波打っていた。

「パンタさん、ずっとここで休んでたんですか？」

「そう、パンタ大人は麻雀牌のそばで眠るのが一番落ち着くらしい。あとは竹林の中」

「チクリンって、竹の林ですか？」

「ほうっ、パンタ大人は〝チクリンの七賢人〟の一人なんじゃないだろうね」

無聖が笑って言った。

「そうじゃなくて、竹や笹が好きな人なんですよ。パンタ大人の右手を見てご覧なさい」

李老人が嬉しそうに言った。

「右手ですか？」

詩人美がパンタ老人の右の手を見ると、掌の中から何かが覗いていた。

それは麻雀牌だった。

——何だか赤ちゃんみたいで、可愛いな……。

パンタ老人の寝顔はあどけなくて、赤児のようだった。何か楽しい夢でも見ているのか、その口元に笑みが浮かんだ。

パンタ老人がもぐもぐと口を動かした。すると右手が開いて、麻雀牌が手から零《こぼ》れ落ちた。その牌を詩人美は素早く手で受けた。

「握っていた牌は、でしょう」

李老人が言った。見ると、そのとおりだった。李老人はそんなことまで透視できるのか、と詩人美が振りむくと、

「そうじゃありません。パンタ大人は鳥になった夢を見てるんですよ。は竹林から飛び立つ鳥なんです。パンタ大人はいつか鳥人《ちょうじん》になろうとずっと願っているんです。でも鳥人になるには少し太り過ぎました」

李老人は言った。

「鳥人ってのは噂で聞いたことはありますが、本当に中国の山奥に居るんですか？」

無塁が訊いた。

「噂ではありません。空を飛べる人たちは居たのです。パンタ大人は、その人たちの末《まつ》裔《えい》にあたるんです。この人は空を飛びたくて、ずっと竹林の中で鳥人がやって来るのを待っていたんです。そこで麻雀を覚えたようです」

「そうなんですか？ それで鳥人ってのはどんな人たちなんですか？」

「西洋の、カソリックの中の天使と一緒です。しかし鳥人たちは特別な宗教を持ったりはしていません。空を飛ぶ以外は普通の人間と同じです。それは美しい緑色の肌をしているそうです」

「ほうっ、緑色の肌をしてるんですか？」

「はい。太陽を横切る時はかがやく翡翠《ひすい》の色をするそうです」

「翡翠色ですか。綺麗でしょうね……」

詩人美が鳥人を想像して吐息をついた。

「詩人美君、だから君が緑一色を和了したのをパンタ大人はとても感激していました。初めて麻雀をした人がいきなり、その日に緑一色を和了する確率は何億回に一回あるのかどうか想像もできないほど珍しいことなんです。中国四千年の歴史の中でも、一人か二人居るくらいの確率だ、とパンタ大人は話していました」

李老人が真面目な顔で言った。

フアァ――ッ、と大きな声がして、パンタ老人が目を覚ました。

パンタ老人は詩人美に手を差し出した。詩人美は手に持っていたを老人に渡した。

老人は嬉しそうに笑って、また目を閉じた。

「おいおい、パンタ大人、そろそろ三回戦をはじめるよ。詩人美君、その牌を取り上げなさい。でないと何日でも眠ってしまう」

李老人が言った。

三回戦がはじまった。

パンタ老人、李老人、叔父の無塁の三人は休養十分のせいか元気である。

パンタ老人がいきなり無塁の切り出したをポンした。

「それって何ですか？」

詩人美が訊いた。

「おうっ、そうか、そう言えば第一回戦は誰も一度もポン、チーをしなかったものな」

李老人が言い、自分の手の内に対子《トイツ》の牌があれば誰からでもポンができることと、上家からだけチーができて両面《リャンメン》、嵌塔《カンター》、辺塔《ペンター》のチーのかたちを詩人美に説明した。

「そんな便利なルールがあったんですか……。ならどうして今まで、ポン、チーを皆さんはされなかったんですか？」

詩人美の質問に三人が顔を見合わせた。

「それは詩人美君、和了《ホーラ》しても手役が安くなるからです。泣けば人間も安くなるってことです。男はめったに泣くもんじゃありませんよ」

無塁がニヤリと笑って言った。

「でも和了に近くなるじゃありませんか」

「近いとは限らない」

パンタ老人がぼそりと言った。

「そうかな……。便利なものはどんどん使った方がいいような気が僕にはしますが」

「便利なものには落とし穴があります」

今度は李老人が話し出した。

「本と一緒だ。読めば便利なもの、すぐに役立つ本は、結局すぐに役に立たなくなる。本の肝心は、そこに真理があるかどうかじゃろう。人間もしかりじゃな。たとえば大人の世界に入って、すぐに役に立つような若者はすぐに何の役にも立たなくなる。若者が本当に学ばなくてはならんのは、世の中の真理じゃ。それを摑めば、あとは自然とかたちになって行く」

「じゃ麻雀の肝心を摑もうとするなら、ポンやチーはやってはいけないことなんですか?」

「そうではない。啼《な》くことは、詩人美君が考える〝便利なルール〟とは違うってことだ。むしろ〝必要なルール〟としてこしらえてあるんじゃ。便利なものと必要なものは根が違っとる」

「ふぅ〜ん。便利と必要か……」

李老人の説明に詩人美はまだ小首をかしげていた。

「人間の都合がこしらえたものが便利なもので、自然に生まれてきたものが必要なものじゃな」

「ふぅ〜ん。都合と自然か……」

李老人の言葉に詩人美はなお首をかしげている。

するとパンタ老人が李老人の切り出したをポンして、クックククと笑い出した。

「何がおかしいんですか？」

「いや、君が頑固なんで、おかしかった」

「そうですか。わからないことをわからないって言うのは、おかしいですかね？」

詩人美は少し腹を立てて言った。

「しかし詩人美君、この世の中はわからないものだらけじゃないのかね？」

パンタ老人が言って、無塁が切り出した九萬をポンした。

「は、はい。僕もそう思います。わかってることなんかちっともありません」

「それなら、どうして、そんなにチー、ポンのことにこだわりますか？」

「そ、それは、和了したいからです」

「ほおっ、和了したいからこだわるんですか？　そりゃ、たいした上達ですね」

「和了したいことが上達してることなんでしょうか？」

「そうだよ。昨日の詩人美君は和了することに夢中ではありませんでした。見ていて、私たちと遊んでるだけで楽しそうに見えましたが……」

「はい。昨日の麻雀が終了する寸前までは、そのとおりだったのですが、あの〝緑一色《リユウイーソー》〟の手役を和了して、正直、僕、感激したんです。何と言ったらいいか、自分の手でひとつのことを完了させることができたと言うか、とても喜んでいる、もう一人の自分を見たような気がしたんです。今まで、そんな気持ちになったことなど一度もなかったんです」

「そりゃ、おめでとう」

「は、はい。ありがとうございます。けど……」

「けど何だね？」

「今、ポン、チーの皆さんのルール説明を聞いていると、和了することだけが麻雀のすべてじゃないように、僕の耳には聞こえてしまうんです。それがわからなくて……」

「う～ん、なかなかのところに気が付いてますね。あっ、和了しました。清老頭《チンロウトウ》ですな」

パンタ老人の手の内を見ると、で自摸《ツモ》の牌がであった。
（ポン）（ポン）（ポン）
「それって和了してるんですか？」

詩人美が訊いた。

「勿論です。清老頭と言って、立派な役満の手役です。なかなか和了できる役満じゃないんですよ」

無塁が説明した。

「それで無塁叔父さん、パンタさんの手は安いんですか？」

「いや安くはないよ。ちゃんとした役満の点数がある」

「それだと無墨叔父さんが説明してくれた、ポン、チーをすれば安くなるというのは変じゃありませんか？」

「ウッム！　た、た、たしかに、そうなんだけど、これは役満だから特別なんですよ」

「その特別ってのが、よくわかりません」

返答に窮している無墨にむかって詩人美がなおも訊き続けた。

「パンタさんの和了した、この手に真理はあるんですか？」

詩人美の言葉に、三人が顔を見合わせた。

「ハッハハハハ」

パンタ老人が、先刻よりさらに大きな声で笑い出した。

その笑い声につられて、李老人も無墨も大声で笑い出した。

「たしかに詩人美君の言うことには、一理ある」

李老人が無墨とパンタ老人の顔を交互に見て言った。すぐに無墨が続いて言った。

「一理あるということは、そこに真理の欠《かけ》らがあると……。しかしパンタ老人の、その手役にも真理はある」

「う〜む、どちらにも理があれば、両方正しいことになる。両方正しければ、どちらも存在してよろしい」

パンタ老人が納得したように言うと、二人も納得したようにうなずいた。そして三人が声を揃えて言い出した。

「ということは、麻雀に理屈はまったく必要ないということですな。本当はずっと前から、私たちはそう思ってた。うん、うん」

三人はそれぞれ合点がいったように、嬉しそうにうなずき合った。

「さあ、どんどん続けよう。時間は待ってはくれないぞ」

李老人が言った。

「皆さん、麻雀って本当に面白いですね」

詩人美が言った。

「それがわかりましたか。それでこそ、我が青川家の男である。私は君を誇りに思います」

「ほうっ、青川家では家の誇りを重んじるのですか?」

李老人が訊いた。

「はい。青川の家は決して名家ではありませんが、私も、この詩人美君も、彼の母上の葉麻子さんも家の誇りで固く結びついているのです。国家の、社会の基盤は個人なんかじゃなくて、私は〝家〟こそが、すべての最小単位だと信じています」

パチパチパチ……。

拍手がした。見るとパンタ老人が拍手を送っていた。

「それは真理です。私も〝家〟があってはじめて、ここに今自分が居るのです。〝家〟という呼び方がおかしいなら、〝洞窟《どうくつ》〟でも〝巣〟でもいい」

パンタ老人の〝巣〟という言い方に詩人美は鳥人の話を思い出した。

「パンタさん、あなたの一族は鳥人だとお聞きしましたが、それが本当だとしたら、なんと素晴らしい〝家〟じゃなくて〝巣〟から生まれた方なんでしょう。僕は、あなたが羨ましくてしかたありません」

「ほうっ、私が羨ましい？　それはまたどうしてですか、詩人美君」

「はい。僕は幼い頃から空を自由に飛ぶことに憧れていました。夜、眠って見る夢もほとんどが空を飛んでいる夢でした。でも上京してから、空を飛ぶ夢を見なくなりました。哀しくてしかたありません。そんな僕と違って、パンタさんは身体の中に鳥人の血が流れているんでしょう。素晴らしい。きっと飛ぼうと思ったらすぐに飛べるんでしょう？」

詩人美の言葉にパンタ老人の顔が曇った。

「若い時は、私もそこそこ宙に浮き上がるくらいはできました。だが長年の暴飲暴食がたたって、こんな身体になってしまい、今では同じ家の者たちから疎んじられているありさまです」

パンタ老人が嘆いた。

「心配いりません。僕がもう一度、パンタさんを空に飛ばしてあげます」

詩人美が笑って言った。

「えっ、どういうことですか?」

三人が詩人美の顔を見た。


その時、背後で女の声がした。

「へぇ〜、こんな素敵な場所があるんだ。何だか男の匂いがしてセクシーな雰囲気ね」

四人が振りむくと、そこにナギサちゃんが立っていた。

今日は、今までの純白なコスチュームと違って、頭にふたつの小枝を挿して、茶色の毛皮のマントに豹柄《ひょうがら》のミニスカート、赤いブーツを履いている。

「ナギサちゃん、来てくれたの……」

詩人美が嬉しそうに言うと、

「ヤッホー、私の大事な詩人美君、元気にしてた?」

とナギサちゃんが投げキスをした。するとパンタ老人が詩人美の顔に頬を寄せて、パクンと音を立てて、ナギサちゃんの投げたキスをゴクンと飲み込んだ。

「ハッハハハ、キス泥棒!」

ナギサちゃんが笑い出した。パンタ老人は目を細めている。

「ヨォーッシ、それならこれはどう?」

ナギサちゃんが、今度は続けざまに三連発投げキスを放った。

するとパンタ老人はスクッと立ち上がり、一発目のキスを右上方でパクリ、二発目を左上方でパクリ、三発目は回転レシーブで床に転がり、起き上がりざまにパクリと受け止めた。

「キャッハハハ、面白い。じゃ、今度は少し大変よ。必殺十連発」

ナギサちゃんは言って、マントを捲り上げ、お尻を突き出し、ちらりと覗いた赤の下着を右手で叩き、その指を唇に当て忍者が手裏剣を投げるように斜め上方に連続で動かした。

床にしゃがみ込んで身構えていたパンタ老人がナギサちゃんの手の先が動いた方角にカエルのようにジャンプしはじめた。壁際にむかって、ひとつ、ふたつ、みっつとカエルが柳の葉に飛びつくようにしている。パンタ老人の動きは華麗である。樽のように太った身体があざやかに跳ね上がっている。むっつ、ななつ、やっつ……。

「あっ、飛んでる」

詩人美が思わず声を上げた。

「ほ、本当ですな。飛んでますな」

無塁が声を出した。

たしかにパンタ老人の大きな身体がナギサちゃんの投げキスをパクリとくわえ、次の投げキスにむかう時、両方の足は床に着地しないで、次のキスにむかって宙を浮いたまま移動していた。

「キャッハハハ、素敵、素敵」

ナギサちゃんが手を叩いた。

十発目の投げキスをパクリとして、パンタ老人は満足そうに宙を浮いたまま胸を撫でていた。

パチパチパチ、李老人が拍手した。

「いや、これはお見事。初めて見せて貰いましたぞ。鳥人の優雅な飛翔を……」

李老人の拍手に宙に浮いたまま恍惚《こうこつ》の表情をしていたパンタ老人が、自分が浮かんでいるのに気付いて、

「あれっまあ」

と素頓狂《すっとんきょう》な声を上げた。途端にパンタ老人は床に大きな音を立てて落ちてしまった。

尻餅をついたパンタ老人は少し顔を歪めて、お尻を掻いている。

「私、今、何かしましたかね？」

パンタ老人が訊いた。

「はい。今、パンタさんは宙を飛んでいました」

詩人美が嬉しそうに言い、李老人と無塁がうなずいた。

「おうっ、パンタ大人、あなたはたしかに飛んでましたぞ。いや、お見事」

李老人が言った。

「そうです。私も初めて拝見しました。いやはや気持ちが良さそうですなあ。私も一度飛んでみたくなりました」

無塁が感心したように言った。

「……そうですか、私、飛んでましたか……」

パンタ老人は戸惑ったような顔をして、少し考え込んでいたが、急に顔を上げ、ナギサちゃんを見た。

「お嬢さん、あんた、ひょっとして、私と同じ故郷のご出身で？」

「私の生まれた場所を訊いてるの？」

ナギサちゃんがパンタ老人の顔を覗き込むように大きな瞳を見開いた。

「そ、その瞳のかがやきは……」

パンタ老人がナギサちゃんを指さして言うと、ナギサちゃんは、ウフッフフフ、と鼻にシワを寄せて笑い、

「私の生まれた場所はずっとずっと山の奥の白い家よ」

と天を指さして言った。

「やはり……」

パンタ老人は四つん這いになったまま手足を素早く動かし、ナギサちゃんに近寄って行った。まるでパンダが走っているようだ。

「この衣服を、昔、私は見た覚えがある」

パンタ老人の目がうるんでいる。

「その一風変わった衣服がどうしたんですか？」

無塁がパンタ老人の真剣な表情を見て訊いた。

「この衣服は、私たちの祖先の王妃が、その頭の上の枝は元々黄金であったはず……」

そこまで言いかけた時、ナギサちゃんが可愛い声で言った。

「残念でした。これはトナカイさんなの。もうすぐクリスマスだから、ナギサ、サンタクロースのおじさんが乗るソリのトナカイさんになるの」

「ト、ト、トナカイ？」

パンタ老人が口を半開きにしてナギサちゃんを見直した。

「なるほど、それはトナカイだったのですか？　小枝はツノか、これは気が付きませんでした」

無塁が合点がいったように膝を叩いた。

思わぬ言葉に惚《ほう》けたようにナギサちゃんを見上げているパンタ老人に、ナギサちゃんがバッグの中から真っ赤な衣裳を出して、パンタ老人に着せ、赤い帽子を頭の上にポンと載せた。そうして、スカートをめくって、お尻についていた白いヒゲを口につけた。

「はい、出来上がり」

「あっ、サンタだ！」

詩人美が声を上げた。

「サンタ？」

無塁が声を上げ、手を叩いた。

「パンタさんは、パンダ君ではなく、サンタさんだったんですね。さすがナギサちゃん」

詩人美が感心していると、ナギサちゃんは、赤い衣裳を着せられ、ポカンとしているパンタ老人に手を差しのべて抱きかかえるように身体を起こしてやると、パンタ老人の前をハミングしながらスキップしはじめた。いつの間にかナギサちゃんを先頭に李老人、無塁、詩人美が一列になって踊り出している。一番うしろは赤い衣裳のパンタ老人が笑って踊っている。その騒ぎに気付いて、階下から李夫人がやって来た。

「あらっ、素晴らしいわ。ここはもうクリスマスなのね。パンタさんのサンタさんも似合うけど、あなたのトナカイもとてもよく似合うわ。下の皆、ここに楽器を持って上がって来なさい」

李夫人が叫ぶと、従業員が楽器を手に上がって来た。皆が踊っている李老人を見た。

「ワォッー、ご主人さまが、李大人が、聖者になっておられる。パンタ大人がサンタになっておられる」

皆がそれぞれ楽器を演奏し、四頭のトナカイとサンタクロースが一列になって踊り続けている。


ひと足早いクリスマスの乱痴気騒ぎが終わると、何事もなかったように、また麻雀の戦いが再開された。闘いは、その後、五日間続き、七日目の戦いが明けた朝を迎えた時、李老人が一牌の牌を摑んだまま静かに目を閉じた。

七日目の夜半から李夫人が四人の背後に座っていた。

夫人は李老人の動きが止まると、静かに立ち上がって、目を閉じている夫の身体を背後から抱き寄せ、その顔に頰ずりをした。夫人の目から大粒の涙が零れ落ちた。

「皆さん、どうもありがとう。夫は今、次の世界へ旅発ちました。送別麻雀をして下さった皆さんにとても感謝しています」

夫人が深々と頭を下げた。

「あなた、これで満足したでしょう。もう楽にしていいのよ」

夫人が言うと、李老人の右手から牌がぽろりと落ちた。だった。

「この人もはばたいて行ってしまったわ。もうどこかの空を飛んでるんでしょうね」

パンタ老人が、そのを手に取ってポケットの中に仕舞った。

「詩人美君、僕にもう一度空を飛ばしてくれると言いましたね。私と一緒に鳥人の故郷に行ってくれますか？」

パンタ老人の言葉に詩人美は無塁を見た。無塁が大きくうなずいた。

三日後、詩人美はパンタ老人と故郷に夫の骨を持って帰る李夫人の三人で中国にむかって旅発った。上海《シャンハイ》の街で、李老人の大きな葬儀がいとなまれ、夫人は夫の骨を揚子《ようす》江《こう》に撒いた。

パンタ老人と詩人美は船に乗り、揚子江を上がって行った。

蘇州《そしゅう》、無錫《むしゃく》、南京《なんきん》、武漢《ぶかん》、岳陽《がくよう》、沙市《さし》、宜昌《ぎしょう》……と、揚子江沿いの街々で麻雀を打ち、酒を酌み交わし、女たちと遊び、重慶《じゅうけい》の街に着いた時は、すでに三ヶ月が過ぎ、新年を迎えた。重慶の街では三日三晩麻雀を打ち続け、むかって来る相手をパンタ老人と二人でことごとく打ち破った。詩人美はもういっぱしの打ち手になっていた。

そして二人が四川《しせん》省の成都《せいと》に到着した時には彼方に連なる大雪山脈の峰々は雪冠をかぶっていた。ここからの旅は寒さと飢えに耐えながらの日々が続いた。青く澄み渡った空に白鳥の群が飛翔していた。その鳥が目指す方角に二人は黙々と旅を続けた。二人が目指す念青唐古拉《ニンチエンタンラ》山脈の麓に着いたのは五ヶ月後のことだった。脈々と連なる尾根を越えれば、そこはもうチベットであり、そのむこうにはインドがあるはずだった。

暖かい日は山里の軒下を借り、満天の星を仰いで寝た。凍える夜は石窟の中でパンタ老人と抱き合いながらサイコロで遊んだり、牌九《パイガオ》の手ほどきを受けた。

「パンタ老人は誰にこうしたものを教わったのですか？」

「さて誰だったか……。それぞれ名人というものが遊びにはおるものだ。名人はその遊びを受け継ぐ者の相を見る力を持っておるらしい。なぜだか名人たちは私に遊びを教えた。私が今、詩人美君と遊ぶのも、それと同じかもしれない」

「私は一人前の遊び人になれるのでしょうか？」

詩人美が訊くと、パンタ老人が笑った。

「一人前を目指すと人は欲心が出る。欲が出ているうちは手の内が表に出る。欲を越えられれば自然体で遊べるらしい。ほれっ、見てご覧。あの尾根に流れている夜雲のように目には見えるが摑めないようなもの、それでいて絵師が描くほど美しい。そのあたりがいいのかもしれない」

厳しい旅の日々でパンタ老人の身体は贅肉《ぜいにく》が取れ、若者の身体のように変わっていた。

「詩人美君ももう気付いているだろうが、山里を歩いていて、彼等は自分たちに必要以外のものは生産していないし、必要以上に働いてはいない」

「はい。一日中、岩の上で空を見ている人にも逢いました。一日中、湧く水を眺めている人もいました」

「彼等はなまけているんじゃない。そう生きることを身に付けているんだ。一見遊んでいるように映る。それが人の理想かもしれん。そういうふうに人はできてる気がする。だから空を飛びたいと願う私はまだ若いし、欲心がある」

「そうでしょうか。私は素晴らしいと思います。空を飛べたら違ったものが見える気がします」

「そう言ってくれると嬉しいが……」

日本を出て、丁度六ヶ月目に二人はある石窟に着いた。そこの壁面には多くの空を飛ぶ人の絵が描いてあった。

「どうやら着いたらしい。明日の早朝、私は飛んでみる」

そう言ってパンタ老人は詩人美の目をじっと見つめ、かすかに笑った。

翌朝、まだ夜が明けきらぬうちに二人は石窟を出て、山の頂に登り、そこから西の方角に尾根を歩き、そこだけが百畳ばかりの平地の岩場に立った。岩の突端へ行くと、そこから下は果てない絶壁になっていた。

パンタ老人は岩の上でしばらく瞑想し、目を開けると立ち上がり、

「では飛んで来るわ」

と一言残して岩の上を全速力で走り出し、青空にむかって両手をひろげて飛び上がった。その身体に朝陽が一瞬当たり、詩人美がまぶしさにまたたきをすると、パンタ老人の姿は消えていた。

詩人美はしばし青い空を見ていた。ヒマラヤの山脈にパンタ老人が石窟の中で話していた雲とも霧ともつかぬ美しい白い光が揺れていた。

第五章　赤い星の別離《わかれ》

上海浦東《プードン》国際空港を飛び立った飛行機は一時間もたたないうちに、日本の領空に入った。

窓辺に数人の若者が頬を寄せ合うように眼下に見える九州を眺めている。

「本当に島がたくさんあるね」

「綺麗な海だね」

「こんな島国にたくさんの人が住んでると大変だろうね」

「それは東京や大阪のことだろう。あれは九州の島だもの」

「そうか、ハッハハハ」

日本に留学にでもむかうのか、中国の若者が明るい声で話している。

エコノミーシートの一番うしろの席から青川詩人美《あおかわしじみ》は機内の様子を眺めていた。

つい一ヶ月前、福建《ふっけん》省のちいさな港町で出逢った若者たちが思い出された。

麻雀を通じて知り合った仲間たちだが、彼等のほとんどが日本へ行きたがっていた。

皆、裕福な家の子ではなかったので、日本に渡るには密入国をするしか手段がない、と言っていた。密入国の手配をしてくれるのは蛇頭と呼ばれるマフィアの連中である。日本に渡るには大金を必要とした。中国の農村の年収の何十倍という金を借りて用意し、貨物船や漁船で密入国するのだが、無事に辿り着ける保証はない。しかしこのまま中国にいても、夢も希望も見つけることはできない。日本で汗水流して働けば、十年、二十年先には自分の夢が叶えられるかもしれないのだ。

たとえ豆粒のようにちいさな灯りでも、そこに希望の灯りが見えるのなら、若者は命賭けで海に漕ぎ出すものだ。暗黒の中で、闇の中で一生を送るよりも、たとえ死が待っていても人は光を求めてむかって行く生きものなのだ。

――それは若い人だけじゃない……。

詩人美は胸の奥でつぶやいた。詩人美は念青唐古拉《ニンチエンタンラ》山脈の頂きで、青い六月の空にむかって飛び立ったパンタ老人のうしろ姿を思い出した。

詩人美はパンタ老人が飛んで行った後、しばらく澄んだ青空を眺めていた。しかし詩人美の視界の中に、空を駆けるパンタ老人の姿があらわれることはなかった。

――いつかはどこかで再会することがあるかもしれない……。

詩人美はそう信じて山を降りて行った。しばらく逢えないだろう、とは思ったが、そのしばらくの時間の長さが、どれほどのものかはわからない。

パンタ老人はずっと飛ぶことを夢見ていたのだろう。飛ぶことをあきらめないで、ところの片隅に消さずに生きていたのだ。それは福建省の若者が新世界にむかって命懸けで海に漕ぎ出そうとする情熱と同じだ。

――若い、というのは年齢じゃない。

詩人美はパンタ老人と別れてから、二年半余り、中国各地からベトナム、カンボジア、インドを旅し、中国に戻った。六ヶ月間、パンタ老人と旅をしていて、詩人美は自分に何が足りないのか少しずつわかるようになった。

「パンタさん、僕は、世界に何があるのか、どんな人がいるのか、何ひとつわかっていなかったんです。こうして旅を一緒にしていて、それがよくわかりました。僕はもっと旅をして世界を見なくてはいけません」

詩人美は重慶の街で言った。

「そうかね。詩人美君が、そうしたいのなら、そうすればいい。多くのものを見ることが良いことなのかどうかはわからないが、自分の足がむく方へ進むのが人は自然だと思うよ。ただし、私が鳥になった後でな」

パンタ老人はそう言って笑った。

吹雪の中を二人してさまよい、石窟の中で抱き合うようにして寝た。

「詩人美君、君はこんなふうにして苦しいとか辛いとかは思わないのかね?」

闇の中でパンタ老人が訊いた。

「いいえ、辛いと思ったりしたことはありません。パンタさんは辛いんですか？」

「いや、私は自分の夢を果たすために旅をしているのだから、ちっとも辛いとは思わない。けど君は、私の夢につき合ってくれているだけだからね」

「そんなことありません。僕もパンタさんに約束しました。あなたをきっと飛ばしてあげます、と……」

「その約束だけのためにこんな場所までつき合ってくれているのか、済まないな……」

「そんな、謝らないで下さい。僕は、あなたが飛ぶ姿を見たいんです。それだけです」

「そうか……。ちゃんと飛べるといいが……」

「飛べますとも……」

詩人美が笑って言うと、パンタ老人が独り言のようにつぶやいた。

「人には、動物でもそうだが、ひとつところに定住して生きるものと、ひとつところにずっと居られないものと、ふたつの種類の生き方があるらしい。私はどうもひとつところに定住できないタイプだったようだ。どうやら、その生き方は持って生まれた性格や気質からくるものではないらしい。私は自分と同じような人をたくさん見て来たし、ひとつところに居られない人はひと目見ただけですぐにわかった」

「僕はどっちなんでしょうか？」

「詩人美君か……。さあ、君のことはよくわからない。こういうことは、そうだろうと思っても口にすることではないんだよ」

「そうなんですか？」

「そういうものだ。もしも定住して立派な生き方ができる若者に、君は世界のあちこちをさまよう人だろう、なんて無責任なことを言ってしまうのは罪だからね。人が人に対して、こうした方がいい、と言えるわけはないんだよ。さっき私が、どうやらさまよう方のタイプらしいと言ったことだって、何の根拠もないんだからね」

「はあ……。でも迷っている若い人に何かを教えるということならいいのではないのですか？」

「人が人に何かを本当に教えられるんだろうか？」

「でも学校へ行けば先生は生徒にいろんなことを教えてますよ」

「なるほど、学校の先生か？　私は学校へ行っていないからな」

「じゃ誰にいろんなことを教わったんですか？」

「誰にも教わってはいないな。だから今も何ひとつわかってはいない。自分がこの世に存在しているかどうかも時々怪しく思えることがある」

「パンタさんは自然と何かを学ばれたんだと思います」

「詩人美君は、私にはいつもやさしいからね……。さあ休もう、明日はまた早いぞ」

石窟の中でパンタ老人の寝息を聞きながら、詩人美は学校で教師が教えてくれたものや、本から学んだものは、結局のところうわべだけのことではないか、と思った。

――鳥人はいるのか？

学校では、そんなことは教えてくれない。

――人が空を飛べるか？

そういう質問に置き換えて、もし一人の子供が、飛べる、と言い切ると笑われるだけであろう。しかし詩人美はパンタ老人の祖先が鳥人で、パンタ老人もほんの少しなら宙を飛ぶことができた、と言われた時、鳥人の存在を信じた。何ひとつ、そのことを疑う気持ちは起こらなかった。どうしてか？　それはパンタ老人をたとえ二日間であっても、ずっと見ていたからである。李老人も無墨《むーる》も、それは同じ考えだと思う。

詩人美がパンタ老人に大空を飛んでもらいに中国の山奥まで行ってきます、と告げた時、無墨は嬉しそうに見送ってくれた。

「私も行きたいが、競馬でちょっとした狙い目があるんで、春の仇討ちを果たすまでは日本を去れない。詩人美君、パンタさんを天高く飛ばしてきてあげなさい。鳥人たちに逢ったら空を飛べる方法を身に付けて、私にも伝授して下さい。楽しみに待ってるよ」

「わかりました。きっと飛べるようになってきます」

詩人美が言うと、無墨は大きくうなずいて、

「中国へのチケットは片道ですよ。帰りは飛んで戻ってくればいいんだから……」

無墨が片目をつぶって笑った。

――無墨叔父さんは元気にしてるだろうか？

無墨の人なつこい顔が浮かんだ。

詩人美は三年余り、あちこちを旅してきて、無墨に似た人を何人も見てきた。服装や髪型は違うのに、どことなく無墨に似たうしろ姿を見つけて思わず追い駆けたこともあったし、突然、声を掛けられて、話しているうちに、ひょっとして、この人は無墨叔父さんが姿を変えて自分に逢いに来てくれているのでは、と思ったことが何度もあった。

どこがどう似ているのかと言われても説明のしようがない。背丈や顔かたち、年齢までもが似ている人もあれば、電信柱のように背の高い人もパンタ老人のように巨体の人もいたが、話し込んでいるうちに、無墨に似ていることに気付いた。それはまたパンタ老人に似ている人も多かったことも同じだった。

その人たちには共通点があった。皆美しい瞳をしていた。無垢なまなざしで詩人美を見つめ、子供のようなことを口にする人たちだった。誰からも邪心が感じられなかった。

「そんな山奥まで何をしに行ったの？」

「知り合いの鳥人が飛ぶのを見に行ったんだ」

詩人美が返答をすると、皆が目を大きく見開いて、興味ありげにうなずいた。

「そうか、鳥人か、その話は聞いたことがあるよ。それで、その人は飛んだの？」

「うん、飛んで行った……」

「そうか、そりゃよかった、よかった。おまえはいいことをした。いい友だちを持ってよかったな……」

皆自分のことのように喜んでくれた。そうして彼等は最後に独り言のようにつぶやいた。

「そうか、やはり、人は空を飛べるのか……」

満足そうに何度もうなずいて、立ち去って行く人たちの背中が詩人美の瞼の奥に焼き付いている。

――パンタ老人は、今頃、どこかの空を飛んでいるのだろうか？

詩人美は飛んでいると確信している。

この三年の旅は、その確信を持つための旅だったと言ってもよかった。

詩人美は別に、中国の奥地やインドを旅することで、人間の超能力を見たわけではない。詩人美の中に科学を否定したり、超現実的なものに目がむけられているのではなかった。

詩人美は自分の目に映るものを、素直に見ればいいのだ、と思うようになった。

しかし自然に振る舞おうとすればするほど詩人美はぎこちなくなった。

そんな時はパンタ老人が最後に言った一言を思い出すことにした。

「では飛んで来るわ」

パンタ老人は近所にクリームパンでも買いに行くように告げて別れた。

どんなふうにあがいても、もがいても、別離《わかれ》は必ず訪れるのだろう。別離と思うから切なくなるし、哀しみがひろがる。人の生とは、パンタ老人が飛んで行った、あの山の頂きの岩地に順番で並び、次から次に飛ぶことではないのだと思う。むしろ自然に、そこに辿り着き、スーッと飛び立つことでしかないのではなかろうか。

運命に左右されることでもなく、人を押しのけて運を切り拓くことでもなく、素直に目前のものを受け入れ、自分の身体とこころが自然に反応する方へ進むしかないのではないか。

飛行機が少しずつ高度を下げはじめた。

機内にスチュワーデスのアナウンスが流れ、ほどなく福岡国際空港に着陸する、と告げた。

三年振りの日本である。無塁の顔が浮かんできた。

——無塁叔父さんはどんなふうにしているだろうか？

初めて無塁に逢い、東京競馬場に連れて行って貰った春の一日がよみがえった。行きつけの食堂〝帆立屋〟で昼間っから上機嫌にしている無塁の、あのやさしい瞳があらわれた。

「昔、日本人は誰も皆、詩人だったんですよ。わかりますか、詩人美君、日本人は素晴らしい人たちなんですよ」

「そうなんですか？　僕、何か感動してしまいましたよ」

無塁の言葉に興奮していた三年前の自分が浮かぶ。つい昨日のことのようであるし、ずいぶんと昔の出来事にも思える。

飛行機がゆっくりと着陸した。

青川詩人美は瀬戸内海を見下ろす山の中腹に立っていた。

ぽつぽつと浮かぶ小島の間に瀬戸内海を往来する船影が冬の陽差しに青くかすんでいる。詩人美が少年時代に何度となく見た風景である。

まだ幼かった詩人美は港に外国航路の船が着き、汽笛が町に響き渡ると、母の葉麻子《はまこ》に、フネ、フネ、と言って、海へ連れて行ってくれるようにせがんだ、と聞かされた。ものごころついてからも、よく葉麻子と二人で桟橋に着いた船を見に出かけたり、浜辺を散歩した。

船が出発する朝、二人は見送りに行き、そこで葉麻子は詩人美に言ってきかせた。

「いつか、あの船のように、あなたもこの町を出て行く日が来るわ。その時のためにこころと身体を鍛えておかないとね……」

「あの船はどこへ行くの？」

「さあ、どこなんでしょうね。でもどこだっていいのよ。大切なのは大きな海を一人で漕《こ》ぎ出すってことだから……」

「僕、一人で行くの？　母さんは一緒に行かないの？」

少年の詩人美が訊くと、葉麻子は笑って首を横に振った。

「人が海にむかって漕ぎ出す時は誰だって一人なのよ。そのことはずっと昔から決まってることなの。男の人は誰も皆そうしてきたのよ。風が吹き荒れても、嵐になっても、一人で海を渡り切らなきゃならないのよ」

「僕にできるかな……」

詩人美は心配になって言った。

「きっとできます」

葉麻子ははっきりとした口調で言った。

「そうかな……」

不安にかられる詩人美の肩を葉麻子は抱き寄せて、耳元でささやいた。

「あなたならきっとできるわ。その時になったら、ちゃんと船を漕ぎ出しているはずよ。母さんには、その時のあなたの姿が見えますもの」

耳にかかった葉麻子の熱い息も、少年の自分の肩を抱いてくれた白い手の温もりも、今はもう、墓の中で眠っていた。

葉麻子は一年前に死んでいた。詩人美は母の死を知って、さして驚かなかった。あれはインドを旅していた時の、ある一夜のことだった。

丘の上のちいさな村の小屋の軒下で、数日前に知り合った男と野宿をしている時だった。男は行方知れずになった恋人を探して旅に出ていた。夜半、詩人美は声を聞き、むくっ、と目を覚ました。男も同じ声を耳にしていたようで、二人は東の夜空を見上げた。声は東の方角から聞こえた。男も同じ声を耳にしていたようで、隣りに寝ていた男も同時に跳ね起きていた。二人は東の夜空を見上げた。声は東の方角から聞こえた。すると、ふたつの赤い星が丘陵の彼方からゆっくり飛来し、詩人美たちの真上でいったん停止し、別離《わかれ》を惜しむかのように数度きらめいて、西の空にむかって玉の転がるような美しい音色を残して去って行った。二人は顔を見合わせた。男の目から大粒の涙があふれ出ていた。詩人美には男の涙の理由がわかった。詩人美の胸の中も熱くなっていた。

——大切な人が別離を告げに来たのだ。

男が詩人美の胸に顔を埋めて、恋人の名前を呼びながら子供のように泣き出した。詩人美は男の身体を抱き寄せ、黙って、その背中を撫でた。

詩人美の目からも涙が零《こぼ》れ出していた。もうひとつの星が、大切な人が、誰のことなのか、詩人美はわかっていた。今しがた見た星のきらめきは、幼い頃から自分にやさしく微笑んでくれた葉麻子の瞳のかがやきに似ていた。いや、似ているのではなく、母の瞳、そのものであった。

パンタ老人が大空を駆けて行った後、詩人美の旅が二年目を迎えようとした頃、彼は時折、葉麻子のことを考えることがあった。

――葉麻子さんは今頃どうしてるんだろうか……。

そんなふうに母のことが浮かぶと、母の笑い声が耳の底に聞こえ、やがて楽しそうに水辺で遊んでいる母の姿があらわれた。詩人美は、葉麻子さん、と名前を呼ぶのだが、母は詩人美の声に気付いてくれない。それどころか、わざと詩人美を無視しているふうにも見える。水辺で遊ぶ母をよく見てみると、母の横顔は若く、十代に思えた。詩人美が知らない母であった。そんな時、故郷を出る日に、母がいつになく厳しい表情で言った言葉が耳の奥からよみがえった。

「もうあなたはここには帰ってくる必要はありません。故郷に憂《うれ》いを残してはいけません。旅発つことがすでに別離なのですから……」

どうして母は、こんな哀しいことを言うのだろう、と十八歳の詩人美は思ったが、アジア各地を旅しはじめてから、旅発ちがすでに人との別離という母の言葉の意味がわかりかけてきた。

旅を続けていると、旅の途中で死に絶えた人々の墓をたくさん目にしたし、砂嵐の中を一人歩き出している自分が、このまま生きて砂漠を渡り切れる保証は何もなかった。

それでもなお歩き続ける自分は、日々何かと別離をしている気がした。

あのインドの丘の一夜で、詩人美は葉麻子の身に何かが起こり、葉麻子が自分に別離を告げに来たことがわかっていた。

次の日、詩人美は男と二人で村から見える山の頂きへ、村人とともに出かけた。病死した村の娘の葬儀があると聞き、男と二人で参列することにした。

白布でくるまれた娘の遺体を、彼女の父親が背負って、山径を登った。半日かけて村人たちは山の頂きに近い場所まで登り、そこで祈りをはじめた。

すでに空にはたくさんの鳥が集まっていた。鳥葬である。祈りが終わると、男が二人、父親から娘の遺体を受け取り、山の尾根にある岩の上に置き、石で娘の遺体を砕きはじめた。青く澄んだ空で、娘の魂を天に送る儀式は、少しも残酷に映らなかった。むしろ荘厳にさえ映った。男たちが引き返してくると、一斉に鳥たちが砕かれた娘の骨や肉に喰いつきはじめた。村人も詩人美も男も、その様子をじっと見つめていた。

やがて一羽の大きな鳥が娘の身体の一部を口にくわえたまま大空を飛翔して行った。美しい飛翔だった。

詩人美はいつか自分も、あんなふうにして大空に戻ることができれば、と思った。

その時、青く澄んだ空に浮かぶ鳥影に、パンタ老人の姿が重なった。

「詩人美君、元気にしているかね？」

たしかに声が聞こえた。

「パンタさん、パンタさんなんですね」

詩人美は立ち上がって、鳥の行方を追った。そこには鳥影はなく、青く澄んだ空があるだけだった。


「いや、お待たせしました」

背後から声がして、寺の住職が手にちいさな包みを持ってあらわれた。

「住職さん、いろいろすみません。お手数をおかけします」

「とんでもない。葉麻子さんの最後のお願いでしたから、約束が果たせて一安心しています。これがそうです」

詩人美は住職が差し出した包みを受け取った。

「中には葉麻子さんからあなたに渡して欲しいという品物も入っています。それにしても、あなたはしばらく見ないうちに大人になられましたな。今日、あなたにひさしぶりに逢って、私、驚きました。何歳になられましたか？」

「二十一歳です」

「そうですか。二十一歳にしては落ち着いておられるし、子供の頃からは想像がつかないほど逞《たくま》しくなられている。それで、今は何のお仕事をしていらっしゃいますか？」

「何もしていません。あちこちを旅しているだけです」

「ほう、旅ですか？　それはいい」

「いいのかどうかはわかりませんが、それしか、今はできませんから……」

「それでいいんです。今できることをやるのが人の道ですから」

「そうですか……」

「では、お元気で」

住職はそう言って立ち去った。

詩人美は包みを手に寺の墓所を出て、港にむかった。港に出てみると、母と二人で出かけた栈橋はすでになく、新しい栈橋に小島へ通う連絡フェリー船が停泊していた。

詩人美は左方の岬に目をやった。

小高い岬は昔のまま、海に突き出していた。詩人美は岬にむかって歩き出した。岩場を過ぎると、そこにちいさな入江があり、砂浜が見えた。よく母と二人で歩いた浜辺だった。

詩人美は浜辺に腰を下ろし、葉麻子の包みを開いた。中にはちいさな骨壺と布袋がひとつ入っていた。骨壺の中を覗くと、白い骨が寄り添うようにしていた。

詩人美は岩場から石をふたつ持って来ると、そこに骨を置き、石で砕きはじめた。そうしてこなごなになった骨を用意していたガラスの小瓶に入れ、立ち上がって、残った骨を海にむかって撒いた。冬の海風が母の骨を一瞬、空に舞い上げ、周囲に散らした。骨粉は白い砂にまぎれて失せた。砂浜をぼんやりと眺めると、そこに母の足跡とちいさな少年時代の自分の足跡があらわれた。それは遠い日の幻なのだろうが、詩人美には、つい今しがた自分が歩いて残した足跡のようにも思えた。

——生きるってのは、一瞬のことなのかもしれないな……。

詩人美は呟いた。

三年の間旅をしていて、詩人美は旅の時間というものを考えることがあった。

詩人美の旅は、どこかへ辿り着くための旅ではなかった。旅をすることが、歩き続けることがすべてだった。なぜ旅をしているのかという理由も詩人美にはわからなかった。そうすることしか、詩人美にはできなかったし、旅の中でさまざまなことを見ていった。インドを旅している時、一人の老人と過ごした一ヶ月間があった。彼は昔、自分が修行僧だったと言った。

「悟りを求めて、六十年間、修行の旅を続けた。悩んで、苦しんで、さまよってみたが、何も悟ることはできなかった。だがひとつわかったことがある」

「それは何ですか?」

「すべてのものが旅をしているってことじゃ」

「すべてのもの？」

「そうじゃ。ほれ、この沙羅双樹《さらそうじゅ》の木を見てみなさい。木は一見、大地に根をはって動いていないように見えるじゃろう。ところが違うんじゃ。この沙羅双樹もまた旅をしている」

「この木が旅をしてるんですか？」

「そうじゃ。百年、木として聳《そび》えていても、それは一瞬のことじゃ。生は一瞬ということじゃ。その一瞬をすべてのものは旅しているんじゃ」

「よくわかりません」

「そのうちわかる。目に見えるかたちの違いは幻じゃ。すべてのものはさまようことを同じようにくり返しておる。生と死に境なぞないのじゃろう。どちらも同じもんじゃ」

「生と死が同じものですか？　よくわかりません」

「旅を続けなさい。そうすればわかる。君が今、毎日していることが生と死のくり返しなんじゃ。ともかく生も死も一瞬のことじゃ。何も怖がることはないということじゃ」

「はあ……」

今は、その老人の言葉がおぼろであるが、わかるような気もする。

今しがたあらわれた、ふたつの足跡は幻かもしれないが、それもまた一瞬の生なのだろう。

布袋を開けると、中から預金通帳と印鑑と一通の手紙が出てきた。手紙には詩人美の名前が美しい筆文字でしたためてあった。見覚えのある葉麻子の字だった。手紙を開封すると、白い和紙に子供が書いたようなクレヨンの文字で〝ミカン〟と記してあった。封筒の裏を見直すと、母の名前がある。しかし和紙に書いてある文字は、まるで子供の落書きのようにつたない字である。母のいたずらだろうか、と詩人美は思った。詩人美は小首をかしげて、母の最後のメッセージを見直し、それをポケットに仕舞った。

詩人美名義の通帳の中を見ると、かなりの金額だった。葉麻子は自分のためにどうして金を残して死んだのだろうか。たしか故郷を出て行く三年半前の春、母は詩人美に言ったはずだった。

「私は、あなたに何ひとつ財産は残しません。かたちあるものはあなたに差し上げられませんが、あなたが私の最愛の息子であることだけが、私からあなたに差し上げるものです」

「母さん、それで充分だよ」

——あの会話は偽りだったのだろうか？

詩人美は通帳をポケットに仕舞って、浜辺を出て行った。詩人美は、その足で銀行へ行って、現金を下ろし、寺に引き返して、その金の中から三百万円を永代供養の金として住職に預けた。

その夜、詩人美は故郷での最後の夜を過ごした。酒場へ行き、旅で覚えた酒の味に酔った。

ホテルに帰ろうとすると、一人の男が路地からあらわれて言った。

「お兄さん、ちょっとした賭場を開いてるんだが遊んで行っちゃくれんかのう?」

詩人美に、突然声をかけたのは、頭を金色に染めた男で、人なつっこそうな目をしていた。

懐かしい国訛りの話し方も好感が持てたが、見ず知らずの相手にいきなり賭場を開帳しているから遊んでいかないか、と誘うのだから、相当な眼力をしているのも気に入った。

「面白そうだね。少し遊んで行こうか……」

詩人美が言うと、男は指をパチンと鳴らし、

「やっぱり睨んだとおりだ」

と言って白い歯を見せた。

すると男の指音を聞いて一台のワゴンがやって来て、ドアが開き、若い男が、どうぞ、と笑った。金髪と車に乗り込むと、

「兄さんは土地の人とは違うようじゃのう。旅の途中で来なさったか？」

と金髪が訊いた。

「いや、俺はこの土地で生まれた。お袋の墓参りに帰っただけだ」

「そうかね。お袋さんは亡くなったか。淋しいことじゃの」

ワゴンはスピードを上げて山手にある神社の境内に入った。そこから神社の本殿裏へ行くと車を停車させた。見ると本殿の裏手にかすかに灯りが零れている社務所のような建物があった。

金髪の後からついて行くと、見張り番の若者が会釈し、中に入るといきなり熱気がぶつかって来た。煙草の煙りがむせかえる部屋に皓々とかがやく天井からの灯りの下、二十人近い客が賽コロ賭博に興じていた。

「へぇ～、ずいぶんと古典的だな……」

詩人美は映画の世界でしか見たことのない日本の鉄火場というのを初めて目にした。

「そうでしょう。たぶんこれがわしらの最後の賭場になるでしょうな」

金髪がぽつりと言った。

その横顔が少し淋し気に見えた。金髪は詩人美を壺振りの斜め前の席に案内した。先客たちが詩人美の顔をちらりと見たが、すでに勝負に目を血走らせているため、彼等は一瞥しただけで壺の方にむき直った。詩人美は左方から感じる気配に目をやった。

そこに臙脂色《えんじいろ》の渋いジャケットを着た老人が一人胡座《あぐら》をかいて、じっと盆の様子を眺めていた。詩人美と目が合うと老人は嬉しそうに目を細めて会釈した。

「両替えをしますが、おいくらほど?」

金髪が耳元でささやいた。

詩人美は内ポケットの中から金を一束出して金髪に渡した。母の葉麻子の永代供養の代金とともに引き出した金の一部である。帯封の付いた金を見て、金髪がニヤリと笑い、消えた。

「思ったとおりだ」

と小声で言って、チップ代わりの木札を持って来て、楽しんで下さい、と言い残して消えた。詩人美の手元に置かれた木札を先客と壺振り、合力《ごうりき》が見て、皆が詩人美の顔を見直した。

詩人美はベトナムでも、マカオでも、北京《ペキン》、上海の地下カジノでも遊んでいたから、賭場に入った時は最初が肝心なことを知っていた。目立ち過ぎることもいけないが、それ以上に隅に押しやられる存在であってはギャンブルはまず勝ち切ることはできない。目立ち過ぎるのは、恰好の標的にされる危険を負わなければならない。これが麻雀やポーカーなどの対人のギャンブルならなおのことである。麻雀は四人ないし三人という限定があるが、それでも初見の戦いなら、人の闘志は目立つ相手の方へむかうのが常である。ポーカーなども、最初に標的にされるといらぬ厄介をかかえ込むことになる。このこととあらかじめ盆にそれぞれが金を投げ込んで取り合うギャンブルは無関係に思われるが、そうではない。いらぬ敵をこしらえれば、その時点でリスクを負う。反目を負うことの怖さは、相手が人間だけに目には見えない力が賭け手にのしかかる。好調のうちはいいが、勝負事の好調はいっときのもので（そのいっときに一気に攻めかかるのが勝利への基本だが）、目が変わりはじめた判断を過《あやま》らせるのは、ほとんどが感情によるものだ。他人のちょっとした言葉や態度がその感情をあおることが多い。

自分は何十年もギャンブルを打っているのだから、そんな他人の、周囲の言動に左右はされない、と思っていても、よほどの打ち手でもやはり己のかたちが揺さぶられたり、不恰好な姿を嫌うものだ。それは逆に言うと、ギャンブルに身を置くという性分自体がどこかで他人の目を意識しているということにもなる。

運が低調な時期に、シハグと言うが、これほど忍耐のいるものはない。シハギ続けていると、それが本当にシノギのためのシノギなのか、ただ下がり目の中であえいでいるだけのことでしかないのか、とギャンブルをしていることが辛くなる。よほどの忍耐力がないとシノグことはできない。仮にシノギ返して、やっと上向いた目が天まで昇ってくれるのかというと、そうでもない。勝負事だから字のごとく勝ちと負け以外は何もない。勝っている時には視界は狭くなる。負け続けると視界が必要以上に広くなる。ここで言う広い視界とは、一般で言う、目が広く届くことではない。視界を不安という言葉に置き換えればいいかもしれない。ギャンブルの厄介さは、この不安との戦いがある。数秒先、数分先に起こるものに対して、こうだと信じて賭するしかないのだから、いったん不信を持つと、その時点でギャンブルは崩壊をはじめる。ギャンブルは相手があるようで、実は己一人との戦いである。

戦いの現場は、ここでは盆と言い換えるが、盆の中で適当な位置をしめなくては勝つことはできない。

ここで言う勝つとは、少しでもプラスになれば勝った、という発想の話ではない。ギャンブルを長い目で見る、トータル論なるものがあるが、ギャンブルには必勝法がないように論は通用しない。ましてや今夜の詩人美のようにいっときだけの打ち合いなら、楽しんで引き揚げるには元金の倍以上は手にして、勝ったことになると考えた方がいい。

持ち金が多い者、掛け金が多い張り手が盆の中心になるのは当然のことであるが、ただ多いだけでは、盆の中の芯にはなれないし、二十人の相手を敵に回せば、いずれ敗れるのは目に見えている。盆は、その場の運で流れるが、もうひとつ、人の気で流れて行く。それほど人の気というのはパワーを持っている。

詩人美はしばらく見《ケン》を続けた。合力が、丁と半の張りが不揃いになると、何度となく誘ってくるが、詩人美は動かなかった。彼は、この手のギャンブルにとって、いかにまぎれてかたちが崩れるかを、三年の旅で学んでいた。

三十分経ったところで、半の目が続きはじめた。一時間を経過した。すでに半の目は十二回続いている。盆がふくらみ出した。客たちは半目に勢いかけて張り続けている。胴はしっかり、それを受け続ける。壺振りが半目に襲いかかる客たちの熱気を受けて、勢い良く壺を振って白布の上に置いた。ほとんどの客が半目に張った。

その時、盆の白布の上に影が揺れた。何だ？　と天井に目をやると、一匹の蛾が裸電球のそばに舞っていた。珍しい、冬の蛾である。若衆が立ち上がり、手で蛾を払うようにした。すると蛾の羽の鱗粉が舞い落ちた。

――あっ、目が変わる……。

詩人美は胸の中でつぶやいた。壺を開くと⚁⚁でゾロの丁である。

客たちの大きな溜め息が零れた。張られた札の山が音を立てて胴の方に掻き寄せられる。

それからは目が不確定に丁、半をくり返した。数人の客が立って、盆は少しちいさくなった。

一時間半を過ぎたところで、詩人美はちいさく張り出した。引いたり押したりが続く。

そこに表戸から大きな声がして、酔った客が入って来た。見るからに地元の名士風である。女を一人連れている。いきなり十万の金を張り出す。勝つたびに大声で笑う。その客が入ったことでまた盆が少しずつふくらんで行く。酔客がたちまち持ち札をすった。先刻の金髪が呼ばれ、臙脂のジャケットの白髪の老人がうなずく。

酔客の前に次の札が積まれた。賽が振られて、合力が酔客に張りをうながす。酔客は迷っている。するとそばにいた女が酔客に耳打ちした。酔客が半の目に張る。壺を開けると、半の目である。酔客が喜んで、女に札を渡そうとしたが、女はそれを押し返し、また耳打ちした。酔客は半の目に張った。壺の中は、半の目である。酔客は手を打って喜んだ。次の壺が振られた時、詩人美は手持ちの札をすべて、半の目に張った。少し浮いた札を入れて百五十万円か。客が皆、詩人美を見返した。酔客が詩人美を見て、自分より若いことに気付き、丁の目に張った。女の手が、それを止めようとしたが、酔客が払いのけた。まだ丁の張り札が不足している。

「丁方ないか、あと五本」

合力が言う。

「よし、それをつけて、あと十本、丁だ」

酔客が大声で言う。

「半方ないか、あと十本」

詩人美はポケットの中から百万円の束を出して、合力にむかって投げた。

女が詩人美をちらりと見た。

半の目が出て、詩人美は祝儀を置いて立ち上がった。

換金をして引き揚げようとすると、金髪が呼び止めた。

「お兄さん、もしよかったら、うちのおやじが少し酒でもと言ってるんじゃが……」

詩人美が振りむくと、先刻の臙脂のジャケットの老人が笑いかけた。

「やはりそうだったか……」

高杉《たかすぎ》と名乗る老人は海辺の屋台の席で、詩人美が名前を言うと、酒を飲みながら言った。

「あなたは俺を、いや僕を知ってるんですか？」

詩人美が訊くと、高杉はちいさくうなずいた。

「青川という名前は、そうそうある名前じゃない。何と言ったかな、あんたのお母さん」

「葉麻子ですか……」

「そうだった。葉麻子さん。えらい美しい人じゃったな」

「母をご存知で？」

「言葉を交わしたことなどない。高貴な人じゃったからな。わしの知っている男が命を賭けて惚れた女だものな」

詩人美は高杉を見返した。

「その目がよく似とる」

「母にですか？」

詩人美が言うと、高杉は首を横に振った。詩人美は高杉をじっと見て訊いた。

「あなたは僕の父を知ってるんですか？」

「あんたの父上かどうかは知らんが、あんたとそっくりの目をして、今夜、あんたが張り出した時と同じように、男っ振りのええ博奕《ばくち》の打ち手をよく知っておる」

詩人美は黙って高杉を見返した。詩人美は自分の父のことを何ひとつ知らなかった。母に父のことを訊いても、詩人美が生まれる前に遠い処へ行ってしまった、としか言わなかった。

遠い処とは、詩人美は、別の世界、すなわち父が死んでしまった、と思っていた。上京して、無塁叔父さんに初めて逢った春、一度父のことを尋ねたが、無塁は何も教えてくれなかった。

「その、僕にそっくりな目をした人は、今はどこに居るのか知っていますか？」

「どこか旅しておるのと違うじゃろうか。わしは、そう信じているが」

「その人に最後に逢ったのはいつですか？」

「もうかれこれ二十年前になるかの……。真希《マキ》と、いや、その男と最後に遊んだのは」

「マキという名前なんですか？」

「……うん。わしの知っとる男は真希という名前じゃった。真実の真に、希望の希と書いて真希と名乗っとったのう。えらい強い博奕を打つ男じゃった」

「その真希さんは博奕打ちだったんですか？」

「元々、博奕打ちが仕事の男など居やしない。流れているうちに、それしかできなくなるのが本当のところだろう」

「その真希さんは、そんなに強い打ち手だったのですか？」

「ああ、わしが見た中では一番じゃった」

「……そうですか。ギャンブルが強いということはどういうことなんでしょうか？」

詩人美が質問すると、高杉はぼんやりとした目で詩人美を見直した。

「どうしてそんなことをわしに訊く？」

「ギャンブルが強いってことが何になるのか、僕には、正直、よくわからないものですから……」

「ギャンブルが強いってのは、さっきのあんたのように男っ振りがよく見えるってことだろうよ」

「たったそれだけのことですか？」

「ああ、それだけのことでしかない。弱い連中は皆うろうろ、じたばたするしかない。

それがギャンブルだ」

「なら強いってことは可愛さがありませんね」

「ほう、面白いことを言うな。可愛くなければいかんかね？」

「可愛くなければ、人が安堵を持ちません」

「安堵？」

高杉が怪訝そうな顔をした。

「ええ、安堵が持てる人は……、上手く言えませんが、やわらかなものがあります」

「やわらかい？」

高杉はさらに不可解な顔をした。

高杉の表情を見て、詩人美は少し戸惑ったような顔をして言った。

「いや、よくわかりませんが、そんな気がするんです。カミソリの刃には蝶だって止まることができませんし……」

「カミソリの刃……」

高杉は少し考え込む仕草をして、詩人美の顔をまじまじと見直し、

「そういうことか……。青川君、あんたまだ若いのに、どこで何を見てきたのかね？」

と興味ありげに顔を突き出した。

「どこで何を見たって、俺はただ旅をしてきただけです」

「いや、その若さで物事を、そんなふうに見られるもんじゃない。よほどのもんとでくわしたと推測したがね……。俺は今、八十八歳だ。この歳までいろんな博奕打ちを見てきた。そりゃ見ていて唸り声を上げたくなるような強い奴は何人もいたし、カミソリみたいに相手を切り刻んでいく奴もいた。気味が悪いほど運に恵まれている打ち手もいたけど、あんたが言うような、可愛いっていうか、安堵っていうか、やわらかな博奕打ちを見たことがないんだ。だからあんたの言葉に頭をひねったんだ。しかしよくよく考えてみると、あんたの言ってることは当たってる気がしないでもない。博奕は斬り合いだ、どつき合いだ、と信じ込んできた、こっちの頭が固過ぎたのかもしれない……。う～～ん」

高杉はそう言って腕を組み、詩人美の顔を睨みつけた。

「俺は、高杉さんが考えているような人間じゃありません。これから先、どっちに行けばいいのかもわからないで、うろうろしているただの若僧です」

「詩人美さんと言ったね。うろうろするのは人間誰も一緒だ。歳は関係ない。俺はなんだかあんたに惚れてしまいそうだ。どうだい？　俺に、あんたのギャンブルの後ろ盾をやらせてくれないか？」

「後ろ盾ですか？」

「そうだ。今の言葉で言えばスポンサーって奴だ。あんたって舟が、もしギャンブルの海に乗り出そうって気持ちがあるのなら、俺が網元になろうってことだ」

「どうして俺みたいな若僧に、そんなふうに言ってくれるんですか？」

「さあ、どうしてかな……。理由は俺にもわからないな。そうだな、敢えて理由を探すとしたら、人生の大半を博奕で過ごした男が、見ることができなかったものを見てみたいと、最後にもうひとあがきしようとしていることなのかもしれないな」

「見ることができなかったものですか？」

「そうだ。俺たちは、この世に、手前の意志とは関係なしに生まれてきた。親父《おやじ》と母親《かかあ》がまぐわって種が卵の中に入り込んで、十月十日《とつき》して、オギャーときたわけだ。そうじゃない赤児もいるが、ともかくめでたがられて、この世に出てきた。ところが最初から幕が閉じるのは決められている。時間って奴だ。時間がくれば〝一巻の終わり〟ってことだ。そのことだけは最初っから決まってやがる。なのに俺たちは手前の一日先、半日先、いや一秒先のことすらわからない。今夜の賽《サイ》の目がいい例だ。壺を振って出る賽の目の、ほんの数秒先が見えないんだぜ。その見えないもんに俺は人生の大半を賭けてきたんだ。考えてみりゃ、阿呆くさい生き方をしたもんだ。それでも俺がずっと、この稼業をやめなかったのは、詩人美さん、なぜだと思う？」

「さあ……」

詩人美は首をかしげた。

「そう言わずに考えてみてくれ」

詩人美は高杉の目を見た。

「俺が三年旅をして思ったことですが……。違っているかもしれません……」

「違っていてもかまわないから言ってくれ」

「そうするしかなかったからじゃないんですか」

詩人美の言葉に高杉がニヤリと笑った。

「そのとおりだ。俺はよく生半可な博奕打ちが口にする、他に面白いことがなかったから博奕を続けてきたんじゃない。こうするしかなかったからだ。そりゃ若い時分には博奕に強くなるために修行もしたし、腹が据わるように度量、器量も人一倍磨いたつもりだ。懸命に博奕を打ったもんだ。辛抱も覚えたし、手前の狂気も見たつもりだ。気が付くと、いっぱしの博奕打ちと呼ばれるようになってはいた。自分より強い相手を探して日本中を旅した。それがいつの間にか、俺を倒そうって奴等がむこうからやってくる時代になり、どいつもこいつも倒しまくった。だが……」

そこまで言って高杉は深い溜め息をついた。

「だが何ですか？」

「俺は、ほんの一瞬先の見えないもんを、誰か、俺の背中に乗っかった野郎にうしろから手先を動かされて張ってただけの道化をしてきたんじゃないのかって思うことがある」

「道化ですか？」

「ああ、操《あやつ》り人形でもいい。ほれ、ピノキオだよ」

「ピノキオですか？　でもピノキオは生を与えられて動き出したじゃないですか」

「そうよ。その動き出したピノキオを、俺は詩人美さん、あんたで見てみたいんだ」

「俺はピノキオですか？」

「そうだ。ピノキオだ」

高杉は嬉しそうに笑った。

新幹線の窓に瀬戸内海に浮かぶ小島が流れて行く。

詩人美は、先刻の高杉との別れ際の様子を思い出していた。

「詩人美さん、一度っきりでいいから、俺が見たことがないような時間を見せてくれ。それを土産品に俺は、あの世とやらに行ってくる。だからと言って無理なんぞしなくていい。あんたがやりたいように打ってくれ。俺は、いい夢を見させてくれりゃ、それでいいんだ……」

そう言って、高杉は詩人美の前に一枚のキャッシュカードを差し出した。

「あんたが打つのに恥ずかしくない、充分な金を入れてるつもりだ。増やそうなんて思わなくていい」

詩人美が断わろうとすると、

「昨晩、あれだけ俺の講釈を聞いて貰ったんだ。年寄りの戯言《ざれごと》を聞いてくれた駄賃と思ってくれればいい。俺には身内が誰一人いない。博奕打ちが金を残して死んじまったら、それこそ笑い者になる。俺を笑い者にしないでくれ」

と言って高杉は詩人美を睨みつけた。詩人美は仕方なしに、そのカードを受け取った。

「もしもこのカードを使うような時は必ず連絡します」

「ああ、そうしてくれ。できれば来年の春までに賭け切ってくれ。俺にだって時間制限はあるからな……。頼んだよ」

高杉は笑って、あの金髪の子分が待つ車の方へゆっくりと歩いて行った。

木枯らしに高杉の肩にかけたコートが揺れていた……。

――来年の春までか……。

詩人美は呟いてから、自分は本当にそんな賭けをできるのだろうか、と考えた。

別に、これからの日々、ギャンブルをして生きようとは思っていない。今こうして東京にむかっているのは、無塁《むーる》に再会するためだった。三年の旅が終わろうとする頃、詩人美の夢の中にあらわれた無塁はひどく淋しそうな顔をしていた。いつも元気で、破天荒な無塁がたとえ夢の中であっても、どこかうつむき加減に見えたのが気になった。

その夢が、詩人美に旅の区切りをつけさせた。母の葉麻子の死を告げる星が流れたインドの村でも、詩人美は故郷に帰ろうとは思わなかった。帰ったとしても、葉麻子はすでに故郷には居ないことがわかっていた。だからこそ夜空を駆けて詩人美に逢いにきたのだと思った。しかし無塁は違う。

――無塁叔父さんが俺に会いたがっているのだ……。

詩人美はそう感じた。

新幹線は広島、岡山を過ぎ、姫路、神戸を通過して、大阪に入った。

詩人美は空腹を覚えて弁当を買った。

三年半前に故郷から上京した時と比べると、自分はずいぶんと変わったのだろうか。自分自身は何ひとつ変わっていないつもりなのだが、故郷の菩提寺の住職にしても、賭場で出逢った高杉にしても、以前の自分なら、あんなふうに言葉をかけられなかった気がする。

――三年の旅で、俺は何かを見たのだろうか？　何かがわかったのだろうか？

そう自問しても、何ひとつ、これだという答えは見当たらなかった。

詩人美は弁当を食べ終えると、洗面所に行った。洗面所に入り、鏡を覗いた。鏡の中に二十一歳の自分が映っていた。たしかに以前と違って顔も日焼けし、両肩、首回りも筋肉がついている。しかしそれは表面だけのことだ。アジアの山河を旅して来たが、辛いと感じるような過酷な旅はなかった。ただ黙々と日々歩き続けただけのことだ。どこかに辿り着こうとしたわけでもないし、何かを探していたわけでもない。旅をすることだけが、歩き続けることだけが、詩人美にできることだった。高杉からギャンブルを止めようとしなかった理由を訊かれた時、詩人美は三年の旅の日々を思い出し、

——そうするしかなかったからじゃないんですか。

と言った。それだけのことを口にしたのだけど、高杉は満足そうに笑って、彼の最後の夢を自分に託《たく》した。

三年半前の自分なら、高杉はそんなことを託しただろうか。決して、そうしなかっただろう。

——なら、何かが変わったのだろうか？

詩人美は鏡の中の自分に大きく首を横に振って、

「よくわからないな……」

と呟いた。

席に戻ると、棚の上に置いていたはずの鞄が失せていた。

詩人美は席のナンバーを確認し、車輌の中を見回した。

三十人余りの乗客の中に特別変わった気配を発している者はいなかった。詩人美は通路の中央に立ち、前後の車輌を覗いた。彼が乗っている自由席の車輌は進行方向の後方

から三輌目だ。相手がどちらに逃げたかを考えた。前方に十数輌ある指定席の方ではあるまい。

——人は人の中にまぎれようとするはずだ。

詩人美はゆっくりと後方にある二輌の車輌にむかった。自動ドアが開くと、詩人美は息を整えて、乗客を見回した。皆ごく当たり前の表情で座っている。何も感じなかった。

詩人美は平然と最後方の車輌にむかった。自動ドアが開いた。相手はすぐにわかった。車輌の中央あたりの三席並びのシートの窓側に身体を斜めにして、窓に肘をつき外を見ている帽子を被った男がいた。男はちらりと詩人美の顔を見て、すぐに目を逸らし、窓の外に目をやった。

詩人美は躊躇することなく、その男にむかってゆっくりと歩いた。

車内にアナウンスが流れて、ほどなく京都に着くことを告げた。男が立ち上がろうとした時、詩人美は素早く男の席の前に立ち、両手で出るのを制した。背後から人が近づく気配がした。おそらく男の仲間であろう。詩人美は背後を振りむきもせずに言った。

「おまえたち、その鞄の中には、ほんのひとかけらだが、俺のおふくろの骨が入っている。それを持って電車を降ろすわけにはいかない。黙って鞄を置いていくか。それとも二度と仕事ができない身体にして欲しいか。どっちなんだ?」

詩人美は顔色ひとつ変えずに言った。

立ち上がった男が背後の仲間の顔をうかがいながら、おずおずと足元の鞄を拾って、詩人美に差し出した。詩人美は鞄を受け取り、男の胸倉を摑むと、上着の内ポケットから現金の入った封筒を引き出した。

「おまえたちの身に付くには額が多過ぎる。それでもプロか、仕事をするなら相手を選ぶんだな」

詩人美はそう言って、身体を素早く斜めにし、背後から襲いかかった仲間を振りむきざまに殴りつけた。ヒィーッと悲鳴を上げて、小太りの男が通路に倒れた。

「警察に行くか？」

震えて立っている帽子の男に訊いた。相手は激しく首を振った。

「それなら仲間をかついで電車を降りるんだな」

は、はい、と相手は言い、倒れた仲間を抱き起こして車輛を出て行った。

詩人美は自分の車輛に戻ると、鞄を棚の上に放り投げ、身体を埋めるようにして席に座り、大きく溜め息をついた。

――いらぬものをかかえ込むと、いらぬことが増えるってことか……。

詩人美はそう呟いて、鞄の中から抜き取った葉麻子の骨片が残る小瓶を窓辺に置いた。瓶の中には葉麻子の最後の伝言が折りたたんで入れてある。

それを瓶の中から取り出し、詩人美は読み返した。

『ミカン』

——いったいどういう意味だろうか？

新幹線が京都駅を過ぎ、ほどなく名古屋《なごや》駅に着こうかとする頃、電車のスピードが急に落ちた。車内にアナウンスが流れ、名古屋の先で事故が発生し、電車は名古屋駅にしばらく停車すると告げた。電車が名古屋駅で停車すると、詩人美はプラットホームに降りた。キヨスクの前に並ぶ雑誌、新聞に目をやった。新聞のカラフルな見出しや写真に、都会が近づいているのだ、と思うと東京がなつかしかった。

新聞の並ぶ棚の脇に置いてあった雑誌の表紙に笑っている若者の顔写真が見えた。

——あれっ、どこかで見た顔だ！

そう思って詩人美は写真の顔を見直した。

「あっ、雷太《らいた》さんだ」

その表紙に載っている顔は、日焼けして精悍な顔付きになっているものの少年のような笑顔は風神《かざかみ》雷太だった。

〝神の風を呼ぶか、風神雷太、立川《たちかわ》グランプリ〟と大きな見出しがついていた。

——これって何のことだ？

詩人美は、その雑誌を買って電車に乗った。その雑誌は競輪の専門誌だった。

表紙をめくるとグラビアページに、今年の競輪の総決算と呼ぶ、賞金額が最高のレースに雷太はデビュー二年目にして出場しているようだった。

〝大型新人・風神雷太、立川バンクに神の風を呼ぶか‼〟

大見出しの文字に自転車に乗って疾走する雷太の写真が掲載してあった。

「へぇ～、そうか、雷太さんは競輪選手になったのか……。それも、こんなスター選手になっていたんだ」

詩人美の脳裏には新宿の食堂〝帆立屋〟で出前をしていた雷太の姿がよみがえった。

次のページをめくるとファンに囲まれて笑っている雷太の照れ臭そうな顔があった。

――すっかり人気者なんだ……。

詩人美は熱狂するファンを見ながら感心していた。するとファンの中に一人飛び上がって万歳をしている男が目に留まった。

「あっ、無塁叔父さんだ」

雷太を取り囲むファンの輪から少し離れた場所で、一人だけ少年のように半ズボンに下駄履きで両手を上げ、宙に浮いている男がいる。愛嬌のあるその顔は、あきらかに叔父の青川無塁だった。よく見ると、宙に浮いた無塁に心配そうに手を差しのべているのは、三年前の夏の夜、工事現場で出逢った現場監督の大鳥三駄《おおとりさんだー》である。

――そうか、二人とも競輪が大好きだったものな……。雷太さんを応援しに駆けつけたのに違いない。

「いや皆元気だな。なつかしいなあ……」

詩人美は、あの夏の夜、無塁と三駄と三人して自転車で疾走する雷太を追走したことを思い出した。

「早く逢いたいなあ……」

詩人美が雷太の記事を見ながら溜め息を洩らすと、後部座席からいきなり声がした。

「兄さんも競輪好きなのかい?」

振りむくと、金髪の頭にサングラスをした若者が笑っていた。

「いや、俺は競輪のことはよく知らないんだ。けどここに写っている選手を知っているものだから……」

「えっ、風神雷太のダチ公なのかい?」

「ああ、まだ雷太さんが競輪選手になる前のことだけどね」

「そりゃすげえや。兄さんがもし風神雷太のダチ公なら、ぜひ一度逢わしちゃくれないか?」

「連絡がつけば頼んでみるけど、俺ももう三年も逢っていないからな。けど雷太さんは、そんなに強い選手なのかい?」

詩人美が訊くと、相手はいきなり詩人美の隣りの席に座ってきて、

「強いのかって？　何を言ってんだ。今、風神雷太は三十六連勝中だ。これは日本記録なんだぜ。彼が勝負処で尻を上げて踏みはじめると、バンクの中に神の風が渦巻きはじめるんだ。そんなことも知らないで、兄さん、本当に風神雷太のダチ公なのかい？」

「だから俺が知っている雷太さんは、まだ競輪選手になる前の雷太さんだったからね」

「それなら富士山の八合目まで一気に駆け登ったという伝説のトレーニングの頃かい？」

「それも知らないな……」

詩人美が首をかしげると、相手は訝《いぶか》しい目で詩人美を見返した。

電車が動き出した。

「おう、やっと動き出したな。実は俺、この風神雷太のグランプリを見に行くために、これから上京するところなんだ」

「もうすぐ、そのグランプリレースがあるんだ？」

「兄さん、本当に競輪を知らないんだな。グランプリといえば、その年の一番強い競輪選手が真の日本一を競う大レースなんだぞ」

「そうなんだ。けどそれに出走するなんて、雷太さんは素晴らしいな」

「だから神の風をバンクに呼ぶって言ってるじゃないか」

詩人美の対応に相手はまどろっこしくなったのか、舌打ちして呆れた顔をした。

「悪いね、何も知らなくて……」

詩人美が笑って言うと、相手もつられて笑い出した。

「いいってことよ。兄さんが風神雷太のダチ公ってのも何かの縁だ。旅は道連れって言うから東京に着くまで、俺が風神雷太がいかにスゲェ選手かをレクチャーしてやるよ。おっ、姐ちゃん、ビールをくれよ」

金髪の若者は売り子の女性を呼び止めてビールを二缶買って、詩人美に差し出した。

「あっ、ご馳走になっちゃ悪いから、俺がおごるよ。大切な友だちを応援してくれているお礼だ」

「いいってことよ。俺がおごるって……。自己紹介をさせて貰うよ。俺は馳三次《はせさんじ》だ。仕事は小説家だ。こう見えても結構売れっ子なんだぜ」

「そりゃすごいな。小説家に逢うのは初めてだな。俺の名前は青川詩人美。仕事は……、仕事は何もないな。風来坊ってとこだ」

「へぇ～、フーテンなのか、兄さん。風神のダチ公が風天か、こりゃ面白いな」

馳三次が大声で笑い出した。詩人美も愉快になって笑い出した。

電車が東京に着くまで、三次は詩人美に雷太がいかに素晴らしい選手かを説明し、ついでに競輪がどんなに面白いギャンブル・スポーツかをレクチャーしてくれた。

「そうなんだ。競輪は人間の情念がレースとなって走ってるってことか……。そりゃ男だったら魅せられるだろうね」

「兄さん、それがわかるんだね。嬉しいね。たったこれだけ話しただけで競輪の勘どころがわかるなんぞはたいしたものだぜ。兄さん、あんたギャンブルを少しするといいよ」

三次の言葉に詩人美は苦笑いをした。

「でもせっかくギャンブルをやるなら競輪にしときな。競輪こそが男のギャンブルだからな」

「俺の世話になった人が大の競輪ファンでね。その人も雷太さんをよく知ってるはずだ」

「それならあれこれ考えることはないな。さっそく立川グランプリからはじめるといい」

「ああ、そうするよ。けどグランプリは月末にあるんだろう。どうして三次さんはこんなに早く上京するんだい？」

「そこが素人なんだな。俺は上京するんじゃなくて帰京するの。実は関西へ行っていたのは、今度のグランプリに出走する京都の三人の選手の練習を見に行ったのさ」

「ほう、本格的だね」

「当たり前だ。ギャンブルで勝ち組に入りたければ、人より努力をしなきゃダメだ。他の連中が見落としてるもんを見つけることが肝心なんだ。いいかい、ギャンブルの基本は一《いち》が度胸。二《に》が丁寧さだ。三《さん》、四《し》がなくて、五《ご》が張り切れるかってことだ。詩人美さんって言ったっけな。度胸だけじゃ、ただのクソ度胸で、工夫も何もありゃしない。やはりそこに慎重の上に慎重にむかって行く、丁寧さがなきゃ銭を捨てるだけだ。度胸は言いかえりゃ、大胆ってこと。丁寧は言いかえりゃ、小心ってことだな。相反《あいはん》するものがいつも同居しているのがギャンブルだ。それでも最後は張り切れるかってことだな。わかるかい？」

「いや、勉強になるな」

「そうだろう。俺の話をタダで聞けるなんて、詩人美さん、あんたは幸せだぜ」

「ありがとう、三次さん」

「そうあらたまって礼を言われると照れちまうじゃないか」

三次の顔が少し赤くなった。

歳はおそらく詩人美と同じか、若いくらいだろうが、ギャンブルに惚れ込んで突進している若者にはどこか潔さが見える。

「三次さん。俺は三年の間、アジアのあちこちを旅をしてきたんだ。最初の半年は鳥に帰ろうとする老人と旅をした」

「鳥に帰る？　何だよ、それは」

「〝鳥人〟ってのが古い中国に居たのを知ってるかい？」

「そう言えば、そんな話を聞いたことがあるけど、ジョークなんだろう？」

「ジョークと言えばジョークかもしれないけど、俺の知ってる、その老人はたしかに中国の山の奥の切り立った岩の上から空に飛んで行ったんだ」

「おいおい、それってマジかよ」

「ああ真面目な話だ。三次さん、俺はさっきの君の話を聞いていて、ギャンブルの肝心なところが、その老人のしたことと似てる気がしたんだ」

「ギャンブルがジョークって言うのか？」

「そうじゃない。君はギャンブルの肝心が、最後は張り切れるかにあるって言っただろう。それは生きてる俺たちの数分後、数秒後に起こるものに対して張り切れるか、張り切れないかってことだろう。人間が空を飛べない、と思ってる奴は、下が断崖絶壁の岩の上から空にむかって飛び上がったりしないだろう。けど空を飛べると信じている者は、空にむかって一歩目を踏み出して岩を蹴るんじゃないかな……」

三次は詩人美の顔をじっと見つめて話を聞いている。

「その老人は空を飛んだんだよ」

「本当にか？　詩人美さんは老人が、いや鳥人が空を飛ぶ姿を、その目で見たのかい？」

「いや、俺が見たのは岩を踏み出した姿だ。空を飛んでいる姿は見てやしない」

「何だよ。それじゃしょうがないじゃないか」

「本当にそう思うかい？」

詩人美が真剣な目で三次を見返した。

「本当にそう思うかって、どういうことだよ？」

「だから、空を飛ぶ姿を見ていないだけで、空にむかって飛び上がったことが、その人の素晴らしいところじゃないのかな」

「わからないな」

「俺はいずれ、その人が空を飛んでいる姿を見る日が来ると思っている。いや信じているんだ。いったい誰が、いつから人は空を飛べないって言い出したんだ。世界で一番の金持ちより、俺は空を飛ぶために岩を踏み出した人の方が偉いと思うんだ。ギャンブルだってそうだろう。ただ金を取り込むだけのためなら倍々で賭けて行く奴が結局金をすべて取り込めるように見えるじゃないか。けど何千回、何万回と賽コロを振れば丁の目と半の目がフィフティー・フィフティーの割合いで出るなんてのも、それは幻想だろう。金をしこたま持ってる奴が、その金にものをいわせて丁の目を張り続けりゃ、いつか丁の目は出ると思うじゃないか。でもそれは幻想なんだ。そいつが張ってる限り半の目が一億回続いても、何の不思議もないのがギャンブルなんだ」

三次がゴクリと生唾を飲み込んだ。

「詩人美さん。いや詩人美先輩。いや青川さん。あなたもしかしてプロのギャンブラーなんじゃございませんか？」

「俺はそんな者じゃないよ。三次さん、君と同じただのギャンブル好きの若者だ。俺が君に知って欲しいと思ったことは、岩の上から飛び立った老人がいたってことだ。同じギャンブルをするのなら、その人のように君も美しい飛翔をして欲しいんだ。いや、それが別にギャンブルじゃなくったっていいんだよ。俺たちがそうやって生きて行かなきゃ、世の中はどんどんすさんで行ってしまうからね」

詩人美はそう言って、ビールの缶を三次に突き出した。

「いや、完敗です。そうじゃなくて乾杯させて貰います。恐れ入りやした。兄さんが、それほどの方とは思いませんで、講釈ばかりをたれていた俺が恥ずかしいです。やっぱり、俺って、オフクロが言ったようにまだまだ青いミカンです」

三次が頭を下げて言った。

「えっ、今、何て言ったの？」

「ですから、俺はまだまだ青いミカンだって言ったんです」

「青いミカンってどういう意味なの？」

「ですから、まだ本物の味わいがしない青くて酸っぱい蜜柑と、未だ完せずの未完を引っかけた、俺のオフクロの口癖です」

「……そういうことだったのか」

詩人美は大きくうなずいた。

「何が、そういうことなんです？」

「いや何でもないんだ。君のお母さんは素晴らしい方だね」

「素晴らしくなんかありません。いい歳をして、まだ競馬、パチンコ、花札、麻雀……、あらゆる博奕にとち狂ってるオバハンです」

「それも素晴らしい。なるほど母親が言うことはどこも同じだね」

「青川さんの母上も、やはりギャンブル狂ですか？」

「いや、俺のオフクロはギャンブルはしなかった。けど最後まで俺のことを思ってくれていた人だった……」

詩人美は葉麻子が書き残した言葉の意味がようやくわかって安堵した。

電車が東京駅のプラットホームにゆっくりと入って行った。

第六章　新宿頂上作戦

青川詩人美《あおかわしじみ》は地下鉄通路の階段から新宿駅東口に上がった。

大勢の人の声と足音、車のクラクションの音、客を呼び込む声、店から零《こぼ》れ出す音楽……、すべての音が、欲望の音色が重なり合う、喧噪。

――新宿に帰って来たんだ……。

詩人美は胸の中でつぶやいた。

三年の旅の途中で、何度となく夢の中にあらわれた新宿の喧噪の中に詩人美は立っていた。カルカッタ、ダッカ、ハノイ、ホーチミン、マカオ、香港《ホンコン》、上海、北京……、それぞれの都会にもたしかに喧噪はあり、欲望は渦巻いていたが、新宿は、そのどの都会とも違う、何かがある。

街の大きさで言えば、香港や、今の上海に比べて新宿はすでにちっぽけな街でしかない。なのにまだこの街にアジアの欲望が集まってくるのは、新宿にしかないものがあるのだろう。

詩人美は大きく息を吸った。

鼻を突く新宿の匂い。欲望の匂いだ。詩人美は昏《く》れなずむ空を見上げた。

十二月の半月がビルの上に黄金の鋲《びょう》のように止まっている。皓々とかがやく月光を見ていると、月明りの中に無塁《むーる》の笑顔が重なった。

詩人美は歩き出した。真っ直ぐに無塁のアパートのあるラブホテル街を目指した。

詩人美は歩き出して、街の様子が変わっているのに気付いた。見慣れぬ店が多くあった。

――毎夜、街が変わっていくのが、新宿ですよ。

最初に新宿の街を二人で歩いた時、無塁が言った言葉が耳の底によみがえった。

詩人美は不安を掻き消して、歩調を速めた。初めて見る洒落たラブホテルの看板を見ながら、ホテル街の路地を抜けると、そこにあったはずの公園は失せ、無塁の傾いたアパートも消えていた。小綺麗なマンションが数棟、そこに建っていた。

――あれっ、消えてしまっている……。

詩人美は、狐につままれたような顔で、目の前の見慣れぬ建物を眺めていた。

小便臭い匂いが立ちこめていた路地も失せ、間が抜けた信号のように点いては消えていた街路灯の、あの灯りもなかった。

呆然としている詩人美の耳の奥に、無塁の笑い声が聞こえた。クックククと噛み殺したような笑い声。無塁が詩人美に手の込んだ冗談を仕掛けて得意になっている時の笑い声だった。

詩人美は周囲を見回した。どこか暗がりで無塁が笑いをこらえて、自分を見ている気がした。

職安通りを渡って、〝帆立屋〟のあった食堂屋の並ぶ通りに入ったが、そこもまた路地は失せていた。〝帆立屋〟が店を構えていた場所も新しいビルに変わっていた。

詩人美は路地の失せた通りを眺めながら、三年という歳月の重さを思った。街は人が住むことで成り立っているのだから、街が生きものだということを詩人美は旅の中で学んだ。

いくつもの廃墟《はいきょ》を、砂漠の中で、森林の奥地で、沈下し続ける海岸で見て来た。栄華をきわめた都市が一夜にしてあとかたもなく消滅していった話を老人たちから聞いた。砂に埋もれた遺跡の壁に刻まれた文様や文字に、その都市がいかに高度な文明を持っていたかという名残りはあるものの、もの言わぬ石像や壁画からは、かつて聞こえていた人々の笑い声や音楽はよみがえってこなかった。人間が失せた瞬間から、文明、文化は消滅してしまう。

——いったい、この街には今、どんな連中が生きているのだろうか？

詩人美は背後を振り返った。三年前にはなかった高層ビル群が夜空に異様な光の塔となって聳《そび》えていた。詩人美は光の塔にむかって、とぼとぼと歩き出した。

詩人美は一棟のビルの前に立っていた。そこは昔のままであったが、三年前のようにいくつもの店の看板が並んではいなかったし、あの頃のようにビルの前に客引きの男たちもいなかった。そのかわりにところどころ破れたビニールのホロが被っていた。

詩人美はホロの間から覗いた三階の窓を見上げた。

そこには白神ナギサが働いていた店があった。

——詩人美君、ナギサ、今夜をずっと、ずっと心待ちにしてた。

白いウサギのようなコスチュームで童貞だった詩人美を迎えてくれ、昇天させてくれたナギサの美しい瞳と見事なプロポーションの肢体、弾むような肌が思い出された。ナギサと二人して、あの窓から見つめた月は、この街の空に浮かんでいるのに、店もなければ、ナギサもいない。

すべての人の気配が消えていた。

詩人美はホロをめくって、人気《ひとけ》のない暗いビルの入口に足を踏み入れた。

三階まで辿り着くと、詩人美は記憶を辿りながら、かつてナギサの部屋があったあたりのドアを押した。不気味な音とともにドアが開いた。

暗闇の中にわずかに月明りが差していた。詩人美はゆっくりと窓辺に近づいた。朽ちかけた窓を開けると、高層ビルと十二月の半月がかがやいていた。

ナギサと二人で眺めた、至福の時間がよみがえってきた。

——ねぇ、詩人美君、このかがやきがわかる？　私たちはきっと永遠を見つめているのよ。この月明りがナギサと詩人美君の瞳に届いて、二人の身体が一緒になることで、光までが永遠に結ばれるのよ。なんて素敵なんでしょう……。

ナギサの声が詩人美の身体の奥から響いてきた。

詩人美は目を閉じた。たしかにナギサの声が聞こえる。

新宿に帰ってきて、目にするものすべてが変わってしまっているように思えたが、そうではないことがわかった。たしかに建物は失せ、美味そうな匂いであふれていた食堂もきらびやかだった店も消えてはいるが、詩人美の身体の中に、ナギサの声が生きている。

『おうっ、我がいとしい甥っ子よ。どこをうろついておるんですか。早く逢いに来なさい』

詩人美は無塁の声に振りむいた。

暗闇がひろがるだけだったが、その声ははっきりと聞こえた。

——無塁叔父さんは、この街のどこかに居るはずだ。

詩人美は無塁が自分を待ってくれている確信を持った。

「無塁叔父さん」

詩人美は大声で名前を呼ぶと、目の前の窓を拳で突き破り、窓枠に立って、木枯らしに揺れているホロを握って、一気に通りへジャンプした。そうして通りに着地すると、人の気配がする大通りにむかって走り出した。

嗅覚が少しずつ戻ってきていた。

無塁が遊んでいそうな場所を次から次に覗いていった。フリー雀荘に入り、客の顔ぶれを見て、次の雀荘のドアを開け、居酒屋を覗いて、バーのドアを開けていった。

『詩人美君、どこをうろついてるんだね。私はここだよ』

無塁の声がする。その声が少しずつはっきりとしはじめる。

詩人美は無塁とかくれんぼをしている気分になってきた。

『イザベル、イザベル』

なつかしい女性の名前を呼ぶ無塁の声がした。

――そうだ。イザベルの思い出が詰まっていた、あの店へ行ってみよう。

詩人美は新宿二丁目にむかって走り出した。

ビルは少し古くなっていたが、階段を上がると、〝イザベル〟という文字があった。

ドアを開けると、カウンターの隅に一人の男が頬杖をついて酒を飲んでいた。

その横顔はまぎれもなく無塁であった。

「無塁叔父さん」

詩人美が大声を上げた。その声に店に居た客が一斉に詩人美を見た。

無塁がゆっくりと顔を上げて詩人美の方を見た。

カウンターの中からカルロスが同じように詩人美を見た。

無塁は目を細めて、ぼんやりとした目付きで詩人美を見つめている。

「無塁叔父さん、詩人美です。今、帰ってきました」

無塁が目の玉をまんまるにして、口を大きく開け、右手の人さし指で詩人美を指さした。指先が震えていた。

「シ、シ、シ、し、し、詩、詩、詩、詩人美君なのか?」

無塁が声を詰まらせながら訊いた。

詩人美が笑ってうなずいた。

「そうです。詩人美です」

「たしかに詩人美君みたいね。やっと帰ってきてくれたのね」

カルロスが笑ってうなずいた。無塁はよろけるように詩人美にむかって歩き出した。

そうして詩人美の胸の中に倒れるようにぶつかっていった。

「詩人美君、逢いたかったよ」

「俺の方こそ……。半日、ずっと新宿の街を探し続けました」

詩人美の声に無塁は何度もうなずき、胸の中で泣きじゃくっていた。

詩人美も涙があふれてきた。

「可愛い、私の甥っ子よ。元気な顔を見せておくれ」

無塁が涙で濡れた顔を上げ、詩人美を見つめた。なつかしい無塁の顔を見て、詩人美は笑おうとしたが、そこで顔色を変えた。無塁の顔に醜い痣《あざ》がひろがっていた。

「無塁叔父さん、どうしたんです。その顔は？」

詩人美の言葉に無塁が子供のようにまた泣き出した。

「どうしたんです。何があったのですか？」

すると詩人美の肩を背後から摑む者がいた。

「ちょっと兄さん、その人の知り合いかい？」

振りむくと、目付きの悪い男が三人、詩人美を睨みつけていた。

「ああ、そうだが。おまえたちは何者だ？」

「何者だ？　俺たちはそいつを拉致している者だ」

「何だと？」

詩人美が男たちを睨み返した。

銀ブチの眼鏡をした痩せた男が口元に薄笑いを浮かべて言った。

「何だと、とはご挨拶ですね。あなたが彼の知り合いなら、起こした面倒の始末をつけて貰おうじゃないですか」

顔は笑っているが、銀ブチの眼鏡の奥の目は笑っていない。

「起こした面倒とは何のことだよ？」

詩人美が訊き返すと、無星が言った。

「違うんだよ、詩人美君、こいつらは、私を嵌《は》めたんだよ。ほんの少しの金を借りただけなのに、それを理由にイカサマ麻雀に誘い込んだんだ」

銀ブチの背後にいた茶髪の男が無星の胸倉を摑んで怒鳴った。

「嵌めただと？　イカサマだと？　金を借りて返さないのは誰なんだよ。勝手なことを言いやがると、また痛い目にあわせるぞ」

ヒィーと悲鳴を上げている無星を見て、詩人美は咄嗟《とっさ》に茶髪の腕を取り、捩《ね》じ伏せた。

「い、い、痛たたた……」

悲鳴を上げる茶髪を見て、もう一人の二メートルもありそうな大きな短髪の男が詩人美に、唸り声を上げて襲いかかろうとした。

「待ちなさい。暴力はイケマセン」

銀ブチが大男を制した。

「そうだね。暴力はいけないよね。でもそっちが最初にやったことと違うのかい？」

詩人美が茶髪の腕をさらに締め上げた。

茶髪がまた悲鳴を上げた。その茶髪の脇腹を銀ブチが蹴り上げた。

「どうやらあなたなら、この酔《よ》い泥《ど》れの後始末をつけて貰えそうですね。ここじゃなんですから席をかえましょうか」

銀ブチの提案に詩人美は無塁の顔を見た。無塁は、行くな、と目くばせをした。

「わかった。じゃ場所をかえよう」

「詩人美君、ダメだ。こいつらは蛇みたいな連中だから、一度からみついたら、相手を呑み込むまで離しゃしないから……」

無塁が詩人美の腕にすがって言った。

「大丈夫です。無塁叔父さん。僕も三年の旅で少しは大人になりましたから……。おい、すぐに行くから表で待っててくれ」

「そう言って逃げるんじゃないでしょうね？　無駄ですよ」

銀ブチが笑った。

「無駄とわかってるなら待てるだろう。あんたたちの話を一方的に聞くわけにはいかないからな。当たり前のことだろう？」

詩人美が言うと、銀ブチは黙って二人の男を連れて表へ出て行った。

「詩人美君、止《や》めなさい。君の手に負える連中じゃない。私とカルロスで何とかしようと話し合ってたところなんだ」

「無塁叔父さん、心配はいりません。僕にまかせておいて下さい」

「詩人美君、私は情けないよ……」

無塁がカウンターにうつ伏せて泣きはじめた。

詩人美は無塁から事情を聞いた。

この秋口からの競馬、競輪の調子が悪かった無塁は、それまでちょくちょく借りていた知人の金融業の男から、三万円の金を借りた。よく知った仲だし、利息だけを払って、金ができた時に返済するのが、これまでのやり方だったが、十月の月末に無塁は利息が少し足りなかったのを謝りがてら、知人の事務所を訪ねた。ところが知人は身体の調子を悪くしていて、見知らぬ男が応対に出て、愛想良く、お世話になってますね……、もう少しご用立てしますよ、競馬でしょう？　と話を持ち掛けてきた。

「天皇賞は本命馬で堅いでしょう」

無塁は自分でも本命と予想していた馬名を言われて思わず相手の顔を見返した。

「ほうっ、おたくも競馬狂なの？」

「はい。この馬は仏壇を売り払っても買いでしょう」

「そう思うかね？」

「はい。残りの馬は影すら踏めないんじゃないですか。落ちてる金を拾うようなもんですよ」

ギャンブルに嵌まり込む時の常套会話である。

「打ってみますか？」

相手に笑って言われて、無塁は片手を差し出した。身の丈を考えずに五万円の金を手にして競馬場に走った。次がエリザベス女王杯で七万円。そしてマイルチャンピオンシップで十万円。ジャパンカップで十五万円と、あれよあれよで一ヶ月が過ぎた。よく外れたもんだ、とアパートで寝転がっていると、大男と茶髪が突然やってきて、金を返して貰おうか、とすごんだ。見せられた請求の金額は百五十万円になっていた。こんなに借りた覚えはない。合計で四十万円のはずだ、と無塁が言うと、相手は、どこの世界に金を無利子で貸し付ける馬鹿がいるんだ、とどやしつけられた。しかし無塁とてダテに長年遊び人をやっているわけではなかったから、少々の脅しではビクともしなかった。借りた金は金だから、利息を付けて五十万円なら返そうと提案した。無塁は、一年前に住んでいたアパートにマンションを建てるというので立ち退きを迫られた。しかし、無塁は汚れたアパートでも愛着があったから、地上げ屋の連中に嫌がらせをされてもテコでも動かなかった。頑固が好転して、思わぬ金が入った。二百万円である。しかし無塁は、その金に手を付けなかった。その金の半分は可愛い甥っ子の詩人美が帰ってきたら、人生勉強の資金にしようと思っていた。残りの半分は、メキシコのロス・カボスへイザベルに逢いに行く旅行資金と彼女へ指輪をプレゼントしようと思っていた。その金のことは秘密だった。一人だけ、自分に何かあった時のために、金のことならと、その昔から知り合いの金融の男に話しておいた。

五十万円で話をつけようと無塁が言い出した時、相手が提案してきた。

「あんた麻雀をやるんだってね。我社《うち》の社長が麻雀好きでね。からきし弱い癖にやりたがるんだ。どうだい、社長の相手をして残りの百万円をツーペイにしたら？」

それが罠《わな》と無塁に読めないはずはなかったが、昔と違って今の麻雀は自動卓である。ツミコミなぞできはしない。無塁も麻雀には自信があった。相手が仕掛けた罠が自分の得意とするギャンブルの種目だったから嵌まった。持ち金の二百万円を一夜で剝ぎ取られた上に、元々の借金に麻雀の負け分を上積みされて三百万円の借用証にサインをさせられた。

「ねぇ、詩人美君、無塁がこれほどの馬鹿とは思わなかったでしょう？」

カルロスが呆れ顔で言った。

「たぶん、あの連中は叔父さんに立ち退き料が入ったのをわかって仕掛けてきたのでしょう」

「えっ？」

無塁とカルロスが詩人美を見返した。

店の表に出ると、茶髪と大男が待っていた。

「さあ、どこへ行くんだ？」

「その減らず口が叩けない場所に連れて行ってやるよ」

茶髪が詩人美に捩じられた腕を擦《さす》りながら言った。

「俺を痛めつけたって金は出てきやしないぞ。早く銀ブチの所に案内しろ」

詩人美は怒りを抑えて言った。

二人に案内されたのは、花園《はなぞの》神社の裏手にあるマンションの一室だった。小綺麗に整頓されたオフィスであった。詩人美はちんけなヤクザの事務所を想像していたが、机の上には何台かのパソコンが置かれ、銀ブチは、その一台のパソコンにむかって何やら仕事をしていた。

「兄貴、連れてきました」

茶髪が言うと、銀ブチは背中をむけたまま、

「そうか、応接室にご案内しなさい」

と丁寧に言った。

応接室に通された。ソファーがむかい合った部屋の壁に一枚の絵が掛かっていた。

ほどなく銀ブチが部屋に入ってきた。

「先程は手荒なことをしてすみませんでした。若い者はところかまわず暴れますから……」

詩人美は壁の絵を見ていた。

「ほうっ、絵画に興味がありますか?」

「別に、贋物《にせもの》にしてはよくできてるな、と思ってね」

「そうです。贋物とわかりますか?」

「ああ、フェルメールは贋作《がんさく》が多いからね」

「よくご存知で。しかしこの贋作は少々いわくがある贋作でしてね」

「知っているよ。裁判で登場した贋作だって言うんだろう」

「いや、驚きましたね。そこまでご存知な方が、この界隈にいらしたとは……。そうです。これは有名な贋作で並居るヨーロッパの画商たちが本物と決めつけて、この絵を含めて八十億近い金で買い取ったんです」

「八十億だろうが、百億だろうが、贋物は贋物だよ」

「そうでしょうか。本物と偽物の間に、そんなに差がありますかね。この絵だって、あの事件で騒ぎが起こらなければ、ずっと本物として大勢の人が、この絵の前でタメ息を零していたはずですよ。ヒトラーは戦争に破れたから罪人なんでしょう。アレキサンダー王は勝ち続けたから英雄なんでしょう。シーザーもナポレオンも勝ち続けている時は英雄で、破れた途端に独裁者になり流刑人になるのでしょう。一人の人間にして、ふたつの顔があるんですよ。大衆が本物だと思えば本物なんです。肝心なことは、この絵画であれほどの金が動いたことですよ。金こそが、富こそが最大のパワーでしょう」

「大衆はそんな馬鹿じゃないよ。その証拠に、この絵は贋物ということがわかっただろう。英雄だって同じだよ。英雄とて人間だ。間違いを犯すのは当たり前だ。それに金なんて所詮は人がこしらえたものだ。金で得られるものには限りがあるよ」

「そうでしょうか、金の力は、あなたが考えているようなものではないですよ。人間の意志さえ変えてしまいますよ」

「それは金が変えたんじゃないよ。そいつ自身が敗れたのさ。まあいい。この絵はあんたたちのやり方を象徴しているんだろうよ」

「あなたは面白い人だ。まだお若いのに、どこでそんな度胸をつけられましたか？」

「度胸？　そんなもんはないよ。今も、あんたたちの事務所に連れてこられてビクビクしてるよ」

「そんなふうには見えませんね。ところでお名前を教えて貰えませんか？」

「人に名前を訊く時は、そっちが先に名乗るものだ」

詩人美は、先刻から腹が立っていた。

「ハッハハ、これは失礼。私、こういう者です」

銀ブチはテーブルの上に一枚の名刺を置いた。赤山季去里。KIKORI、AKAYAMA、とアルファベットで記され、スーパーバイザーと役職があった。

「俺は、青川詩人美だ」

「シジミ？　あのムールさんとはどういう関係ですか？」

「あの人は、俺の大切な叔父さんだ」

「ほうっ、親戚で、シジミとムールですか。ハッハハハ、こりゃおかしい。ご先祖は貝か何かですか？」

「あんただってキコリなんてのは、先祖は山奥暮らしか何かなのか？　それとも親が赤山仙人なんてうそぶいていたりしてな」

詩人美の言葉にキコリの顔が変わった。

その時、ドアがノックされ、大男が入ってきて言った。

「兄貴、センニンのオヤジさんから電話が入っています」

キコリのこめかみに青筋が立った。キコリが戻ってくると、詩人美が言った。

「借用証を出してくれ。金は返そう」

「そうですか。それはありがたい」

キコリが茶髪を呼んだ。すぐに茶髪が借用証を手に戻ってきた。テーブルに置かれた借用証を見ると、三百三十万円になっている。

「三百万円と聞いていたぞ」

「我社《うち》は金融会社で、利息は十一《トイチ》ですから……」

キコリがニヤリと笑った。

詩人美はキコリの顔をじっと見返し、しばらくテーブルの上の借用証を見ていた。

「わかった。その金は、ここで俺が支払おう」

「ほうっ、それはありがとうございます。けどすべて支払っていただかなくともいいんですよ。青川さんならいっときの猶予を差し上げてもかまいませんよ」

キコリがやわらかな口調で言った。

「猶予？　それはどういう意味だ？」

「ですから、全額返済というのも縁が切れるみたいで淋しいじゃありませんか。それに、私、青川さんに興味が湧いたものですから……」

「生憎《あいにく》だね。俺の方はあんたに興味もないし、むしろ早く縁を切りたいものだからな」

詩人美が言うと、キコリは笑って、

「無塁さんから何か話を聞かれていますね。あれは無塁さんの負け惜しみです。麻雀をお誘いしたのは、たしかに私たちですが、受けて立たれたのは無塁さんですからね。あの人のギャンブルが未熟だったってことですよ」

と小馬鹿にしたように言った。詩人美はキコリの煽動するような言葉に何も答えず、バッグの中から金の束を出し、三百三十万円をテーブルの上に置いた。そうして借用証を取り上げ、確認し、それをテーブルの上にあった卓上ライターの火を点けて燃やした。

「さあ、これで片付いたな。二度と俺の身内の周りをうろうろするなよ」

そう言って詩人美が立ち上がると、

「それは残念ですな。私の勘が間違っていなければ、青川さんは、私と同じ種類の生きもののはずなのですが……」

キコリが言って、詩人美を見上げた。

「俺は、そうは思わないがね」

「いや、あなたは必ず、私たちに挑んできます。あなたがそれを避けようとしても、そうなるでしょう」

キコリが意味ありげに笑った。詩人美はマンションを出ると、新宿二丁目にむかった。年の瀬の新宿の街は、夜の十二時を過ぎてもまだ賑やかだった。

〝イザベル〟の扉を開けると、客はもう引き揚げたのか、カウンターの隅に無塁が一人カルロスと酒を飲んでいた。

「おうっ、詩人美君、無事に戻ってきてくれたのか……。心配していたよ」

無塁が立ち上がって、詩人美の身体をまじまじと見回した。

「何もされなかったね？」

「大丈夫ですよ。ただのチンピラですよ。無塁叔父さん、お金のこともすべて片付きましたから、もう心配いりませんから」

「片付いたって……、どうして？」

「話せばわかってくれました」

「けど、金はどうやって……」

「旅で少し稼いだんです」

「旅で稼いだって、何をしたの？」

詩人美が悪戯《いたずら》っぽく笑うと、無塁とカルロスが顔を見合わせた。

「詩人美君、あなた、立派な男になったわね。私、感激したわ。男惚れがする本物の男になって帰って来たのね」

カルロスが目をうるませて言った。

「いや本当にカルロスの言うとおりだ。愛《いと》しい私の甥っ子よ。ゆっくりと顔を見させておくれ」

詩人美は無塁の隣りに座って、無塁とカルロスとの再会に乾杯した。

「詩人美君、旅の話を聞かせておくれ」

詩人美は二人に三年の旅の話をはじめた。二人は興味深げに詩人美の話を聞いていた。

「……そうか、パンタ大人《たいじん》は空に飛んで行ったのか。良かったな」

無塁が嬉しそうに言った。

「素敵な話ね。そんな旅をした詩人美君も素晴らしいわ」

カルロスが詩人美に見惚れていた。

「俺はただパンタさんについて行っただけですから……。その後もただアジアをさまよっていただけですよ」

「でも詩人美君、あなた変わったわ。そうよね、無塁」

「うん、たしかに三年前の詩人美君とは違っています」

「いや前と同じです」

「同じじゃないわ。男っ振りが上がっているもの。存在感が前とはまるで違うもの」

その時、店の扉が勢い良く開いて、

「おう、やっぱり、ここか。無塁さん、探したぞ」

と大声を上げて、ヘルメットを被り、ニッカーボッカーに半コートの作業着を着た男が入ってきた。大鳥三駄《おおとりさんだー》である。

三駄は詩人美の顔を見て、しばらく考え込んだような表情をしてから両手をひろげて、

「詩人美君か？　いや驚いたな。本当に、詩人美君なのか」

と詩人美の身体を抱擁した。

「ずいぶんと逞《たくま》しくなったな。この身体は旅先でも工事現場にいたな。無塁さんがずっと君の話をしていたぞ。手紙のひとつでもよこさんかい」

「すみません」

「いや、詩人美君、便りがないのが無事の報《しら》せだから、私は何も心配してなかったよ」

「何を強がりを言ってるんだ。酔うと甥っ子恋しと泣いとったくせによ」

「つまらないことを言うな、三駄。ところで何の用で私を探してたんだ？」

「そうそう。雷太《らいた》のグランプリ出走が本決まりになったぞ。いよいよ雷太が本物の王者になる時がきたということだ」

「そうか、決まったか。それは目出度《めでた》い。それで雷太君に連絡をしましたか？」

「いや、雷太はもうグランプリにむかって特訓をはじめているらしい」

「特訓か、そりゃいい。さっそく陣中見舞に行かなくてはいけませんな」

「無塁叔父さん、雷太君って、風神《かざかみ》雷太君のことでしょう。とても強い競輪選手になったんだってね。競輪雑誌で読んだよ」

「そうなんだ。何十年に一度あらわれるかの王者にむかって走り続けているんだ」

無塁が嬉しそうにうなずくと、三駄が無塁の顔の前に顎《あご》を突き出すようにして言った。

「無塁さん、今度のグランプリは、わしらの一世一代の勝負になるぞ」

三駄の真剣な顔を見て、無塁も唇を真一文字にして言い返した。

「うむ。たしかに勝負だな。二年間、待ち続けた勝負の時がいよいよめぐってきたな。この青川無塁、自分の目に狂いがなかったことを証明してみせる、勝負です。勝負です。勝負で、で、ですが……」

無塁の言葉のトーンが少しずつ下がって行った。

「ですが……、どうしたんだ？」

「私はもう戦うにも実弾《タマ》がつきているし、甥っ子に、これ以上、迷惑はかけられない」

そう言って無塁はちらりと詩人美を見て、情けなさそうな顔をし、肩を落として半べソを掻いた。

「大丈夫です。無塁叔父さん。現金《タマ》はいくらでも用意しますから、どんどん打って出て下さい」

「えっ、本当ですか？　詩人美君、私に実弾《タマ》を……。打って出ていいのですか？」

「はい、どんどん打って下さい」

「三駄、カルロス、今の詩人美君の言葉を聞きましたか？　どんどん打っていいそうです」

「うん、頼もしいね。さすがにいい甥っ子を持っておるな」

「そうでしょう。嬉しいな。青川無塁、ひさしぶりに、ドドーンと打ち上げますよ」

つい今しがたまで泣いていた無塁がカウンターの上に飛び乗って踊りはじめていた。

それを呆れ顔でカルロスが見上げていた。

その夜、カルロスの部屋に間借りしていた無塁とともに詩人美は休んだ。

カルロスが寝息をたて出してから、無塁は窓辺の小机の前にしゃがみ込んで、三年前と同じように手紙を書いていた。

やがて無塁の寝息が聞こえ出し、詩人美は叔父の背中に毛布をかけてやった。スタンドのランプを消そうとすると、イザベルへ書きかけた手紙の文字が見えた。

愛しのイザベルよ

とても嬉しい報告があるのだよ。今夜、私の甥っ子が、君の次に愛しい詩人美君が帰ってきたよ。立派になっていて、私、感激してしまった。この喜びをどんな言葉で表現していいのか、わからない。イザベル、君と同じように、夢の中だけでしか逢えなかった詩人美君が目の前にあらわれた時、私は身体が震えてしまった……。なのに、この、どうしようもない叔父は、可愛い甥っ子に迷惑をかけてしまって……。

そこで手紙は終わっていた。毎晩、欠かさず恋人に捧げていた薔薇の花も、今は造花になっている。詩人美は涙が零れた。

——こんなに慕《した》ってくれていた無塁叔父さんを放りっぱなしにして長い旅に出ていたなんて……。

ランプの灯りを消すと、闇の中から無塁の寝言が聞こえた。

「イザベル……」

翌日、詩人美は早くに起きて、無塁と住むアパートを探しに行った。

手頃なアパートが見つかったので、契約を済ませ、カルロスのアパートに戻った。

部屋の扉に詩人美宛ての伝言が貼ってあった。

『詩人美君、君の帰国祝いを〝帆立屋〟ではじめています。すぐにきておくれ　無塁』

伝言と、新しい〝帆立屋〟の地図が記してあった。地図に記された明治通り沿いのデパートの裏手に行くと、もうどんちゃん騒ぎをしているのか、歌声や足音が聞こえてきた。

見ると洒落た二階建ての洋館造りのレストランの屋根から垂れ幕が木枯らしに揺れていた。

〝青川詩人美君、凱旋パーティー〟

詩人美は、その垂れ幕を見て苦笑した。

店に入ると、半裸になった無塁がテーブルの上で踊っていた。

「ようよう、主役の登場だぞ」

三駄が詩人美を見つけて言った。

すると、無塁が口に手を当てて、ヴゥッワ、ボゥッワ、バボ、バボ……、と音を立て、

「私たちの息子が帰ってきたぞ。お祝いの踊りを踊るぞ」

と大声を上げて、激しくステップを踏みはじめた。懐かしい無塁の踊りだ。

「やあ、詩人美君、やっと帰ってきたんだね。皆、待っていたよ」

〝帆立屋〟の主人の入道《にゅうどう》こと八千草比呂美《やちぐさひろみ》が笑って言った。

「まあ、詩人美君、すっかり大人になっちゃって、カルロスから話を聞いたわ。あの人、もうあなたにメロメロみたいよ」

大柄な金髪の女性は、メグだった。

「やあ、メグさん、元気でしたか」

「私は変わらないわ。このとおりよ」

そう言ってメグはバスケットボールのような胸を揺らし、詩人美に抱きついた。

「そう言えば、雷太君がビッグレースに出るんだってね。お目出度う」

「そうなの。でもね。私、雷太が名選手になるために別れてあげたの……。競輪学校に入るのに、オカマの私がついていてはダメなのよ」

メグは切ない声で言い、大粒の涙を零した。

「そんなことはないでしょう。バイセクシャルと競輪は関係ないですよ」

「本当にそう思う？　やっぱり詩人美君はやさしいわ」

「いや、私も雷太が名選手になってくれてとても嬉しいよ。グランプリは皆で応援に行くつもりだ。ともかく今日は飲んで食べて下さい」

入道が言った。

「でも立派なレストランになりましたね」

詩人美が店の中を見回して言った。

「いや、それが借金だらけでね……」

入道が顔を曇らせた。

その時、店の入口で物がこわれる音がした。皆が入口を見ると、男が三人立っていた。

「これは昼間っから何の騒ぎですか。こんなに繁昌しているなら、金を少し返して貰わないと困りますな」

キコリと子分が笑って立っていた。

入道があわててキコリたちの所へ行き、頭を下げていた。詩人美が入口の方へ歩み寄ると、

「青川さん、やっぱり再会しましたね。この店の借金もあなたが面倒を見て下さるので

すか？」

キコリの言葉に子分たちもにやついた。

詩人美はキコリたちが入ってきた途端、青い顔になった入道を見て、キコリを黙って睨みつけた。

「この人たちのヒーローの青川さんにだって、この店の借金を返すのは無理でしょうな。昨晩とは金の額が違いますからね」

「ちょ、ちょっと待ってくれ。私は詩人美君に、そんなことを頼んではいない。君たち、今日は引き揚げてくれ。あとでゆっくり話そう」

入道が二人の間に入った。

「あとで？　何をとぼけたことを言ってるんだ。あとも先もあるわけないだろう。金が揃ってないなら、今すぐに、この店ごとつぶしてしまうつもりで、こっちは来てるんだ」

金髪の若衆が怒鳴り声を上げた。

「そ、そんな……。約束が違うじゃないか」

「約束だと？　八千草、手前、どの口が今、約束とほざいた」

大柄な男が入道の襟首を摑んで締め上げようとした。

「い、痛い……」

「おい、その手を離しな」

詩人美が低い声で言った。

「ほう、青川さん、あなたが話をつけて下さるんですか？」

キコリが笑って詩人美を見た。

詩人美はテーブルの上の無塁を見た。無塁は顔を歪めて、詩人美を見返している。

「青川さん、どうやら私たちは戦う運命にあるようですね」

「…………」

詩人美は何も返答をせず、キコリを見つめていた。詩人美の目が見ているのは、キコリの表情ではなく、キコリの肩口のむこうにかすかに揺れる影のようなものだった。そのうごめく影の大きさと正体を探っていた。

——こいつに、これだけの口をきかせているのは誰なんだ？

詩人美は不気味な影の正体を探ったが、見当がつかなかった。

その時、詩人美の耳の奥で、風音が響いた。遥か高みを吹いて流れる風の音だった。

その風の中に、人の声が聞こえた。聞き覚えのある懐《なつ》かしい声だった。パンタ老人の声である。

「詩人美君。その場に立ってみなくては、飛べるかどうかはわからないと思います。だから私は行くのです」

そう言って、パンタ老人は岩だらけの山径を巨体から汗を吹き出しながら、登って行った。

峰々を吹いて流れる風の中に立ったパンタ老人の美しいうしろ姿がよみがえった。

――そうですね。その場所に立ってみなくてはわかりませんものね……。

詩人美は胸の中で呟き、大きくうなずいた。

「どうしました。怖《お》じ気づきましたか？」

キコリが詩人美を見下すような表情をして言った。

「キコリと言ったな。おまえの条件を聞こうか。俺と何がやりたいんだ」

「その気になってくれましたか。これは嬉しい。青川さんと勝負できるなら、どんなギャンブルでもいいですよ。そうですね。あなたの叔父さんも得意にしていた麻雀はどうでしょう？」

「俺はかまわないぜ」

「それはありがたい。ならさっそく場をこしらえましょう」

「はじめる前に条件を決めようか」

「わかりました。私共が、この店に貸し付けた金は三千万円です」

「ちょ、ちょっと待ってくれ。私がおまえたちから借りた金は八百万円だぞ」

入道が口をはさんだ。

「静かにしろ。金融には利息ってもんがつくだろうが……」

金髪が入道を蹴飛ばした。

その瞬間、大きな悲鳴が響いた。金髪が詩人美の足元に倒れ込んでいた。

「俺の前で、二度と暴力をふるわせるな。でないと、この話はなかったことにするからな」

詩人美がキコリを睨みつけた。

「おや、腕も立つんですね」

「俺が勝ったら、その三千万円を失くしてくれるってことだな」

「そうです」

「俺が負けたら？」

「この店を頂戴《ちょうだい》して、それから……」

キコリが笑った。

「それから何だ？」

「青川さん、あなたのすべてをいただきます」

「すべて？」

「はい。身体も、こころも、時間もです。あなたの肉のひときれ、涙の一粒まで、私のものにします。それが条件です」

「やめろ、詩人美君、そんなギャンブルをしてはいけません」

無塁が大声で言って、二人の間に立った。

「キコリ、それなら私のすべてを持って行け」

無塁の言葉にキコリが言った。

「無塁さん、あなたに何の価値があるというのですか。私が欲しいのは、この詩人美さんのすべてなんです」

「何を言う。こうみえても、私は……」

キコリにむかって行こうとする無塁の肩を摑んで、詩人美が言った。

「無塁叔父さん、叔父さんが怒る価値なぞ、この男にはありません。この男は、自分の背後に居る影の力を借りて、立っている幽霊みたいなものです。まずはこの男を倒して、その影を引っ張り出してやりましょう」

「えっ？」

無塁が詩人美を振り返った。詩人美は無塁の目を見てゆっくりとうなずき、キコリを見た。

キコリのこめかみに青筋が立っていた。

「私は誰の力も借りてはいない」

キコリの声は怒りに震えていた。

「何をムキになっているんだ、キコリ。人はひとりじゃ生きてはいけないんだ。そう言ってもおまえにはわからないだろう。まあ、そんなことはどうでもいい。麻雀は四人打ちだな」

「そうだ」

「なら、そっちでメンツを一人連れてこい。こっちも一人連れて行く。場所は……?」

「場所はこっちで決めさせて貰おう」

キコリが、そう提案した時、無塁が大声で、それはいけない、と言った。

「自動卓ですよ。私たちがイカサマでも仕掛けるというのですか?」

キコリが笑って無塁を見た。

「いや、おまえたちは相手をつぶすためには何でもやる連中だ」

詩人美が無塁にやさしく言った。

「無塁叔父さん、大丈夫ですよ。仕掛けたものは仕掛けがくずれた時に敗れます」

「そうじゃないんだ。詩人美君、君は、この連中のことがよくわかってないんだ」

「大丈夫です。相手をよく知っている叔父さんと打つんですから……」

「えっ、私と詩人美君でか……」

「そうです。僕と無塁叔父さんなら最強のコンビですよ」

詩人美が笑うと、無塁が力なく笑い返した。

「それでは決まりだな。開始は明日の正午。場所は今夜、若衆を知らせにやろう」

キコリはそう言って踵《きびす》を返して歩きはじめ、ドアの前で立ち止まり、詩人美を振り返った。

「おまえが引っ張り出そうとしている影なぞ、ありはしない」

「そうか。俺の目には、そう言っているおまえの背中についている影がちゃんと見えるぞ」

詩人美の言葉にキコリが顔を歪めた。

三人が出て行くと、入道とメグが心配そうに近寄ってきた。

「詩人美君、私の店のために、とんでもない目に遭わせてしまって……、すみません」

入道が頭を下げた。

「詩人美君、大丈夫なの？　あんな連中とギャンブルなんかして……」

メグが声をかけた。

「心配しなくても大丈夫です。勝負事はやってみなくてはどうなるかわかりません」

「そうだ。やってみなくてはわからない。さあ、皆、前祝いってことで、これからパーッとやりましょう」

無塁がテーブルの上に飛び乗って踊りはじめた。その踊りに合わせて、皆が手拍子をはじめた。

夜の十二時を過ぎて皆が引き揚げ、ようやく店に静寂がひろがった。

テーブルの上で無塁は大の字になって眠っている。ドアが開いて、金髪が入って来た。

「これが明日の場所だ。兄貴からの伝言を言っとくぜ。〝逃げ出したら、命を貰う〟とよ」

詩人美は金髪から場所を記した小紙を受け取り、相手の目を見て言った。

「おい。若いんだから、雨、風に当たってみろ」

「何だと?」

「傘の下に居れば雨に濡れやしない。人の背中のうしろに居れば風によろけやしない。けどそれは隠れてるのと同じだ。濡れて吹かれなきゃ、男にはなれないぞ」

「よ、よけいな、お世話だ」

「風に当たらなきゃ、飛べないぞ」

「う、うるさいやい」

「この一件が片付いたら、ひとりで歩くことだ」

詩人美の言葉に金髪は耳を両手で塞ぐようにして駆けて行った。

するとテーブルで眠っていた無塁が天井を見たまま言った。

「詩人美君、私は少し、雨、風に当たり過ぎましたかね？」

それを聞いて詩人美が大声で笑い出した。

「さあ、無壂叔父さん、帰りましょう。今夜はゆっくり休んで、明日は一発、連中をぎゃふんと言わせてやりましょう」

詩人美は言いながら無壂を抱き上げ、背中におぶった。無壂の身体は驚くほど軽かった。

叔父の身体の軽さが、この三年の間の叔父の哀しみのように思えた。詩人美は胸に痛みを覚えた。きりきりと錐《きり》で刺されるような痛みだった。歩き出せなかった。

「どうしたの？　詩人美君」

耳元で無壂の声がした。

「いや、何でもありません」

「わかるよ。君の心境」

「えっ、どうしてわかるんですか？」

「こういう歌があるのよ。〝たはむれに　母を背負ひてそのあまり　軽《かろ》きに泣きて三歩あゆまず〟なんちゃってね」

「啄木《たくぼく》ですね」

「そう。啄木はいいよね。葉麻子《はまこ》さんが亡くなって残念だったね」

背中で無塁の嗚咽が聞こえた。詩人美も泣きそうになった。

「詩人美君、私、今夜から君のお母さんになってあげてもいいよ。そうだ。そうしよう。部屋に帰ったら、私のオッパイ吸ってみる?」

無塁の言葉を聞いて、詩人美は白い歯を見せた。

──やっと無塁叔父さんらしくなってくれた……。

「詩人美君、ところで明日の勝負は何か勝算があるのかい?」

「何もありません」

「えっ?」

「負ければ、俺って奴をくれてやりゃいいんです」

「私もセットで付けて貰おうかな」

「いや、無塁叔父さんは僕の宝ですから、それに……」

「それに何?」

「イザベルも待っていますから……」

「詩人美君、君、頼もしくなったね。三年の旅のことは少し聞いたけど、やはり旅は人間を大きくするんだね」

「大きくなんかなっちゃいませんよ」

「そうかな……。少し背中も以前より逞《たくま》しくなっている気がするよ。こんな背中なら、私、お母さんじゃなくて、恋人になってもいいな」

「無塁叔父さん、絶好調になってきましたね。そうでなくちゃ、叔父さんらしくありません」

「うん、私も、そう思ってた。なんだか明日は大勝ちしそうな気持ちがしてきたよ」

「僕もです」

「おや、月が私たちを見ているよ。ねぇ、ひさしぶりに吠えてみようか。うん、吠えよう」

無塁が詩人美の背中で、ウォーッン、ウォ〜〜ン、と吠えはじめた。

無塁の遠吠えが届いたのか、月のかがやきが増したように映った。

「ああ、すっきりした」

無塁が嬉しそうに言って、吐息を零した。

「ねぇ、詩人美君、旅は君に新しい詩をくれたかい？」

「詩ですか？　そう言えば旅の間、僕は一度も詩を口ずさみませんでした。どうしてでしょうか？」

「それはきっと君が詩、そのものになっていたからだよ」

「そうなんでしょうか。そうだとしたらいい旅だったんですね。無塁叔父さん、早いとこ今回のことにケリをつけて、また詩の中で暮らしたいですね」

「そうだね……」

月明りに二人の影が伸びていた。

詩人美が無塁を背負って行ったアパートは新大久保《しんおおくぼ》に近い、路地のどんづまりにあった。

古いモルタル造りの二階建てのアパートを見て、背中の無塁が懐かしそうに言った。

「まだこんなアパートが残っていたんですね」

「このアパート、二、三年先には取りこわすみたいで、その時に出て行く条件で安く借りたんです」

「そうなんですか。それならカルロスもメグちゃんもサンダーも……、皆呼んでやりたいですね。私の夢は皆が同じ所で一緒に住んで、毎日、楽しくやっていくことです」

無塁が背中で言った。

「それは家族みたいで楽しそうですね」

「うん。そうだろう。家族というより、ひとつの国ですね。これからは大きな国を作るより、同じ生き方をしようとする人が集まってちいさな国をたくさん作る方が正しいでしょう」

「そうかもしれませんね……」

「もう現代人をひとつの思想やイデオロギーで束《たば》ねることはできないと思います。縄文人のやってたことが案外と正しいのかもわかりません。住み分けができていたような気がします。いや、それでも、縄文時代も後期になると、きっと争いが起こったはずです。人が力《ちから》を得て、その力で人をまとめようとすると、そこからはじき出される人たちが必ず居るもんです。そういう人に限って、純粋だったり、やさしかったりするんです」

「力を手にすることがイケナイんですかね……」

詩人美はオンボロアパートの屋根のむこうに聳《そび》えるように立つ高層ビル群を見て訊いた。

「さあ、どうなんでしょうか？　でも権力や金はたしかに人を変えます。私も初め、人によるかと思っていましたが、ほとんどの人が力を手にすると何かしら変わってしまうものです」

「僕には、それがよくわかりません」

「……そうですか、わかりませんか……。たぶん、それは詩人美君がお金で困ったり、権力によって理不尽な目に遭ったことがないからですよ。人生の大切な時に、そういう辛い目に遭うと、人は、その記憶から逃れられないものです。だから詩人美君は葉麻子さんに感謝しなくてはいけませんね」

「そうですね」

「人はできれば辛いことを知らずに生きられれば、それが一番だと思います。でもどこかで雨、風に吹かれる運命にあるのが人の生かもしれません。人は人を守りきれるものではないのです。私がこう言うと、言い訳をしているみたいですが……」

「言い訳って何ですか？」

詩人美は背負った無塁を覗き込むようにして訊いた。

「…………」

無塁は何も返答をしなかった。

鉄階段を上がり、一番隅の部屋のドアの前に辿り着くと、ドアには錠がかかってなかった。

午後のうちにカルロスが無塁の荷物を運び込んでくれているはずだった。

中に入ると、昔、無塁と住んでいたアパートと何から何まで似ていた。一畳ばかりの台所に奥が四畳半の広さだ。窓辺にちいさな机がひとつ置いてあり、その机の上の花瓶に薔薇が一輪さしてあった。奥に入ると、二組の蒲団がたたんであり、手前の隅に窓辺にあるものと同じような机がひとつあった。カルロスが準備しておいてくれたのだろう。

詩人美は無塁を背中からおろし、蒲団を敷いて寝かしつけた。もう一組の蒲団を敷いて、天井の灯りを消そうとした時、部屋の隅のもうひとつの机が目に留まった。その机の上に何冊かの本が置いてあった。それは詩人美が三年前に旅発つ折、無塁に預けた詩集だった。どれも皆古くなった詩集である。それが持ち主を待っていたように並んでいる。

——無塁叔父さんは、僕の帰りをこうして待っていてくれたんだ……。

詩人美の目からたちまち大粒の涙があふれ出た。

横になっている無塁を見ると、目を閉じているが眠っていないのがわかった。

詩人美は窓辺の机のスタンドの灯りを点け、天井の灯りを消して部屋を出た。一気に階段を駆け下り、路地を抜けた。前方にちいさな公園を見つけ、彼は大きな欅《けやき》の下に立った。

無塁の前で泣き顔を見せたくなかった。三年前なら平気で無塁と一緒に声を上げて泣けたのに、それが今は恥ずかしかった。

木枯らしに欅が鳴いていた。見上げた空に冬の星空がめぐっていた。

中国、インド、ベトナム……、アジアの各地で見上げた星と、星に変わりはないのだが、やはり何かが違っていた。何が違うのだろうか。周囲の風景で、そう見えるのか。それともこの国で暮らす人たちが、あの国の人たちと違っているのだろうか。傲慢になってしまったのか。

——ほとんどの人が力を手にすると、何かしら変わってしまうものです。

先刻の無塁の言葉が耳の奥に響いた。

——いや、皆が皆、そんなんじゃないと、俺は信じてる……。

詩人美は星を仰いでつぶやいた。

詩人美は、自分が旅でめぐったアジアのどの国の人も皆、同じものを大切にし、同じものにこころを揺さぶられるのを見てきた。日本人だけが特別な人たちであるはずがない、と思った。

パンタ老人と二人で念青唐古拉《ニンチエンタンラ》山脈に分け入った時、出逢った羊飼いの少年や遠くまで水を汲みに出かける少女、岩の上に立って一日空を見上げている老人……の表情を目にして、詩人美はパンタ老人に尋ねたことがあった。

「あの人たちは、皆、素敵な表情をしていますね？」

「そう思うかね？」

「はい」

「あの人たちは会話をしているんだよ」

「会話ですか？」

「そうです。大地と話したり、空と語っている。少年や少女でさえ、それができる。つまり詩人なんだよ」

パンタ老人にそう言われて、詩人美は道を振り返った。しかしそこに人影はなく、念青唐古拉山脈の峰々と、空と雲がひろがっていた。

「私たちも少しずつ詩の中に戻ろうとしているのかもしれんな……」

詩人美は前を歩くパンタ老人のうしろ姿と前方にひろがる峰と空を見た。

——綺麗だ……。本当に美しい。

そうつぶやいてから、目の前のパンタ老人と自然が美しいだけではない気がしてきた。パンタ老人が少しずつちいさくなり、どこかに失せていくように思えた。

「パンタさん、詩って何なんでしょうか？　詩人ってどういう人なんでしょうか？」

詩人美がパンタ老人に声をかけると、老人は振りむきもせずに言った。

「塵《ちり》になるようなもんじゃろう」

「チ、チリって、あのちいさな塵ですか？」

「そうじゃ、宇宙の塵というやつじゃ。詩は頭の中で考えるものとは違う。詩は感じるものでしかない。わしも詩人美君も、今、山径を歩いているが、詩を感じた瞬間、この大地から離れ、空に浮かんでしまうのではないのかな……」

「おっしゃっていることがよくわかりません」

「それは頭で理解しようとするからじゃ。詩は、それを感じた瞬間から、人の思惑や企みが失せてしまっている。ましてや詩人であるためには、詩人になろうとした瞬間、いや、なった時点で人生そのものも失せてしまうのではないだろうか……」

「……………」

詩人美はパンタ老人の話していることがすぐに理解できず、額に深い皺《しわ》を刻んでいた。

「その額の皺がいけません。ここにきて詩人美君が見た人たちは誰一人として、そんな難しい顔をしていなかったでしょう。ほれっ、あの岩場に立つ山羊《やぎ》を見なさい。あの山羊は私たちに対して何の警戒もしていないでしょう。ひょっとして私たちの存在さえ、石ころに見えているかもしれない」

パンタ老人の言葉に左方の峰を見ると、一頭の山羊が絶壁から突き出した岩場に立っていた。

詩人美には、その山羊が崖を登りはじめたのはいいものの行き場を失って立往生しているように映った。

「パンタさん。私には、あの山羊が恐怖で立ちすくんでいるように見えます」

「よく見てご覧なさい。山羊の目を」

目を凝らして見ると、たしかに山羊の目は背後の空のように澄んでいた。

「あの山羊は何をしてるんでしょうか？」

「さて何をしてるのじゃろうか……。ただ……」

「ただ何ですか？」

「あいつが詩の中に居るのはたしかだな」

詩人美はもう一度山羊を見上げた。

その瞬間、山羊の目が詩人美を捉えた。鋭い視線だった。詩人美は自分の胸の内を山羊に見透かされたのを感じた。その時、詩人美は、詩は怖いものだ、と思った。

アパートに戻ると、無塁の机の上のスタンドの灯りだけが点っていた。

一輪の薔薇が闇の中に浮かんでいた。

無塁の寝息が聞こえていた。机のスタンドの灯りを消そうとした時、詩人美の名前が記されたノートの一枚が目に留まった。それは無塁からの伝言だった。

愛しい詩人美君へ

私は君に謝っておかなくてはいけない。詩人美君が、パンタ老人と二人して旅に出かけた時、正直、嬉しかった。詩人美君がいよいよ詩にむかって旅発つのだと……。私は君が上京してから何ひとつ力になれなかった。自分のことを反面教師だとうそぶきながら、君と過ごした。だから君が旅発ち、次に再会できることがあれば、力になろうと誓った。ところが私の愚かさが、君の手を汚すような勝負をさせてしまっている。今回が、こういうことの最後にして下さい。たとえ勝負に敗れてもかまいません。あとは、私が責任を持ちます。

愚かな叔父より

追伸　詩人美君、詩にむかうことは人生が消えることでさえあるのです。詩はただ感じるだけのものです。そういう生を君にはして欲しいのです。

詩人美は伝言を読んで、パンタ老人と無塁が同じ事を考えているのに驚いた。有難い、と思った。しかし今さらあとに引くわけにはいかない。無塁には、勝算などない、と言ったが、おめおめと敗れるつもりもなかった。かくたる自信があるわけではない。ただ、自分もキコリの力量はわからないが、キコリも自分の力を見切れていない以上、戦いは五分だと思っていた。五分なら、あとは骨の髄の勝負だ、と思っていた。キコリの骨の中にあるものと、自分の骨の中にあるものが、どちらが強靱かどうかでしかない。軟弱な方が砕け散る。散るならこなごなになる方がいい。その散り方をおそれた瞬間に、勝負は決するはずだ……。

だが、こんなふうに頭の中で、勝負の行方について予測をめぐらすこと自体が、無塁に言わせれば、詩にむかうこととは逆の生き方をしていることになる。無塁の伝言にあるように、これが最後になれば、それが一番いいのかもしれないが、たとえキコリが敗れたとしても、そう易々と彼等が手を引くとも思えない。いったんはじまった以上、どちらかが完璧に打ち崩れてでしか決着はつくまい。詩人美の頭の中では、キコリの背後に居る者との勝負が本番だと考えている。

――まずはキコリを倒し、そいつを引っ張り出してからだ。

詩人美は無墨の伝言を丁寧に折りたたみ、自分の小机に戻って、その紙を詩集の中に、そっと仕舞った。薄闇の中に、詩集の表紙に描かれた若き日の詩人の顔が浮かんでいた。

詩人美は、詩人の顔の残像をうち消すように目を閉じた。

翌朝、詩人美と無墨はアパートを出て、二十四時間営業のサウナに行き、昨夜の酒を汗と一緒に出し、身体を洗った。二人はサウナを出ると、花園神社に行き、必勝祈願をした。二人ともしばらく目を閉じ手を合わせた。

「さあ腹ごしらえに行きましょう」

詩人美が笑って言うと、無墨も大きくうなずいた。

「詩人美君、君の願い事に神さまは何か返答をしてくれたかい？」

「いや何も答えてはくれませんでした」

「何だ、そうなのか。それは少し淋しいね」

「無墨叔父さんの方はどうでした？」

「私は勝負の勝ち負けを神さまに祈らないもの……」

「じゃ何を祈ってたんですか？」

「海のむこうの恋人に逢えますようにとね」

「それはいいですね」

「そう言えば詩人美君、あの子、名前は何と言ったっけ……。そう、ナギサちゃん、どうしてるの？」

「さあ、どうしてるんでしょうね」

「逢えるといいね。いや、きっと近々逢えると思うよ」

無墨の言葉に詩人美が笑ってうなずいた。

キコリが麻雀の場に選んだのは、新宿の南口にある超高層ビルの最上階だった。

十数年前に建てられたビルだが、次から次に建設される高層の新しいビジネスビルに店子《たなこ》が移転し、一等地の高層ビルとはいえ、空室が出ていた。

六百坪はあろうかというフロアーに、捨て置かれたオフィス機器の残骸が転がっていた。

どこか廃墟にも似たフロアーと、窓のむこうにひろがる冬の澄んだ青空と東京の街々が対照的であった。

「ほおうー、面白い場所を選んできたものですね」

その時、フロアーの隅のドアが開いて、キコリたちが入って来た。

「おや、早いお着きですね。どこかに逃げ出すんじゃないかと心配していましたが、取り越し苦労だったようですね」

キコリが詩人美たちを見て言った。

「なかなか面白い場所を選んだものだな」

詩人美が言うと、キコリがしたり顔で、

「そうでしょう。そちらの無垦さんが、私共が何かインチキをやるのではと疑っておられるようなので、インチキのやりようのない場所を探したんですよ。ここなら何もできないでしょう。それに逃げ出しようもありませんからね」

と言って、ニヤリと笑った。

「無垦叔父さんは自由に打って下さい。無垦叔父さんの腕前なら、こんな連中、ひとひねりですよ」

「う、うん。まあ、それはそうだな。よし、頑張ろう」

無垦が明るく言った。

キコリの背後から例の金髪の若者と大男がフロアーの隅の、そこだけカーテンで仕切られた場所へ歩いて行った。するとキコリの背後からちいさな影が見え隠れしているのが目に留まった。

「こっちの相方を紹介しておこう」

キコリが言うと、背後から黒いスーツを着てソフト帽にサングラスをした小柄な男があらわれた。男と言うより、まだ若者だった。相手はひとさし指の先で帽子のツバを少し持ち上げサングラスをゆっくりと外した。

「ひさしぶりだな。青川詩人美君、俺を覚えているかい？」

口元を歪めて笑った顔に見覚えがあった。

「ああ、おまえか……」

詩人美が言った。

「おまえかとはご挨拶だな。そうさ、俺だよ。リトル・デヴィルさ」

「そうだったな。デヴィルと言ったたな。おまえが相方とはな……」

「なんだ。まだ子供じゃないか」

無塁がデヴィルを見て言った。その言葉にデヴィルが上着のポケットに二本の指を入れ、素早く無塁にむかって何かを投げつけた。

風を切って飛んできた白いカードのようなものを詩人美が一瞬の内に左足で蹴り落とした。そのカードがかたわらに転がったオフィス機器のボディーにカミソリの刃のように刺さった。

トランプのカードだった。無塁がそれを見て思わず生唾を飲んだ。

「お見事」

キコリが素っ気なく言った。

「相変わらずだな、おまえは」

詩人美が言うと、デヴィルは無塁にむかって吐き捨てるように言った。

「俺を馬鹿にしたり、子供扱いする奴は許さない。よく覚えておけ」

「こいつを子供扱いすると痛い目に遭いますよ。さあ、はじめましょう」

キコリが右手で麻雀卓の方を指し示した。

「ではルールは東南戦で半荘を八回打ち合って、相方との合計ということでいかがですか？」

キコリが提案した。

「いや、それは面倒だ。この四人の内、誰でもいいから総合点でトップを取った者が出た方が勝ちにしてくれ」

詩人美が無塁をちらりと見て言った。

「ほう、私はかまいませんが……」

キコリが言った。

「俺もその方がいい。どうせ俺のものだからね」

「ほう、なかなか強気のお子さんですな」

無塁が言うと、デヴィルが身を乗り出し無塁に突っかかろうとした。

「デヴィル、やめとけ」

キコリが低い声で言った。

「それと八回戦じゃ、時間がかかってまどろっこし過ぎる。半荘一回戦にしてくれ」

詩人美の提案にキコリが背後の金髪と大男をちらりと見た。

「そうだな。俺も早いとこおまえたち二人を抹殺してしまいたいから、それでいいぜ」

デヴィルが言うと、キコリが声を荒らげて、

「ルールは私が決めることだ。君は黙っていなさい」

デヴィルを睨みつけた。

「それでは間を取って四回戦でどうでしょうか?」

「いや、二回で決着をつけよう」

「どうして、そんなに短期戦にこだわるのですか? 何か特別な理由でもあるんですか」

「何も理由はないさ。そうだな、敢えて理由を探すと、ここに長く居たくないってことくらいかな……」

「いいじゃないか、キコリさん。こいつらどうせ勝てっこないんだからよ」

「デヴィル、いいから黙ってろ。詩人美さん、私の方も勝敗の決め方に手を打った。あなたも回数に関しては譲るべきでしょう」

キコリの言葉に詩人美はあっさりうなずいた。詩人美はキコリたちが用意した勝負の場所に乗り込んだのだから、当然、何か仕掛けがあると読んでいた。

それがどんな仕掛けかはわからなかったが、勝負が長引けば長引くほど自分たちには不利になる仕掛けがひとつやふたつではなく、何重《なんじゅう》にも仕掛けられていると読むべきである。勝敗を二人の合計点数にしなかったのは、相手がどんな麻雀をするかがわからなかったからで、いざとなれば自分が犠牲を払ってでも無塁を和了《ホーラ》させることができるし、キコリとデヴィルの和了を食い止めることができるからだ。

いずれにしても相手の領域に乗り込んできての勝負にハンディがあることはたしかだった。そのハンディを覆《くつがえ》し、自分たちが勝ち切る可能性を詩人美が見出しているのは、麻雀というゲームの奥行きにあった。たとえどんな仕掛けがあっても麻雀には、それを超える運の力がある。いったん流れが決まると人の力ではどうしようもないものを麻雀というゲームは内包していた。

キコリとデヴィルがどのような麻雀を打つかはわからなかったが、無塁とは一度、七日七晩打ち合い、その力量はわかっていた。無塁は普段チャランポランに見えるが、麻雀を打たせると驚くほど緻密で丁寧だった。あとは詩人美たちに運勢と流れがむいてくれれば、キコリたちの目論見《もくろみ》は崩せるはずである。

それに詩人美たちに不利な材料ばかりではなかった。それはデヴィルの性格だった。

キコリが選んできた打ち手だから、それなりの打ち手であろうが、デヴィルの激情型の性格は勝ち運に乗っている時はよかろうが、いったん負の領域に入ると、まぎれや破綻を生じることが多いはずだ。それにデヴィルが自分に恨みを持っているのも好都合だった。そのあたりのことがわかって、無塁もデヴィルを刺激しているのだろう。

「じゃ牌の確認をさせて貰おうか」

無塁が卓上に並べられた二種類の牌を目を凝らして調べはじめた。何枚かの牌を手に取って感触を確認している。

「無塁さんは疑い深いんですね」

キコリが笑って言った。

「おい、いい加減にしろよ。さっさとはじめようぜ」

デヴィルが苛立《いらだ》ったように言った。それでも無塁は牌を丁寧に調べている。その間、詩人美は、それとなく背後に立つ金髪と大男の顔色をうかがいながら、フロアー全体を見回した。

「トイレはどこだ？　少し緊張してるようだな」

詩人美がそう言って笑って立ち上がると、金髪がキコリの目を見た。キコリがうなずくと、金髪は顎をしゃくるようにして案内に立った。金髪は肩をいからせながら詩人美の前を歩いて行く。トイレはフロアーを出て、エレベーターの奥にあった。詩人美はトイレの方角に歩きながら前を行く金髪に言った。

「おまえはいつまでもこんなことをしているつもりなのか？」

金髪は何も返答しなかった。

「こんなつまらないことをするために生まれてきたのか」

「その大口も今のうちだよ」

金髪は笑って言ってトイレのドアを蹴り開けた。金髪はトイレに一緒に入り、詩人美が小便を済ませるまで背後に立っていた。詩人美は今しがたの金髪の言葉を思い返しながら、やはり仕掛けはちゃんと用意してあるのだ、と確信した。

フロアーに戻ると、無塁とデヴィルが言い合っていた。今にも噛みつきそうなデヴィルを無塁は睨みつけている。無塁の目はすでに戦闘モードに入っていた。詩人美は笑いながら、麻雀卓に座る三人と背後に立つ大男、それに三方がガラス張りになった窓に映る冬の青空を眺めた。

「無塁さん、牌のチェックは終わりましたね。さあ、では場決めをしましょうか」

キコリが風牌を手元に寄せて、どうぞ詩人美さん、とサイコロのボタンを指さした。

詩人美とキコリが対面同士になって、詩人美の上家《カミチャ》にデヴィル、下家《シモチャ》に無塁が座った。

ルールは持ち点が二万五千点で、クイタンありの一発、裏ドラ、カンドラありで、オカなし。勝敗を点数の総合計のトップで決定するので、ハコ割れ終了なしである。

起家《チーチャ》はサイコロを振って、無塁になった。

一回戦がはじまった。山から牌をツモりながら、詩人美は懐かしい感触に少しずつ身体の内側から熱いものが湧いてくるのを感じた。

無塁が乾いた音を立て🀂を切り出した。

南家のキコリが🀍を切った。西家のデヴィルが🀙を切る。詩人美は河に捨てられた二人の牌を見ていた。詩人美の目が見ているのは二人の牌なのだが、本当に見ているのは、その牌ではなく、キコリとデヴィルの気配だった。二人の牌を手にした姿、かたちで、その人の力量を察することができるギャンブルである。麻雀は牌を手にした姿、かたちで、その人の力量を推察する具体的な基準はない。しかし牌を手にした瞬間から、たしかに、その人の麻雀が露出してくる。雀力のある者たちは、その露出したものをまず探ろうとする。ましてや初めての対戦相手なら、なおさら相手の力量を計ることが大切になる。

それは野球にたとえるなら、ユニホームを着た姿で、その人がどの程度の野球をする人かがわかることと似ている。競走馬で言うなら、そのサラブレッドの立ち姿で力量が伝わるのと同じことだ。詩人美は🀝を河に捨てながら、キコリとデヴィルから伝わってくる気配を感じていた。たとえ何かの仕掛けがあるにしても大金を賭しての勝負にむき合おうというのだから、二人とも充分な力量を持っている。

詩人美は彼等の力量を計ろうとしているのではなかった。第一打が河に打たれた時に、水の中に立つ彼等の姿が映る。打牌を捨てる領域を河と呼ぶのは、まことに適切であった。

今、四人とも河に立っている。水の流れで言うと、それはせせらぎのようなちいさなものである。水はまだ四人の足元を濡らしている状態だ。この水の流れに身を預けて、四人はこれから少しずつ河を下って行く。いかなる河であるかは、まだ誰にもわからないが、岩にぶつかり、滝に出逢い、蛇行し、淀み、やがて渦巻き、四人の身体はどっぷりと河に漬かり、どこかへと流れ出る。しかし麻雀は四人が全員、無事にどこかへ脱出できるギャンブルではない。

「ロン」

三巡目で無塁の捨てた九萬に、キコリが牌を倒した。

キコリの手役は、

三色だけの手役だが、キコリの一巡目の切り牌は七萬である。配牌で七萬七萬八萬とあった面子《メンツ》から七萬を切り出しているのは三色役を決め打ってのことであろう。索子《ソウズ》か筒子《ピンズ》のどちらかの7、8、9の面子が出来上がっていたと考えられる。それならば立直《リーチ》をかけてもよいのだろうが、立直をかければ、それでキコリは動きがとれなくなる。し

かも七萬がキコリの立直のキー牌になってしまい、そこを見られては、これからの戦いの初手からキコリの麻雀の打ち筋を見られることにもなってしまう。

「おっ、早いね。三色か、ツイてるね。はい、お大事に」

無塁が明るく言って、点棒をキコリに渡した。

無塁の九萬を見逃して、ツモるか、場が膨《ふく》らんでから立直をしてもよさそうに思えるが、総合計のトップ争いの勝負なら、やはり先制の一打を撃った方が得策なのだ。しかも和了《ホーラ》で親を持ってくることは流れをこしらえるセオリーのひとつでもある。

東2局、親はキコリである。

サイコロの目は⚅⚂で、ドラは東。自動卓だから機械に仕掛けはない。封を切った真新しい牌だったから目に付くほどのガン牌（牌のどこかにキズや欠けなどの特徴がある牌）はなかった。今は昔と違ってプラスチック製で機械製造だから、ほとんどガン牌はない。

表ドラの東を見て、詩人美《しじみ》は自分の配牌を見直した。

手にはなりそうにない配牌だ。

無塁とデヴィルをちらりと見ると、この二人にも何かあるような気配は感じなかった。

麻雀は同じ技量の者が打ち合えば、誰もがミスなく打ち、しかも迷いや気負いといったメンタルな部分の揺れがなければ、運がすべてを決めるゲームである。詩人美、無塁、デヴィルにまだ運勢がない気配だと仮定すれば、やはりキコリに手は入っていると考えるべきである。

キコリは無表情にを切り出した。その無表情に、ある表情が出ているのが詩人美には見てとれる。何かを隠そうとしてこしらえた表情には無理があらわれる。

デヴィルが西を切った。

「ポン」

詩人美はその西を啼《な》いた。

キコリの目が西を拾う詩人美の指先に注がれている。詩人美はを切り出した。

「おや、仕掛けが早いね、詩人美君」

無塁が笑って言うと、

「いらぬ口をきくな」

とキコリが低い声で言った。キコリはツモリ、手の内から牌を切り出す。デヴィルがツモリ、牌を切り出す。詩人美もツモリ、を切り出した。

キコリの視線が、一瞬、そのに注がれた。無塁が牌をツモる……。

七巡目が回り、キコリの捨て牌は八萬發伍萬西である。いずれもツモった後、手の内から切り出している。七巡目の西も手出しだ。安全牌で取っておいたと思

われるラス牌が出てきたということは、テンパイと考えるべきだ。

詩人美の手の内は、

[西][西][西]（ポン）　[一萬][八萬][九萬][三筒][五筒][九筒][東][北][發][白]

である。

デヴィルがいきなり[五索]を切り出した。

——キコリに和了させようというのか……。

それならそれでかまわない。キコリとデヴィルの役割が早いうちからわかれば、それはそれで戦い易い。

詩人美は[八萬]を切り出し、無塁が[發]を切り出した。勿論、無塁はキコリのテンパイの気配を察している。無塁も対抗できる手ではないようだ。それなら二人は徹底してオリるしかない。あとはキコリがツモアガるか、デヴィルが振り込むかだ。キコリとしてはツモアガるか、詩人美か無塁から直接あたりたい。デヴィルから和了しても入る得点は同じだが、詩人美と無塁にダメージを与えられない。

通常四人麻雀なら、まず打ち手が考えることは、四人の中の一人を早いうちにつぶしてしまいたい。ラストになる者を一人出すことで残る三人は戦いが楽になる。次に三着になる者を出す。四人の戦いだから断トツのトップに走られない限り、二着はプラスになる可能性が高い。

これをたとえるなら同じ運動能力を持つ四人が一斉に海の中に飛び込んだと仮定して貰いたい。いったん海底に着き金貨か銀貨を摑んで、一番早く這い上がった者が勝者となる競技とする。水中では何が起こるか。少し頭が良い者が居れば、まず一人這い上がれない者をこしらえる。大きな岩か何かに縛りつければいい。麻雀でラストの者を作るのは、この発想である。できればもう一人海底に居ついたままの者を作りたい。そうすれば二人は水から這い上がることができる。

ところが今回の勝負は、総合得点のトップを出した組が勝者となるルールだ。そうなると組んだ相方がどんどんもう一人に振り込めば勝敗が決着しそうに思えるが、麻雀はそんなに単純にはできていない。相方が望む牌を的確に切り出すことは容易にできるものではない。

十一巡目が回って行く。キコリは牌をツモ切っている。

詩人美も無墨もキコリの動きにじっと目を凝らし、キコリに安全な牌を切り出し、安全にオリるかたちになっている。デヴィルは勝手に自分の手を進行させているかのように暴牌（セオリーから外れた危険な牌）を切り出して行く。

相方が望む牌を的確に切り出すことが容易でないことを説明した。但し、コンビがある合図をあらかじめこしらえておき、欲しい牌を報せる方法がある。〝通《とお》し〟と呼ばれるものである。

簡単なのは会話の中に入れる通しである。

天候や暑さ、寒さを口にするとテンパイというのもある。

「やけに降りやがるな……」

と窓の方を見て話すと、テンパイの合図であったりする。これをさらに複雑にして、麻雀の中で使用される会話に隠した通しもある。

舌打ちをして、アの〝母音《ぼいん》〟からはじまる言葉なら、

「なんだ、どうなってるんだ」

「あれ、違ったか」

「さあ、どうする」

これがすべてテンパイで、欲しい牌の指定は続く言葉で取り決めておく。そのあたりは巧みにできている。先刻、キコリが無塁に、いらぬ口をきくな、と威嚇するように言ったのは、キコリはキコリで詩人美と無塁の会話の中に通しがあることを想定して、先制を打ったのだろう。それを防ぐには会話を止めさせるのが一番である。

そうなると通しは手先の動きに絞られる。麻雀で動かせるのは手先だけである。この手先の動きが曲者《くせもの》で、耳にふれたり、鼻先や目をこすったり、頬、顎を撫でたり、さまざまである。同じ鼻先をこするにしても指が一本の場合もあるし、二本の場合もある。プロ野球のブロックサインと同じだ。詩人美と無塁が目を凝らしてキコリの動きを見て

いたのは、この通しを探ろうとしていたからだ。

十二巡目、キコリがちいさな唸り声を上げた。それに気付いて、デヴィルがキコリの顔を見た。キコリはツモった牌を手の中に入れ、少し考えるような表情をしている。キコリの右手が一瞬、妙な動きをしてを切り出した。

——通したナ。

詩人美が胸の中で呟いた時、デヴィルが素早く山から牌を引き、手の内から無筋のを叩き出した。キコリの上半身がピクリと動いた時、「ロン」と声がして、無塁が牌を倒した。

「中ノミですな」

無塁の手牌はの暗刻使いである。

詩人美は思わず無塁を見た。無塁は前歯の欠けた口を開いて、

「窮屈な待ちになってしもうたな……。まあ、よく放銃してくれて、ありがとう」

デヴィルが不愉快そうに点棒を放った。キコリは黙って牌を伏せたまま倒し、中央の穴に流し込んだ。キコリの指先が赤味がかっている。

——さすが無塁叔父さんだ。

詩人美は平然として点棒を仕舞っている無塁を見ながらうなずいた。

すっかりオリているとばかり思っていた無塁がしっかりと手役を進めていたのに感心すると同時に、今回の戦いは案外と無塁が勝負の鍵を握るようになるかもしれないと思った。

デヴィルが親番でを啼いて、ドラを二丁付けて2000オールをツモアガった。

一本場は親のデヴィルがまた早仕掛けに出て、ドラのそばのとを立て続けにポンして、そこで場がいっぺんに固くなり、字牌も止まり、上家のキコリも索子をいっさい切り出さなかったので、デヴィル一人がテンパイで終わり、ノーテン罰符がデヴィルに入った。

キコリはデヴィルの和了をフォローしなかった。詩人美はそれを見ていて、キコリとデヴィルの役割分担は前以《もっ》て決定しており、二人の役割に柔軟性がないように思った。

詩人美は無塁を見た。

無塁の顔色が、少しずつ赤味を帯び、活き活きとしてきている。調子が上がっている時の無塁の顔色である。夕刻、一杯目の酒を飲みはじめた時、この表情に近いものがあるが、やがて泥酔すると、その表情は失せる。あとは無塁が詩を語る時だ。

無塁にとって、ギャンブルはやはり活性剤なのかもしれない。考えてみれば詩人美が初めて上京した春、無塁が詩人美を誘ったのも東京競馬場だった。一度ギャンブルの楽しみを身体で覚えた者は、その魅力をいつまでも忘れないものだ。医学的にはアドレナリンが湧き上がるように体内に出るというが、ギャンブルが人に与える力は、それだけのものではないだろう。

——これは思わぬ展開になるかもしれない……。

「[南]、ポン」

張りのある声で親のデヴィルが切り出した[南]を無塁が啼いた。

打ち出した牌はドラの[五筒]である。キコリとデヴィルが、その[五筒]を睨み付けた。

キコリが牌を切り出し、デヴィルが[北]を切り出すと、「ポン」とまた無塁が声を出した。

無塁が切り出した牌は[伍萬]である。

「ポン」

今度はデヴィルが動いた。

キコリがデヴィルの顔をちらりと見た。デヴィルはキコリの様子に目もくれない。

——こりゃ面白くなりそうだ。

詩人美は無塁とデヴィルの気配が前面へ突出しているのを感じながら、牌を切り出す。

四巡目、無塁が重なったドラの[五筒]をツモ切った。

「ロン」

デヴィルの声が響いた。

伍萬伍萬伍萬（ポン）　🀑🀑🀑🀕🀖🀗🀝🀝二萬二萬

タンヤオドラ三の親の満貫である。

無塁が少年のように舌先を出した。伏せて流し出そうとした無塁の牌が中央の穴に零れた。詩人美の方角に牌は晒され、東と西が見えた。

――やはり、勝負に行く手だったのだ。

無塁は惜しむでもなく1万2600点をデヴィルに払っている。

ニコリと笑った無塁の顔をデヴィルは見ようともしない。デヴィルが先行した。

三本場は無塁がタンピンドラ一をデヴィルから和了した。

詩人美の親も、そのデヴィルがタンヤオ七対子の手をダマテンで詩人美から和了した。

「お大事に」

「絶好調だね、お若いの」

無塁が茶化してもデヴィルは乗ってこない。

南場の局、無塁はピンフノミをキコリから和了した。続いて一本場、無塁は五巡目で立直《リーチ》をかけ、皆がオリて、ツモ和了もできず、ノーテン罰符が無塁に入った。

二本場でキコリが初めて立直をかけ、一気通貫になる高目の九萬を引きアガリ満貫を取った。

南場二局、キコリの親番でまた無塁がキコリの切り出し牌の東をポンした。

詩人美は無塁の表情を見た。無塁の目がらんらんと光っている。

詩人美の手の内には北が配牌から暗刻で入っている。二巡、三巡、四巡、無塁の手の内がどんどんと変化しているのがわかる。五巡目でデヴィルが西を切り出した。キコリが西を見て、ちらりと無塁を見た。無塁は表情を変えない。

――西は暗刻か……。

詩人美はを切り出した。

「チー」

無塁がよくとおる声を出した。

東東東（ポン）（チー）

おそらくドラの南は無塁の手の内にある。それが暗刻なのか、対子なのか、一枚なのかは読めない。しかし無塁の目のかがやきには張りつめた気配を感じさせる。

――やはり南は暗刻なのだ。

そうすると北を単騎で待っているかたちにまでなっているのかもしれない。

詩人美はここで北を切るのを躊躇《ためら》った。今、無塁が小四喜《ショウスーシー》を詩人美から和了し、ここでトップに躍り出ても、無塁の麻雀は防御に難点があるように思えた。それは先刻、東場の二局でキコリがドラの東を、おそらく暗刻にして聴牌をしていた時、それを搔《か》い潜《くぐ》って、頭ハネで和了したが、無塁の打ち方は危険と隣り合わせていた。

攻めている時は強いが、守りに入ると弱い打ち手は多い。それは技術の問題ではなく、むしろ打ち手の性格が影響している。無塁は攻めタイプの打ち手だった。

詩人美は北を握り込んだままだったが、無塁はキコリから南ドラ三の満貫をアガった。

三局も無塁が満貫をキコリからアガったが、一回戦はデヴィルがトップで終了した。

一回戦が終了し、四人の点数は以下のとおりである。

一位　デヴィル　4万0200
二位　無塁　2万8500
三位　キコリ　1万7000
四位　詩人美　1万4300

オカウマは加点されず、単純に得点数だけだから、トップのデヴィルとラスの詩人美の得点差は2万5900である。

ただキコリと詩人美のトップ争いに思えた戦いが一回戦で意外な結果が出た。

無塁の思わぬ健闘もあるが、むしろデヴィルが先走っていると考えた方がいいだろう。

ここで面白い特徴が出ているのは、無塁とデヴィルの麻雀に類似点があることだった。

二人とも仕掛けが早い上に、攻めるタイプの麻雀である。その上、今回は二人に高い手役になる牌が寄っていることだ。麻雀をある程度やって来た人なら経験があるはずだが、その日の流れは一回戦の一局目からあきらかに傾向が出るものだ。

半荘戦で無塁に二度、小四喜か大四喜にあと一歩で届きそうな手役が回っている。そんな日は同じことがまた無塁に巡ってくる。その手役をアガリ切るか、逃がすかは、無塁の持つ運と関係する。ただある種の風が無塁にむかって吹いていることもたしかなのである。これは相方の詩人美としては見守るしかないし、大役の幻想に惑わされて、痛い失策をしてしまうのも、また勝負のセオリーだから、その見極めも大切なのである。

一方、デヴィルの方はドラを手の内に含んだり、キコリの自風のドラを含んでの早いテンパイに対して無筋の牌を切り出しても失点に結びつかないツキがある。無塁のように無理に手役にむかわなくとも高い得点を引き寄せる、自然の流れがある。

冷静に見ると、ツキはデヴィルにある。

二回戦の場決めをしようと、キコリが風牌を揃えはじめた時、

「摑み取りにしないか?」

と詩人美が言った。

キコリは一瞬、怪訝そうな顔をしたが、詩人美の顔を見返し、

「好きなようにしろ」

と笑って言った。

キコリが東南西北の四牌を手の中で音を立てて混ぜ、卓の中央に並べた。

最初に牌を引くのは一回戦ラスの詩人美である。

詩人美は並んだ四牌をじっと見つめて、右から二番目の牌を引き、裏側にしたまま手元に置いた。次にキコリが引き、無塁、デヴィルの順に牌を引いた。

「じゃ俺はそこに座らせて貰おうか」

詩人美は手元の牌をたしかめるふうでもなく、デヴィルの座っていた場所を選択した。

キコリの牌は南で無塁が西。デヴィルは北で、元の場所に座っているのは無塁だけである。

キコリは眉根に皺を刻んで、詩人美を睨んだ。キコリは詩人美が牌を確認しないで引いた牌を東だと断定したことが不愉快だった。

詩人美はデヴィルの場所に座りたかった。デヴィルの場にツキがあることもあったが、その場所にこだわったのはもうひとつ理由があった。一回戦でキコリとデヴィルが座った場所の間の後方に手下の金髪が居ることだった。

キコリが何の仕掛けもなしに、この場所で詩人美たちと戦うはずがなかった。

キコリとデヴィルが交わした通しは初歩的なものである。そんなものが勝負処で通用するはずはない。無塁の思わぬアガリで二人の通しは崩れたが、それ以上のものがこのフロアーに準備されていると考えた方がいい。そうすると次に警戒すべきは背後にいる金髪と大男である。

詩人美は一回戦の間、背後の大男の気配をうかがった。しかし大男からは何か特別なものは感じられなかった。それに比べると金髪の身体から発せられるものには鋭いナイフのようなものがあった。別に何かをした気配はなかったが、金髪は何かを待ち受けている気がした。

「じゃ二回戦をはじめようか」

キコリが静かに言った。親決めで起家は無塁になった。ドラは。無塁の切り出し牌は。

相変わらず無塁には偏《かたよ》った手役が回っているらしい。それでも無塁の表情が活き活きしているのは、無塁が好む傾向の手が入っているということだろう。

一回戦ラスの詩人美とトップのデヴィルの差が2万５９００点と書いたが、たしかにまだ三回戦を残しているから、逆転できない点差ではない。

しかし勝負事は基本的には先勝して行く方が有利であることは間違いない。逆転勝利は一見恰好良く映るが、逆転の確率はきわめて低いのが、点数を争うゲームにはある。先勝できているということは、そこに勝負の流れに乗っている運の強さがある。先にマイナスを受けて戦う立場には、その日の運のあやうさもかかえているし、おのずと無理が生じる。

このことは競馬、競輪にたとえてみればわかり易い。先行馬が追込み馬より有利なのは好位置を取っている点だけでもリスクが少なくて済むからだ。ドン尻強襲の馬が勝つ姿はいかにも鮮やかであるが、いくら前の馬をごぼう抜きできる脚力を持っていてもコースを塞《ふさ》がれたり、不測の事故に遭遇したりする可能性があるし、そのリスクは先行する馬の何倍もかかえ込んでいる。名馬と呼ばれる競走馬のほとんどは無理のない勝ち方をしている。

競輪も同様で、追込みタイプ、捲《まく》りタイプの選手はレース展開ひとつで呆気なく沈んでしまう。名選手に追込み型が少ないのは、このリスクを背負わずに走るからだ。ひと昔前まで勝負師たちは馬券にしても車券にしても、逃げタイプか先行タイプを最優先して選択したものである。

だから今、デヴィルが一番有利なポジションにいることはたしかなのだ。

東一局、無塁がアガった。

の捨て牌で、

の手で西を引きアガって親満である。東の方を引いていればハネ満である。
この時の詩人美の手がドラを暗刻にしての、

だから、二巡前に無塁の🀍をポンすれば、🀋でツモアガっている。一回戦でデヴィルと無塁が打ち合って、この場所でデヴィルが勝ち切ったのも納得できる。

🀛🀛🀛🀜🀝🀞🀌🀍🀍🀍🀎🀎🀅

東一局一本場、無塁が五巡目でドラの🀘を切り出し、立直《リーチ》と勢い良い声を上げた。

キコリが鋭い目で無塁を見た。一発でツモアガった牌が🀑で手役は、

🀐🀒🀒🀒🀓🀔🀕🀖🀗🀘🀊🀋🀌

一気通貫の🀑の方を引きアガり、裏ドラをめくると🀑で、暗刻使いの🀒がドラになり、親の倍満である。

いきなりのカウンターで、すでにデヴィルの一回戦のプラス分を抜いてしまった。

無塁の顔に笑みが浮かんでいる。

――これは面白い展開になったぞ。

詩人美はキコリたちがどう動き出すかに神経を集中した。

東一局二本場、配牌を見つめる無塁の目がかがやいている。好手が入っている。

無塁の興奮はキコリにもデヴィルにも当然伝わっている。

以前も書いたが、麻雀はほぼ同じ雀力を持つ四人が打って、単純なミスを犯さず、動揺することもなければ、運がすべてのところがある。いったん一人の打ち手に運が集中しはじめると、他の打ち手にはどうしようにも止められない流れが起きる。その流れを

止めるにはルールを越えた力が必要になってくる。

四人の中で無塁だけが違う手役とむき合っている。七巡、八巡目と無塁の手に力がこもっている。詩人美の手も、

決して悪くはない。動き出せばアガれる手だが、それ以上に無塁の手が仕上がる気配である。それなら無塁にアガリ切って貰った方がいい。

無塁の切り出し牌は、である。

九巡目に無塁が、「立直《リーチ》」と大声で宣言した。

デヴィルがツモってから無塁の切り出し牌をじっと目を細めて見ていた。

「どうした？　怖くなって切れないのか」

無塁がデヴィルに言った。デヴィルは無塁の声を無視したまま細めた目で河の牌を見ていた。そうしていきなりションパイのを切った。無塁がデヴィルの顔を見返して言った。

「ほうっ、たいした牌を切るもんだな」

デヴィルは表情ひとつ変えない。

詩人美は現物《ゲンブツ》牌のを切った。

キコリがを手の内から切った。無塁がキコリを見返した。

そこから無塁の立直に対して二人の妙な切り出しがはじまった。

立直の二巡目、デヴィルが無筋のを切り出すと、キコリがポンをした。次に無塁がを捨てると、デヴィルがチーをして、一萬を切った。それをキコリがポンをし、北を捨てた。無塁がをツモ切ると、それをまたキコリがポンをして、を切った。

無塁の捨て牌を見れば么九牌《ヤオチューハイ》が危険なのは一目瞭然である。

それなのにデヴィルもキコリも無塁の待ち牌を読み切ったように切り出している。

キコリの手牌は、
（ポン）一萬一萬一萬（ポン）（ポン）
である。清老頭《チンロートー》までありそうな気配だ。

次の牌を山から引いてきた無塁の表情が変わった。南である。

キコリは表情を変えずに見送った。

デヴィルがを切った。

詩人美は山から牌をツモりながら、二人が危険牌を平気で切り出す様子をうかがった。

詩人美がツモった牌は今、デヴィルが捨てたである。デヴィルがを切り出せる理由が何かあるはずだ。

その時、ごくりと生唾を飲み込んだような音がした。音がしたのは左方の背後に座っている金髪の方からだった。詩人美は金髪をちらりと見た。金髪は無塁の方を睨んでい

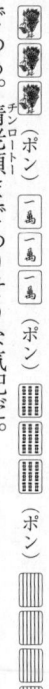

た目をあわてて伏せた。詩人美は🀆を握った手を宙で止め、無塁を見た。無塁は不安そうな目をしていた。それに比べて、キコリは平然としている。

――この表情の差は何だ？

詩人美はキコリの顔の先を見た。するとキコリの後方に座っている間が抜けたような表情をした大男の脇に、知らない間に机が置かれ、その上に事務機のガラクタが並べてあった。

――何だ？　あのガラクタは……。

見ると、ガラクタの中のひとつから針金のようなものが伸びていた。

「どうした？　早くやれ」

キコリが詩人美に言った。

詩人美は手の内から🀊を切り出した。無塁の待ち牌を放銃してやりたいが、詩人美の手の中にはなかった。無塁の待ち牌は么九牌である。しかしキコリとデヴィルは、その么九牌のうちの🀀🀂🀃🀆🀐🀇🀡を平然と切り出した。残る牌は🀅🀄🀏🀙であるが、おそらくこの牌の半分は無塁が手の内で使っているはずだ。

キコリが🀛を切り、無塁が牌をツモって一瞬躊躇《ためら》ってから、「槓《カン》」と発声し、🀅を暗槓《アンカン》した。槓ドラをめくると、🀗があらわれた。無塁の目がキコリの🀘をちらりと見た。

無塁は嶺上牌《リンシャンパイ》を引き、🀙を捨てた。

「ロン」

キコリが低い声で言った。キコリの手の内の四牌は🀙🀄🀄🀄で倍満だった。

無塁の待ち牌はおそらく🀄単騎だったのだろう。

——どうやって二人は待ち牌を知ったんだ？

詩人美はもう一度、無塁とキコリの背後にいる大男を見た。大男は相変わらず間の抜けた顔で窓の外を見ている。とてもではないが何か演技をしている顔には見えない。

その大男の脇にガラクタが並んでいた。

東二局、デヴィルの親を詩人美がタンヤオピンフドラ一の手でツモアガった。

東三局、詩人美に好手が入った。ドラの🀔を二丁使っての、

🀑🀑🀒🀓🀔🀔🀕🀖🀉🀋🀜🀝🀞

のかたちで六巡目にテンパイをした。

七巡目で🀛を引き、詩人美は立直をかけた。親のハネ満である。

ところがキコリがいきなり無筋の🀋を切り出した。デヴィルも無筋の🀌を切った。

それから二人は平然と中張牌《チュンチャンパイ》を切り続けた。詩人美は金髪の方を振りむかなかった。

金髪の座っている場所から詩人美の牌は確認ができないはずだった。

しかし二人とも詩人美の待ち牌を読み切っている雰囲気がある……。

──なぜだ？

詩人美は目を閉じた。何か仕掛けがあるはずなのだが、それが見えなかった。

「ツモ」

キコリが低い声を上げて牌を倒した。をツモっての、

満貫である。キコリの鼻孔がふくらんでいる。
勝ち誇った顔である。
さてここで読者も気付いておられようが、詩人美は一回戦では一度も立直をかけていないし、この局面の詩人美の手役を見ればおわかりのように、

立直をしなくともタンヤオ三色ドラ二で満貫がすでに確定している。
最初に説明したように、この勝負のルールは四回戦の合計点数で、どちらかからトップが出れば、それで勝敗が決着する。
オカウマがあるわけではないし、詩人美と無塁《むーる》の組もキコリとデヴィルの組も、トップ目がありそうな相手から狙い打った方が有利になるに決まっている。
立直はかけた時点で、身動きができなくなる。もしアガリ牌を相手二人におさえこま

れたら、相方が何も抵抗できない状態になったのと同じで、二対一の戦いになる。

一回戦の東一局の局面を思い出して貰えばわかるが、キコリは早い場面で三色をテンパっていた。立直をかけなかったのは、その危険性を承知していたからである。勿論、詩人美も、それは充分に承知している。それでもなお詩人美が満貫が確定している手役で立直をかけたのは、その二局前の無塁の連チャンの後の場面での立直に対して、キコリとデヴィルが無塁の待ち牌と予測される無筋の么九牌《ヤオチユーハイ》を平然と切り出し、なおかつキコリが無塁からアガリ切ったからだ。

詩人美は無塁の立直の待ち牌をキコリとデヴィルが、なんらかの方法で読み切ったように感じていた。

——何か仕掛けがある……。

しかし、その仕掛けは、キコリの立直に対してキコリが待ち牌をデヴィルに伝えた〝通し〟とは根本的に違う種類の仕掛けである。無塁の待ち牌を二人が同時に察知するには、無塁の手役を何らかの方法で見破り、それが二人に伝達されなければならない。よく使われる手は打ち手の背後に居る人間が待ち牌を確認し、それを二人に通す方法である。ところが二回戦はそれぞれの相方が対面の場で打っているので、無塁の手が見えているかもしれない大男が、デヴィルか金髪に伝達し、それをまたキコリに伝達するという複雑な作業が必要となる。大男も金髪も、無塁の手が確認できるほど近くには座っていない。よしんば見る方法があっても、二人からはそんな気配はなかった。にもかかわらずキコリとデヴィルは無塁の待ち牌を読み切っていた。

だから詩人美は、その仕掛けの正体を知りたくて立直をかけたのである。

さらに説明すると、この時、詩人美の手がさして大きな手役でなければ、振り込んでもかまわないという通しが先に伝達されるはずだ。キコリたちが詩人美の立直にむかってきたのは、詩人美の手役がすでに親のハネ満であったからだ。

次にキコリのアガった手役を見れば、

[白][白][發][發][發][一萬][一萬][一萬][二萬][三萬][三萬][四萬][伍萬]

で、[四萬]をツモアガっている。

ところがキコリはいきなり無筋の[伍萬]を詩人美の立直の一発目で切り出している。キコリの手役に[伍萬]が残っていれば[四萬]をツモればハネ満である。詩人美の立直の時点では[伍萬]が不要だったかもしれない。いや、そうではあるまい。混一色《ホンイツ》の手に進もうとしたのは早い時期のはずだし、詩人美の待ち牌が[四萬]とわかっていれば[伍萬]を切り出すのはおかしい。

その切り出しが成立するのは、デヴィルの手の中に[四萬]が暗刻になっている時だけである。そうでなければ、目の前の牌の山まで含めたすべてが見通されているかである。

――すべての牌が見えているのか？

詩人美がそう疑う根拠は、二人が欲しかったが積み山の上下でしかなかったからだ。そうだとしたら、一回戦でキコリとデヴィルがあれほどぎこちなく攻めることはなかったはずだ。

――そこまでの演技をしているのか……。それはあるまい。

詩人美は胸の奥でつぶやきながら、東四局、キコリの親番の局面を打っていた。ツモアガった折の、勝ち誇ったようなキコリの顔と、真剣な目で戦いを見ている金髪の顔が浮かんだ。

東四局、キコリが八巡目で立直をかけた。

の捨て牌である。その立直にデヴィルが一発でを切った。

「ロン」

キコリが張りのある声で言った。

親の満貫が確定していた手を立直し、一発がついてハネ満である。

一見、キコリの捨て牌はが通りそうであるが、

――狙って振り込んだな……。

と詩人美は確信した。無塁がデヴィルの顔をじっと見て、ニヤリと笑った。

「何がおかしいんだ？」

デヴィルが怒ったように言った。

「いいコンビだな、と思ってね」

無塁が言うと、

「どういう意味だ？」

とデヴィルが声を荒らげた。

「若いの、何をムキになってるんだ。この勝負はどちらかがトップになればいいんだ。私たちに仕掛けがバレなきゃ、どんな手を使ってもかまわないんだから、上手くアシストしてれば、それでいいだけのことだろう。但し……」

そこまで言って無塁がわざとらしく大きな咳をひとつした。

「但し、何だ？」

デヴィルが無塁に訊いた。無塁はデヴィルとキコリの二人を見て、

「但し、イカサマがバレた時点で、この勝負は私たちの勝ちになるはずだよな。それが麻雀のルールだものな。なあ、そうだろう？」

無塁が二人に念を押すように言った。

「……………」

二人は返答をしなかった。

「無塁叔父さん、そんなことは二人ともわかってますよ」

「おい、黙ってりゃ、何を言い出すんだ？　俺たちがイカサマをやってるとでも言うのか。そっちこそ妙な言いがかりを付けて何も出てこなけりゃ、それで勝負は終わるんだぞ」

キコリがドスのきいた声で言った。

「ああ、それも承知してるさ。念のために言ったまでだ」

無塁が平然と言った。

——無塁叔父さんは何かに気付いてるのか……。

詩人美はもう一度、大男と金髪を見てからフロアー全体を見回した。

東四局一本場、キコリが中ドラ一をツモアガった。

東四局二本場、デヴィルがタンヤオドラ二を無塁からアガった。

南場になり、南一局は無塁がピンフドラ一をアガり、一本場はデヴィルが詩人美からピンフノミをアガった。キコリもデヴィルも必要以上に戦おうとしない。断トツのキコリにすれば当然のことだが、相手方は早く回して、二回戦を終えたい意志が見えていた。

南三局、詩人美の親番だが、詩人美も敢えて大きな手役をすすめなかった。そのことは無塁もわかっているようで流局し、オーラスはまた全員ノーテンで二回戦が終了した。

「少し休憩しようかね、詩人美君。私はトイレに行かせて貰おう」

「そうですね。少し休みましょうか」

詩人美も言って、立ち上がった。

詩人美は窓辺に立って、眼下にひろがる十二月の東京の街を眺めていた。

澄んだ空の下に東京の街が冬の陽差しに光っている。

——こんなふうにして大都会を見下ろした時があった。いつのことだったか……。

すると耳の奥から懐かしい声が聞こえた。

「詩人美君、見てご覧なさい。この北京の街だって、消えて亡くなる時は一日で消滅してしまうんだ」

パンタ老人が北京の高層ホテルの一室から街を眺めてつぶやいた言葉がよみがえった。

「えっ、こんな巨大なものが一日で消えてしまうんですか？」

「そう、一日で消えてしまう。人間がつくり上げたものなんて、そんなものだよ。文明なんてものは所詮、幻のようなものだ」

「文明が幻ですか？」

「そうだ。そんなことは少し歴史を学べばわかることだ。どんな富や権力を持って、栄華をきわめていても、人がつくったものはいとも簡単に失せてしまうものだ」

「どうしてなんですか？」

「それは人の肉体と同じなのだよ。かたちがあるものは必ず消滅の時間をむかえるんだ。永遠というものは存在しないのだろう」

「永遠って、やっぱりないものなんですか？」

「おそらくね……。見果てぬ夢のようなものだろう」

「いったい何が残るんですか？」

「何も残りはしないよ」

「そうですか……。だとしたら少し哀しい気もしますね」

「そう、哀しいものだね、人間なんて」

遠い空の彼方を眺めていたパンタ老人の目が思い返された。

背後から足音がして無塁が近寄ってきた。

「どうだね、詩人美君。勝算は見えてきたかね？」

「どうでしょうね。先はまだぼんやりしていますね。ただ彼等は何かを見はじめましたね」

「そのようだね……。どうだろうか、私たち少し無茶やってみませんか？」

無塁が唐突に言い出した。

「無茶ですか……」

「そう。ほらっ、あの二人、ある程度自分たちが打てるって自信を持ってるでしょう。

でもその自信って、麻雀の定石って言うか、確率みたいなもんの上に乗っての確信でしょう。そいつを少し引っ掻き回すのも面白いんじゃないでしょうかね」

「そりゃいいかもしれませんね。面白そうですね」

詩人美は大きくうなずいて無墨を見た。無墨がニヤリと笑った。

「おーい、そろそろはじめようぜ」

キコリが声を出した。二人はゆっくりと麻雀卓にむかって歩き出した。

前を歩く無墨の肩越しに卓前に座っているキコリとデヴィル、大男と金髪の姿が見えた。その時、詩人美は麻雀卓以外はガラクタが放り出されていると思っていたフロアーが、実は、そのガラクタに麻雀卓と六人の人間が囲まれていることに気付いた。

よく見ると、ガラクタは見事に対角線上に配置されていた。詩人美は、そのことを確認するかのように大男の座っている場所の後方を回ってから席についた。

一見こわれたように映る事務機器から飛び出した細い金属の先端。天井からぶらさがったコードの先端……。それらが巧みに麻雀卓を取り囲んでいた。

——そうか、大男がぼんやりしていても、あの金属やコードの先端が、それぞれの手を覗き込んでいれば、充分に四人の手牌を見通せるってことか……。

「さあ早いとこ片付けてしまおうぜ」

キコリがデヴィルにむかって言いながら、揃えた場決めの牌を詩人美の方に押し出した。

「場決めは摑み取りって約束だったな」

詩人美は言って伏せられた風牌の四牌をいったん表にさらし、それを伏せて手の中で混ぜた。

二回戦がラスだったデヴィルが左端の牌を抜き取った。詩人美は残る三枚の牌をじっと見つめて、一牌を引いた。

「今回はそっちにしようか」

詩人美は引いた牌をひっくり返しもせずに大男の前の席を指さした。

キコリが詩人美を怪訝そうな表情をして見つめ、最後に残った牌を裏返した。南である。デヴィルが北、無塁が西。

ここでもう読者もお気付きだろうが、詩人美は四牌の伏せ牌から東をある程度の確率で引ける力を持っていた。二回戦がはじまる時も詩人美が東を引いて、たしかめもせず席の位置を指定した。ただ今回は、最初に牌を引いたのはデヴィルである。デヴィルが最初に東を引いてしまったら、それでデヴィルが席を選択できる権利を持つ。

麻雀は場が持っている運がある。地運というものである。

『麻雀は結局、場所だよ』

こう言い切る打ち手もいる。麻雀を長くやってきた人なら、場所についている運はどうしようもないことをよく知っている。

方位学というものが古代から研究されたのも、この地運の持つ命運を古代の人は知っていたからだ。人間の力ではどうにもできない地運の強さは、時に人間の生き死にさえ決定してしまう。

これに対して、『麻雀は人につく運だ』と言い切る打ち手もいる。人運である。これも歴然として存在し、それぞれの打ち手の麻雀の力にもっとも影響する。

そして最後が、天運である。

どの運が、今回の勝敗のポイントになるかはまだはっきりとしていない。

二回戦が終了して、戦績は以下である。

キコリ　　7万5500
詩人美　　2万6000
デヴィル　3万3600
無塁　　　6万4900

キコリがトップだが、二位の無塁とは1万600点差である。

これからはデヴィルがキコリをサポートする打ち方になるのか。これからはじまる三回戦ではっきりするだろう。場は詩人美と無塁が対面。デヴィルがキコリをサポートするのに、詩人美が関門となるから、その点はまだ救いがある。

詩人美は今度は金髪から見える位置を選択した。詩人美とキコリの手が金髪に見える。

彼は大男の動きを見たかった。サイコロを振って起家はデヴィルになった。

東一局、十巡目で無塁がデヴィルから🀃ドラ一の2600点をアガった。

相変わらず無塁には手が入っているようだ。

東二局、詩人美の親番、三巡目に無塁の切り出した🀖をチーしてデヴィルが仕掛けた。

五巡目にキコリの🀆をポン。六巡目に無塁の🀘をポン。

🀖🀗🀘（チー）🀆🀆🀆（ポン）🀘🀘🀘（ポン）🀫🀫🀫🀫

ドラは🀐である。九巡目に無塁が、そのドラの🀐を切り出した。デヴィルとキコリが河の🀐を見て、無塁の顔をうかがった。無塁は平然としている。

しかし詩人美には無塁がテンパイしていないのがわかった。

——私たち少し無茶やってみませんか？

先刻、休憩を取った時、無塁が言った言葉が思い出された。

デヴィルがツモ切って、詩人美は🀒を手の内から切った。キコリが同じく🀒。無塁は🀔。デヴィル、ツモ切り。詩人美が🀕。キコリが🀒。無塁が🀗。デヴィルが🀕。詩人美は少し考えて🀑。キコリが🀑。その🀑を無塁がじっと見ている。

「どうした？　喰うのか」

キコリが言った。

「いや、本命牌だと思ったが違ったか」

そう言って無塁はツモって、手の中から🀑を切り出した。そこからまた詩人美と無塁は索子《ソウズ》牌を切り続けた。しかし二人とも🀑を出さなかった。デヴィルの表情が硬くなっていた。

場が流れ、デヴィルは待ち牌を見せたくなかったのか、全員ノーテンで東三局に移った。

おそらくデヴィルの待ちは🀑であろう。キコリからアガるわけにはいかないし、デヴィルは動きが取れなかったのだろう。

東三局は詩人美がデヴィルからタンヤオピンフをアガった。

東四局、無塁が一巡目からドラの🀝を切り出し、🀞🀟と一面子を河にさらした。

続いて🀋🀌🀍と切った。キコリとデヴィルの目が無塁の河に注がれている。

十三巡目で無塁の河は🀝🀞🀟🀋🀌🀍🀕🀖🀗🀔🀝🀝🀖である。

キコリとデヴィルが眉間にシワを寄せている。無塁は顔色ひとつ変えずにいる。

東四局は流れて、キコリだけがテンパイをしていた。

南一局。ドラは🀁。その🀁を無塁がいきなり二枚続けて切った。

その時、キコリが大男の方を見た。それはほんの一瞬であったが、詩人美は見逃さなかった。

詩人美は右手で右のコメカミのあたりをおさえ、キコリから自分の視線を隠すようにして大男を見た。大男は両手を組んで目を閉じていた。一見眠っているように映るが、よく見ると大男の握った右手から携帯電話のアンテナがのぞいていた。そのアンテナの先はあきらかに無塁の手の内がのぞける方角にむいて動かない。

——ほう、大きな身体をしているわりには、ずいぶんと細かい芸ができる男なんだナ……。

その大男の頭上に天井から降りたままの電気のコードが垂れさがっている。

——そうか、あのコードの先に何か仕掛けがあれば、無塁叔父さんの手の内は見とおせるってことか……。

詩人美はツモっては切り出しながら、キコリの気配をうかがっていた。

——見とおした牌をどうやってキコリとデヴィルに伝えているのだろうか？　誰かがそれを中継してやらなくてはならない……。

無塁は相変わらずハデな手を切り出していた。

南南發發三萬二萬一萬八萬九萬七萬六萬

デヴィルが右手の指を右耳にあてて考える仕草をした。

デヴィルの上瞼がかすかに痙攣している。

——この表情はどこかで見たな？　そうか、ノイズを聞いた時の表情だ。

キコリをちらりと見ると、やはり同じような表情をしている。

そうか、誰かの中継を聞こうとしているってわけか。

キコリが十二巡目に立直をかけた。

無塁が🀋を切った。

「ポン」

詩人美が🀋をポンした。

キコリが詩人美を見た。キコリはツモ切り、無塁が🀊を出した。

「ポン」

詩人美が🀊をポンした。キコリとデヴィルが詩人美を見ている。

キコリがツモ切り、無塁がキコリの現物《ゲンブツ》牌の🀖を出した。

詩人美が動かないのを確認すると、デヴィルが素早くツモり、手の内から🀁を切り出した。

「ロン」

キコリの声がした。

リーチ、メンホン、チートイ、ドラ二で倍満である。

――仕掛けは完璧というわけか。

無塁が手を叩いた。

「何のマネだ？　その拍手は」

キコリが無塁を睨みつけた。

「いや、お見事なタッグですな。その単騎をきっちり狙い打てるとは素晴らしい」

無塁の言葉にデヴィルが不愉快そうな顔をした。

「おい、イカサマでもやってるって言うのか？」

キコリがドスのきいた声で言った。

「イカサマ？　私がそんなことを口にしましたか？」

無塁が平然と言った。

「イカサマじゃないだろう。見破られた時がイカサマで、そうでなかったら、まっとうなゲームだからな」

詩人美が言うと、キコリはニヤリと笑って、

「そうだ。これはまっとうな麻雀だ」

と言って大きくうなずいた。

南二局、詩人美の親番。五巡目にまたキコリが立直をかけた。

キコリの待ち牌の七萬を無塁が一発で振り込んだ。

南三局、キコリがデヴィルから親満を二回続けてアガリ、キコリの独走になった。

大男は相変わらず目を閉じている。

オーラス。無塁の親番で、デヴィルがまたキコリに振り込んで三回戦が終了した。

「さて俺たちのチームは少し作戦会議を開かせて貰うよ」

詩人美が言うと、キコリは鼻でせせら笑うような表情をして、

「どうぞ。無駄な抵抗だと思うがな」

と答えた。

「そうかもしれないな」

詩人美は笑って立ち上がり無塁を手招いて、窓辺に行った。

「何か手立てはあるのかね？」

無塁が訊いた。

「なくもありません。無塁叔父さん、窓の外を見たまま僕の話を聞いて下さい。ここにはキコリとデヴィル、そして大男と金髪以外に誰かがいます」

「えっ、本当にか？　どこに居るんだ」

無塁が振り向こうとしたのを詩人美は手で制して、ささやいた。

「どこに居るのかはわかりませんが、そいつが二人に指示を出しています」

「いったいどこに居るのかね。ひょっとして、あの麻雀卓の中に隠れてるのか？」

「だとしたら相当な奴ですね」

「うん、かなりの修行を積んでる奴だ」

二人は顔を見合わせて笑った。

「最後の戦いも無塁叔父さんはこれまでどおりに打って下さい。きっといい手が来ると思いますから」

「そう思うかね？　私もそんな予感がしておるよ」

「できるだけ僕がサポートします。相手はキコリだけです。デヴィルのサポートはすぐになんとかしますから。シッポさえ摑《つか》めば、そう簡単に逃がしはしませんから……」

「そうか、そりゃ楽しみだな」

「さあ行きましょう」

二人はキコリたちが待つ卓の方にむかって歩き出した。

「どうだ、いい作戦は浮かんだか？」

キコリが訊いた。

「上々ですな」

無塁が笑って言った。

「負け惜しみを言いやがって」

「そうかな、勝負はゲタを履くまではわからないぞ」

無塁の言葉にキコリが笑った。

「すまないが、電話を貸してくれないか？」

詩人美が大男にむかって言った。大男は急に顔色を変えて、キコリを見た。すぐに金髪がポケットの中から携帯電話を出して詩人美に差し出した。

詩人美は金髪の携帯電話を受け取ると、少し離れた場所で電話をかけた。

「どうも青川詩人美です。はい、そうなんです。……お手数かけますがよろしくお願いします」

詩人美は電話を切ると、その携帯電話を金髪に放った。やや逸れた電話を金髪が手を伸ばして取った。

「負けを覚悟して誰か助っ人でも頼んだのか？」

キコリが言った。

「まあ、そんなところだ」

「ほれっ、場決めだろう。おまえさんから引いてもかまわんぜ」

キコリが四枚に伏せた牌を見て言った。

「いいのか。そんな温情を与えて」

「ああ、俺は懐が大きいんでね」

「そうは見えないがな。じゃ、お言葉に甘えて取らせて貰うぜ」

詩人美はじっと四枚の伏せた牌を見ていた。

そうして右端の牌を取って、くるりと表に返した。東である。

それを見てキコリが目を丸くした。

「器用なことができるんだな」

キコリの言葉に詩人美が顔を横に振った。

「これは手先でやるような器用なこととは違うんだ。おまえに説明してもわからんだろうがね」

詩人美はニヤリと笑って、デヴィルに引くようにうながした。

デヴィルが大袈裟に牌を引き、握った牌を宙で弧を描くようにして台に叩きつけようとした。

その瞬間、詩人美の右手がデヴィルの脇に伸びた。デヴィルの手と詩人美の手がぶつかり、牌がぽとりと床に落ちた。

「おっと失敬」

詩人美は言って、床の牌を拾おうとしゃがみ込んだ。

「見るな。俺がやる」

デヴィルが言って卓の下にしゃがんだ。

その時、詩人美の右手の人さし指がデヴィルの右耳に入った。

「痛い」

デヴィルがちいさな悲鳴を上げ、そのまま頭を卓の角に打ちつけた。床に爪の先ほどのちいさな円形のチップのようなものが落ちた。それを詩人美は左の靴の先で踏みつけた。

デヴィルの顔色が変わっている。

キコリをじっと見ている。金髪も大男も詩人美の左の靴に目を注いでいた。

「大丈夫だったか？」

詩人美がデヴィルの頭に触れようとすると、デヴィルがあわてて顔を避けた。

キコリが西、デヴィルが北、無塁が南を引いた。

「場所はどこにするんだ」

キコリが訊いた。詩人美は何も返答せずに、じっと天井を見ていた。金髪と大男が詩人美の視線を、目を見開いて眺めている。

「東京には今、こんなふうにガランとなっちまったビルが増えてるらしいな。人間が住んでなきゃ、高層ビルも廃墟と同じだな。人間が居なくなりゃ、ゴキブリもネズミも消えちまうんだってな。だがこのビルにはまだ鼠がいるようだな」

詩人美が天井を見たまま言った。

「何をごちゃごちゃ言ってやがる。早く場所を決めて座れ」

キコリが声を荒らげた。

「じゃ、そこにしよう」

詩人美がキコリの座っていた場所を指さした。

キコリが立ち上がると、すれ違いざまに詩人美が小声で言った。

「おまえたちのシッポは摑んだぜ」

詩人美の言葉にキコリが一瞬立ち止まった。

詩人美はキコリと向き合った。キコリの目が血走っている。詩人美はキコリを睨みつけた。

「その目の玉もすべて俺のものになるってことだぜ」

キコリが言った。

「そうかな。俺の目の玉はそうかんたんに渡しゃしないぜ」

サイコロを振って、起家は無塁になった。

三回戦までの四人の点数は以下のとおりだ。

キコリ　15万5700

無墨　8万8500
詩人美　5万0100
デヴィル　5700

無墨が最終戦の東一局のサイコロを振った。

⊙⊙と出て、ドラ牌に一萬があらわれ、ドラは二萬である。無墨はキコリのヤマから牌を取り出した。皆が配牌を見て、表情に少し変化が出る。人と人が面とむかって戦うギャンブルにはどんなに気配を隠そうとしても、かならず微妙な表情の変化が出るものだ。

キコリの顔が少し紅潮している。これは配牌だけのせいではなく、最終戦に入って断トツのトップを走っているせいだろう。デヴィルの顔も気色ばんでいる。これは今しがた牌を床に落として詩人美とぶつかり、何かがあったせいだろう。

詩人美は悠然としている。

──知らぬうちに成長したんだな……。

無墨はパンタ老人との旅で詩人美が何を見て何を得たのかはわからなかったが、三年の放浪が、この甥っ子をひとまわりもふたまわりも大きくしたことが嬉しかった。

七巡目、デヴィルが出した三萬に無墨が、「ロン」と声を上げ牌を倒した。手役は、

中ドラ一で3900点である。

まずまずのはじまりである。

これでキコリと無塁の点数の差が少し縮まった。四人の点数は以下である。

キコリ　18万0700

無塁　11万7400

詩人美　7万5100

デヴィル　2万6800

どうやらキコリと無塁のトップ争いになりそうだが、まだわからない。

東一局一本場、無塁がサイコロを振ると、またが出た。

無塁はキコリのヤマから牌を取りはじめた。

ドラは。いい配牌である。

「おたくのヤマはいいね。私たちコンビみたいだな」

「黙れ。さもないと、ここで終わらせてもらうぜ」

キコリの言葉に無塁が肩をすくめた。

五巡目でキコリが出したをデヴィルがチーをした。

早く回して終わりたいのが相手の作戦である。六巡目のキコリのをデヴィルがポ

ンした。無塁も詩人美も動かない。八巡目にデヴィルがをツモアガった。

手役はタンヤオドラ一で2300点。

詩人美は二人の表情を見た。すでにデヴィルには相手の手の内を知る術がなくなっているが、キコリにはまだそれが残っている。

キコリとデヴィルの顔がまた赤くなっている。してやったりというところなのだろう。

詩人美の推測では、四人の手の内を小型のカメラで覗いている者がいて、それをキコリとデヴィルは耳の中に入れた受信チップですべて把握している。先刻、詩人美は偶発と見せかけて、デヴィルの耳のチップをこわした。だがキコリの耳にはチップが残っているから、デヴィルの欲しい牌がわかったのだろう。それでも一人はもう情報が入らない。

詩人美はキコリのチップまでこわすつもりはない。キコリが皆の手の内を知っていることに何か盲点が出るはずだと考えていた。

東二局、親のキコリの一巡目の切り牌のをデヴィルがポンした。

八巡目に無塁が出したにデヴィルが牌を倒した。

の単騎待ち。その一巡前にキコリがを切っている。次にデヴィルは牌をツモった。手出しの恰好で切り出したように見せていたがツモ切りだった。あきらかに無塁

を狙っての□単騎である。デヴィルの口元に一瞬、笑みが浮かんだ。

「お見事だね」

無塁が感心したように言って、点棒を払いながら、キコリの河の□を指さし、キコリに笑いかけた。

——無塁叔父さんも気付いたらしい。

詩人美はサイコロを振るデヴィルの指先を見ながら呟いた。

デヴィルの親がはじまった時、キコリの目が詩人美の手元に集中した。詩人美の右手の親指が並べた右端の三牌を覆い隠すように置かれていた。牌には触れていない。

「どうした何か気になるのか?」

詩人美がキコリに言った。

「妙な手つきだな」

キコリが詩人美の右手を見て言った。

「これは癖でね。それとも何か、俺の手の内を誰かが覗いてるってか?」

詩人美は笑って言った。

「何だと」

キコリが声を上げると、

「静かにしろよ。こうして打って何が悪い」

無墨が言って、詩人美と同じように右手の親指を横に伸ばし、右端の牌の表面すれすれに置いていた。

東三局は無墨と詩人美がテンパイして、デヴィルの親が流れた。

東四局、詩人美の親番でまたデヴィルがチー、ポンして詩人美から1000点でアガった。

無墨が南一局のサイコロを振った。
と出て、ドラ牌をめくるとがあらわれてドラはである。
無墨はヤマに手を伸ばした。最初のヤマの四牌がでキコリの最初のヤマがで、デヴィル、詩人美がヤマを取り、無墨の次のヤマが

。キコリのヤマが。この時点でキコリが思わず詩人美の顔を見た。詩人美は何喰わぬ顔でいる。詩人美はキコリが一瞬見せた視線に気付いた。

——何か妙な手役が行ったな……。

詩人美はキコリの気配をうかがいながら、無墨が自分を見たのにも気付いた。

——無墨叔父さんにも手が入ってるのか。

キコリと無墨が詩人美を見たのは、二回目までのヤマが詩人美のヤマから取ったからで、しかもキコリの手の内は八牌で、で一気通貫に一牌欠けているだけである。無墨の方はドラ牌のが暗刻で

でふ

たつの暗刻ができあがっている。無塁が詩人美の顔を見るのも当然であろう。

しかしこれは偶然である。自動卓であるから詩人美に何かできるわけはない。とはいえ麻雀であるから、二回目までの配牌にこの程度のことがあっても何らおかしくはない。

キコリは三人の様子をうかがい、偶然だと思い直した。無塁の三回目のヤマは🀈🀋🀍であった。

🀙🀚🀚🀚🀑🀑🀑🀈🀈🀈🀋🀍

すでに三暗刻、三色同刻、ドラ三で親ハネが出来上がっているが、無塁はそんな手役のことは考えていなかった。最終戦がはじまる直前、詩人美がデヴィルと偶発のようにぶつかり、デヴィルは右の耳を押さえ、目の色を変えたのを目撃していた。デヴィルに何をしたのかはわからないが、何かがはじまったことだけは察知できた。無塁は自分とキコリの点差を把握していたから、この南一局が重要な局面なのも承知している。

あと残り二牌が組み合わせ次第では天和《テンホー》である。

この配牌は、勿論、自動卓であるから偶然に起こったことである。

無塁は気合いを込めて牌をツモってきた。ふたつのつまんだ牌は🀚🀛であった。

配牌は以下のとおりだ。

無塁の配牌だけを見ると、ほとんどアガリの手役である。

🀙🀚🀚🀚🀚🀛🀑🀑🀑🀈🀈🀈🀋🀍

ところが南家のキコリにも興味のある手役が入っていた。

三回目のヤマからが🀞🀞🀁🀂で、四回目が🀁である。

配牌は以下のとおりだ。

🀙🀛🀜🀝🀞🀞🀞🀟🀠🀡🀁🀁🀂

二人がこの配牌だから、詩人美とデヴィルの配牌は手にはなっていない。

キコリが手役を見ながら、詩人美の顔をちらりと見た。

🀚をツモるか🀞をツモるか🀁をツモるかすれば、ハネ満の手役をテンパる。

キコリはこの配牌がくる前は、振らないことを前提に残る四局をしのぎきればいいと思っていた。

麻雀の面白いところは、手役によって打ち手の感情が変化してしまうところだ。

もう一度、無塁とキコリの配牌を見てみよう。

無塁。

🀙🀚🀚🀚🀚🀛🀑🀑🀑🀈🀈🀈🀋🀍

キコリ。

🀙🀛🀜🀝🀞🀞🀞🀟🀠🀡🀁🀁🀂

この手役を見て、無塁は自分のこの局面の中に何かがある、と信じている。

キコリは手役を見て、ここでハネ満をアガれば、勝負の決着がつくと思った。

ところがキコリには四人の手の内が見えていたはずだが、詩人美と無塁が右の端の牌を三牌隠している。

キコリは詩人美の顔をもう一度見直した。詩人美は何喰わぬ顔で手牌を見ている。

——この配牌に何か仕掛けはないのか……。

キコリがそう思った瞬間、無塁が🀛を切り出した。

キコリは一瞬、🀛を見たが、動かなかった。一気通貫が崩れてしまうからだ。

なんと、この時点で無塁は四枚の🀚を右手で隠していた。

キコリに入る情報は、無塁に索子《ソウズ》と万子《マンズ》のふたつの暗刻ができているということだけだった。

「トン、🀓🀈アンコ、ミギのハイミエズ」

その報せだけが、キコリの耳に入ってきた。

二巡目に無塁は🀋をツモり🀍を切った。

一巡して、無塁が🀞をツモって、そのまま切り捨てた。

キコリは、その🀞を迷わず、🀜🀝🀞とチーした。

あとはカンリャンピンを引きアガるか、ツモアガれば、この局面は終われるが、四巡目、無塁が捨てた🀟をキコリがチーをした。

キコリのダブ🀁が出ることは、この局面ではないと判断したのだろう。「チー」と張りのある声で🀁を切り捨てた。

🀜🀝🀞（チー）🀟🀠🀡（チー）🀙🀛🀞🀞🀞🀟🀁

そのチーを見て、デヴィルがヤマからツモった🀝をいきなり切った。

その切り出し牌を見て、キコリが無塁と詩人美の顔を見た。

二人は平然とした表情をしている。

詩人美にすれば、二巡目に無塁が切った🀞にキコリが動いたことが思わぬ展開であり、さらに次巡の🀟をチーしたことで、キコリの手役が高いことと、アガれることを見越して牌を晒したのだと読んだ。しかしデヴィルがアシストしようと🀝を切り出した時に、キコリの表情が少し曇ったのを詩人美は見逃がさなかった。

詩人美は手の内の筒子《ピンズ》牌を右端に寄せ、三牌を右手で隠した。

無塁も同様にしている。無塁が次巡、デヴィルの切った🀝を切り出すと、すかさずキコリがチーをして🀁を切った。キコリの手役は、

🀜🀝🀞（チー）🀟🀠🀡（チー）🀝🀞🀟（チー）🀫🀫🀫🀫

となった。清一一通でハネ満のテンパイだ。

デヴィルが今度は🀡を切った。その捨て牌を見て、キコリがデヴィルを睨《にら》んだ。

――その牌じゃない！

キコリの顔には、その表情があらわになっていた。

詩人美は無塁の顔を見た。澄んだ目でいい顔をしていた。

――手が入ってるんだ。そこにむかって行こうと、無塁叔父さんはしている。

詩人美は無塁の目が、パンタ老人の目と似ているのに気付いた。

詩人美もを切り出した。

無塁がをツモって、手を止めた。詩人美が無塁の顔を見て笑うと、無塁も笑い返した。

「カン」

無塁の声が響いた。
の槓を見て、キコリは無表情にしていたが、右の頬が一瞬ひきつったのを詩人美は見ていた。デヴィルがキコリを見て、キコリは自分を見るんじゃない、とでも言いたげに、またデヴィルを睨み返した。
――そうか、もう二人のコンタクトは完全に切れたということか……。

キコリが牌を切り出し、デヴィルがを切った。

何の反応もないので、デヴィルは戸惑ったような表情をしている。

――キコリの待ち牌はだ。

詩人美は確信した。

――無塁叔父さん、好きに打っていいですよ。

そんな思いを込めて詩人美が無塁を見つめると、無塁は嬉しそうにヤマをツモり、🀊を手の内から切り出した。キコリは、その🀊を見てヤマをツモり、そのまま切り出した。

デヴィルもヤマからツモったが、手が止まっている。キコリがデヴィルを見ている。デヴィルもキコリを見返している。

「ちょっとお二人さん、何をそんなにお互いの顔を見合わせてるの？ それってイカサマをやってるように見えるよ」

無塁が笑いながら言った。

「黙ってろ」

キコリが苛立《いらだ》ったように言った。

デヴィルは手の内から、無塁の現物牌《ゲンブツ》の🀎を切り出した。

詩人美はツモってきた🀙を小考して切った。キコリが、その🀙を睨んでいる。

その🀙に目もくれず、無塁はヤマからツモり、手の内から🀁を切り捨てた。

キコリがツモって切った。

デヴィルがツモり、そこでまた手が止まった。どうやらデヴィルにも手が入っているようだ。

デヴィルは三人の河を見返しながら、最後に無塁のカンした🀚を睨み付けた。

キコリが咳払いをした。

「おい、下手な芝居はやめろ。おまえの相棒にも勝負手が入ってるんじゃないのか。それともガキの麻雀じゃあるまいし、オリろって指示をしたいのか？」

「うるさい」

キコリは詩人美に怒鳴ってから、デヴィルに強い口調で言った。

「何も怖がることはない。どんどん行け」

それはキコリのデヴィルに対する精一杯の意思表示だった。

キコリの声にデヴィルは己に確認するようにうなずいた。

デヴィルは大きく息を吸い込んでから、🀙を切り出した。

「ロン」

無塁の嬉しそうな声が響き渡った。

キコリが詩人美を見て、無塁の倒した牌を見つめた。

🀫🀚🀚🀫（カン）🀙🀣🀣🀣🀈🀈🀈🀋🀋🀋

四暗刻の単騎待ちである。

南一局、親の役満で4万8000点だ。

キコリとデヴィルの目が無塁の手役に釘付けになっている。

無塁は一言も発せず、白い歯を見せて詩人美に笑いかけた。

「無塁叔父さん、やりましたね」

詩人美が言うと、

「これでワニのシッポを半分摑んだのかな？」

と無塁が言った。4万8000点を相手から直接にアガることができた。

キコリがデヴィルを鼻にシワ寄せて見ていた。

その視線が、そのまま刺すような目に変わり、詩人美を睨みつけた。

「無塁叔父さん、シッポどころじゃないんじゃないですか。二人とも檻の中に入ってきてますよ」

詩人美は笑って言った。

キコリはくやしさを消すように口元に笑みを浮かべているが、こめかみに青筋が立っていた。

デヴィルの方は呆然とした顔で、無塁の牌を見つめていた。

「クサるなよ。若者、たまにはいいことがあるさ」

と無塁が笑いながら、ハコ割れになったデヴィルに言った。

最終戦、南一局が終わった時点で、それぞれの点数の差は以下である。

キコリ　17万8600
デヴィル　▲1万8400
詩人美　7万5000
無塁　16万4800

鼻にシワを寄せて、嬉しそうにサイコロを回す無塁に対して、キコリとデヴィルの顔は紅潮している。とくに親の役満を放銃したデヴィルはあきらかに動揺していた。

先刻からずっと悠長にかまえていた背後の二人が身を乗り出して戦況を覗きはじめた。

南一局一本場、配牌に目をとおした無塁が、ヨオッシと言って、から切り出した。

そのをキコリがじっと見つめた。

「ポ、ポン」

デヴィルが、そのに声を上げた。

キコリがデヴィルを睨みつけた。キコリの視線に気付いて、デヴィルが目をしばたたかせた。

――動くなってか……。

詩人美は胸の中でつぶやいた。あきらかにコンビはおかしくなっている。それでも二巡目、キコリは七萬を切り出し、デヴィルがその七萬をチーした。

まだキコリにはデヴィルの手の情報が入っている。この南の局を逃げ切ればキコリたちは勝てる。彼等の唯一の武器を使って、デヴィルがアガればいいことだ。

五巡目、キコリが捨てたをデヴィルがポンをした。

（ポン）（チー）（ポン）

「よく啼くね。若者よ、〝急がば回れ〟ってのを知ってるかい？　海へ出ようと急いでいるが川幅がだんだん狭くなってるぞ」

無墨が言うと、キコリが声を荒らげた。

「いろいろうるさいんだよ」

「失敬、ひとり言だよ」

六巡目、無墨はヤマから牌をツモってを切り出した。デヴィルの目が一瞬、そのに反応した。無墨が詩人美の顔をちらりと見た。早くアガろうとするあせりがデヴィルの冷静さを失わせている。どうやらデヴィルがアガるための鍵になる牌はの近辺らしい。キコリもデヴィルをアガらせるために自分の手役は崩しているはずだから、無墨とデヴィルの戦いになる。

さてこの六巡目でデヴィルの残りの四牌はであった。クイタンのアガリを目指しているからの代わりに何かタンヤオ牌を引きたいが、はドラであった。ベストはを引くのだろうが、麻雀が確率論で片付けられないのが不思議な点で

ある。

麻雀を覚えたての初心者が、チー、ポンをくり返してアガろうとするのをよく見かける。それは一見、アガリにむかって一直線にすすんで行っているように映るが、そうではない。動けば動くほど確率は低くなっていることに初心者は気付かない。その上、麻雀で一番肝心な攻防の防が手薄になる。

今キコリとデヴィルは、彼等が仕込んだ武器を使って、必死で逃げようとしている。

しかし、その武器は半分、機能を失っている。

十巡目までデヴィルは幺九牌《ヤオチユウハイ》ばかりをツモ切って、手が変わっていない。すでにテンパイをしているのか。そうではなかろう。それはキコリの表情を見ればわかる。キコリは苦々しい表情をしている。キコリにデヴィルをサポートする牌がないのだ。

デヴィルはタンヤオ牌を引いてこない。これが麻雀の怖さである。
□はドラである。無塁がテンパイをしている気配があるから、この□は切り出せない。ここで無塁に親満をアガられると、勝負は逆転してしまう。
十一巡目、無塁が立直をかけた。

無塁の顔を見たキコリとデヴィルに無塁が欠けた歯を見せて笑った。

むろん、無塁はテンパイの牌を右手の親指で隠している。

キコリが牌をツモり、考え込んだ。キコリの手の内には□が二牌あった。隠しカメラを通してのデヴィルがを一牌持っていることはわかっている。

ここは二人でベタオリをして行く手だろうが無塁にツモられれば逆転の可能性がある。

――いや、無塁がツモる確率の方が高いはずだ。

それでもキコリは無塁の現物《ゲンブツ》牌で一発目をやりすごした。デヴィルが牌をツモり、険しい顔になった。キコリはデヴィルを見た。連絡のしようがない。キコリが隠しカメラで受けている無塁の手牌のうち右手で隠されている三牌以外はこうである。

肝心の待ち牌が見えない。の単騎も考えられる。デヴィルがツモった牌はである。デヴィルが唇を噛んでを振り下ろした。

「この野郎」

無塁が笑ってを見送った。

詩人美がいきなりを振った。詩人美にすれば無塁がアガればいいのだ。

無塁がをツモ切った。

キコリ、デヴィルと安全牌で切り抜けた。詩人美がを切った。キコリはそのを睨み、目を細めた。

詩人美にが入ったのがキコリにはわかった。

――このままじゃ、無塁がツモアガるか、詩人美が振り込むのを待つだけになる。

無塁が牌をツモって、一瞬、考えた。🀊である。無塁の手の内はこうであった。

🀞🀟🀠🀓🀓🀔🀔🀕🀕🀊🀊🀊🀐

六巡目に🀉を切り出した時のデヴィルの反応を見ていたから、🀊を切り出すのは危険だった。しかしここで🀊を槓《カン》すれば、こちらの手の内が見えている相手に単騎待ちを教えることになる。

「カン」

無塁が声を張り上げた。

王牌《ワンパイ》から🀈を持ってきて、それを切り捨てた。カンドラに🀐があらわれた。デヴィルがそれを見て、さらした新ドラの🀑に目をやった。

キコリがツモり、🀆を切り捨てた。

デヴィルが🀆を見て、牌をツモり、同じく🀆を切った。

デヴィルの顔から動揺の色が消えていた。

🀈🀉🀉🀉。テンパイだ。🀇🀈🀊の待ちだが🀇ではアガれないし、🀊はすでに無塁に槓をされて一枚もない。

キコリはデヴィルが🀆を合わせ切ったのを見ながら手の中の🀈を見直して考えた。

カンドラがついてデヴィルの手は満貫になった。無塁との点数の差は1万3800点である。ここでキコリがデヴィルに🀈を振れば、一本場で8300点を吐き出すことになる。しかし無塁がツモアガれば、ここで逆転の可能性は充分にあるし、詩人美が振り込む確率も高い。

それに無塁に手が入りはじめている。しかも親で連チャンを続けさせると一気に離されてしまう。まずは無塁の親を断ち切ることだ。振り込んでもまだ点差は６５００点ある。１００点でも上なら、キコリたちの勝ちである。

しかしキコリが二萬を切り出したら、デヴィルがアガれという指示と受け取るかどうか……。

無塁がヤマから牌をツモり、東を切った。

キコリは無塁の切り出した東をじっと見た。キコリの手の内には東が対子《トイツ》であった。

「どうした？」

詩人美がキコリに訊いた。

「東がアタリなのか、それともポンするのか」

詩人美の言葉に、キコリが言った。

「それを考えてるところさ……」

キコリはそう言って、右手でアゴのあたりを撫でた。

キコリの仕種をデヴィルがじっと見ていた。

キコリがポンと声を出し、ゆっくりと二萬を切った。

「ロン」

デヴィルが牌を倒した。

麻雀は百三十六牌を伏せて、そこで配られる牌からアガリのかたちをそれぞれ築いて行くゲームである。ツモってくる牌も何がくるのかわからない。まさしく運が左右するゲームである。ただ前提として四人は皆どこかで自分には運があるはずだと信じてゲームに挑んでいるのである。誰しも運があるはずだ、と信じているところに幻想があるとも言える。

これはサイコロにしてもカードにしても、競馬、競輪、競艇、オートレース……、すべからく一分先、一秒先に起こるものを想定して賭けているのだから、幻想に賭しているのと同じだ。やはり運十割だ。

——ではなぜ、そんなものに賭けるのか？

それは、ほとんどの人が何かしらを信じているからだ。下駄を空に放り投げて、表か裏に賭ける遊びで、表だ、と信じて、表が出た記憶を皆持っている。

——自分はギャンブル運がある。

こう記憶しているのである。

〝腕に覚えがある〟というのに似ている。しかし、それは記憶であって、過去である。実際のギャンブルは本来、一分、一秒先を見続ける行為である。幻想である。

今、この四人が必死で攻防を続けているものも、幻想の要素が大半を占めている。自動卓が普及した今の麻雀は幻想を見つめて戦うものだ。キコリは隠しカメラを使って、おそらく天井裏か違う階にいる者から情報を得ることで、自分たちが完璧に勝てると読んでいた。キコリにすれば幻想を打ち消すことで勝利者になろうとしている。

だがデヴィルに情報が入らなくなり、詩人美たちに仕掛けを気付かれた時点から、キコリも幻想と戦わなくてはならなくなった。あの十一巡目、詩人美が最後の□をツモった情報がなければ□は切り切れなかったろうし、あの局面は無塁がアガってトップは逆転しただろう。

一見、キコリはあの局面を切り抜けたように映る。

そうだろうか。キコリと無塁の点差が間違いなく接近し、残る三局があやうい状況になっているのは事実だし、その状況に入ったのはキコリが仕組んだ罠であることも事実だ。

――罠をこしらえた者が、その罠にはまる。

詩人美は、自分が考えたとおりにキコリたちが動き出していると感じていた。

キコリはデヴィルに点棒を払いながら、大きくうなずいていた。

デヴィルは複雑な表情で点棒を受け取っていた。
最終戦も南二局、キコリの最後の親である。四人の点は以下のとおりだ。
キコリ　17万0300
デヴィル　▲9100
詩人美　7万5000
無塁　16万3800
キコリと無塁の差は6500点になった。
無塁がキコリに3900点の手を直撃しても逆転となる。
キコリがサイコロを回す。7の目が出て、詩人美のヤマから牌をツモって行く。

好手が入っている。ドラはである。

流れによっては一気に高い手役にまで仕上がるかもしれない。

――ここをアガリ切れば勝負はつく。

キコリは牌に力を込めてを切り出した。

詩人美は無塁とデヴィルを見た。無塁は表情を変えずに牌を見ている。

デヴィルの表情は硬い。続いてデヴィルが牌をツモり、を切った。

「ポン」

詩人美が声を出した。キコリが詩人美を睨んだ。

──俺の親をさばくつもりか……。

キコリの目には、これまでにない詩人美への闘争心が浮かんでいた。

詩人美がポンをしてドラのを切った。そのに無塁が動いた。

「チー」
である。
キコリのツモはでを切り出した。

「ポン」

無塁が声を上げ、を切った。

「ポン」

詩人美が声を出し、を切った。

「チー」
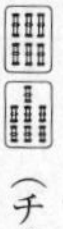（チー）（ポン）（チー）
無塁が声を上げ、を切った。
「ポン」
詩人美が啼いた。

西西西（ポン）南南南（ポン）北北北（ポン）

デヴィルが目を剝いて、詩人美のさらした風牌を見て、キコリの顔を見返した。

まだデヴィルは一牌をツモったきりである。

――うろたえるな、デヴィル、ブラフだ。

キコリの目がデヴィルにそう伝えようとしているが、デヴィルは眉間にシワを寄せて、詩人美が切り出す牌を待っている。

詩人美がを切った。

「チー」

無塁が声を上げた。
（チー）（ポン）伍萬六萬七萬（チー）（チー）
デヴィルが剝いた目をさらに大きく見開いた。

無塁は単騎待ちにまで牌をさらし、平然とした顔で九萬を切った。

「ポン」

詩人美が声を上げた。

「何を二人でやってんだよ」

デヴィルが大声で言った。

「二人？」

詩人美がデヴィルの顔を見て、

「別に二人でやってるわけじゃない。こっちもやっとおまえたちの手の内が見えるようになっただけのことだ。これでフェアーに打ち合えるってことだ」

と言った。デヴィルが驚いてキコリを見た。

詩人美と無塁がテンパイをした。詩人美の待ち牌が東でツモってしまえばキコリと無塁の点差は楽に逆転する。キコリは勿論振り込むことはできない。それは無塁も同じだが、無塁からアタリ牌が出ても詩人美は見逃す。デヴィルから出ればどうするか……。

詩人美がを捨てると、そのを無塁がじっと見た。

「何だ？　アタリなのか」

キコリが声を荒らげて無塁に言った。無塁はまたニヤリと笑って、ヤマから牌をツモり、ツモった牌を伏せ、単騎待ちにしていた自分の牌を切った。
である。それを見て、キコリとデヴィルが無塁を見た。
「アタリの時は〝ロン〟と言いますわな」

デヴィルの表情は完全にパニックになっている。

キコリがヤマから牌を引いた。である。手の内のを切り出した。

無塁の手はすでに三色同順ができあがっているので、タンヤオ牌とは限らない。

無塁の捨て牌は以下である。

🀙🀁🀃🀏🀔

デヴィルがツモり、🀙を切った。

それから三巡、詩人美、無塁はツモ切りが続いた。

キコリがヤマから牌をツモる。キコリの手に力がこもっている。手の内が以下になっていた。

🀅🀅🀅🀆🀆🀆🀄🀄🀋🀌🀎🀞🀞

キコリがツモってきた牌は🀍だった。

キコリはデヴィルが手の内に🀆🀅🀄の三元牌と🀞を一枚ずつ持っているのを知っていた。🀄は河には一枚も出ていない。無塁の単騎待ちの牌が🀄の可能性は十分あるし、詩人美も🀄で待っている可能性もある。しかしそうだとしても詩人美がデヴィルからアガることはないはずだ。キコリは🀋か🀎を切れば大三元をテンパイする。🀄はあと一枚どこかにある。🀞はすでにないが、しかし🀋🀎は詩人美にも無塁にもアタる可能性がある。いずれにしても二人はキコリから直撃することしか考えていないはずだ。

キコリは単騎待ちのない🀞を切り出した。

デヴィルがヤマから牌をツモり、キコリの🀞に合わせて打った。

詩人美と無塁はツモ切りをした。

キコリの次のツモ牌は【八萬】であった。

キコリは【六筒】を切りながら、デヴィルに【中】を切り出させる術を考えた。

しかしデヴィルの手の内は煮詰まっていた。

【東】【發】【白】【中】【一萬】【一萬】【二萬】【伍萬】【三筒】【五筒】【九筒】【一索】【二索】

デヴィルは【八萬】を引き【一索】を切った。

詩人美が【六萬】をツモ切った。

無塁が【三索】をツモり、槓《カン》と声を出した。

ドラ表示牌に【中】があらわれ、ドラに【白】が増えた。切り出した牌は【四筒】である。

キコリはヤマからツモった。キコリの表情が変わった。

【東】である。

キコリは手の内から【發】を切り出した。

デヴィルが【發】を合わせ打った。

キコリは【發】の暗刻を切り出し、続いて【白】の暗刻を切った。

流局した。

詩人美は【二萬】単騎。無塁は【東】単騎だった。

キコリとデヴィルがノーテンバップの1500点を二人に払った。キコリと無塁の点差は3500点に縮まった。

南三局一本場、デヴィルの親番である。

キコリはヤマから牌をツモりながら、どうして無塁が詩人美のをアガらなかったのかを考えた。あのをアガっていれば、タンヤオ三色ドラ1で3900点でキコリとの点差は2600点になる。

——なぜだ？

そう考えていた瞬間、キコリは二人が追い詰めようとしている相手がデヴィルなのではないか、と思った。

——そうだ。こいつらはデヴィルを狙ってるんだ。デヴィルがミスをするのを誘導しようとしてるんだ。

キコリが大三元をテンパイして、結果的にオリるようになったのも、デヴィルの手の内にオリる牌がなかったからである。

キコリはデヴィルの顔を見た。親番であるデヴィルの顔が蒼白になっていた。

——そうか、こいつは耳の中のチップがこわれた時から混乱してやがるんだ。

デヴィルが配牌の最後の二牌をヤマから取ろうとして、ヤマを崩してしまった。

「おいおい、兄さん、大丈夫かい。派手な取り方をするなよ」

無塁が笑いながら言った。

「これはやり直しだな」

詩人美が河にこぼれて表になっている数枚の牌を見て言った。

「よかろう」

キコリが手元の牌を前に突き出して、ヤマを崩した。

「わ、悪かった」

デヴィルが消え入りそうな声でいった。

キコリは何も返答をしない。

デヴィルがサイコロを振ろうとすると詩人美が言った。

「二本場になるよな」

その声を聞いて、デヴィルが詩人美を見た。詩人美は平然と卓の中央にある本場の表示を二本場にするように指示した。デヴィルが指の先を震わせながらサイコロを振ろうとした。

「おい、何をガタついてんだ。しゃんとやれ」

キコリが声を荒らげた。詩人美はキコリとデヴィルのやりとりを見ていて、デヴィルもキコリに何か縛りを受けているのだと思った。

——仲間が割れたってことだな……。

詩人美は、これ以上デヴィルを攻めるつもりはなかった。

最後はキコリにダメージを与えたかった。

南三局二本場。ドラは【東】である。

配牌を、それぞれが眺めている時、キコリの口元がわずかにゆるんだ。

キコリの手は良くなかったが、デヴィルの手がどうにかなりそうだった。

【東】【東】【南】【發】【發】【中】【二筒】【四筒】【六筒】【七萬】【九萬】【一索】【三索】【三索】

キコリの手はデヴィルをアガらせるのに十分な牌がきていた。

【東】【南】【西】【發】【一筒】【三筒】【八筒】【八筒】【七萬】【九萬】【二索】【七索】【九索】

デヴィルが【中】を切り出した。

詩人美はツモって切り、同じように無塁も一牌目を切った。キコリがツモって、一牌目に【發】を切った。

「ポン」

デヴィルが声を上げた。

二巡目でデヴィルはキコリの切った【三筒】をチーして【南】を切った。

で手の内は【東】【東】【七萬】【九萬】【一索】【三索】【三索】。

【發】【發】【發】（ポン）【二筒】【三筒】【四筒】（チー）

あとはキコリが【東】を切るか、【三索】を切ってやれば、デヴィルはテンパイになる。

詩人美はキコリの気配に、この局面が彼等に有利なのを察していた。

――この局面をしのげば何とかなる。

しかし詩人美の手は、この局面を戦える手がきていなかった。

デヴィルがツモアガるか、自分からアガるのはかまわないが、無塁からアガられては困る。

詩人美が牌を切り出し、無塁がヤマから牌をツモり、ヨオッシ、と声を出した。三人が無塁を見た。無塁は白い歯を見せて、「リーチ」と宣言した。

キコリが顔を歪めて、唇を噛んだ。

「さあ、逆転ですよ」

無塁は鼻にシワを寄せて笑った。無塁の捨て牌は[五筒][四索][七萬]である。

無塁の右手が隠している以外の牌は対子が五組見えている。七対子だ。

キコリは牌をツモり、無塁の河を見た。[東]の単騎待ちは十分にある。デヴィルにチーさせたい[二索]でさえ、[四索]の切り出しで危険である。キコリが無塁に振り込むわけにはいかない。キコリは現物の[七萬]を切った。

デヴィルは[三索]をツモった。そして少し考えた末、やはり現物の[七萬]を切った。

詩人美は牌をツモり、[九萬]を切った。

無塁がヤマから[三索]をツモり河に捨てた。

キコリが[九萬]を切り、デヴィルが同じように[九萬]を捨てた。

キコリもデヴィルも動けなくなった。デヴィルにすれば手の内に暗刻で無塁が一牌切り出しているの壁でを切り落としたいのだが、切りきれない。とうとう海底《ハイテイ》まで進み、流局となった。無塁の手は、

で、デヴィルの読みどおりだった。デヴィルは胸をなでおろした。

三人が無塁にノーテンバップを1000点ずつ払った。

キコリと無塁の差が、500点になった。

とうとう南四局に入り、オーラスの局面をむかえた。

南四局三本場でリーチ棒が一本ある。

「面白いことになったな」

詩人美が言った。

「いや、本当にそうだな。麻雀は最後の最後までわからないもんですね」

無塁が言ってうなずいた。キコリもデヴィルも黙ったままである。

四人の顔に緊張の色が浮かび、空気がふくらんでいる。大男も金髪も立ち上がっている。

戦いはとうとう最後の局に入った。開始された正午には冬の青空が四方の窓にひろが

っていたが、今はもう傾きかけた短い冬の陽が卓の上を黄金色に染めようとしていた。

詩人美の対面に座るキコリが肩越しに差す西陽にまぶしそうに目を細めて、詩人美が振ったサイコロの目を見ている。四人の点数は以下である。

キコリ　16万7800
無塁　16万7300
詩人美　7万5500
デヴィル▲1万1600

キコリと無塁の点差はわずかに500点である。無塁は1000点をアガれば差し切れる。キコリとデヴィルはどちらかがアガれば逃げ切れる。

キコリとデヴィルの目が充血している。それに対して無塁の目はすずやかである。

土壇場まで来てしまえば、追われるものより追うほうが強い。

サイコロの目は⚅⚅。

デヴィルが震える指先でドラ表示牌を裏返し、🀡を見て大きくタメ息をついた。

そのタメ息を聞いて、詩人美はつぶやいた。

――勝ったな。

詩人美が予期していたとおり、四人が配牌を持っていくと、無塁に好手が配られていた。

詩人美はキコリとデヴィルの様子をうかがった。デヴィルの顔からは生気が失くなっていた。配牌が想像できた。さすがにキコリはまだ戦う気力に満ちている。

――キコリ、おまえ一人じゃ、どうにもならないだろう。ここまで独力で戦ってきたのなら別だがな……。

詩人美がキコリを見た。キコリが詩人美を見返した。詩人美が笑った。その笑顔にキコリが顔を歪《ゆが》めた。

無塁は一巡目のツモでを引いてを捨てた。そこで無塁はを二枚引き抜いて右手で隠し、をさらした。無塁は詩人美に真似て、端牌を隠しはじめた時、自分たちの手が何らかの方法で見透かされているのを察知していた。

無塁は詳しいことはわからなかったが、自分の手が早いのをキコリとデヴィルにわからせるのも一考だという気がしていた。

キコリは無塁の手を知っていた。キコリの手も悪くなかった。
をツモるか、啼ければアガリが見える手であった。
キコリは一発目でを引いた。
を切り出した。無塁の手は見えているから一気通貫に必要なを早く切った。

デヴィルがツモって🀡を合わせ切り、詩人美は🀅を捨てた。無塁の二巡目のツモは🀍であった。

🀙🀚🀛🀜🀝🀞🀟🀠🀍🀍🀍🀚🀚🀕

🀡が出れば一気通貫でアガれるし、🀙🀛🀞🀡をツモってもいい。

無塁は🀕を切った。

「チー」

キコリが動いた。🀃を切り出した。

🀓🀔🀕（チー）🀁🀁🀙🀚🀐🀑🀒🀖🀗🀘

デヴィルがツモって🀞を切った。詩人美もツモって🀞を合わせ切った。無塁がツモり、🀋をそのまま切った。キコリが🀞をツモ切った。デヴィルがツモり、手の内から🀋を切り出した。詩人美もツモって🀋を切った。無塁が🀇をツモ切る。

次のキコリに🀁が入った。キコリは一瞬考えてから🀙を切り出した。この🀙を切ったのは、詩人美の手の内の🀛の対子が一巡前に暗刻になったのを知ったからだった。🀛のもう一枚は無塁が持っている。

「ほう、ドラか」

詩人美が言った。キコリは詩人美の言葉を無視していた。

デヴィルが🀉を切った。詩人美が🀓を打った。無塁が🀐をツモ切った。キコリはその🀤をちらりと見てヤマから牌を持ってきた。🀤である。キコリは詩人美と無塁の河にある🀤🀓の牌を再確認し、ゆっくりと🀚を切った。

「槓《カン》〜〜〜」

無塁が声を上げた。

その、カ〜〜〜ンという声は妙に澄みわたって響いた。

詩人美とキコリが無塁を見た。無塁はキコリの河の🀚を静かに拾った。

「ドラを見せてちょうだいな」

無塁が明るい声でデヴィルに言った。デヴィルが不愉快そうな顔をして新ドラをめくった。🀠である。それを見て無塁が満足そうにうなずいた。

無塁の手がリンシャン牌に伸びた。そうして無塁が牌を引き、その牌をめくって、

「イ、イ、イ、イ」

と歯を剥き出して同じ発音を繰り返し、

「イ、イ、ザ、ベ、ル。愛しのイザベル」

と言って🀙を卓に叩きつけた。

「リンシャ〜〜〜ン」

キコリとデヴィルの目が、その🀙に釘付けになっている。

🀚を振ったキコリが呆然としている。

（カン）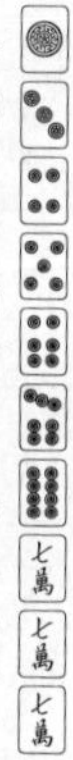（ツモ）

「そこに居ましたか、イザベルさんが。いや無塁叔父さん、お見事です」

詩人美が言うと、デヴィルが卓の上に頭を打ちつけた。キコリはまだを睨んでいる。

「こんな出鱈目な麻雀があるか。手前らイカサマをしやがったな」

キコリが大声を上げて牌を摑んで卓の上に投げつけた。

「ほうっ、関東じゃ、えらくハデなやり方で麻雀をやるんじゃのう」

背後で男の声がした。

見ると老人が一人フロアーの入口に立っていた。そのうしろに屈強な男二人に襟首を摑まれた小柄な男が顔を歪めて吊されていた。

「天井にネズミが一匹おったので珍しいから捕らえてきた。このネズミ、天井裏でなかなか器用なことをしておったわ」

どうやらこの男が天井裏でカメラで覗いた皆の手を教えていたらしい。キコリが苦虫を嚙みつぶしたような顔をしている。

「さて、勝負はついたようだな。詩人美さん、ひさしぶりじゃのう」

高杉老人だった。詩人美は高杉老人が上京しているのを聞いて、先刻、連絡を入れておいた。高杉は詩人美の連絡で、急場を察し、若衆を連れて駆けつけてくれた。

「イカサマをやっても詩人美さんを負かすことはできなかったようじゃな」

「何だと、イカサマだと」

キコリがいきり立った。

それを見て高杉の若衆が数歩前へ出た。金髪と大男が身構えた。

「やめとけ、キコリ」

大声がして、皆が見ると、そこに白いアゴ鬚《ひげ》を生やした男が立っていた。

「オ、オヤジ」

キコリが声を上げた。

「おまえの負けだ。暴れてもおまえらが太刀打ちできる相手じゃない。たしか瀬戸内の高杉さんでしたな」

高杉老人が黙ってうなずいた。

「さあ、引き揚げるぞ、キコリ。勝負は綺麗に仕舞って終われ」

白鬚の男の言葉に大男がアタッシェケースを詩人美に渡した。

キコリと大男と金髪がうなだれて白鬚の方に歩み寄った。

「若いのにたいしたものだな。名前はなんと言う?」

「青川詩人美だ」

「私は大山千忍《おおやませんにん》だ。勝負はこのままじゃ終わらないぞ」

「そうだろうな。俺はあんたを引っ張り出したいから、ここまで来たんだ。どんな勝負でも受けてやるぜ」

「おもしろいな。それなら後日、あらためて連絡をさせてもらう」

「待ってるよ。キコリ、この鞄の中に〝帆立屋〟の証書も入ってるんだろうな」

キコリが力なくうなずいて、去って行く白鬚のあとをとぼとぼと歩いて行った。

「キコリのうしろにセンニンがひかえておったのか。こりゃ愉快ですな」

無塁は嬉しそうに言うと、

「なかなかおもしろい勝負でしたな」

と高杉老人が無塁を見た。

「いや、おはずかしい。たまたまです。偶然が重なりましたな」

「いや、偶然ではないでしょう。あそこにがあることくらいは知っとったんでしょう」

高杉の言葉に無塁がペロリと赤い舌を出し、卓の上のを手に取り、牌の横にへばりついた黒いシミを剝がした。

——ガン牌だったのか！

詩人美が目を丸くして無塁を見た。

——しかしどうやって？

その時、無塁が小指を鼻の穴に入れ、指先についた鼻のゴミを丸めてポインと飛ばした。

第七章　情念勝負

その夜、新宿歌舞伎町にあるレストラン〝帆立屋〟ではドンチャン騒ぎが続いていた。詩人美《しじみ》と無塁《むーる》のおかげで、店を無事に取り戻せた主人の八千草比呂美《やちぐさひろみ》の大盤振る舞いだった。

「いや、無塁さん、あなたのおかげでこの店も生き返りました。ありがとう。本当にありがとう」

主人は無塁の手を握りしめ、タコ坊主のような頭を何度も下げて礼を言っている。

「いや、少しばかり本気を出してしまいました」

無塁は照れ臭そうにして、ビールのジョッキを飲み干している。

「いや、なかなか面白いものを見させて貰いました」

高杉老人が昼間の麻雀を思い出しながら嬉しそうに言った。

「仕掛けを張った者が仕掛けた罠《わな》に嵌《はま》ったということじゃな。勝負は最後には人間の芯と芯がぶつかるものだ。詩人美さん、あなたの叔父さんもたいした人だ」

「私もそう思います。無塁叔父さんの麻雀はつくづく懐が深いんだな、と勉強になりました」

詩人美がテーブルの上で踊り出した無塁を見て言った。

「勉強か……。詩人美さん、あなたは謙虚じゃな。まあ、そこにわしも惚れたのじゃがな、ハッハハハ」

大声で笑う高杉老人に詩人美はわざわざあの場所まで出向いてくれた礼を言った。

「いや、たまたま上京しておったのもわしと詩人美さんの縁じゃろうて。では、そろそろ年寄りは退散するよ」

高杉老人の言葉に背後の若衆が立ち上がった。詩人美は高杉老人を表まで見送りに出た。高杉老人が夜空を見上げた。

「おうっ、星が冴え渡っとる夜じゃのう。凍《い》てつくほどの風に吹かれると星も人も冴え渡って見えるもんじゃのう」

冬の星座がかがやいていた。今夜の星と同じくらい美しい星明りを詩人美は以前、やはりこうして老人と見上げた気がした。

――詩人美君、今、こうして私たちの瞳に届いている星の光は、いったい何億年前にあの星を旅発ったのでしょうかね？

中国奥地の崖の上に立つパンタ老人だった。

詩人美が首をかしげていると、パンタ老人はぽつりとつぶやいた。

——果てがないように思える時間なのに、私たちに届いた時は一瞬ですね。永遠は一瞬なのでしょうかね……。

あの旅の日々が懐かしく思い出された。

「あと何度、この星明りを見ることができるかのう……。詩人美さん、あのセンニンとか名乗った男との勝負、立派にやり切って下さいよ」

高杉老人は言ってゆっくり立ち去った。

詩人美は雑踏の中を悠然と歩く老人のうしろ姿が見えなくなるまで見送った。

通りに立つ詩人美に酔っ払った男が一人よろけるようにぶつかり、自動販売機のそばにあおむけに倒れた。

おい、大丈夫か、と詩人美が声を掛けたが、男はバカヤローと怒鳴ってゴロリと反転し、うつ伏せになった。自動販売機の灯りに男の背中が浮かんでいる。その背中を見て、詩人美はあのビルを立ち去る時、麻雀卓にうつ伏せたまま動こうとしなかったデヴィルを思い出した。

声を掛けようとする詩人美を高杉老人は制してゆっくり首を振った。

「もう死んどるんじゃろう。息はしとるが屍と同じじゃ。ギャンブラーは口を開け、顔を地面につけて身体を投げ出したらそれで終わりじゃ。どんなに辛くても背中を丸めて前向きのまま歯を喰いしばってなきゃいけんもんです」

デヴィルはピクリとも動かなかった。

おそらくこのままここに居ても、キコリについて行っても受ける仕打ちは同じなのだろう。

――あれがバクチ打ちの最後なんだ。勝ち組、負け組に分かれても、いずれは同じ目に遭うのだろう。

詩人美がぼんやりと倒れた男に視線を送っていると、

「詩人美さん。マスターが呼んでいます。珍しい人が帰ってきたからって」

レストランの若い従業員が報せにきた。

店に戻ると、主人のそばにひときわ大きな身体をした若者が笑って立っていた。詩人美の姿に気付いて、主人がこちらを見ると、若者が振り向いた。

色黒の精悍そうな顔をした若者は、風神雷太《かざかみらいた》である。

以前〝帆立屋〟がまだオンボロな食堂の時代にアルバイトをしていた時に比べると、雷太の身体はひと回りもふた回りも大きくなっていた。

上京する電車の中で見た競輪の雑誌の表紙と、隣り合わせた競輪好きの若者からの話で雷太の活躍は知っていたが、三年の間にこれほど肉体が成長しているのに驚いた。

「いや、詩人美君、ひさしぶり。マスターの店のために勝負してくれたんだってね。僕からも礼を言うよ。ありがとう」

雷太が詩人美の手を握って言った。えらい握力だ。

「俺は何にもしてやいないよ。それより雷太君、立派な選手になったんだってね」

詩人美が言うと、一瞬、雷太の顔が曇った。

「もうすぐ日本一を決めるレースがあるんだって？」

「ケイリングランプリやで。詩人美さん、俺や。新幹線の中で逢った馳三次《はせさんじ》や」

詩人美と雷太の間に若者が一人顔を突き出すように割り込んできた。

「ああ、君は、あの時の兄ちゃんか」

「そうよ。今日まで秩父《ちちぶ》の山奥で猛練習をしていた風神選手を見守ってきたんや。びっしり脚はこしらえたさかい、エンジンは最高に仕上がってるで。初出場、初優勝や」

一気にまくしたてる馳三次を雷太は押しのけるようにして、

「じゃ俺、ちょっと用があるから、また……」

と外にむかって足早に歩き出した。

雷太を目で追っている詩人美に馳三次が情け無さそうな顔で言った。

「あいつ図体が大きいくせに心臓はノミよりこまいさかいにな。あんだけ練習やったさかい大丈夫や、言うても自信がないねん。それは、これの悩みもあるみたいやし……」

馳三次が右手の小指を立てた。

「あのぶんじゃ、全国の猛者《もさ》たちが出走するグランプリは勝てませんね。素質はピカ一なんですけど。惜しいものです……」

無塁が同じように雷太のうしろ姿を見て首を横に振った。

「雷太は、そんなに悩んでるんですか？」

詩人美が訊くと、二人は声を合わせて、

「重症やな」

と言って大きくうなずいた。詩人美は雷太のあとを追い駆けて店を出た。

「お〜い、雷太君、待ってくれ」

雷太が振りむいて立ち止まった。詩人美の顔を見ても表情を変えない。

「おい雷太君、腹は空《す》いてないのか？　俺は朝から何も食べてなくてね。雷太君、つきあってくれないか。少し儲かったし」

詩人美が胸の内ポケットを叩いて笑うと、

「ああ、いいですよ」

と雷太も笑った。二人が歩き出そうとすると、目の前に男が一人立ちはだかった。

「おまえが青川詩人美だな」

「ああ、そうだが……」

男の背後に金髪が立っていた。

「大山さんの使いの者だ。大山さんが今からおまえに逢いたいそうだ」

「俺は今から友だちと飯を食べに行くんだ。それに逢いたいなら、大山と言ったか、センニンと言ったか、そっちから逢いに来るのが筋ってものだろう」

詩人美の言葉に男は表情ひとつ変えず、

「そうかな。おまえは逢いに行くと思うがな……」

と言って詩人美の目の前に一枚の写真を差し出した。

「何だ、これは？」

その写真には王様と王妃が掛けるような椅子に男と女が座っている姿が写っていた。

男の方はたしかに夕刻逢った大山千忍《せんにん》である。大山は金ピカのスーツを着て王様のように高笑いをしていた。

「こんな醜い写真を眺める暇はないよ」

「いいから女の方をよく見てみろ」

男に言われてもうひとつの椅子に腰掛ける女の顔を見た。

「あっ、ナギサちゃん」

詩人美は思わず声を上げた。

白いドレスを着て神妙な顔で写っているのは白神ナギサだった。

「ど、ど、どうしてナギサちゃんがセンニンと？」

「ナギサちゃんじゃない。白神ナギサさまと呼べ」

男が険しい顔で言った。

「ちょ、ちょっと白神ナギサだって？　その写真、俺にも見せてくれ」

雷太がいきなり詩人美の手から写真を取り上げた。

雷太はその写真をくいいるように見つめ、

「ナギサちゃんだ。どうしてナギサちゃんがこんな男のそばにいるんだよ。この野郎、ナギサちゃんに何をしやがった」

と男に掴みかかった。

男は手慣れたように雷太を払いのけた。雷太がもんどり打って地面に倒れた。

「おい、雷太君、大丈夫か。でもどうして君がナギサちゃんを知ってるんだ？」

詩人美の声が耳に入らないのか、雷太は男にむかってまた突進しようとした。

「待て、雷太君、こいつはプロだ。君の手には負えないって」

詩人美が雷太をなだめていると、

「雷太？　おまえひょっとして競輪の風神雷太か？」

と男が雷太の顔を覗き込んだ。

「ああ、俺は風神雷太だ。それがどうした？」

「こいつは面白いことになってきやがったな……」

男はほくそえんでから、

「さあ二人とも大山さんの所に行って貰おうか」

と大声で怒鳴った。


男に乗せられた車の後部席で詩人美は雷太とナギサちゃんのなれそめを聞いた。雷太は詩人美が旅に出た後、競輪選手になった。ある日、自転車に乗った雷太は歌舞伎町の路地の角でナギサちゃんと出会いがしらにぶつかり、彼女を介抱した。雷太はナギサちゃんに一目惚れし、店に通うようになった。ナギサちゃんに逢いたい一心で雷太は猛練習し、S級上位に昇って行った。

『俺が日本一の競輪選手になったらナギサちゃん、一緒になってくれ』

そう打ち明けた雷太をナギサちゃんはまぶしそうに見返し、ちいさくうなずいたと言う。

それで雷太はさらに厳しい練習をするために一年間、死にもの狂いで頑張った。やっとグランプリに出走できるようになった報告をしに行った時、店もナギサちゃんも消えていた……。

やがて前方に丘が見え、その頂きにある一軒の屋敷にむかう坂道を車は登って行った。

まるで要塞か何かの入口のような鉄の門の前に車が停車すると、フロントガラスに照明が当たり、男と金髪が会釈した。門が重そうな音を立てて開いた。

敷地に入ってもしばらく車は坂道を登った。周囲でいかにも大型犬の吠える声が響いていた。

「ところで詩人美君がどうしてナギサちゃんを知ってるの？」

雷太が訊いた。

「あっ、俺か。俺は彼女のファンさ。ナギサちゃんのファンクブに入会してたんだ」

「へぇ～、そんな会があったの？」

雷太が怪訝そうな顔で首をかしげた。

「あるんだよ。だってナギサちゃんはあんなに可愛いもの。俺たち皆で応援してたんだ」

「うん、たしかに可愛い……。けどさっきの写真はいったい何だと思う？」

「さあ、それを知るためにここにきたんじゃないか。でも心配はいらないよ。ナギサちゃんはあんな男のそばにいる女の子じゃないもの」

「うん。そりゃそうだ。ナギサちゃんを助け出そう」

雷太が大きくうなずいた時、

「おい、降りろ」

と男が低い声で言った。

詩人美と雷太が通された大広間は床から壁からすべてが大理石で造られ、天井には豪華なシャンデリアが吊され、中央に大きな長方形のテーブルがあった。

そのテーブルの奥に、まるで王様が座るような金色にかがやく椅子が、でんと構えていた。

「ここで待っていろ」

男は言って奥の扉のむこうに消えた。

——ひどい趣味だな……。

詩人美は権力者や俄《にわか》成金たちの趣味の悪さにいつも嘔吐《おうと》しそうになる。

「ナギサちゃんはこの屋敷のどこかに居るんだろうか?」

雷太が心配そうに言った。その時、奥の扉が開いて、大山千忍があらわれた。背後には、キコリと金髪の若者、案内した男たちがいた。キコリの顔から生気が失せていた。

「ようこそ、シャングリラ亭に」

千忍は紫色のガウンを着て、大きな目玉をクルリと回し、詩人美に笑いかけた。

——シャングリラだと? ここが理想郷だとでも言いたいってわけか。

詩人美はパンタ老人と中国奥地の山中に入った時、山の宿でシャングリラを探して旅をしているヨーロッパの若者に逢ったことがあった。パンタ老人は若者にむかって言った。

「シャングリラ？　少し前の冒険者が見た幻の理想郷のことか……。君は、それを探しているのか。見つかればいいが、むなしい旅になるかもしれんぞ」

「どうしてですか？　理想郷を探しての旅がむなしいものになるのですか？」

「理想郷を探して旅に出た大勢の旅人を見た。ほとんどの旅人が夢の途上で足を止めた。若者よ、おまえの国にも理想郷があったのではないか。なのにどうして誰もそこへ辿り着いた者がおらぬのか？　何のために人は理想郷に向かう？　おまえだけがその地に立てばよいのか？　シャングリラを我《わが》ものにしようとするのか？　愚かなことだ……」

若者はパンタ老人の言葉に赤ん坊のように泣き出した。

山宿を出て、道すがら詩人美はパンタ老人に訊いた。

「シャングリラは存在するのですか？」

「冒険者が見たシャングリラはただの山の村だ。村人がただ欲望を知らない人たちだった。それだけのことだ。西方の者も病んでいるのだよ」

そのシャングリラを我ものにしたような顔をしている千忍を見て、醜い奴だ、と詩人美は思った。詩人美はひさしぶりに腹の中が煮えくり返った。

「ほうっ、珍しい客が一緒だな。君が風神か……。いい先行をするね。今回のグランプり楽しみにしとるよ。まあ員数合わせだろうがね」

「ナギサちゃんをどこにやった？」

雷太が怒りに満ちた声を上げた。

「ナギサちゃん？　あの子を気安く呼ばないで欲しい」

ナギサちゃんという名前を聞いて、千忍の顔が険しくなった。

「あの子？　おまえにナギサちゃんをあの子呼ばわりされたくないな」

詩人美が言った。

「ほうっ、どうやら白神ナギサさんに私たちは特別の感情を抱いているようですな」

「僕の愛はおまえなんかと違うぞ。ナギサちゃんはどこにいるんだ？」

雷太が大声で言った。

「いい加減にしろ。ここをどこだと思ってるんだ。千忍さんの了見《りょうけん》ひとつでおまえたち若造なんぞどうでも始末はできるんだぞ」

案内した男が怒鳴った。

「ヤマブシ、やめとけ。そのつもりならもうとっくに始末をしてる。私は、この青川詩人美と勝負がしたいんだ。そのためにこの屋敷に招待した。客人を手荒に扱うな」

ヤマブシが千忍に頭を下げ、二人を睨みつけた。

「この男は山の掟だけで生きておるから、気に入らない相手がいるとすぐに山の中に埋めてしまおうとしてな。ハッハハハ」

「その勝負を俺が受ければナギサちゃんをこっちに返してくれるのか？」

「さすがに君はわかりが早いな。ナギサさんも賭けの報酬にしてもかまわないぞ」

「わかった。その前に彼女が無事なのを見せて貰おうか」

詩人美の言葉に千忍がヤマブシを見た。

ヤマブシが壁際に歩み寄ってスイッチを押した。すると正面の壁に吊されたタペストリーがせり上がり、大きなガラスがあらわれた。そのむこうにライトに照らし出された庭と池が見えた。斜面に芝生を敷詰めた庭の中央に白いテーブルと椅子が置かれ、そこに一人の女の子の姿が見えた。女の子は白い猫を膝の上に抱いて、池の水面に視線を落としていた。美しい横顔、瞳……。

「ナギサちゃん」

雷太がガラスにむかって走り出した。詩人美も駆け寄った。雷太が名前を呼びながらガラスを叩く。しかしナギサちゃんは二人の方をむこうともしない。

「大声を出しても無駄だ。この部屋全体が防音装置で囲まれている」

池の中から魚が一匹跳ねた。ナギサちゃんがそれを見て嬉しそうに笑い出した。膝の上の猫がピョンと飛び降りて、ガラスにへばりついている詩人美たちの方に歩いてきた。猫を追い駆けてナギサちゃんが近づいてくる。雷太が大声で名前を呼び、ガラスを拳で思いっ切り叩いたが、彼女は気付かない。猫をつかまえたナギサちゃんが急に立ち止まり、二人の方をじっと見つめた。ナギサちゃんが一瞬、小首をかしげて、ニコリと笑った。

無気味な音が上方から聞こえ、タペストリーが降りてくるとガラスのむこうが闇になった。

——たしかにナギサちゃんはあいつにひどい仕打ちは受けていないようだ……。

詩人美は壁の前にうずくまる雷太の肩を叩き、抱き起こした。

「いつ見ても美しい女性だ。歌舞伎町で一目見て以来、虜になってしまってね。ここにきていただいたのだよ。まあ、少々、強引な方法を使ったがね。私が思ったとおり、彼女は幸運の女神だったよ。ナギサさんがここにきてから私のギャンブルは連戦連勝だからな」

千忍が満足気に言った。

「彼女を鳥のように籠の中に押し込めて利用しやがって。それで勝負は何だ？」

「ポーカーをしようと思っていたが、おまえたちを見ていて気が変わった。競輪だ」

「競輪？」

雷太が思わず声を上げた。

「そうだ、競輪だ。風神、おまえがしっかり走れば、勝負は勝てる。どうだ、文句はあるまい。そうだろう、詩人美」

詩人美は千忍の顔をじっと見ていた。おそらく勝算があるのだろう。
──競輪か……。

「それで勝負の日はいつだ？」

詩人美が訊くと、千忍が雷太を見て言った。

「十二月三十日、場所は立川。グランプリケイリンレースでどちらが多くの金を得るかで勝敗を決しよう。青天井でな」

──青天井か……。

「青天井に怖じ気付いたか、詩人美」

「いや、青空はこっちもガキの頃から大好きだ。千忍、その目で二度と青空が見えなくさせてやるからな」

詩人美はそう言って、雷太の肩を叩き、出口の方にむかって歩き出した。

「何？　競輪！」

無塁が素頓狂《すっとんきょう》な声を上げた。

「競輪って、あの檻《おり》の中で自転車でぐるぐる回るヤツ？」

カルロスが無塁に訊き返した。

「カルロス、サーカスの曲乗りじゃないんだから。競輪は立派なギャンブルです。日本人が日本人のために生み出した最高のギャンブルです」

無塁がカウンターで姿勢を正して言った。

「へぇ〜、そんなものなのか……。ところで詩人美君、君は競輪をやった経験はあるの？」

カルロスが詩人美に訊いた。

「ありません」

「えっ、一度もないのに、そんな勝負を引き受けたの？」

無塁とカルロスが詩人美の顔を見た。

すぐ隣りで、先刻からビールをぐいぐい飲んでいた雷太までが立ち上がって、

「詩人美さん、競輪をしたことがないの？　そんな……。話になりません。ナギサちゃん……」

と頭をかかえてカウンターにうつ伏した。

「じゃ当然、車券も買ったことがない？」

「シャケンって何ですか？」

「トッホホホ……」

無塁までが頭をかかえた。

「でも心配いりません。そのレースには雷太君が走るんです。雷太君が勝てば、俺は勝負に勝てるんです」

「そうか、雷太君、君、グランプリに出走できるのか。そりゃ素晴らしい」

「いや、僕は初出走した今年の全日本選抜競輪でラッキーが続いて優勝戦まで勝ち上がって、決勝戦で先行してたら後位がメチャクチャな競り合いになって六人の選手が転んじまったんです。それで出走権利が転がり込んできたんです。S級二班の俺の実力じゃ、とてもじゃないが、他の八人のスーパースター選手に勝てっこありませんよ。きっと千忍は、それがわかっていて勝負の種目を競輪に選んだに違いないんです」

「あの千忍って野郎は相当な車券打ちなんだろうか……」

無塁が高層ビルで一度見た千忍の顔を思い出しながら言った。

「あいつの噂は聞いたことがあるぜ。〝センニン・オッズ〟ってのがあるらしい」

突然、背後で声がした。

皆が振り返ると、工事の現場監督の恰好のままの大鳥三駄《おおとりさんだー》が無精髯をのばして立っていた。

「〝帆立屋〟に行ったら、ここだって聞いてな。よう、詩人美君、噂は聞いたよ。〝帆立屋〟を縛っていた金融屋を麻雀で見事にやっつけたって話じゃないか」

「いや、それは無塁叔父さんの力です。俺はただ見てただけですから……」

「そうか、相変わらずやさしいな。ところで何でセンニンの話なんかしてるんだ」

無塁が三駄に事の成り行きを説明した。

「そりゃ無茶な勝負だ。何？　おまけに青天井だと？　やめとけ。あっちとは端っから資金力が違う。勝負にならない」

「やはり、そうか、サンダー」

「〝センニン・オッズ〟ってのはな。あいつがまず固いと読み切ったレースを数点、前売りの段階からドンと張り出すんだ。〝顔見せ〟がはじまって、オッズが開いた時、野郎が張った目は1・1倍とか1・2倍ではじまる。競輪の客なんてのは大半が少額を賭ける連中だ。そいつらにとって1・2倍じゃ、なんの魅力もない。ほとんどの客が他の目に金を入れる。野郎の手下がオッズを見ていて、狙い目のオッズが1・2倍から2倍、3倍と上がり出したら、そこでまたドンと買いを入れるのさ。昔の競輪の客と違って、今の競輪の客はレースよりもオッズに目が行ってしまう。それでレースが狙い通りに決まりゃ、2倍、3倍の金が取り込めるって寸法よ」

「それで儲けになるの？」

カルロスが訊いた。

「この不景気だ。どこの銀行に2倍の利息をつける銀行がある？」

「でもギャンブルだから絶対にその目が入るってことはないだろう？」

「うむ……。それがセンニンの場合はまず決まる。噂じゃ、選手まで取りこんじまってるって話だ」

「八百長か？」

無塁が三駄の顔を見た。

「はっきりしたことはわからないがな。それで勝負のレースはいつだ？」

「十二月三十日の立川のグランプリケイリンレースです」

詩人美が言った。

「グランプリか。それじゃ、センニンも選手を手なずけるのはひと苦労だな」

「三駄さん。大丈夫です。雷太がいますから」

詩人美がビールの入ったグラスを手に青い顔をしてじっと一点を見つめている雷太の肩を叩いた。

「雷太？　おやっ、おまえは風神か。あの全日本選抜のラッキーボーイじゃないか。ひさしぶりだな。俺を覚えているか？」

雷太が三駄を見て首をかしげた。

「覚えちゃいないか。だからおまえは馬鹿のひとつ覚えのような先行しかできないんだ。競輪選手は頭が良くなくちゃ強くなれないぞ。そうか、おまえもグランプリに出るんだったな。けど詩人美君、雷太はやめとけ。他の八人と格が違う。横綱と幕下が相撲を取るようなもんだ」

三駄の言葉に雷太も同調したようにうなずいている。

「いや、大丈夫です。俺にはわかるんです。雷太君は勝ちます」

「だから詩人美君、君は競輪を知らないからそんなことが言えるんだよ」

無塁が心配そうに言った。

「大丈夫です。同じ人間が走るんです。鬼や化けものが一緒に走るわけじゃありません」

「だから残りの八人の選手は化けもんみたいな脚力を持ってるし、レース根性も違うんだ」

「なら雷太君が化けものになればいい。相手よりレース根性をつければいいだけです」

詩人美が言い切った時、店のドアが開いて、

「ここだ。ここに雷太が居た」

と若者が一人、屈強な男と入って来た。若者は馳三次であった。

「鬼塚《おにづか》先輩」

雷太が男を見て立ち上がった。

鬼塚と呼ばれた男は傷だらけの顔を雷太の方にむけていた。

店に入ってきた屈強な男は雷太を見て、静かに微笑んだ。

男の顔を見て、大鳥三駄が大声で言った。

「おまえさん、マーク屋の鬼塚じゃないか」

「おう、本当に君は鬼競《おにぜ》りの、鬼塚競一《きょういち》選手じゃありませんか。あなた今年のオールスターは見事にカムバック優勝しましたね」

無墨が鬼塚に歩み寄り、握手を求めた。

差し出した手を握った鬼塚が無墨の激しい握手に一瞬、顔を歪めた。

「どうしました？　鬼塚さん」

「い、いや何でもありません。今夜は風神君に用があって来たんです」

鬼塚の言葉を聞いて雷太も歩み寄り深々と頭を下げた。

「鬼塚先輩、すみません。夜遅くまで酒場にいて申し訳ありません。でも、練習は明日もちゃんとやります」

「いや、いいんだ。何か事情があってのことだと、君を知ってる、この三次君が言っていたよ。それより今日は話があって来たんだ」

二人が顔を突き合わせて話しはじめた。

「無墨叔父さん、あのオニシリって誰なんですか？」

詩人美が訊いた。

「鬼尻《おにしり》じゃなくて、鬼競りだ。鬼塚競一と言う、ひと昔前に一世を風靡《ふうび》した有名な競輪選手で、今年の夏、オールスター競輪で奇跡の復活をしたんだ。競《せ》りとは、先行選手の後位を走るマーク屋と呼ばれる選手たちがいて、先行選手の後位をめぐって他の選手と身体をぶつけて競り合いをすることです。そのマーク屋で鬼塚は日本一だったんだ。鬼競りとは競り合ったら人間技ではなく鬼神になるからです。彼は一度も競り合いで敗れたことがないんです。馬鹿な連中が競り合いをやめさせるルールをこしらえて、競輪から格闘をなくしてしまったんです。それと同時に、人と人の戦いにロマンを見つけていた客は競輪から去ってしまい、今日の凋落を招いたんです。でも鬼塚は競りを止めずに、また復活したんです」

無塁が詩人美に説明していると、雷太の大きな声が聞こえた。

「そんな無茶ですよ。僕にはとてもできません。僕の力は先輩がよくご存知じゃないですか」

「知っているからそうするんだ。もう決めたことだ。頼んだぞ」

そう言って鬼塚は皆に一礼をして店を出て行った。

「どうしたんだよ、雷太?」

三次が青い顔をして立っている雷太に訊いた。

「鬼塚さんが僕の後位を主張してラインを作るって……」

「そりゃスゲエや。鬼塚さんがマークをしてくれるなら雷太の後位は大安心だ」

「ほうっ、そりゃ吉報だな」

三駄が言うと、うん、そりゃこころ強い、と無塁も大きくうなずいた。

「マークって何のことなんですか？」

詩人美が訊くと、皆が呆《あき》れ顔で見返した。


翌日、無塁は詩人美に自転車を漕がせ甲州街道を北にむかって、立川競輪場まで連れて行った。道すがら後部座席から無塁が言った。

「詩人美君、競輪は誰がこしらえたと思う？」

「さあ、誰なんですか？」

詩人美は登り坂を懸命に登りながら言った。

「もうすぐ登り坂が終わって下り坂だ。そうしたら子供の頃にやったようにハンドルから手を離してみるんだ」

やがて坂の頂上を越え、自転車は加速をつけて下り出した。詩人美はハンドルから両手を離した。自転車は勢い良く坂道を進む。ヒャッホー、後部座席から無塁が声を上げた。

「気持ちいいだろう？　詩人美君。私は、競輪をこしらえたのは自転車小僧の夢を捨てなかった男なんだと思うよ。この風を裂いて進む感覚。人は誰でも目の前の何かを切り拓いて新しい世界にむかいたいだろう？」

――そうか、この風を裂いて、風を切り拓いて、新しい世界にむかうのが競輪なのか。

詩人美は競輪が好きになりそうな気がした。

すると背後から自転車が一台走って来て、二人の乗る自転車の後にぴったりとついた。見ると相手は少年である。

「おい、兄ちゃん。あの陸橋の下まで競走しないか。僕が勝ったらハンバーガーをご馳走してくれよ」

「ああ、いいよ。あの陸橋までだな」

詩人美は坂下の先にある陸橋を見て言った。

相手が真横に並びかけ、ニヤリと笑った。詩人美はすぐにペダルを踏み込んだ。自転車がグッと前に出た。やはり子供だナ、と詩人美は思った。少しスピードを上げてやった。ところが相手はすぐ後方にぴったりと自転車をつけたまま離れない。

「どうした？　もうバテたか」

「何もわかっちゃいないな。ハンバーガーはこっちのものだ」

詩人美が坂道の勢いに乗ってペダルを踏み込んだ。勝ったナ、と陸橋の下を潜《くぐ》ろうとした瞬間、詩人美の真横を黒い影が抜き去った。

「えっ？」

「詩人美君、君の負けだ。これが競輪だよ」

無墨は背後で嬉しそうに言った。

生意気なガキにハンバーガーをふたつ買ってやり、詩人美は立川競輪場に行った。

「へぇ〜、こんなに走路は斜めになっているの。よく転がり落ちないもんだ」

「それは遠心力とスピードのせいさ。この傾斜をカントと呼ぶんだ。このカントがなきゃ選手は皆外にはじき出されてしまうんだ」

「カントか……。哲学的ですね」

「うん、競輪は他のギャンブルと比べたら、それは哲学そのものなんです。さて先刻、詩人美君がどうしてあんな少年に負けたかわかるかね？　それはね。あの少年は詩人美君の真うしろにぴったりとつくことで風の槍先を避けていたんだ。君を盾にしてね」

「風の槍？　俺を盾？」

「そうさ。先を走る君の身体には風が槍となって顔や胸板を突きさしていたのさ。ところがあの少年は君の後方で、その槍をまったく受けずに走れた上に、エアーポケットに入った状態で君の半分の力で陸橋の手前まで走れた。そして余った力で一気に抜き去った」

「そうか、風圧か。それなら皆先頭を走らなきゃいいわけか」

「そう単純じゃない。あの時、君がペース配分を考えて余力を残して陸橋の手前まで行って、そこで一気に踏めばいい勝負だった。競輪でも競馬でも先に行った方がやはり有利なのは同じさ」

「じゃ先頭を走る者はゆっくり走ればいいわけだ」

「そうはいかない。他の選手に先に行かれてしまうよ」

「それじゃそいつもバテるでしょ？」

「けどバテてもいいから、後についた選手を勝たせるために相手が走っていたら？」

「えっ、自分が敗れても他の選手に勝たせるなんてことがあるの？」

「勝つ選手が仲間だとしたらどうする？　詩人美君、私たちがキコリの麻雀で勝ったのはどうしてだい？」

「なるほど、こりゃ奥が深い。敗れて勝つ、か。まさに哲学的ですね」

「少し競輪を理解しはじめたようですな。では実践で見てみようか。そろそろ第1レースの顔見世、選手紹介がはじまる」

「顔見世？」

詩人美が怪訝《けげん》そうな顔をしていると、場内に音楽が鳴り響き、選手がバンクに姿を見せた。選手が三人ずつ並んで、みっつのグループになってゆっくりとバンクを走っていた。彼等に客が声援を送っている。

「△△よ。今日こそ地元の意地を見せてやるんだぞ。△△よ。××先輩に恥をかかせるなよ。××先輩は五人目の子供が生まれるんだぞ」

その声援に場内から笑いが洩れた。すると他のスタンドから別の三人に声が飛んだ。

「□□よ。今日こそは走らんといかんばい。九州男児の根性ば見せっちゃれ。走りは死ぬ気ぞ」

地方訛りの迫力ある声である。

——そうか、あのグループは九州の選手たちなのか。わかったぞ。競輪は仲間同士で助け合って走るってことか。

詩人美がそう思っているうちに、一人の小柄な選手が九州のグループの二番目につけた選手の真横にへばりついた。

「無塁叔父さん、あれは何をしてるの?」

「あれが競り合いだ。レースがはじまったら、ああして二番手を取り合うぞ、と意思表示をしてるんだ。こりゃ1レースから面白いな」

「あれがマーク屋同士の争いっすか?」

「そう、さすがに覚えが早いね」

レースがはじまり、詩人美は金網のすぐそばで見物した。風を切る自転車の音も迫力があったが、それ以上に先行選手の番手でヘルメットをぶつけ合いながら競り合う二人の戦いは格闘技を見ているようだった。レースは九州の番手を走った選手が一着でゴール板を通過し、右手を突き上げ、先行した選手に近寄り肩を叩いていた。顔見世で競りかけた小柄な選手が敗れて、9着でのろのろとゴールした。

「××よ、競り負けよって何しとんのや。一から勉強してこんかい。このど阿呆」

どうやら敗れたのは関西の選手らしい。勝者と敗者の姿は、どの勝負事でも同じだ。

——厳しいもんだな。雷太は毎日、こうして戦ってるのか。

午前中までに五レースを見学し、選手のユニフォームで車番も覚えた。昼飯を二人で食べて、後半のレースは車券を買う勉強になった。

「あれがオッズだ。人間の欲望だ」

ひと昔前の二種類の車券と違って、今のオッズは七種類もあるからわけがわからない。

「見るのは二種類でいい。2車単と3連単だけだ。この二種類に九割の金が入ってる」

「そうなんですか。ならどうしてこんなに種類が多いんですか?」

「ルーレットと同じだ。けど基本としては日本の政府のやり方と同じだ。ムダばかりをこしらえる、ここが悪い連中が作った」

そう言って無塁は頭の上で指をクルクル回した。詩人美は笑い出した。

「3連単はまだ手を出すな。2車単の一着と二着を的中させる車券をマスターすればい い。まずは自由に買ってみろ」

詩人美は6レースの顔見世を思い出しながら、日焼けした足をしていた若い選手とその後方に少し太ったベテランが唇を噛んで走っていた姿を思い出し、その二人を一、二着で折り返した。

レースがはじまり、打鐘が鳴った。ふたつのグループが激しく先行争いをした。詩人美が買った二人は、その後方に居たが向正面で一気に発進し、並んでゴール板前を駆け抜けた。

「どうだい？　車券はなかなか当たるもんじゃないだろう。見てくれ。私はぴったり的中したよ」

無墨が的中車券を自慢気に見せた。詩人美も手の中の車券を見せた。

「えっ、いきなり的中ですか。どうしてあの二人を買ったんだ？」

「いや、あの若手の足が日焼けしてたし、後の小太りの選手には気迫が感じられたから
……。ビギナーズ・ラックでしょう」

「詩人美君、君、本当にはじめて競輪に来たの？　中国かインドでやったんじゃないの」

「中国にもインドにも競輪はありませんよ」

小太りがタイヤ分だけ差していて配当は2800円だった。

「へぇ～、28倍にもなるのか」

詩人美は五万円ずつ買っていたので百万円の束をひとつ稼いだ。無塁がまだ疑い深げに詩人美を見ていた。

詩人美は後半の六レース中、五レースを的中させ、最終レースは3連単まで的中させた。後半戦から加わった三駄も三次も詩人美の勝負強さに驚いていた。

「さて明日は雷太の練習を見に行こう」

無塁が提案した。

翌朝、まだ夜が明け切らぬ内に大鳥三駄の運転するワゴンで四人は秩父連峰を目指して新宿を出た。二時間後、四人は目指す街道に到着すると、街道沿いの坂道の途中にある岩に登って雷太を待った。少しずつ陽が昇った。やがて坂下に豆粒のような人影が見えた。

「ほれっ、これを使いな」

三次が詩人美に双眼鏡を渡した。双眼鏡を覗《のぞ》くと、雷太と鬼塚が歯を喰いしばり急坂を登ってくるのが見えた。雷太の顔も、鬼塚の顔も苦痛で頬が引きつり、汗が吹き出している。その汗がまるで涙のように頬を伝っている。詩人美はこんなに苦しそうな人間の表情を見たことがない。

――まるで赤ん坊が泣いてるみたいだ。

二人は母親の愛撫を求めて泣きじゃくる赤児のようだった。それでも必死でペダルを踏み続けている。

――なぜ、こんなに苦しんでも二人は走り続けるんだろうか。これが闘うってことなのか。

詩人美は身体に戦慄が走った。

「わかったよ。無塁叔父さん。俺、今から残りの七人の選手の面《つら》と練習を見てくるよ」

詩人美はそう言って岩の上から飛び降りた。

その日から十日をかけて詩人美は全国を奔走し、二人の対戦相手となる七人の選手の顔と練習風景を見学して回った。そうして東京に戻ってくると、千忍が競輪を打つ噂を三次が聞きつけたのを知り、川崎競輪場まで〝センニン・オッズ〟の見物に行った。

千忍が打ったレースは最終レースだった。

「これは安過ぎるよ。手が出せないや。いっそ他のラインを買おう」

小口買いの客がどんどん違う車券に流れて行く。その様子をじっと見ながら、詩人美は、

――千忍は大衆の敵だな。よ〜〜し、やってやろうじゃないか。

と身体の奥から熱いものが湧いてきた。

いよいよ雷太が競輪場に入る前日の十二月二十六日の夜、詩人美は雷太を訪ねた。

馳三次から教えて貰った雷太の宿泊している本郷にある旅館は、今時珍しい木造二階建で〝りんや〟と屋号があった。

「〝りんや〟なんて競輪の選手の常宿かな」

詩人美は笑いながら玄関に入った。声をかけたが誰もあらわれない。二度、三度続けたが同じだった。詩人美は腹の底から大声を出した。

「すみません。こんにちは。いや、こんばんは。誰か居ませんか。頼もう〰。頼もう〰」

「何だい。うるさいったりゃありゃしない。何が頼もうなのよ。道場破りじゃあるまいし。どこの田舎者だい？　おや、いい男っ振りだね。泊まりかい？　部屋はないよ」

白髪頭の小柄な女性が着物に襷《たすき》をかけてハエタタキを手に立っていた。

「いいえ、俺、客じゃありません。ここに泊まっている風神雷太君に逢いにきました」

「ああ、あの陰気な競輪選手ね。今、お連れさんと風呂に入ってるから部屋で待っかい」

詩人美が笑ってうなずくと相手はハエタタキを手に玄関の天井を睨《にら》んだ。

「こん畜生、こいつはあたしをからかおうってんだね。この美亀松《みきまつ》姐さんをハエの分際で馬鹿にしたら承知しないよ」

姐さんはジャンプしたがハエはすいっと逃げた。

「女将さん、それ貸して下さい」

詩人美は相手からハエタタキを取ると、その場でひょいと飛び上がり、空いた左手で宙をサッと掻《か》き着地した。詩人美はつまんだ指先を見せた。ハエの羽を指の間ではさんでいる。

「叩き殺しておくれ」

「いや、殺生はいけません」

そう言って詩人美はハエをつまんだ指を離し、ふわりと浮いたハエをハエタタキを野球のバットのようにしてフルスイングして表に出した。

「これでとうぶんは遊びにきませんよ」

「ひゃあー、あんた宮本武蔵《みやもとむさし》って言うか、今のスイングはヤンキースの松井秀喜ってとこだよ。あたしゃ惚れたよ」

二階の角部屋に通され、雷太を待っていると、姐さんが茶と菓子を持ってきた。

「すみません。女将さん」

「女将さんはよしてよ、美亀松って名前があるんだから、そう呼んどくれ。泊まって行ってもかまわないから……。それにしても長い風呂だね。温泉じゃないんだから。江戸っ子ならザブンでハイアガリなのにね。だから田舎者は困るのよ。古太郎《こたろう》の友だちって言うから泊めたのにね」

美亀松が愚痴を言ってると、障子戸が開いて雷太が戻ってきた。

「やあ、雷太君」

「ああ……」

雷太は詩人美を見て一瞬驚いたが、すぐに顔を伏せた。

「ちょっと、友だちが訪ねてきたのに、ああはないだろう。そんなこっちゃ勝負に勝てないよ。私ならこの人は買わないね」

美亀松の言葉で雷太の顔が曇った。

「美亀松さん、俺は買うんだよ。それも命賭けでね」

詩人美が笑って言うと、美亀松は目を丸くして言った。

「あんた、博奕《ばくち》は素人《しろうと》だね」

「そうだよ。俺はアマチュアも、大アマさ」

すぐに障子が開いて、鬼塚が顔を出した。

「客か、雷太、夕飯はどうする？」

「はい。ご一緒できれば」

「その人も一緒にどうだ？」

「はい」

詩人美が返答すると鬼塚は黙って消えた。

「まあ、どうして二人とも陰気なんだろうね。これから戦いに行こうって男が陰気じゃ、女神さんも寄っちゃくれないよ。あっ、そうだ。古太郎に夕食のこと言われてたんだ。すみません。梅の間の鬼塚さん。梅の鬼さん」

美亀松が鬼塚を追いかけて行った。

雷太は窓辺に寄ってタオルを桟《さん》にかけていた。角部屋からは上野界隈が見渡せた。雷太がぼんやりと夕暮れの下町を眺めている。詩人美も窓辺に寄った。

「東京もこの辺りだと風情があるな。どうした？　元気がないぞ」

詩人美の言葉に雷太が顔を伏せた。

カタカタと桟がきしむ音がした。桟を握りしめている雷太の身体が震えていた。

「詩人美君、僕、怖いんだ。怖くて仕方がないんだ」

「何が怖いんだ？」

「大観衆の前でみじめなレースをして負けてしまうことが……。逃げ出したいよ」

「じゃ逃げりゃいいさ。どこか競輪のない国まで逃げちまえばいいよ。けどどこへ逃げたって、雷太君、君が戦いを捨てて逃げ出したことからは、君は一生逃げられやしないよ。悔やみ続けて生きる方がもっと怖いはずだよ。君はみじめなレースって言ったけど、一番みじめなのは自分がみじめと思うことさ。立派な勝ちがあるんなら立派な負けだってあるはずだ。相手が強いからか？　同じ人間同士だぞ。やってみなけりゃわからないよ。それに君が負けたらナギサちゃんはどうなるんだ。あんな醜い野郎に抱かれて、君は生きていられるのか？」

雷太が激しく首を横に振った。大粒の涙が窓の桟を濡らしていた。

「雷太君」

詩人美が名前を呼んだ。雷太が顔を上げた。

バシーッと乾いた音がした。続いてもう一度、バシーッと音が響いた。往復ビンタだ。

「いつまでもガキみたいなマネはするな。男はいつか大人にならなきゃなんないんだ。大人の男は泣かないんだよ。最初のビンタはナギサちゃんからだ。二発目は君を応援している俺たち全員の分だ。目を覚まして独りで立つんだ。俺たちにはもう揺《ゆ》り籠《かご》なんかないんだから……」

詩人美が雷太を睨みつけていると、

「取り込み中、ちいっと邪魔するぜ、ここに鬼は居るかね？」

障子から顔を覗かせたのは鮮やかな鶯《うぐいす》色の着物を着た短髪の男だった。

「あっ、勝《かつ》先輩」

「おう、風神君か。どうしたい？　与太者に脅《おど》されてんのかい？　この勝古太郎が相手をしてやろうか」

「い、いいえ。彼は僕の親友で青川詩人美君と言います。ちょっと鍛えて貰ってただけです」

「そうかい。よく鍛えて貰いな。ところで鬼はどこだい？　下の宴会場で夕飯の準備ができてると言っとくれ。そちらさんもどうぞ」

そう言って男は消えた。

「誰だい？　今のは？」

「あれが〝江戸の鶯《うぐいす》〟と呼ばれる東京一強い競輪選手の勝古太郎先輩だよ」

「知ってるよ。練習を見たよ。新橋《しんばし》－向島《むこうじま》－柳橋《やなぎばし》の路地を猛スピードで走ってたよ」

今回のグランプリレースの優勝候補の一人に挙げられている強豪選手である。

「どうして勝がここに？」

「なんでもこの宿は勝先輩の贔屓《ひいき》で、鬼塚さんと勝さんは競輪学校の同期生なんだ。それで勝さんが招いたらしい」

「そうなのか……」

詩人美がうなずいていると階下から三味線と鼓の音が聞こえてきた。

「鬼よ。もうちいっと楽しそうな顔をしろよ。おまえさんが怖い顔をしてるから風神君も同じ顔になる。ほれ、芸者衆が怖がってるじゃないか。勝負は時の運だ。運を引っ張り込むには面白可笑しく賑やかにしてなきゃだめだ。〝天の岩戸〟もそれで開いた。神さまなんてもんは祭り騒ぎをしてりゃ、むこうからやってくる。さあ、飲め。昔の恩はどこへ置いてきた？」

勝の言葉にいつの間にかやってきた無塁が拍手をした。風呂まで入って浴衣姿である。

「そのとおり、さすが〝江戸の鶯〟だ。言うことがホーホケキョ」

「明朝早くに雷太と練習がある」

「今さら自転車を乗り込んで何になる。やることはやったんだろう。あとは勝つ算用をすりゃいいんだ。少しは頭を使え。風神君、君はグランプリを勝つにはどうしたらいいと思うんだ？」

「えっ、勝つためですか。それは……」

雷太が口ごもっていると、無塁が言った。

「一番最初にゴール板を抜けりゃいい」

「おっ、そのとおりだ。風神君、それだけのことだよ」

「はあ……。でも勝先輩をはじめ皆さん僕より力がありますから」

「力がある？　ハッハハ、たいした力じゃないだろう。西の連中も、近畿の連中も所詮は田舎競輪じゃないか。違うかい、鬼よ？」

勝の言葉に初めて鬼の口元がゆるんだ。

「風神君、君は生まれはどこだ？」

「今は埼玉ですが、元々は京都です」

「京都か。京都と言やあ、昔は都だ。風神雷太か、先祖さんは絵師だったんじゃないか。それならレースの絵図くらい簡単に描けるだろうよ」

「はあ？　絵図ですか？」

「ああ絵図だ。競輪は頭が良くなけりゃ勝てないぞ。いくら足があってもしょうがない。おい、美亀松、筆と墨《すみ》を持ってきな。芸者衆は膳を下げて座敷を広くしろ」

美亀松が筆と墨汁を持ってくると勝は障子に筆を走らせた。達筆である。

一、西郷《さいごう》　三之助《さんのすけ》（鹿児島）
二、桂《かつら》　次五郎《じごろう》（山口）
三、坂本《さかもと》　寸馬《すんま》（高知）
四、鬼塚　競一（新潟・元東京）
五、勝　古太郎（東京）
六、風神　雷太（埼玉）
七、土方《ひじかた》　真三《しんぞう》（京都）
八、近藤《こんどう》　伊佐夫《いさお》（京都）

九、沖田《おきた》 聖士《せいじ》（京都）

立川グランプリの出走選手と枠順である。

「古太郎さん。これって維新の時に似てやしませんか？　あんたのご先祖さまの麟太郎《りんたろう》さん、勝海舟《かいしゅう》先生が活躍した……」

美亀松が素頓狂《すっとんきょう》な声で言った。

「おっ、さすがに昔、辰巳《たつみ》芸者で一と言われた美亀松姐さんだけのことはあるな。そのとおりよ。今回は維新前夜とそっくりよ」

「維新前夜？」

詩人美、無塁、鬼塚、雷太が声を揃えて言い、顔を見合わせた。

「よく見てみな。西勢は鹿児島の西郷、山口の桂、高知の坂本だ。この三人は江戸時代なら薩摩《さつま》、長州、土佐だ。こいつらが片方の優勝候補のラインだ。仲の悪かった西郷と桂を取り持ってラインを作らせたのが坂本だ。これでこのラインが〝勝てば官軍ライン〟だと評判らしい。もう一方が土方、近藤、沖田の京都ラインだ。そうよ。〝新選組ライン〟だ。このラインの強さは沖田も土方も近藤を勝たせるために死ぬ気で走ることだ。沖田なんぞはこのレースで死んでもいいと言ってるくらいだ。対して〝官軍ライン〟は一人一人が元々力を持っている。それがラインを組んだ強味がある」

「それで古太郎さん。あんたがこの勤皇と佐幕をまとめてねじ伏せようとしてるんだね。さすがに海舟先生の血を引いてるだけある。これは面白い勝負になりそうね」

美亀松が言うと居並ぶ芸者衆も皆うなずいた。

「うん、これは絵図が描けそうですな」

無墨が膝を叩いた。

「ほうっ、無墨さんと言ったね。鮨食いねぇ」

「神田の生まれよ、江戸っ子よ」

「無墨叔父さん、叔父さんは瀬戸内海でしょうが……」

「いや、あんた面白い人だね」

「はい。ちょっと言わせて貰います。〝新選組ライン〟は何が何でも近藤に勝たせたい。ということは沖田は死ぬ気で主導権を取って、そこから土方との二段駆けだ。それをさせては〝官軍ライン〟は勝ち目がない。おそらく想像するに坂本は西郷と桂の仲を取り持ったから、どちらかが勝って貰うレースの組み立てをしたい。となるとレースの鍵を握るのは残った三人。つまりここに座る御三方ということになる」

「いや、おそれいった。頭がいいね」

「さあそこでだ。俺たちは〝新選組〟と〝官軍〟がガリガリやり合ってくれりゃ、思う壺のひと捲りだが、そう簡単にいかないのが競輪だ。俺と鬼とはガキの時から一緒に遊んでいて競輪学校まで同期というので〝新選組〟も〝官軍〟もラインを組むんじゃないかとうかがってる。だが俺は坂本とも仲がいいのは有名だ。だから俺が〝官軍〟に組みこまれるんじゃないかとも考えている。明日の前検日、インタビューで俺は〝官軍〟にも風神－鬼塚のラインにもつかないとコメントする。鬼はどうするよ？」

「俺はマーク屋だ。一度風神君につけると言ったら地獄の果てまでラインは守る」

「おまえは相変わらずだな。おまえがどちらかの番手で競《せ》ると言えば奴等は動揺するのによ」

「どっちつかずで死ぬのは嫌だ」

「おまえ、死んでどうする？　俺たちはこの勝負に勝って東京中の芸者総上げの段取りを話してるんだぞ。東京中の芸者だぞ」

「東京中の芸者さん！　それ、最高！」

　無塁が拍手した。

「ほら見ろ、素直に人は喜ぶだろう。おまえが風神の先行をガードして〝新選組〟〝官軍〟とぶつかれば血の雨になるぞ。俺は今回どうしても無血入城じゃない、無血優勝で、銀座パレード、芸者総上げをしたいんだ」

「銀座パレード？　最高！」

　無塁はもう舞い上がっていた。

「ところで詩人美君と言ったな。あんたえらく男っ振りがいいが、どうしてまた風神君を応援してるんだ？」

「は、はい。実は……」

詩人美が勝に近寄り、耳元で話をはじめた。

「ほう、そうかい。そういうことか、わかった。大義はこっちにあるぞ。よし、詩人美君、あんたのその勝負、勝古太郎乗ってみよう」

勝は言って、盃の酒を一気に飲み干した。


十二月二十八日、詩人美は無塁たちと立川競輪場に出かけた。

立川グランプリが行なわれる年末の立川競輪場では恒例のS級戦が開催される。そのS級戦には〝麻雀の神様〟と呼ばれた故・阿佐田哲也《あさだてつや》の冠がつく〝阿佐田杯〟が三日間戦われる。

詩人美は大山千忍との競輪の勝負を受けてから、何度か競輪場に通った。それは無塁から面白い話を聞いたからだった。

「競輪は一にも二にも場数《ばかず》を踏むことだ。ギャンブルだから勿論、必勝法なぞはない。セオリーはあるが絶対ではない。そのセオリーの基本は人間が走ることだ。人間が情念の生きものだった話だ。今の競輪には昔の競輪にあった選手一人一人の情念が展開を作り、勝負処で情念の争いになることもなくなった。それでも競輪は人と人が競う勝負だから、情念はわずかに顔を見せる。そのわずかを覗くには一レースでも多くレースを見ることだ」

「情念ですか？」

「そうだ、情念だ。人は情念で生きるものだ」

詩人美は無塁の言葉が少しわかる。

ギャンブルをしていて、最後の決め手になるのは己しかない。競馬で言えば調教タイムでも持ち時計でも、他馬との比較でもない。それは確率でしかない。それならコンピュータにより精度の高いデータをインプットできる者が勝者になれる。血統？　これも変異の前には力を失う。バカラも麻雀もサイコロも皆同じだ。確率論が決め手なら記憶力がある者が勝つ。しかしギャンブルの勝者と敗者をよく見ると勝負に強い者と弱い者にあきらかに分かれる。勝負処のあり様は運を含めて、賭ける者の内側にあるものが左右している。それを決定しているものは己である。

パンタ老人と中国奥地の山道を歩いている時に、老人が言った。

「詩人美君、この数歩先は実は見えないんだよ。一歩先だってね。でもこうして私たちは歩いているだろう。それも自然にね。少しでも迷ったり躊躇したら歩けない。ギャンブルも似てるね。自然と、そこに踏み出す。この一歩を踏み出しているのは私だ。私の中に妙なものがある……」

「妙なものですか？」

「そうだ。その妙なものを皆摑みたくて、人間はうろうろする。神も、神の子も、その妙なものがこしらえた。君が愛するポエムもまたその実体を探しているのかもしれないね。ほら、あの鳥たち。あの鳥を飛翔させているのは羽じゃないと私は思っている。あの鳥の身体の中に飛ぼうとする妙なもんがある」

詩人美はヒマラヤ山脈を越えて、遥か高みを北にむかい飛翔する鳥影を見上げた。

「詩人美君、人と鳥の違いは何だと思う？」

「違いですか……」

詩人美が考え込んでいると、パンタ老人は歩いている自分の足を指さした。

「こんなふうに歩くみたいに飛んでるんだよ。飛んでるとは思っていない。だから飛べる。いろいろたしかめていたのでは飛べない。しかし人間はそれをやりはじめた」

「いつからですか？」

「人間になった瞬間からだ。歩いていると思う。目覚めると眠っていたとわかる。空を、海を、星を、それだと認めて名前までつけた。言葉が生まれて、やがてこの厄介な生きものは自分という存在を考えはじめた。そして身体の中に妙なものがあると思ってしもうた」

「そう思うことはイケナイことなのでしょうか」

「さあ、それはわからない。そう思いはじめて失ったものは大きい。得たものと失ったもののどちらが大きいかはわからない。そう、わからないことだらけだということが、ここまで生きてわかった。詩人美君、君は私が飛べると思うかね？」

「……ええ、パンタさんなら飛べると思います。いや、飛べます」

「わしなら、ならか……。よくわからない答えだね」

「いいえ、僕は、そう信じています」

詩人美が必死に言うと、パンタ老人は白い歯を見せて、君はいい若者だ、と笑った。

パンタ老人が彼の足を指さして言ったこと。自然に行く手を決定する。そこに詩人美のギャンブルのやり方があるような気がする。その自然さを失わせるものが、業欲やミエや、詩人美の目にはつまらなく映るものではないかと思う。キコリもデヴィルも、それにやられた。

情念が競輪の勝敗を決定するのなら、やはり魅力的なギャンブルなのだろう。雷太が鬼塚が生死を賭けるようにあれほど懸命になっているのも、その情念がさせているのかもしれない。

「ひどい混みようだね。初日でこれじゃ、グランプリ当日は大変な客の数になるだろうな」

無塁がスタンドを見て言った。

「うん、ひさしぶりに面白い競輪になりそうだな」

大鳥三駄がうなずいた。

――これだけの人たちが情念を見つけようと頑張ってるんだ。イイナー。

詩人美は競輪ファンが好きになった。するといきなり背後から人に押された。

「何をしてんだ。ここでボヤッとしてるなら、どこか公園にでも行け。ど素人が」

「す、すみません」

ジャージに女性物のサンダルを履いたオヤジが忙しそうに穴場にむかって行った。

「イイナー、一生懸命で」

詩人美は無塁たちと別れて、一人でスタンドの中を歩いて回った。競輪はレースをしている時間は数分しかない。あとはもう男たちが血まなこになって賭け続けている。

「おうっ、詩人美さんじゃないか」

見ると馳三次が競輪新聞片手に立っていた。

「頑張ってるね」

「そっちこそ大勝負を前に余裕があるな」

「そんなことはないよ。今日も勉強に来てるんだ。競輪って面白いね」

「そうだろう。当たり前だ。そんなことより昨日の選手のインタビュー聞いたかよ」

「何のインタビューだい？」

「わかっちゃいないな。グランプリに出る選手たちのインタビューが今日の新聞に載ってるんだ。それも知らずに大丈夫か？」

「そうなんだ。何か言ってるの？」

「ほれ、見てみろ」

三次が差し出した新聞を詩人美は見た。
①西郷三之助（鹿児島）「おいと桂どんはすべてを坂本どんにおまかせしとりもす。薩長が連繋できもうしたのは坂本どんのおかげです。日本の競輪の夜明けのために直線は薩摩隼人《はやと》の力を見せもうす」
②桂次五郎（山口）「坂本君がわしらを引っ張ると言うとるからの。それを信じにゃならんのう。京都勢に主導権を取られては厄介じゃから坂本君には行って貰いますで。それに勝さんと坂本さんのドッキングもありますから」
③坂本寸馬（高知）「今回のレースは新しい日本の競輪がかかっちょいますきい。西郷さんと桂さんの連繋で面白うなったきい。しか京都勢は手強いきい。ぜひとも勝さんにこちらに加勢して欲しい。勝さん、よさこい」

④鬼塚競一（新潟）「風神君一本でマーク屋の仕事はきっちりさせて貰います。切り替え？　誰に口をきいてるんですか」

⑤勝古太郎（東京）「薩長連合と新選組の戦い？　そりゃ読みが甘いぜ。鬼塚とは旧友だって？　あいつもガキの時から変わらずガンコだからな。先手ラインの好位から勝負処は行くぜ。まあ江戸っ子の意地を見せてやるって。坂本か、ありゃなかなかの男だぜ。連繫はまだ何とも言えないな」

⑥風神雷太（埼玉）「僕はもう出走できただけで満足です。先輩たちの胸を借りるつもりで鬼塚さんに迷惑かけないように先行するだけです」

⑦土方真三（京都）「京都勢は鉄壁です。局長（近藤）のために沖田は走ります。薩長？　所詮は田舎武士です」

⑧近藤伊佐夫（京都）「沖田－土方にまかせます。真の競輪道は何かをお見せします。誠の一字です」

⑨沖田聖士（京都）「誠のために死にます」

インタビュー記事を読んで詩人美がタメ息をついた。

「カッコイイナー。この沖田って選手。『誠のために死にます』だって……」

「そうなんだよ。でも沖田は本気で死ぬ走りをすると思うぞ。沖田が死んだら彼を捨てて土方が番手捲りを打つ。その後から近藤がカミソリのような脚で差す。その展開になれば坂本－桂－西郷のラインも歯が立たない。だから坂本は勝を自分たちのラインに引き入れたくて仕方ないんだ。ほらっ、勝も坂本のことを、なかなかいい男だ、と言ってるだろう。今回の車券のポイントは、このコメントをどう読むかだな」

三次の言葉に詩人美が不満そうに言った。

「おいおい、それじゃ、雷太はどうなるんだよ。まるで勝負の圏外にいるみたいじゃないか」

「それが競輪の面白いところだ。ふたつのラインが牽制し合えば風神－鬼塚のラインに勝利の目が出てくるってもんだ」

「そういうものか。でも俺は勝さんを信じてみたい気がするんだ」

「勝古太郎を？　あいつはあれでなかなか腹芸をする選手だからな」

「それに高知でちらりと練習を見た。坂本という選手も魅力があったな。どうにか一目逢って雷太や鬼塚さんの気持ちを伝えたいんだがな……」

「それは無理だ。競輪選手は一度前検で競輪場に入ると、外部との接触は禁止されてるんだ」

「えっ？　どうしてだい」

「八百長の防止のためだ。競輪は人間が走る分だけ八百長の可能性が高いと言われてるからな。実際、昔はそんなレースもあったらしい……」

「ふぅ～ん、そりゃ面白いな」

「えっ、何だって」

　三次が詩人美を見返した。

　場内がざわついて、女の子の声援が聞こえた。S級戦レースの間にグランプリレースに出走する選手が練習を兼ねて、バンクに登場してきた。皆グランプリのレーサー服に身を包んで勇ましい。

「沖田君、沖田君、私の聖ちゃん」

　それまでどこに隠れていたのか、若い女の子たちが金網に顔をつけるようにして声援を送りはじめた。ほとんどが沖田聖士の声援である。

　紫色のレーサー服。ヘルメットから出た長髪が風になびいて、なるほど美しい顔をしている。その背後に土方、近藤が並んで走っていた。一方の坂本－桂－西郷のラインは百戦錬磨の猛者だけに貫禄がある。先頭を走る坂本の隣りに勝が並んで何事かを話している。そのふたつのラインに比べて、雷太の緊張し切った姿は、まるで蛇に睨まれた蛙である。その雷太の後位を鬼塚が顔を真っ赤にしてじっと前を睨みつけて走っていた。

「風神、おまえもうびびってるんと違うか。後についた鬼が怒ってるぞ。それじゃレースにならんだろう」

雷太への野次にスタンドがドッと湧いた。詩人美は金網に駆け寄って怒鳴った。

「雷太。おまえの力なら勝てるぞ。雷太、自分を信じるんだぞ」

「そうだ、雷太。風神先行を見せてやれ」

三次が大声を上げた。

「ハッハハハ」

笑い声がして振りむくと、そこに大山千忍が男たちに囲まれて立っていた。

「今頃、そんな声援をしてるようじゃ勝負にならないな。勝負をやめるんなら、今のうちだぞ。所詮はガキだったか」

詩人美は千忍を見上げた。

「千忍、大口を叩けるのもあと三日だ。おまえじゃ情念のレースを読み切れないだろうよ」

詩人美が言うと、千忍が顔色を変えた。

「どこでそんな古い車券師たちの話を耳にしてきた。今はもう競輪の形態が変わってるんだ。ロマンや情念でレースを走る選手はいない。よく勉強して来い、もっともう遅いだろうがな」

「そうか? 沖田って、あの美青年は『誠のために死にます』って言ってるぜ。おまえのレースの読みの中に沖田が死ぬっていう前提は入ってないのか?」

また千忍の顔が変わった。

「ちょこざいな。負け犬かな。負け犬はよく吠えるな」

「どっちが負け犬かな。まあいい、前売りがはじまればおまえの車券はわかる。負けたくなきゃ、せいぜい手をひろげて買い占めておくことだな」

詩人美はそう言って千忍たちの前から立ち去った。バンクの中に目をやると、首をうなだれ肩を落として走る雷太の姿が見えた。その雷太と鬼塚の二人を沖田―土方―近藤のラインが黄色の声援を受けて追い越していた。

――何か手を打たなきゃ、雷太は力を出せないかも知れないな……。

詩人美は呟いて、無塁たちの所に戻った。


その夜、詩人美は無塁たちと別れて、一人歌舞伎町に出かけた。

目指していたのは、李老人の中華料理店だった。李老人は、あの麻雀が終わった直後に亡くなった。李夫人が迎えてくれた。

「まあ、元気なの。詩人美君だったわね。主人は最後にあなたたちと麻雀ができてとても喜んでいたわ。きっとこころおきなく、この世を旅立てたはずよ。詩人美君、あの時中国に行ったパンタ老人は元気にしてるの?」

詩人美はパンタ老人との旅のことを夫人に話した。

「そうなの。主人にしてもパンタ老人にしても、あの頃の時代の男たちは皆美しいわね。ねぇ、あなたの顔もとても良くなったわ。若い時の主人やパンタさんに似てきたわ。何か旅先でいいものにめぐり逢ったのね。ところで今日は何のご用？」

「実はお願いがあるんです」

詩人美は李夫人への頼み事を話し出した。

詩人美が李夫人に頼み事を話し終えると、夫人はしばらく考え込んでから言った。

「わかりました。あなたの望みをできるだけ叶えるようにしましょう。だけど今の新宿は昔と違いますからすべて上手く行くかどうかはわかりません。でも中国にも昔から侠《きょう》はありますし、大人の男たちはそれに命を賭けてきました。やってみましょう」

「ありがとう」

「御礼はまだ言わなくて結構です。約束を果たせたら、あなたが私の願い事をひとつ聞いて下さい」

「は、はい。何でもします」

「何でも？　それを聞いて安心しました。私の希望は……」

そこまで言いかけて、李夫人は詩人美のそばに近寄ってきて、小声でささやいた。

「えっ？」

詩人美が驚いた顔をして李夫人を見た。李夫人の頬が赤く染まっていた。詩人美は生唾を飲んでうなずいた。

グランプリ当日の朝は冷たい冬の雨が降っていた。

「雨か……。面白くなるかもしれません」

アパートの窓から無塁が空を見上げて言った。詩人美が訊いた。

「雨だと競輪は面白くなるのですか？」

「はい。雨の日は他の選手より前を走る先行屋に有利なんです。後を走る選手には水しぶきが当たるし、タイヤが滑るのでハンドルの操作も天気が良い時と比べて慎重になるんです。競り合ったり、牽制し合っての落車も当然多くなりますからね。雨は先行選手には恵みです」

それを聞いて詩人美は雷太に有利な条件がひとつできたのだと思った。

二人は紙袋をぶらさげ、定食屋で朝食を摂り、花園神社に行って祈った。

「神さん、あんじょうよろしゅうたのんまっせ」

無塁はそう言って赤い舌をペロリと出した。

「神さんも大変です。人の都合のいい時だけ頼み事をされて引き受けるんですから」

無塁の言葉に詩人美が苦笑した。

それから二人は仲間と待ち合わせた伊勢丹デパートの脇の喫茶店にむかった。まだ開店していないデパートの前を通り、店のドアを開けると、奥に現場監督の大鳥三駄、オカマのメグ、料理人の八千草比呂美、マスターのカルロス、作家の馳三次の五人が待っていた。

「おっ、全員揃ったね。〝七人の侍〟ってところか」

三駄が言うと、三次が返した。

「〝荒野の七人〟でしょう。車券を打ちまくるんだから」

詩人美がテーブルの上に持っていた紙袋を置き、中から現金を取り出した。

「用意できたのは三千五百万円です。一人で五百万ずつならポケットに入るし、車券も無理なく購入できるでしょう。買い目はこの紙に書いてきましたが、これは競輪場に行ってすぐに買う二百万円分の車券です。昼食の時に食堂で落ち合って、残りの買い目を決定します」

詩人美の言葉に皆がうなずいて、配られた小紙に書いてある数字を見た。

「ほうっ、2車単と3連単を買うのか」

三駄が言った。

「はい。今の競輪の車券の売上げは八割から九割が、この二種類の車券です。他の車券に金を入れるといっぺんに配当が下がってしまいます。では先にその買い目がマークシートに記してありますから、それと昨日の前売りで同じ車券を三次君が買ってきています。買った車券をこれと照合し確認して下さい」

詩人美から車券を受け取ったメグが言った。

「へぇ〜、これが車券なの。薄っぺらなもんね。これがお金になるってわけね」

「はい。的中すればですね。しなければただの紙クズです」

詩人美が言うと三駄が身を乗り出した。

「千忍たちが何の目でくるかは競輪場に行って前売りを見なきゃわからないが、俺の予想じゃ、連中は2車単で京都ラインを狙ってくると思う」

「土方－近藤の⑦－⑧か近藤－土方の⑧－⑦ですかね。どちらかが一番人気でしょう」

三次が返答した。三駄が言った。

「おそらく⑧－⑦で近藤の差し目だろう。沖田も土方も近藤を勝たせたいのだから。沖田と土方の二段駆けが決まると坂本－桂－西郷は巻き返せないだろう」

「そんなに単純なものですかね。元々、一人でも勝ち負けの戦いになる実力を持った坂本、桂、西郷がラインを組んだんですよ。おまけに二日前の顔見世で坂本と勝が仲良く並走していたでしょう。一年の総決算の戦いですよ。当然、何かの思惑と筋書きがあるのがレースじゃないんですか」

無塁がぽつりと言った。三駄が言った。

「しかし本命に大金を入れるのが千忍のやり方だぞ。坂本ラインの車券は展開が読み辛いし、リスクが大きくないか」

「それはそうだが、千忍はナギサちゃんも勿論だが、やはり詩人美の並外れたギャンブルの力と運が欲しいんだろう。千忍の年齢じゃ、大勝負はいつまでもできない。金がいくらあっても勝負に勝てなきゃ話にならない。あいつはまっとうな金の稼ぎ方じゃ満足できないんだろう。相手を徹底的につぶさないとな……。あいつのことだからリスクは何かの方法で消してる気がする」

「どうやって?」

「桂だよ。あの選手は西郷と手を組んでいるが本気じゃなかろう。私は桂と千忍に何か繋がりがあると見ている。京都勢は企みで組しない一途な連中だ。千忍はそんな連中に大金を賭けないよ」

詩人美も無塁の話を聞いて一理あるように思った。

「まあともかく競輪場へ行けばわかる。早いとこ出かけよう」

無塁の言葉に皆が立ち上がった。

立川競輪場はまだ1レースなのに雨の中を満杯のファンであふれていた。

皆は正門で分かれて、車券を買いに行った。

昼食時になって、待ち合わせた食堂に全員が集まった。

「やはり無塁さんの言ったとおり前売りのオッズは2車単の桂が頭の②－⑤一点が3・2倍でひどく低い配当になっているよ」

三次が前売りのオッズ表をテーブルの上に置いて言った。

「そうか坂本－勝－桂－西郷で並ぶって戦法か。千忍にはその情報が入ってるわけか。それに比べて⑦－⑧、⑧－⑦は両方とも15倍あるものな。競輪ファンは、この15倍に身体が動いちまうな。俺でも買いたいぜ。詩人美君、こっちで勝負した方がいいんじゃないか」

「それは千忍たちの思う壺になります」

「そうか。違いない」

「それで買い目はどうする?」

「皆さんは食事をしておいて下さい。私はもう一度バンクの様子とオッズを見てきます」

バンクに冬の冷たい雨が落ちていた。流れる雨水にバンクが光っている。詩人美はあと数時間ではじまるグランプリレースの仮想の姿を思い浮かべてみた。

雨の中、打鐘が鳴り響き、沖田が果敢に先行し土方と近藤が続く。その外を坂本－勝－桂－西郷が被さるように発進する。だがふたつのラインはスーッと雨中に失せた。

――この展開はないってことか。

次に発進しようとした京都勢を坂本がイン切りし、その上を勝‐桂‐西郷で発進し坂本までがドッキングした。内側から沖田が巻き返して勝ともがき合う……。その姿もまた雨中に消えた。次に雷太‐鬼塚で発進し、沖田ラインが一気に抜きにかかる……。これも雨に消えた。

すでに持ち金の三分の一近くは雷太‐鬼塚の④＝⑥の折り返しと3連単で鬼塚‐雷太の④⑥から勝、桂、近藤、西郷の4点を均等に流してある。

「どうなるんだろうか？」

詩人美が呟いた時、背中を叩く人がいた。

「何をしてるの？　博奕場で独り言ぐちゃぐちゃ言ってちゃ勝てないよ」

見ると美亀松姐さんが立っていた。

「あっ、どうも。どうしてここに？」

「勝さんがあんたの度胸に惚れたって言うからさ。あの夜、風神さんと鬼塚さんが休んだ後で坂本さんって人が来て、勝さんと二人で飲んだのよ。無血入城で城を明け渡しだなんて変なこと言ってさ。そのことを詩人美さんに伝えてこいって言うから来たのよ」

「無血入城？　城を明け渡し……。そうか、じゃ桂、西郷が生き残るってことか？」

「桂？　その人は勝さんは嫌いだと言ってたわ。俺と坂本で新選組はつぶすが、桂にもいい思いはさせないって言ってたわ。レースが終わったら西郷さんと逢うって……」

「西郷さんと？」

「ええ、そう言えばわかるって」

詩人美はバンクを振りむいた。雨中を走る選手が浮かび上がった。向正面では先頭を走る雷太の後方で鬼塚と桂が激しくやり合っている。雷太が必死の形相で3コーナーを回っている。その後方は桂と鬼塚がからみ合う。二人の後位にいた西郷が一気に抜け出す……。その西郷に後方から勝が続く。

なぜだか、その幻は消えない。

「わかった。ありがとう美亀松さん」

詩人美は礼を言って食堂に走った。


「えっ、こんな車券を買うのか。桂が飛んで西郷が頭で抜けて、しかも三着が雷太なんて、どうやって入ってくるんだ。その上、今まで買った鬼塚－雷太の車券をパーにするのかよ。いくらなんでも……」

三駄が大声で言って、無塁を見た。

その時、姿を消していた三次があわてた顔をして戻ってきた。

「おかしなことになってきたぜ。断トツの一番人気の桂－勝の②－⑤と西郷－勝の①－

⑤がえらい勢いで接近してきた。千忍が目を変えたぞ」
「何？　西郷－勝の①－⑤が……。それじゃ俺たちが買う①⑤⑥の一、二着と同じじゃないか。資金力のある連中に勝てないだろうが」

三駄が言うと、無塁が静かに言った。

「やってみようぜ。面白い勝負になってきたぞ。さあすぐに3連単の①⑤⑥を買い占めるんだ」

「おいおい、無塁、おまえまでが」

三駄が声をかけたが、メグやカルロスはすでに穴場へ走り出した。

阿佐田杯が終了し、雨天でいつもより暗くなったバンクに照明が当たり、グランプリの各選手が入場してきた。場内は選手を応援するファンの声で海鳴りのように揺れている。土方、近藤を連れて走る沖田への若い女性の声がひときわ高く聞こえる。その時、場内がどよめいた。なんと坂本－勝－西郷－桂で並んで走っている。

「これが①－⑤の理由か……」

三駄が言った。オッズを見るとすでに①－⑤は3倍近くに配当が下がっている。

「こりゃ面白いや」

無塁が笑い出した。雷太と鬼塚がファンから無視されたように二人で走っている。

ファンは顔見世が終わると一斉に穴場に走って行く。

何だよ、この3連単のオッズは。①⑤②が一番人気かと思ったら①⑤⑥が一番人気だぜ。オイオイ、2車単の①－⑤は3倍きりしかないのか。それなら3連単の①⑤②は80倍もあるからこっちで勝負だろう……。

場内からファンの声がする。オッズの数字でファンは右へ左へと流れて行く……。

締切り五分前、三分前……。2車単の①－⑤が少しずつ配当を上げて行く。千忍の思惑どおりにオッズが動く。それに比べると3連単のオッズは504通りなので一瞬しかオッズ表に映らない。前売りで二千百万円を①⑤⑥に入れた詩人美の勝負配当は前代未聞の2倍からはじまった。あとは上昇して行くだけである。

締切のベルが鳴り、バンクに静寂がひろがった。選手が入場した。

この時、三次とメグは選手が並ぶスタート台に一番近い場所の金網にしがみついていた。

「おい、そこをどけ。見えないじゃないか」

ファンが三次を怒鳴りつけた。

「静かにしろい。スタートの時だけ声をかけるんだ。文句があるなら私が相手よ」

メグがドスのきいた声で男たちに言った。

「何だよ。このオカマ。おっかないな」

選手がスタート台につき、一礼して自転車に乗った。スターターが、「用意」の声を選手にかけた。一瞬の静寂がひろがる。その時、三次が大声を出した。

「雷太。ナギサちゃんが応援にきてるぞ。助け出したんだぞ」

「そうよ。雷太君、ナギサちゃんが見てるわ」

メグもあらん限りの声を出した。

雷太が金網の方を見た。三次とメグがVサインを作って雷太に合図した。

号砲が鳴り、選手がスタートした。雷太が前を取り、鬼塚が続いた。中段は坂本－勝－西郷－桂が取り、後方に沖田－土方－近藤が続いた。

周回はそのまま淡々として続き、残り三周の青板から沖田－土方－近藤が上昇した。それに合わせて坂本－勝－西郷－桂が内側を併走して上昇する。雷太－鬼塚は後方に引く。打鐘がはじまった。すると桂がするすると西郷と勝を抜き、土方に競りかけて行った。京都勢の分断である。土方が桂を内におさえると、今度は坂本－勝－桂－西郷の並びになり、沖田が踏み込むと坂本も沖田を外へ押しやりながら二人が激しくもがき合った。場内がどよめいた。わずかに沖田が出ると坂本と勝が土方－近藤のインで競り出した。

「オイ、ありゃいったい何だ」

場内から声が上がる。

立川競輪場の満員のファンが一斉にオーロラビジョンに目をやった。

そこには真っ白のバニーの衣裳に身をつつんでセクシーなポーズを取っている白神《しらがみ》ナギサちゃんが映し出されていた。

「ありゃいったい何だ。どこの可愛子ちゃんだよ」

皆が見惚《みと》れていると、ナギサちゃんの顔がアップになり、

「雷太君、早く来て〜」

とセクシーな声を発し投げキッスをした。

途端にバンクの中で戦いの最後方にいた雷太と鬼塚のラインが動き出した。雷太は腰を上げオーロラビジョンに映るナギサちゃんを睨み付けながらペダルを踏み込んでいる。

先頭を走る沖田の後方で土方－近藤と坂本－勝が競り合っている。そこに桂－西郷が続く。

雷太が踏み込んだのを見て観客がどよめいた。気配を察して沖田が踏み込む。雷太が沖田の横に並んだ。二人がもがきはじめた。

「無理だ、無理だ。風神の脚じゃ沖田をおさえ込めないって」

スタンドから玄人《くろうと》っぽいファンの声がする。ところが雷太の脚色《あしいろ》は沖田に負けない勢《せ》いである。もがき合いが続く。もがき合いは競輪で競りと並んで最高の見せ場である。

場内がどよめく。沖田がバンクの中段に上がって雷太を封じ込めようとするが、雷太はさらに外を踏み込む。

「オイオイ風神が本当に風の神になっちまってるぜ」

沖田の脚が少しずつ力を失って行く。雷太の前輪が抜け出した。

「おっ、風神が沖田をおさえ込んだぞ」

雷太－鬼塚が先頭で最終2コーナーを回った。すると最後方にいた桂が一気に捲って出た。その桂を鬼塚が牽制する。桂と鬼塚が激しくからみ合う。鬼塚も最後の気力をふりしぼって戦っている。最終バックを雷太が先頭で通過して行く。後方で鬼塚と桂がヘルメットをぶつけ合い喰い下がる。その後を西郷が続き、勝－土方－近藤が追っている。

「おい、風神の逃げ切りか……」

誰かが叫んだ時、西郷が桂を捨てて追い上げてきた。

「雷太、西郷が来たぞ」

馳三次が大声を上げた。

桂を競り落とした鬼塚が西郷にぶつかる。西郷がすでに余力を失っている鬼塚を一発で飛ばして必死で逃げる雷太に迫る。さらに西郷の外を土方と近藤が追い上げ、4コーナーの直線に入った。西郷が土方と近藤を外に牽制しながら直線を踏み込む。勝が西郷と雷太の間を割り込む。場内は大喚声である。

西郷が頭抜けてゴール板前を駆け抜けた。土方と近藤の自転車が絡んで二人が落車した。インで勝と雷太が並んで通過した。

「風神が逃げ粘ったか！」

「いや、勝が最後に差しただろう」

風神だ、勝だ、と場内で声が続いた。

西郷が胸を張って向正面をゆっくり走って行く。坂本がそばに寄ってきて西郷の腕を取って空に突き上げた。西郷は満足そうにうなずく。土方と近藤にバンク内の係員が担架を運んで行く。西郷が勝に近寄り頭を下げる。勝が西郷の肩を軽く叩く。肩で荒い息をして走る雷太の所に鬼塚が駆け寄り、背中を撫でる。戦いは終わった。

場内のオーロラビジョンからナギサちゃんの姿が消えて、ゴール前のスローモーションビデオが流れる。一着の西郷に1車身離れてインで勝と雷太がほとんど同時にゴール板を通過している。それを見て、また場内がどよめいた。

1コーナー、2コーナーと4コーナーの審判の赤旗が上がる。

場内アナウンスが流れる。只今のレースにつきまして1コーナー、2コーナー、4コーナー審判より審議の赤旗が上がりましたのでレース結果についてはしばらくお待ち下さい……。

詩人美、無塁、大鳥三駄、八千草比呂美、カルロス、メグ、馳三次の七人がスタンドにじっと立ったまま審議の結果を待っている。

審議対象には鬼塚と桂に、雷太ともがき合った折の沖田、そして最終直線での西郷の四人の選手が上がっていた。二着と三着は勝と雷太の写真判定になっていた。

三駄が無塁に小声で訊いた。

「勝が少し抜けてないか？」

「わからないな」

オーロラビジョンに2車単の投票数が映し出されている。①-⑤が一番の売れ方をしている。投票総数は402156331票である。約四十億が2車単の売り上げだ。3連単の総票数は映し出されない。

「①-⑤は六億売れているのか……」

無塁が言った。

「三次君、3連単の最後の売り上げはいくらだったんだ？」

三駄が訊いた。

「三十億をちょっと超えたようです」

「①⑤⑥の最終の配当はいくらまで上がったんだ？」

無塁が訊いた。

「三分前では万車券になってましたが、最後は96倍でした。2車単の①-⑤は5・1倍です。あの六億のどれだけを連中が買ってるんでしょうかね」

「四億届くか届かないかって所だろう。最初に別の車券にかなりの金を入れてるからな……。私は千忍の現金《タマ》は片手と見てます」

無塁の言葉に三次が頭をめぐらせるような目をして、ぽつりと言った。

「四億なら二十億四千万円か。こっちは……」

その時、場内にアナウンスが流れて、一着で入線した西郷がセーフと発表された。場内がどよめいた。次に二着と三着の写真判定の結果が発表された。

「写真判定の結果、二着、勝古太郎、三着、風神雷太となりました……」

場内が最後に大きくどよめいた。

「決定‼」

ひときわ大きな声が場内に響き渡った。

「一着、①西郷三之助、二着、⑤勝古太郎、三着、⑥風神雷太。続いて払い戻し金の……」

アナウンスがまだ終わらないうちに背後から笑い声が聞こえた。

「ワッハハハハ」

顔を紅潮させた大山千忍が子分を連れて仁王立ちしていた。

「詩人美君、素人には、この博奕は荷が重過ぎたようだな。おまえの身体とナギサさんは俺のものになったな。ワッハハハ」

千忍はよほど興奮しているとみえて目が充血していた。

「千忍、何をウサギのような目をして寝言をほざいてるんだ。いったん勝負がはじまったら、博奕に玄人も素人もあるか。ようはどれだけ買えてどれだけ取り切ったかだろう」

「ハッハハハ、負け犬の遠吠えか。①-⑤の車券を俺より買ってる奴は日本中どこにも居ないんだ。三億五千万円の車券だ。おまえが残りをすべて買っていても二億五千万円しかないんだ。だから素人だって言うんだ。この青二才が！　今すぐここで俺にひれ伏せ」

千忍は子分が手にした車券の束を指さし、赤鬼のような顔をして怒鳴った。

「ヤッホー、勝ったぜ、ベイビー。ワオーッ」

無塁が三駄の手を握り飛び上がって雄叫びを上げた。

千忍が怪訝そうな顔をして無塁たちを見た。

無塁が胸のポケットから三百万円分の3連単①⑤⑥の車券を突き出した。同じように三駄が、八千草が、カルロスが、メグが、三次がそれぞれの車券を千忍に見せつけるようにした。

そして最後に詩人美がポケットから残る三百万円分の車券を空に突き上げた。

「千忍、三億五千万円とは半端な買い方をしたもんだな。それが手前の命取りになったな。玄人にしちゃ間が抜けてたってわけだ。その点俺たち素人は有り金すべてを入れてしまうからな」

千忍は怪訝そうな顔のままだった。

「まだわからねぇのか。おまえは耄碌《もうろく》したってことだ。俺たちが持ってる車券は①⑤⑥の3連単の車券だ。七人分合わせて二千百万円だ。ほれ、あそこの配当金を両目をしっかり開けて見てみることだ。勝負のラインは二十億だったってことだ。ナギサちゃんは返して貰うぜ」

子分の一人が詩人美たちに駆け寄り、七人が手にしている車券の確認をした。そうして千忍を振りむくと、青い顔でうなずいた。

「う、嘘だ。おまえにそんな車券が取れるはずはない。絶対に何かカラクリがある」

千忍がわめき立てた。

それを見て、無墨が甲高い声で言った。

「カラクリ？　カラクリはございますよ。この勝負を私たちに勝利させた素晴らしい女神がいるのです」

無墨に続いてカルロスが声を上げた。

「その女神の名前は？」

「その女神の名前は……、イザベル、イザベル、イザベル」

無塁がイザベルの名前を連呼した。

「何を訳のわからないことを言ってる。ナギサさんはおまえたちには渡さない」

千忍が言った。

「もう遅いな。バンクの中をよく見てみろ」

千忍がバンクの中を見ると、三着の表彰台の上に立った雷太がナギサちゃんを両手で抱き上げて嬉しそうに笑っていた。

「あっ、いつの間に……」

子分が素頓狂《すっとんきょう》な声を上げた。

「昔から歌舞伎町にいる人にちょっとした頼み事をしてみただけさ。ナギサちゃんは籠の鳥になるような女の子じゃないのさ」

千忍が子分を殴りつけた。その拍子に子分が持っていた車券の束が宙に舞った。木枯らしに車券が冬の花火のようにあざやかに散った。

その車券の一枚を拾い上げたスタンドに残っていたファンが、

「オイ、こりゃ的中車券だぜ」

と大声を上げた。

すぐにオケラになっていたファンが舞い落ちる車券に群がった。

「待て、それは俺たちの車券だ。こっちに返せ。さもないと叩き殺すぞ」

子分たちがあわてて車券を集めたが、周囲から一斉にファンが押し寄せた。

「お〜い、年越しの車券がごまんと落ちてるぜ」

誰かの声にまたファンが押し寄せる。子分たちと殴り合いになっているが、すでに暴動状態になっている。

詩人美たちは、その騒ぎから目を逸らし、払い戻し場にむかってゆっくりと歩きはじめた。

十二月の一番星が空にかがやきはじめていた。メグの口笛の音色が木枯らしの中に聞こえていた。

最終章　イザベルの丘

サンディエゴの港を出た一艘の大型クルーザーがメキシコ暖流を蹴散らしながら南へむかって航海をはじめていた。

「三駄《さんだ》も三次《さんじ》も一緒に来ればよかったのにねぇ。こんなに美しい海を美味いワインを飲みながら見られるっていうのに……」

無塁《むーる》がワイングラス片手にクルーザーのデッキチェアーに腰を下ろして言った。

「お〜い、詩人美《しじみ》君、何か釣れたか？」

クルーザーを運転するカルロスが船尾の方を振りむいて声を出した。

「ちっとも釣れませんね。それよりさっきから大きな魚がこの船の周りを泳いでるんですが、あいつらを釣りましょうか。三人の夕食にはちょっと大き過ぎますけど」

船尾で釣りをしている詩人美が言った。

「オイオイ、それは鯨だよ。今の時期、この海で鯨のお産や家族パーティーが真っ盛りなんだよ。そんなものを釣ろうとしたら、このクルーザーごとどこかに持って行かれてしまうぞ」

カルロスが笑いながら言った。

「あいつらやっぱり鯨か。しかしやけに人なつっこい連中ですね」

無塁が大声で言った。

「ひょっとしてメスの鯨ばかりが寄って来てるんじゃないの。詩人美君は女性にやさしいからね。李夫人にも愛を捧げるものね」

「無塁叔父さん、その話はもうしないって約束でしょう」

詩人美が照れたような顔をして言った。

詩人美はグランプリが終わった日の夜、ナギサちゃんを助け出してくれた李夫人の所にお礼に行き、約束通り、新宿の超デラックスホテルのスイートルームで彼女と一晩を過ごした。

「詩人美君、君は偉いね」

無塁は翌朝アパートに戻って来た詩人美から事情を聞き、感心したように甥っ子を見た。

しかし詩人美は李夫人と実に官能的な一夜を過ごしていた。李夫人は美しい肉体をしていたし、少女のように可憐《かれん》な一面も持っていた。その上、中国四千年の性の奥義を身につけていた。そのことは無塁には話さなかった。

少しずつ陽が傾いて、海が朱色に染まって行く。鯨が尾で海面を叩くと、その飛沫《しぶき》が夕陽にかがやいて、黄金色の水玉が揺れた。海鳥が気持ち良さそうに旋回している。サンディエゴを出発してから、無塁とカルロスは興奮しているのが伝わって来た。どこか二人とも少年のように声も身体も弾んでいるように思える。

——イザベルに逢えるからに違いない。イザベルって、あの写真とポスターにあったように麗しい女性なのだろうか……。

きっとそうに違いない。無塁はどんな日も一日たりともイザベルに捧げる薔薇の花を欠かしたことがないし、彼女への想いを熱く語り続けている。無塁の生のすべてがイザベルのためにある。

——なんて素敵な関係なんだろう。何年も逢わなくたってずっと恋して、夢見ていられるんだから……。

詩人美は、この頃、自分が全身で夢見るものに焦がれる。

「女神は俺にも微笑むのかな……」

詩人美はまたたきはじめた星を見つめてつぶやいた。

夜の航海は夢の中にいるようだ。

潮流に身体をあずけて、デッキにどでんと寝転んで、またたく星明りを仰《あお》いでいると、銀河の中の宇宙旅行はこんな感じかと思えてくる。

詩人美は隣りで寝息を立てている無塁の寝顔をちらりと見つめ、

——無塁叔父さんも僕も何だかちいさな虫になってる気分だ……。まだ夢の中かしらん？

とつぶやいた。

笹の葉の上で真昼のうたた寝をしていたテントウムシが楽しい夢にすっかり寝入ってしまい、葉っぱが茎から離れてせせらぎに舞い落ちたのにも気付かず、海に流れ出た頃、目を覚まし、きらめく星座を見回して、

——まだ夢の中かしらん？

とのんびりつぶやいた気分だ。

四年前に故郷を出て、無塁叔父さんを訪ね、いろんな人たちと出逢い、パンタ老人と旅に出て、またいろんな人とめぐり逢った。無塁叔父さんに再会し、またいろんな人と出逢い、キコリや千忍《せんにん》と戦ったことも、すべてがうたた寝の間の中の出来事ではなかったのかと思えてくる。

おびえていたり、くじけそうだったり、泣き出してしまいそうだった弱虫の自分も、詩人美はちゃんと覚えている。だから勝負に勝った時も、声を上げたりはしゃいだりできない。

去年の暮れの競輪場から皆して嬉しそうに歩く帰り道、詩人美は馳《はせ》三次に訊かれた。

「詩人美さんは勝っても喜びを顔に出さないね。やっぱり君は根っからのギャンブラーなんだね。俺、尊敬しちまうな……。それってどうやって身に付けたの？」

「…………」

詩人美は何も答えなかった。

――たまたま僕たちが勝って、むこうが負けただけのことだよ。次に戦えばどうなるのかはわからないよ。

そう言いたかったが、それを口にしてもきっとわかっては貰えないはず……。

「〝荊棘《いばら》の傷に河の泥〟……」

詩人美がぽつりと言うと、三次は、

「えっ、何て言ったの？」

と詩人美の顔を見返した。

「いや何でもないよ。独り言さ。ようやく勝てたから興奮して頭がまだ混乱してるんだ」

「やっぱりそうだよね。誰だってあれだけの勝負を勝ち切ったら興奮しちまうよな」

三次は満足そうにうなずいた。

〝荊棘の傷に河の泥〟。これはパンタ老人が旅の途中で話してくれた中国の古い詩の一節だった。

「昔、中国のある国にいた敗れることを知らなかった一人の将軍が、勝つ度に黙り込んでしまうのはどうしてだろうか、と兵たちは不思議がっていたんだ。ある時、国王が将軍に、どうしておまえは勝利の美酒にも酔わないし、喜びを顔に出さないんだ、と訊いた。すると将軍が、自分の身体は傷と泥で汚れてしまっていると答えたのだよ。戦いは丘を越えて行ったり河を渡って行くようなもので、丘をようやく越えたとしても身体には荊棘の傷が無数についているだろうし、河をどうにか渡り切ったとしても身体は河の泥で汚れて重くなっている。自分は戦いに勝って立っているものの、身体もこころも傷と泥で一杯で、喜ぶことができない、と言ったそうだ。すると国王は逆上して、無抵抗の将軍を八つ裂きにして殺したそうだ。それからすぐに、その国は滅んだ。戦って勝つこと敗れることは所詮そんなものらしい」

「ではパンタさんの身体も傷だらけなんですか?」

「それはそうだろうな。おそらく傷だらけで泥だらけだ。空を飛ぶのに、そいつが重くなってなきゃいいんだがな……」

そう言ってパンタ老人は笑った。

詩人美は視界の中をゆっくり周《まわ》る星々を見つめている。

二匹のテントウムシがデッキに寝転んでいる。

「ポツカリ月が出ましたら、
舟を浮べて出掛けませう」

澄んだ声がして、寝入っていたはずの無塁がいつの間にか目を覚まして、中也の詩を口ずさみはじめた。ひさしぶりに聞く無塁の詩の朗読だ。詩人美も声を合わせて中也の〝湖上〟の詩を口ずさんだ。

波はヒタヒタ打つでせう、
風も少しはあるでせう。

沖に出たらば暗いでせう、
櫂《かい》から滴垂《したた》る水の音は
昵懇《ちか》しいものに聞こえませう、
――あなたの言葉の杜切《とぎ》れ間を。

月は聴き耳立てるでせう、
すこしは降りても来るでせう、

われら接唇《くちづけ》する時に
月は頭上にあるでせう。

あなたはなほも、語るでせう、
よしないことや拗言《すねごと》や、
洩らさず私は聴くでせう、
——けれど漕ぐ手はやめないで。

ポッカリ月が出ましたら、
舟を浮べて出掛けませう、
波はヒタヒタ打つでせう、
風も少しはあるでせう。

二人は声を合わせて最後まで朗読し、顔を見合わせて笑った。

無塁が静かに言った。

「〝あなたの言葉の杜切れ間を〟いいよね。〝けれど漕ぐ手はやめないで〟まったくそうだよな。中也もこうして星を仰ぎ見たんだろうね。中也の詩はいいね……。ねぇ、詩人美君、今、私は思ったのだけど、星明りがこうして私の瞳の中に零れ落ちてくるじゃありませんか。これって雪が降るのも、こんな感じじゃないでしょうかね」

「雪がですか？」

「そう雪です。雪ってやっぱり天からの恩寵《おんちょう》でしょう。星も雪も皆に平等に降るものね……。嬉しいことと哀しいことが平等に降るんでしょうね。中也の日記の最後に〝降る雪はいつまで降るのか〟と箋《つづ》ってあって、この二行を×印で消してあるんですよ。中也は雪に何を見たんでしょうかね……」

無墨の言葉に詩人美はちらりと叔父の横顔をのぞいた。どこか寂しげな表情が浮かんでいる。

「無墨叔父さん。もうすぐイザベルさんに逢えますね」

詩人美が無墨を元気づけようとして言ったが無墨は返事をしなかった。しばらく黙っていた無墨がぽつりと言った。

「……詩人美君、イザベルはとっくの昔に死んでしまっているのです……」

「えっ？」

詩人美は驚いて無墨を見返した。

無墨は東の方角から朝陽の気配がしはじめた空を見つめたまま言った。

「そうなんです。イザベルはとうの昔に死んでしまってるのです。私とカルロスでイザベルを丘の上に眠らせてやったのです。もう三十数年も前のことです。私とカルロスは横浜から貨物船に乗り旅に出ました。二人ともまだ若く、夢にめぐり逢うために旅立ったのです。旅に出れば何かに逢うだろうとね。サンフランシスコに着いて、そこからアメリカ大陸を横断し、東海岸の街をさまよいました。ボストン、ニューヨーク、マイアミ……どこもわくわくするような街でしたが、私たちが探しているものはありませんでした。マイアミからメキシコ湾に出てキューバ、ドミニカ、ジャマイカ、そうしてカリブ海からパナマ、ニカラグア、エルサルバドル……と潮流に乗って島々を旅しました。最後にメキシコに入り、たどり着いたのがカリフォルニア湾を越えた〝陸の孤島〟と呼ばれたロス・カボスの町でした。旅に疲れていたこともありますが、それ以上に、何か自分をふるい立たせてくれるものに出逢えなかった失望感で私たちは寝込んでしまいました。親切な町の漁師の一家が私たちの看病をしてくれました。父親が海で亡くなり、若い息子三人が働く家族で、カルロスが次男の美しい若者と恋に落ちました。私も元気になり、町の酒場でイザベルと運命的な出逢いをしました。お互いに一目惚れです。それはもう甘い蜜の中に浸っているような日々でした。私はこの町でイザベルと暮らそうと決心しました。でも幸せも哀しみも平等に天から降ってくるのです。カルロスの恋人が海で遭難し帰らぬ人となりました。カルロスは何度か海で死のうとしました。そんな時に、イザベルが病いにかかり、まともな病院もない町ですから、私はカルロスとイザベルを船に乗せ、クリアカンの街にむかいました。ようやく着いた街の病院でイザベルは亡くなりました……」

無塁はそこまで言ってゆっくりと立ち上がった。すでに陽は水平線のむこうに昇り出し、サン・ルーカスの岬が青く浮かんでいた。

「カルロス、岬だぞ、着いたぞ」

無塁が大声で水平線の先を指さした。

詩人美がカルロスを振りむくと、カルロスは唇を真一文字に噛んで前方を見つめていた。陽差しにカルロスの顔が光っている。その目と頬が涙に濡れていた。

夕暮れ前、二人はイザベルが眠る丘にむかった。

無塁とカルロスは手に薔薇の花束を持っている。丘の斜面には大きなサボテンがあちこちに人の影のように立っていた。白や黄色のサボテンの花が咲いて、そこに傾きかけた一月の陽差しが当たっている。茂みから時折、美しい鳥が飛び立つ。丘の上にむかう小径は石ころだらけだった。

「何も変わってはいないな……」

無塁がカルロスに声をかけた。

「ああ、この土と草の匂いは、あの頃と同じだ。ただ俺たちが歳を取っただけだ」

「こうして二人で歩いていると、時間が通り過ぎたのが嘘のようだな」

懐かしそうに語らいながら丘の径を登って行く二人のうしろ姿に詩人美は三十数年前の若かった姿を思い重ねてみた。浮かんできた若い二人のうしろ姿は、そのまま今の自分の背中なのだろう、と思った。

やがて丘のてっぺんが見え、二人は右手の大きな岩の方角に斜面を進んだ。岩をぐるりと回ると、そこにちいさな草むらがあり、石の十字架がぽつんとひとつ立っていた。

無塁はゆっくりと十字架の前に歩み寄り、そこに立ちつくして、しばらく十字架を見つめていた。カルロスが詩人美を振りむいて笑い、薔薇の花を一本抜き取り、差し出した。詩人美は笑い返し、薔薇を受け取った。

無塁はしゃがみ込んで十字架を撫で、何事かを語りかけている。詩人美が聞いたことがないやさしい声だった。太平洋から吹き上げてくる風が無塁の髪を揺らしている。

「イザベル、おまえにこの情熱の花を……」

その言葉だけが詩人美の耳に聞き取れた。

カルロスが無塁のそばに寄り、薔薇の花を十字架に捧げた。詩人美も十字架の前に行き、薔薇の花を捧げた。乾いた丘の土の上にぽたぽたと無塁の涙が零れ落ちていた。

「詩人美君、ありがとう。私、生きているうちにイザベルと再会できると思わなかった。ありがとう。君のおかげだよ。ありがとう、カルロス」

無墨が泣きじゃくりながら、カルロスと詩人美に抱きついた。詩人美は鼻の奥が熱くなった。涙があふれそうな目元を海風が撫でて行った。

三人は墓参を終えると、大きな岩の上に座って海を眺めた。傾きかけた陽が水平線の彼方に沈もうとしていた。海が少しずつかがやき出している。

無墨もカルロスも何も言わないで、ただ光る空と海を見つめていた。

岬の方では漁を終えて戻る船とサンセットクルージングに出て行く船が交差し、それぞれの船の帆が朱色に染まっている。

左方からざわめく声がした。見ると三人が居る丘の左手に聳《そび》える山の頂きから鳥の群れが上空を舞っていた。鳥の声が妙に騒々しかった。

「何だ、あれは？」

カルロスが声を上げて、その山の上空を指さした。

数十羽の鳥の群れの中央に、一羽の大きな鳥がはばたいていた。その鳥にむかって他の鳥たちが騒いでいた。よく見ると、その大きな鳥は尾が二本あった。大きさからしてコンドルか大鷲に思えるが、彼等に尾が二本はない。詩人美はその鳥を見て目を剝き、叫んだ。

「あっ、鳥人だ」

「何、鳥人？」

無墨とカルロスも立ち上がって山の上空を見上げた。

「鳥人です。あれは尾ではなく足です。あ、あれはパンタさんだ。パンタさんです。無墨叔父さん、よく見て下さい。あの頭の禿げ具合いはパンタさんに違いない」

「本当か？　禿鷹の間違いじゃないのか」

「違います。ほらっ、こっちを見てますよ」

「えっ、私たちを見てる？」

無墨が目をこすって鳥を見直している。

「本当だ。あの鳥、こっちを見て羽を振ってるぞ。たしかに足もある。信じられない」

カルロスが目を丸くして驚いている。

「おうっ、本当にパンタ老人だ。ついに飛ぶことができたんですね。いや、よかった。パンタさ〜〜ん」

詩人美の言葉にうなずきながら、無墨は空をゆっくりと旋回する鳥人に手を振っていた。鳥人は少しずつ上昇して行く。他の鳥たちはついて行けず、ただ低空で騒いでいた。

さらに鳥人は上昇する。

——パンタさん、飛べたんですね……。

詩人美はパンタ鳥人を見上げてつぶやいた。

一瞬、鳥人の羽が光り、詩人美の瞳の中に差し込んだ。その瞬間、耳の奥で声がした。

「詩人美君、君もいつかこっちに来るといい」

詩人美はその声に答えて、空にむかって大声で叫んだ。

「パンタさん、必ず、僕も行きますよ」

鳥人は詩人美の声が聞こえたかのように羽を二度、三度、大きくはばたかせ、夕陽の沈む海の彼方へ飛び去って行った。詩人美は鳥影が光の中に消えるまで見送っていた。今までに見た一番美しい夕陽だった。

「おい詩人美君、無墨がどこかへ行っちまったぞ」

岩の上から無墨の姿が消えていた。

左方の丘の斜面から鳥の騒々しい声がした。見ると鳥の群れの中で無墨が一人、両手を羽のようにひろげて空にむかってはばたこうとしている。鳥たちは無墨の行動に怒り出してか、鳴き叫んでいる。鳥たちに無墨が怒鳴っている。

「おまえたち誰にはむかおうとしてるの。私はね、青川無墨ですよ。鳥人二号ですよ」

詩人美とカルロスが呆れ顔で丘の斜面を飛び跳ねる無墨を見ていた。

解説

〝あの頃の自分〟に会える物語

大竹聡（作家）

解説というよりは、敬愛する作家の作品を読んだ一ファンの感想に近い文章をしためてみたいと思う。

おもしろい小説を読んだナ……。『イザベルに薔薇を』を閉じたとき、最初に思ったのがこれだ。小説にはいろいろな呼び方がある。エンタテイメントといっても、推理小説、犯罪小説、悪漢小説、歴史小説、時代小説などさまざまだが、この一冊は多種多彩な小説群の中にあって、ひときわ異彩を放つものだった。

奇想天外と言えるかもしれない。故郷から叔父を訪ねて上京してくる主人公の名は、青川詩人美、迎える叔父は青川無塁。それぞれ、シジミとムールと読む。ふたりは冒頭の章で、競馬に興じる。

大きなレースがあるから出かけるのではない。その日、無塁が勝負レースと決めていたのは、3歳未勝利戦なのである。

シブいな。この小説、実にシブいなと、それだけで思わせる。いろいろ小説を読んできたが、東京競馬場の午前中の風景を描いた小説は、あまり記憶がない。無塁は馬券を外しまくるが、詩人美は生涯初の馬券を的中させる。その勝利の分析を、新宿で飲みながら無塁はこう述べる。

〈君の馬券が当たったのも、君の本能がそうさせたんです。そうでないと初めてギャンブルをする人が皆負けてばかりじゃ、ギャンブル場に人が来なくなってしまうでしょう〉

いいですね。この分析。ヨタなのか、と一瞬思うが、これは真理だとすぐに気付かされる。というのも、ギャンブルにたびたび起こるビギナーズラックの理由を人間に備わった本能と考えると、ストンと腹に落ちるからだ。

詩人美はその名が示すように、詩を愛する青年だ。いつも中原中也の詩集を携行している。そして、無塁もまた、中也の詩を諳んじることができ、ふたりは、声を合わせる。

〈雨が、あがつて、風が吹く。

雲が、流れる、月かくす。

みなさん、今夜は、春の宵。

なまあつたかい、風が吹く。〉

これは『春宵感懐』という詩の冒頭。こんな詩の一節が、故郷から新宿へ出てきた若者の、これから始まる大人への日々の慰みに挿入されるのだ。どこか寂しく、哀しくもあり、それでいて腹の底から暖かい。詩の一節が、青春のただなかのワン・シーンに実にぴったりとくるのが、なんとも不思議である。

他の登場人物もおもしろい。アパートの隣人は巨漢のオカマ、メグ。定食屋「帆立屋」の主人は〝入道〟こと、八千草比呂美。店のお運びをしているバイトは、ツール・ド・フランスを夢見る自転車野郎の風神雷太。ほかに、現場監督の大鳥三駄に加え、歌舞伎町の天使、白神ナギサが登場して、賑やかに、スリリングに、詩人美の新宿生活が始まる。

詩人美の初めての女、ナギサもまた、中也の詩を諳んじる。ふたりが口にするのは、『湖上』という一篇。本作中何度かリフレインされるこの詩には、ふたりして漕ぎだしていく楽しさも滲んで、情景に深みを添える。

難解で、謎めいた詩の一節が引かれているのではない。中也が描く、情景であり、心象が、さりげなく添えられているのだ。中原中也を読む人が現代の日本にどれくらいいるのか想像もつかないけれど、こうして中也の言葉に触れると、詩の世界とともに今読んでいる小説の世界までもが懐かしいものに思えてくる。

詩の好きな青年が、歌舞伎町で酒を飲み、恋をして、次に出会うのが麻雀である。

詩、競馬、酒、女ときて、次は麻雀なんだナ……。こうなってくると、主人公・詩人美の過ごすヒリヒリするような日常が、かつて新宿にもよく遊んだ筆者（この解説を書いている私のことです）の、遠い記憶の中の日常に重ね合わされるようで、懐かしくもあり、一方で少し恥ずかしいような気にもなる。

麻雀の相手をしてくれるのは、相手の胸の裡を読む力のある中華料理店主の李老人と、同じく相手の心を読むことのできるパンタ老人。この人は鳥人の一族で、今も飛ぶことを夢見ている。

詩人美は役もルールも知らずに麻雀の手ほどきを受ける。出てくる役が、すごい。天和、四喜和、大三元、字一色、そして詩人美が初めて上がるのも緑一色と、役満ぞろいであることが、おもしろい。

詩人美は麻雀において和了できるとき、並んだ牌が非常に美しいことに気づく。なるほど、言われてみればその通りで、美しいほどに役も高い。だから人は単に点数だけを求めて役満を狙うのではなく、知らずのうちに、もっとも美しい形を求めて役満に行きつくのかもしれない。読んでいるうちにそんなことを思わせせられる。

麻雀シーンの臨場感もいい。麻雀牌の活字を用い、手牌や打牌を視覚で理解させるから、本を読んでいると同時にその場で麻雀を打っている気になってくる。筆者は、40年ほども前に、阿佐田哲也の『麻雀放浪記』を読んだときの興奮を思い出して、嬉しくなった。

さて、麻雀をとことん極めたら、次に何をするのかと期待していると、今度は旅だった。パンタ老人と一緒に中国を歩く。麻雀を打ち、旅から旅へ、ふたりの道行は遠く、チベット自治区の山脈に及び、パンタ老人はついに、その崖の上から、鳥となって飛び立つ。詩人美はそれを見届けて、さらに旅を続ける。

その途中、ある晩のこと。インドの丘の小屋で寝ていた夜、空を飛ぶ赤い星が詩人美のもとへと飛んできて、ひときわ輝き、去っていく。詩人美はそれを見て、最愛の母が日本で死んだことを知る。

鳥を夢みた老人が崖から飛ぶことも、母の魂がインドまで飛んでくることも、現実に起こることだ。なぜなら、人は大昔から、そのように物事を見、物事の中に、己を見てきたからだ。読んでいるうちに、神話や伝説に残るおよそ現実にありえないと思える事象にこそ、むしろ、人が生きる上で長きにわたり思いを通わせた真理があると思えてくる。そして、こうした人知を超える事象への理解や認知には、詩の言葉がもっともふさわしいということにも思いが至る。

旅を終えた詩人美は故郷山口へ帰り、母の骨を受け取る。ここから、新たな旅が始まるのだが、クライマックスまではギャンブルを材料にしたエンタテイメントの真骨頂で、一気に読ませる。大勝負の舞台は、麻雀と競輪だ。

ここまでくると、詩人美という主人公の成長物語の枠を超えて、登場する一人ひとりの個性が際立つ。そのおもしろさを、存分に味わいながら、読者は、詩、恋、ギャンブル、旅を経て、勝負の世界に遊ぶのだ。

なんとも贅沢で、盛りだくさん。そう感じるが、思い返せば、懐かしい私の青年期も、これくらいに盛りだくさんだったことに思い当たる。この小説は、若い人には、指南書であり、激励の書であろう。そして、私のような、ややくたびれた世代の人間には、懐旧の書であり、そして、やはりまた、激励の書である。久しぶりに麻雀をしたいし、恋もしたい。今年の競輪グランプリこそ、男の車券で勝負したい。そんな夢が膨らんでくる。なに、できるさ。飛ぼうと思えば飛べる……。

物語の最後の最後。この小説の表題が了解される。たくさんの時間が流れて初めてわかる、本当のこと。そんな真理があることを、さりげなく教えて、この奇想天外な一冊は幕を下ろすのだ。

ああ、おもしろかった。

本書は、二〇一八年二月に小社より単行本刊行されました。

双葉文庫

い-54-04

イザベルに薔薇《バラ》を

2020年 8月10日　第1刷発行
2023年12月18日　第2刷発行

【著者】
伊集院静《いじゅういんしずか》

【発行者】
箕浦克史
【発行所】
株式会社双葉社
〒162-8540 東京都新宿区東五軒町3番28号
［電話］03-5261-4818（営業部）　03-5261-4831（編集部）
www.futabasha.co.jp（双葉社の書籍・コミックが買えます）
【印刷所】
大日本印刷株式会社
【製本所】
大日本印刷株式会社
【カバー印刷】
株式会社久栄社
【DTP】
株式会社ビーワークス

【フォーマット・デザイン】
日下潤一

ISBN978-4-575-52379-9 C0193
Printed in Japan

ガッツン!

伊集院静

東京・神楽坂を舞台に若い男女3人が麻雀に魅了されていく姿を描く青春小説。

双葉文庫

作家の遊び方

伊集院静

「遊ばねばわからないことがある」をテーマに日々のことを綴るエッセイ集。

双葉文庫

大人の男の遊び方

伊集院静

酒、ゴルフ、カジノ、麻雀……大人の遊びを実践的に教えるエッセイ集。

双葉文庫

勝負師の極意

武豊

天才騎手が「重圧に打ち克つ方法」「勝つための思考法」をはじめて明かす。

双葉文庫

Kの日々

大沢在昌

誘拐事件に関与した疑いがある謎の女K。
その素性を探る長編ミステリー。

双葉文庫

夜明けまで眠らない

大沢在昌

元傭兵のタクシー運転手が過去の因縁と戦う大沢ハードボイルドの傑作。

双葉文庫